Susanne Rößner
Ein Sommer, der nach Liebe schmeckt

W0321103

PIPER

Zu diesem Buch

Anna könnte glücklich sein: Sie liebt ihre Arbeit als Innenarchitektin und lebt mit ihrem Freund Lars in einer schönen Wohnung in München. Doch als er sie vor seinen versammelten Freunden mit einem Heiratsantrag überrascht, merkt Anna, dass sie beide völlig unterschiedliche Zukunftsvorstellungen und Wünsche haben. Um Abstand zu gewinnen, fährt sie aufs Geratewohl nach Italien. Wie der Zufall es will, lernt sie unterwegs Christine und Paolo Endrici kennen, die sie auf ihr Weingut einladen. Umgeben von wunderschöner Natur und der herzlichen Familie Endrici merkt Anna schnell, dass ihre Seele aufatmet. Als sie den Kellermeister Marco kennenlernt, kann auch ihr Herz wieder hoffen. Aber dann steht plötzlich Lars vor ihr, und ihre Welt gerät noch einmal gehörig ins Wanken …

*Susanne Rößner* lebt nach drei Jahren im Ausland heute wieder in München. Als berufliches Multitalent hat sie unter anderem als Werbekauffrau, Assistentin eines Magiers, Geschäftsleitungsassistentin, Key-Account-Managerin und Tauchlehrerin gearbeitet.

Susanne Rößner

# Ein Sommer, der nach Liebe schmeckt

Roman

PIPER

*Mehr über unsere Autoren und Bücher:*
*www.piper.de*

Wenn Ihnen dieser Roman gefallen hat, schreiben Sie uns unter Nennung des Titels »Ein Sommer, der nach Liebe schmeckt« an *empfehlungen@piper.de,* und wir empfehlen Ihnen gerne vergleichbare Bücher.

Von Susanne Rößner liegen im Piper Verlag vor:
Nur einen Sommer lang
Für jetzt und immer
Schlittenfahrt ins Glück
Ein Sommer, der nach Liebe schmeckt

FSC www.fsc.org
MIX
Papier aus verantwortungsvollen Quellen
FSC® C083411

Originalausgabe
ISBN 978-3-492-31370-4
Mai 2019
© Piper Verlag GmbH, München 2019
Umschlaggestaltung: zero-media.net, München
Umschlagabbildung: FinePic®, München (Brot und Weinranken);
Getty Images/Victoria Pearson(Tisch, Hintergrund)
Satz: Fotosatz Amann, Memmingen
Gesetzt aus der Bembo
Druck und Bindung: CPI books GmbH, Leck
Printed in the EU

*Für Christine und Paolo, Lisa und Daniele*
*Danke, dass ihr euch auf dieses Abenteuer eingelassen habt.*

# Prolog

»Darf ich um eure Aufmerksamkeit bitten?« Lars unterstrich die Wichtigkeit seiner Worte, indem er sich von seinem Stuhl erhob und mit einem kleinen, noch unbenutzten Dessertlöffel an sein Weinglas klopfte.

Alle Blicke wandten sich ihm zu, und so merkte niemand, dass Anna ihre Lippen für einen winzigen Augenblick zusammenpresste. Sie mochte es nicht, wenn Lars eine seiner Ankündigungen machte. Vor allem wenn er, wie diesmal auch, vorher nicht mit ihr absprach, was er dem kleinen Kreis, der hauptsächlich aus seinen Freunden bestand, zu sagen hatte. Meist kam dabei etwas heraus, was Anna entweder überrumpelte oder, schlimmer noch, vor den Kopf stieß.

»Anna? Liebling?«

Anna schreckte hoch. Als sie merkte, dass sieben Augenpaare erwartungsvoll in ihre Richtung blickten, überzog ein Hauch von Röte ihr Gesicht. Verlegen tupfte sie sich mit ihrer Serviette den Mund ab. »Entschuldigt bitte«, sagte sie schnell. »Mir ist gerade ein Gespräch mit einem Kunden durch den Kopf gegangen.«

Alle nickten verständnisvoll, nur ihre beste Freundin Isabella musterte sie mit einem wissenden Lächeln. Ihr war klar, dass Anna über alles Mögliche gegrübelt haben mochte, in der Firma hingegen war sie in Gedanken aber mit Sicherheit nicht gewesen.

Isabella war die einzige Person aus Annas Freundeskreis, die wenigstens ansatzweise Lars' Gefallen gefunden hatte. Alle anderen waren ihm zu wild, zu unangepasst, und zudem tat er sich schwer im Umgang mit Menschen, die nichts zu sagen hatten. Und das waren seiner Meinung nach so ziemlich alle Bekannte, die Anna ihm in den drei Jahren ihrer Beziehung vorgestellt hatte.

»Um eines gleich vorwegzunehmen«, setzte Lars an, »Anna kann es nicht leiden, wenn ich etwas aushecke. Insbesondere dann nicht, wenn meine Idee sie auch nur im Entferntesten betrifft, ich ihr aber nichts davon verrate, bis ich Nägel mit Köpfen gemacht habe. Deswegen muss ich mich bei dir entschuldigen, Liebling.« Lars zwinkerte ihr zu und hob sein Glas. »Auf Anna.«

Folgsam streckten die anderen ihre Gläser in Annas Richtung und stimmten in den Trinkspruch ein.

Unter dem Tisch spürte Anna, wie sich Isabellas Bein gegen ihres drückte. Die Berührung signalisierte ihr, dass sie nicht alleine war. Ich bin für dich da. Immer. Tief durchatmen, so übel wird es schon nicht werden.

Anna biss sich auf die Unterlippe. Und ob es schlimm war. Vermutlich sogar schlimmer als alles Bisherige. Sie ahnte, was gleich kommen würde: Lars' Vermutungen zufolge mehrten sich die Gerüchte in der Kanzlei, in der er als Rechtsanwalt arbeitete, dass es nur noch eine Frage der Zeit war, bis ihm eine Partnerschaft angeboten wurde. Und nun war es offensichtlich so weit. Auch wenn es natürlich großartig war, dass er von seinen Chefs so geschätzt wurde; das damit einhergehende großspurige Gehabe, das Lars die nächsten Wochen, wenn nicht gar Monate an den Tag legen würde, war ihr aber ausgesprochen zuwider. Trotzdem verstand sie, dass er stolz auf sich war. Es war ihm wichtig, und sie würde ihm seinen Erfolg nicht verleiden. Sie lächelte zuckersüß. »Danke, Lars. Du bist ein Schatz.«

»Dann wäre das ja geklärt.« Lars strahlte. »Und damit komme ich jetzt einfach zum Punkt.« Er kam um den Tisch herum und ging ohne Vorwarnung vor Anna auf die Knie.

»Anna, du weißt, ich liebe dich. So sehr, dass ich den Rest meines Lebens mit dir verbringen möchte. Ich bin mir sogar so sicher, dass ich all unsere Freunde als Zeugen dabeihaben möchte, wenn ich verkünde, dass ich dich heiraten möchte.«

Einen Augenblick lang schien die Zeit stillzustehen. Anna sah Lars mit großen Augen an, noch nicht in der Lage zu begreifen, was er gerade gesagt hatte. Und auch die kleine Runde, die gebannt an seinen Lippen gehangen hatte, brauchte einen Moment, um zu verstehen.

»Oh, Schatz.« Mehr brachte Anna in ihrer Überraschung nicht heraus. Mit einem Heiratsantrag hatte sie nun überhaupt nicht gerechnet. Sie war so überrumpelt, dass sie automatisch ihr Gesicht verzog und mit Mühe etwas zustande brachte, das wie ein Lächeln aussah.

Bevor Lars jedoch merken konnte, was in seiner Freundin vorging, brach ein ohrenbetäubender Jubel aus.

»Wie großartig!«

»Klasse. Herzlichen Glückwunsch euch beiden!«

»Mann, Lars, alter Junge, du bist ein richtiger Schelm. Gratuliere!« Begeistert klopfte Lars' bester Freund Robert ihm auf die Schulter, kaum dass der sich wieder erhoben hatte, bevor die anderen sich nach vorne drängen und ebenfalls gratulieren konnten. In der Euphorie, die das Grüppchen erfasst hatte, schien kaum jemand wahrzunehmen, dass sich einige von ihnen zwischen das glückliche Paar geschoben und damit Anna unwissentlich eine Verschnaufpause verschafft hatten, die sie dafür nutzen konnte, ihre Überraschung hinter einer Begeisterung zu verstecken, die in ihrer Maskenhaftigkeit mehr einem Grinsen glich. Und so merkte nur eine einzige Person, dass das Lächeln auf Annas Gesicht ihre Augen nicht erreichte.

Isabella kannte Anna gut genug, um zu erkennen, dass ihre Freundin kurz davor war, in Tränen auszubrechen. Wenn sie Annas Miene richtig deutete, waren es allerdings keine Freudentränen. Kurzerhand stand sie auf, zog Anna vom Stuhl und sagte laut: »Wunderbar! Lass dich drücken.«

Sie zog Anna fest an sich und flüsterte in ihr Ohr: »Du machst das super. Einfach weiteratmen. Ein und aus. Prima. Und jetzt wirfst du Lars einen verliebten Blick und eine Kusshand zu. Er sieht nämlich schon die ganze Zeit her und wartet auf eine Reaktion von dir.«

Nachdem Anna Isabellas Anweisungen wie mechanisch befolgt und Lars sich beruhigt wieder seinen Freunden zugewandt hatte, umarmte Isabella Anna erneut in einem gespielten Freudenausbruch und drehte sie fast unmerklich so weit herum, bis Anna mit dem Rücken zu den anderen stand.

»Gnadenfrist«, wisperte Isabella. »Im Moment kann dich keiner sehen. Du hast geschätzte fünfzehn Sekunden, in denen du aufhören kannst, so zu tun, als ob Lars dir gerade die Sterne vom Himmel geholt hat. Falls jemand herüberkommt, warne ich dich rechtzeitig. Dann musst du wieder gute Miene zu diesem etwas seltsamen Spiel machen.«

Nun musste Anna tatsächlich kichern. Und dann fand sie das Ganze derart absurd, dass sie den restlichen Abend nicht mehr damit aufhören konnte.

# Kapitel 1

Drei Tage später traf Anna sich nach der Arbeit mit ihrer Clique im Biergarten. Das Buschtelefon hatte ganze Arbeit geleistet und auch die Freunde zusammengetrommelt, die weder von Anna selbst noch von Isabella über den außerordentlichen Hergang des Abends informiert worden waren.

»Wie geht's dir? Jetzt, wo du Königliche Hoheit wirst?«, wollte Elli wissen, die Lars am allerwenigsten ausstehen konnte und ihn immer als selbstverliebten Prinzen betitelte.

»Hör bloß auf«, winkte Anna ab. »Und lass uns bitte warten, bis die anderen hier sind, sonst muss ich alles fünf Mal erzählen.«

Als Hannes, der wie immer eine halbe Stunde zu spät kam, endlich eintrudelte, lagen Ellis Nerven blank.

»Jetzt erzähl schon«, forderte sie Anna auf, nachdem sie aus dem mitgebrachten Picknickkorb eine Reihe von Köstlichkeiten hervorgezaubert hatte.

»Mmh, ist das lecker!«, sagte Anna genüßlich. Sie liebte die Tradition, eigenes Essen in die nicht bewirtschafteten Teile der Münchner Biergärten mitbringen zu dürfen. Vor allem, wenn die Inhaberin eines feinen kleinen Partyservices ihren großen Korb mit den schönsten Leckereien vollgepackt hatte. Nur die Getränke musste man vor Ort kaufen, das war ein ungeschriebenes Gesetz.

»Wenn du nicht sofort mit der Sprache rausrückst, bekommst du aber nichts hiervon«, scherzte Elli und hielt Anna eine Keramikdose vor die Nase, aus der es geradezu himmlisch duftete.

»Ohh.« Verzückt schnupperte Anna und verdrehte vor Wonne die Augen. »Was ist das denn?«

»Das verrate ich dir nicht.«

Seufzend legte Anna die knusprige Breze auf das weiß-rosa Tischtuch mit den hübschen gestickten Herzen, das Elli auf dem Biertisch ausgebreitet hatte. Sie kam sich mit einem Mal kindisch vor. Und doch hätte sie viel darum gegeben, nicht darüber reden zu müssen, was Lars' Antrag – wenn man es denn so nennen konnte, da es vielmehr ein Beschluss gewesen war – in ihr ausgelöst hatte.

Sie trank einen Schluck von ihrem Radler und holte tief Luft. Als ihre Freunde zu lachen anfingen, sah sie irritiert auf. »Was ist denn?«

Isabella, die neben ihr saß, legte einen Arm um Annas Schultern und drückte sie an sich. »Du bist einfach süß. Die Einzige, die das nicht merkt, bist aber du selbst. Und jetzt erzähl endlich.«

»Und wisst ihr, was das Schlimmste an der Sache ist?«, fragte Anna mit einem schrägen Lächeln, nachdem sie einen vollumfänglichen Bericht über den Verlauf des besagten Abends abgeliefert hatte. »Dass Lars bis jetzt nicht gemerkt hat, dass er mich nie gefragt hat, ob ich ihn überhaupt heiraten will. Er hat verkündet, dass er mich genug liebt, um sein Leben mit mir zu verbringen, und das war's.«

»Was meine Meinung von ihm nur bestätigt.« Hannes machte aus seiner Abneigung kein Hehl.

»Wie meinst du das?«, fragte Anna, obwohl sie bereits wusste, dass Lars ihre Freunde des Öfteren vor den Kopf gestoßen hatte.

»Ich denke, dass er ein versnobter Schnösel ist. Dabei ist er so ein Langweiler.«

Isabella tat es in der Seele weh zu sehen, wie Anna unter der Kritik litt. Auch wenn jedem klar war, dass Lars es sich selbst zuzuschreiben hatte, dass er bei Annas Freunden unten durch war; schließlich war er es gewesen, der von Anfang an klar und deutlich kommuniziert hatte, dass ihr Freundeskreis dem seinem das Wasser nicht reichen konnte. Anna hatte eine Zeit lang versucht, zwischen allen Beteiligten zu vermitteln, und untersagt, dass die eine Seite schlecht über die andere redete, doch schließlich hatte sie eingesehen, dass es keinen Weg gab, alle unter einen Hut zu bringen. Außerdem machte es ihr deutlich mehr Spaß, wenn sie ihre Freunde alleine traf. Das zumindest hatte sie sich nicht nehmen lassen und Lars' Einwände unmissverständlich im Keim erstickt: »Ganz ehrlich, es ist mir zwar alles andere als egal, dass ihr euch nicht leiden könnt, aber ich werde keinen einzigen meiner Freunde aus meinem Leben streichen, egal, wie schräg er vielleicht drauf sein mag.« Die Anspielung galt insbesondere Grazia, die ausgefallene Outfits liebte. Ob das eine Bikerkluft war, die sie mit einer edlen Bluse kombinierte, oder ob sie im Flower-Power-Look herumlief. Den Vogel hatte sie jedoch abgeschossen, als sie auf einer der wenigen Partys, auf der beide Freundeskreise vertreten waren, mit einem coolen, bodenlangen schwarzen Mantel auftauchte, unter dem sie ein Rüschenhemd, hautenge schwarze Leggins und Overkneestiefel trug. Ein schwarzer, mit Swarovskisteinen besetzter Zylinder hatte das Outfit vervollständigt. Dass sie dazu ein Gesicht wie ein Engel hatte, ließ sie so unwirklich erscheinen, dass niemand den Blick von ihr hatte wenden können.

»Das heißt, du hast ihm noch keine Antwort darauf gegeben?«, fragte Grazia neugierig.

Anna schüttelte den Kopf. »So wenig, wie er mich gefragt

hat, so wenig kann er sich wohl vorstellen, dass ich ihn vielleicht überhaupt nicht heiraten will.«

»Und was heißt das nun?«, hakte Elli nach. »Willst du oder willst du nicht?«

Unentschlossen zuckte Anna mit den Schultern. »Ich weiß es nicht.«

»Doch«, intervenierte Grazia. »Du weißt es genau. Du willst es nur nicht wahrhaben.«

»Das kapiere ich nicht«, gestand Hannes. »Ich meine, woher willst du es denn besser wissen als unser kleiner Unglücksrabe hier?«

»Also hör mal, wie kannst du so was auch nur fragen?«, empörte sich Isabella, wobei ihr Zwinkern verriet, dass sie es nicht so ernst meinte. »Die durchschnittliche Frau träumt ab der ersten Barbiepuppe davon, irgendwann den einen, einzigen, ja einzigartigen Prinzen zu treffen, der um ihre Hand anhält. Nicht umsonst macht eine ganze Branche ein Riesentrara und schwindelerregende Umsätze mit dem *schönsten Tag im Leben.* Heutzutage organisiert man sogar einen Hochzeitsplaner, wenn man etwas auf sich hält.« Sie verdrehte die Augen. »Und nun ist Anna genau das passiert: Der reiche, gut aussehende Prinz kniet vor ihr, gesteht ihr seine ewige Liebe und verkündet, dass er sein restliches Leben an ihrer Seite verbringen will.« Sie machte eine kleine Pause und wandte sich dann direkt an Anna. »Und wenn das dein Herz nicht zum Hüpfen bringt, du vor lauter Glückshormonen nicht schon beim ersten Hahnenschrei aus den Federn springst oder wenigstens noch im Bett Kataloge mit Hochzeitskleidern durchblätterst, ist die Rechnung ganz einfach: Du willst nicht heiraten. Und zwar aus einem guten Grund.« Isabella atmete tief ein, dann sah sie Anna fest in die Augen. »Weil Lars eben nicht der Prinz ist, von dem du dein Leben lang geträumt hast.«

Mit einem Mal senkte sich eine seltsame Stille über den Tisch.

»Aber das würde ja bedeuten …«, sagte Grazia nach einer Weile mit belegter Stimme. Sie räusperte sich und fuhr fort: »Wenn Isabella recht hat, bleibt dir im Grunde genommen nur noch ein Weg. Und zwar, dass du dich von ihm trennst.«

»Spinnst du?«

»Großartige Idee!«

»Findest du nicht, dass du etwas übertreibst?«

Elli, Hannes und Isabella redeten auf einmal wild durcheinander.

»Hey, hey, langsam.« Grazia hob beschwichtigend die Hände. »Nicht alle auf einmal.« Sie sah Anna nachdenklich an. »Nein, ich spinne nicht. Aber wenn Lars nicht der Richtige ist, wäre es ein Fehler, mit ihm zusammenzubleiben. Weil du dir damit doch die Chance, den Menschen kennenzulernen, mit dem du wirklich dein Leben verbringen willst, gründlich verbaust.« Sie wandte sich an Hannes und drohte ihm spielerisch mit dem Zeigefinger. »Und du halte dich zurück. Wir alle wissen, was du von Lars hältst. Das interessiert aber gerade keinen hier.«

»So ein Blödsinn«, entgegnete er. »Du kannst ihn doch genauso wenig ausstehen.«

»Das muss ich aber nicht alle naselang kundtun«, sagte Grazia spitz. »Das ist nämlich ziemlich verletzend, capito?«

»Hört auf, bitte.« Anna stützte ihr Kinn auf die Hände. »Ihr habt irgendwie alle recht. Zumindest was seine schlechten Seiten anbelangt. Aber die hat doch jeder von uns, oder nicht?« Als alle folgsam nickten, fuhr sie fort. »Na also. Und Lars hat auch viele gute Seiten.«

»Und zwar welche? Au!« Hannes sah Isabella böse an, die ihm unter dem Tisch prompt gegens Schienbein getreten hatte. »Ich meine das ernst. Ich will von Anna wissen, was sie an ihm mag.«

Isabella kniff die Lippen zusammen und verzichtete darauf, ihm zu erklären, dass er das auch anders hätte formulieren können.

»Ich finde die Frage gut«, bestätigte Grazia. »Erzähl uns, was dir an Lars gefällt.«

»Er ist zuverlässig und aufmerksam, wir mögen die gleichen Sportarten wie Langlaufen, Schwimmen, Wandern und Radfahren, kochen gern zusammen, lieben die gleichen Filme, gehen gern in Museen …« Anna hielt inne, als ihr auffiel, dass die anderen ihr förmlich an den Lippen hingen und offensichtlich nur darauf warteten, dass sie endlich von Liebe sprach.

»Das hört sich nicht wirklich überzeugend an, was?«, fragte sie schließlich.

»Hmm, doch, doch, das tut es«, versuchte Isabella, sie wieder aufzurichten. »Wenn es nur um eine Freundschaft ginge, wäre das absolut großartig. Aber es geht darum, ob du an diesem einzigartigen Tag – und das sollte er doch wirklich sein«, betonte sie mit einem Blick auf Grazia, »zu einem Mann Ja sagen willst, den du ganz offensichtlich nicht liebst.«

»Du irrst dich«, widersprach Anna, nachdem sie eine Weile über Isabellas Worte nachgedacht hatte. »Ich liebe ihn schon. Vielleicht auf eine andere Art und Weise, als wir uns das mit dem Prinzen vorgestellt haben. Nichtsdestotrotz empfinde ich viel für ihn. Dennoch habt ihr mit euren Bedenken natürlich recht. Tief in meinem Inneren wünsche ich mir immer noch den edlen Ritter mitsamt seinem weißen Pferd, der mein Herz höherschlagen lässt, wenn ich nur an ihn denke.«

»Was bist du nur für eine süße Träumerin.« Grazia lächelte angesichts der verklärten Miene ihrer Freundin. »Ich wünsche dir von Herzen, dass du genau diesen Gesichtsausdruck zur

Schau trägst, wenn du vor dem Traualtar stehst. Aber ich bezweifle, dass das so sein wird, wenn du Lars heiratest.«

Hannes nahm Anna in den Arm und flüsterte in ihr Ohr: »Sei mir nicht böse, dass ich so allergisch auf deinen Typen reagiere. Aber du weißt auch, dass er sich das selbst zuzuschreiben hat, richtig?« Er schob sie wieder ein kleines Stück von sich weg und sah ihr fest in die Augen. »Und du weißt hoffentlich auch, dass ich dir, genau wie die drei Mädels, nur das Beste wünsche. Also bitte überleg dir genau, ob du dir das antun willst. Von uns glaubt nämlich wirklich niemand daran, dass er der Mann ist, der dich glücklich machen wird.«

»Schlaf noch ein paar Nächte drüber«, riet ihr Isabella, als die kleine Runde sich auflöste. »Aber triff bald eine Entscheidung. Es wäre ja Lars gegenüber auch nur fair, wenn er so bald wie möglich erfährt, dass du ihn vielleicht gar nicht heiraten willst, oder?« Und als Anna nickte, fügte sie hinzu: »Kopf hoch, Würmchen. Schlimmer als jetzt kommt es nicht mehr, und das ist ja auch schon mal was.«

Wie gut, dass in diesem Augenblick niemand wusste, wie schlimm alles noch werden würde.

Am nächsten Morgen wachte Anna tatsächlich mit dem ersten Hahnenschrei auf. Prompt fühlte sie sich wie gerädert, was unter anderem daran lag, dass sie bis tief in die Nacht hinein wach gelegen und gegrübelt hatte. Sie drehte sich auf die linke Seite und öffnete die Augen. Lars lag neben ihr, ruhig wie immer. Nur sein Brustkorb, der sich langsam hob und wieder senkte, sowie der kleine Finger seiner rechten Hand, der ab und zu zuckte, verrieten, dass der Mann neben ihr noch lebte. Bisher war sie überglücklich gewesen, dass er nicht schnarchte. Er trank selten Alkohol und wenn, dann nur in Maßen, da er es hasste, die Kontrolle zu verlieren. Vermutlich hätte er es sogar als Kontrollverlust bezeichnet, wenn er geschnarcht hätte. Und mit an Sicherheit grenzender Wahrscheinlichkeit hätte er am selben Tag, an dem er davon erfahren hätte, einen Termin im Schlaflabor ausgemacht.

Schuldbewusst ertappte sich Anna dabei, dass es ihr mit einem Mal lieber gewesen wäre, er würde sägen wie ein Holzfäller. Dann hätte sie wenigstens einen guten Grund, sauer auf ihn zu sein.

Leise schlug sie die Decke zurück und tapste ins angrenzende Bad. Obwohl sie vor bereits zwei Jahren zu Lars in die große Dachterrassenwohnung gezogen war, die seine Eltern als Kapitalanlage gekauft hatten und ihm zu einem mehr als günstigen Mietzins überließen, war sie jeden Tag aufs Neue von dem Luxus überrascht, den allein das Badezimmer ausstrahlte. Die Wände waren mit großen hellsandfarbenen Steinplatten gefliest, die schwellenlose Duschkabine war so groß, dass fünf Personen darin Platz gefunden hätten, und selbst der Abfluss, ein schmaler, etwa fünfzig Zentimeter langer Schlitz an der Wand, wirkte elegant. Dass die Toilette sich diskret in einem Nebenzimmer verbarg, war ebenso selbstverständlich wie das gemütliche, cremefarbene Loungesofa, das der großen Badewanne gegenüberstand.

Nachdem sie die Toilette benutzt, sich die Hände gewaschen und die Zähne geputzt hatte, setzte sie sich auf das Sofa und vergrub ihr Gesicht in den Händen. Obwohl sie die halbe Nacht nachgedacht hatte, war ihr keine zündende Idee gekommen, welcher der richtige Weg war, und vermutlich würde sie auch in der nächsten halben Stunde kein Geistesblitz streifen. Deshalb beschloss sie mit einem Blick auf die Uhr, dass sie noch genügend Zeit hatte, um das kleine Fitnessstudio zu benutzen, das Lars am anderen Ende des Flurs eingerichtet hatte, bevor sie sich duschte. Nur vorher noch fünf Minuten die Augen schließen und in sich hineinfühlen.

»Hier bist du.« Lars rüttelte vorsichtig an Annas Schulter. »Ich dachte schon, du wärst getürmt, weil es hier so ruhig war.«

Schlaftrunken richtete Anna sich auf. Einen Moment lang hatte sie keine Ahnung, wo sie war. Dann merkte sie, dass sie im Badezimmer eingeschlafen war und Lars sie erwartungsvoll ansah. Offensichtlich hatte er einen Spaß gemacht, über den sie sich nun gebührend amüsieren sollte.

»Großartig«, umschiffte sie geistesgegenwärtig seinen Scherz und ließ dabei offen, ob sie das Wetter meinte oder seinen Witz, wenn sein Spruch diese Bezeichnung überhaupt verdient hatte. »Wie spät ist es?«

»Halb acht.«

»Oh nein!«, murmelte Anna. Schlagartig wurde ihr klar, dass die Zeit weder für eine Dusche noch für eine Aussprache reichen würde. Mit einem Satz sprang sie auf, rannte ins Ankleidezimmer, das das Schlafzimmer mit dem Bad verband, zog eine kurze weiße Leinenbluse und einen geblümten Sommerrock hervor und stürmte zurück zum Waschbecken. Lars' Protest, der es nicht leiden konnte, wenn er das Badezimmer nicht für sich alleine hatte, auch wenn er sich zwanzig Minuten nicht aus der Dusche rühren würde, ignorierte sie.

»Dreh dich halt um, wenn du mich nicht sehen magst«, brummte Anna, zog eine Schranktür auf und holte einen Waschlappen hervor. Nachdem sie mit ihrer Katzenwäsche, einem flüchtigen Schminken und Anziehen fertig war, ging sie in die offene Küche und betätigte den chromglänzenden Vollautomaten. Sie hatte ihren Kaffee kaum ausgetrunken, als Lars, nur ein Handtuch um die Hüften geschlungen, ins Wohnzimmer kam.

Anna warf einen raschen Blick auf die Uhr. Mist. Wenn sie nicht auf der Stelle verschwand, bekam sie ein Problem. Ein Interessent hatte sich für halb neun Uhr angesagt, und sie sollte ihm zwei Vorschläge für die Umgestaltung seiner Büroräume präsentieren. »Tut mir leid, ich muss los, sonst erwische ich meinen Bus nicht mehr.« Sie stellte ihre Kaffeetasse kurzerhand auf die Spüle, warf Lars eine Kusshand zu, dann stürmte sie aus der Wohnung.

In letzter Sekunde hatte sie es geschafft, in den Bus zu springen, als auch schon ihr Handy piepste. Ohne hinzusehen wusste sie, dass die SMS von Lars war. Er war der Einzige in ihrem Freundeskreis, der sich der Benutzung von WhatsApp vehement verschloss und ihr jede Woche mindestens einen Vortrag über Datenschutz hielt. Als wenn sie das nicht selbst wüsste. Dass sie niemals vertrauliche Dinge über ihr Telefon verschickte, interessierte ihn nicht, deswegen hatte sie irgendwann aufgegeben, ihm zu widersprechen.

Als das Telefon noch zwei weitere Male piepste, zog sie es schließlich doch aus ihrer Tasche. Sie war kurz davor, ihn anzurufen und zu fragen, wie seine Auffassung einer respektvollen Beziehung damit zusammenpasste, dass er so lange eine Nachricht nach der anderen schickte, bis sie endlich darauf antworten würde.

Über die Kaffeetasse reden wir noch! Du weißt doch, dass ich es nicht gerne sehe, wenn benutztes Geschirr in der Spüle steht!

Ich weiß genau, dass du meine Nachricht mitbekommen hast, also bitte antworte mir.

Sie zu ignorieren macht es auch nicht besser.

»Ist ja schon recht«, murmelte Anna unwillig. Obwohl sie zugeben musste, dass eine stets picobello aufgeräumte Wohnung durchaus etwas Positives hatte, fand sie trotzdem, dass Lars' Ordnungswahn grenzwertig war. Früher war sie nach der Arbeit einfach aus ihren Klamotten geschlüpft, hatte das, was nicht in die Wäsche musste, locker über einen Stuhl gehängt und den Rest im Vorbeigehen in die kleine Wäschetonne geworfen, ohne die Teile vorab nach Weiß-, Bunt- und Feinwäsche zu sortieren. Doch das hatte sich mit dem Einzug in Lars' Wohnung grundlegend geändert. Er betrachtete allein den nicht weggeräumten Kaffeebecher als Todsünde, von achtlos hingeworfenen Wäschestücken ganz zu schweigen. Seit Anna ihren Freunden erzählt hatte, was für ein Ordnungsfanatiker Lars war, hieß die Wohnung bei ihnen seither nur noch *das Museum*.

Bevor Anna den Bus in Trudering verließ, um in die U-Bahn umzusteigen, piepste es schon wieder.

Übrigens: Sei heute nach der Arbeit bitte pünktlich. Ich habe eine Überraschung für dich.

Annas Magen zog sich schmerzhaft zusammen. Sie konnte sich beim besten Willen nicht vorstellen, dass etwas Erfreuliches auf sie zukommen würde, von der zu erwartenden Diskussion wegen des Geschirrs ganz zu schweigen. Und von Überraschungen hatte sie derzeit die Nase gehörig voll.

Kurz nach siebzehn Uhr streckte Anna ihren Kopf in Hannes' Büro. Er war nicht nur ihr Chef und der Inhaber des kleinen Innenarchitekturbüros, er war in den Jahren, in denen sie für ihn arbeitete, ein guter Freund geworden. Als er sie in der Tür stehen sah, überzog ein Lächeln sein Gesicht. Da er telefonierte, winkte er sie mit dem Stift, den er in der Hand hielt, herein, deutete auf einen freien Stuhl und musterte sie mit einem seltsamen Ausdruck.

»Aha. Ja, das kann sein.« Er blätterte in seinem Kalender, zog die Stirn in Falten, dann sagte er knapp: »Das wird wohl gehen müssen.« Er verdrehte die Augen, als er seinen Gesprächspartner trotz mehrmaliger Versuche nicht unterbrechen konnte. Als Anna den Mund verzog und auf die Uhr deutete, hielt er kurzerhand den Telefonhörer zu. Da der Anrufer inzwischen angefangen hatte, von seinem letzten Urlaub in Tansania zu erzählen, reichte es, wenn Hannes gelegentlich ein anerkennendes *toll* oder *großartig* einwarf.

»Ich wollte unbedingt noch mit dir reden«, flüsterte er eindringlich. »Aber ich muss mit Magnus Staller noch ein paar Details klären«, beantwortete er auch gleich die Frage, die Anna ins Gesicht geschrieben stand. Der hartnäckige Anrufer war ihr derzeit wichtigster Kunde. »Das lässt sich nicht aufschieben, weil er in zwanzig Minuten nach Rom fliegt. Kannst du noch etwas warten?«

»Nein«, bedauerte Anna. »Ich muss in fünf Minuten los. Lars hat mich schon heute früh eindringlich darum gebeten, pünktlich nach Hause zu kommen.«

»Mist.« Hannes verzog den Mund, als ob er Zahnschmerzen hätte. »Keine Chance?«

»Wenn es irgendwo brennt, bleibe ich natürlich.« Anna nickte zur Bekräftigung ihrer Worte. »Ansonsten würde ich es gerne auf morgen verschieben, sonst kann ich mich nachher auf einen von Lars' berühmten Vorträgen gefasst machen.«

»Mist«, sagte Hannes erneut. »Aber, um deine Frage zu beantworten: Nein, es brennt nichts. Es wäre etwas Privates gewesen. Aber geh besser, bevor du Ärger bekommst.«

Obwohl Anna Hannes' Verhalten ziemlich merkwürdig fand, hatte sie es bereits wieder vergessen, als sie in die überfüllte

U-Bahn stieg. Dass zu Hause eine Überraschung auf sie wartete, von der sie nicht die geringste Ahnung hatte, welcher Natur auch immer sie sein mochte, lag ihr schon den ganzen Tag wie ein Stein im Magen. Zu gut kannte sie Lars' mangelnde Feinfühligkeit, dementsprechend konnte es von einer Weltreise über einen Hund alles bedeuten. Wobei sie Letzteres eigentlich ausschloss, da sie das Thema im Vorjahr ausführlich durchgekaut hatten, als er eines Tages mit einem niedlichen Welpen auf dem Sofa auf sie gewartet hatte. Ihren sofortigen Einwand, dass sie, obwohl sie sich in den entzückenden Pudel sofort hätte verlieben können, mit einer nicht zu unterschätzenden Allergie gestraft war, hatte er mit einem Achselzucken und den Worten, dass es schon nicht so schlimm werden würde, abgetan. Als ihm am nächsten Morgen dann ein verquollenes und fast nicht mehr wiederzuerkennendes Gesicht entgegenblickte, hatte er den kleinen Rüden wieder zurück zum Züchter gebracht.

Anna atmete tief durch, wappnete sich für das, was gleich auf sie zukommen würde, und steckte den Schlüssel ins Schloss. Als sie, kaum dass sie die Tür geöffnet hatte, eine schrille Stimme aus dem Wohnzimmer vernahm, war sie drauf und dran, wieder den Rückzug anzutreten. Doch just in diesem Augenblick kam ihr Schwiegervater in spe aus der Gästetoilette und hätte sie fast über den Haufen gerannt.

»Ach, hallo Anna«, begrüßte er sie freundlich.

»Hallo Jürgen«, piepste sie und räusperte sich, um den Frosch in ihrem Hals hinunterzuschlucken. »Was machst du denn hier?«

»Lars hat uns vorgestern angerufen und uns die freudige

Nachricht verkündet«, sagte Jürgen Schmitz verlegen. »Und du kennst ja meine Frau. Sie hat natürlich sofort darauf bestanden, dass wir …«

Was das gewesen sein könnte, ließ er unter den Tisch fallen, da Lars in den Flur kam und die beiden erstaunt musterte. »Dachte ich es mir doch, dass ich euch reden gehört habe«, sagte er leichthin und gab Anna einen Kuss. »Tja, dann hast du deine Überraschung quasi schon ausgepackt.«

»Ah, ach so. Ja, das ist ja ganz großartig«, sagte Anna und bemühte sich, ein erfreutes Gesicht aufzusetzen, was ihr mit Blick auf Lars' Mutter, die nun ebenfalls zu ihnen in den Flur trat, mehr schlecht als recht gelang.

»Hallo, Anna.« Kühl reichte ihr Lore Schmitz die Hand.

»Hallo, Frau Schmitz.« Im Gegensatz zu Lars' freundlichem Vater, der Anna gleich am ersten Tag das Du angeboten hatte, konnte sie sich bislang nicht dazu überwinden, die affektierte Mittfünfzigerin mit ihrem Vornamen anzusprechen. Einerseits war es ihr sowieso nie angeboten worden, andererseits fand sie, dass es sich nicht gehörte, egal, was ihre Freunde dazu sagten.

»Also hör mal«, hatte sich Isabella ereifert. »Das kann ja wohl nicht sein, dass sie dich duzt, und du musst Frau Sowieso zu ihr sagen.«

»Zum einen duzt sie mich nicht, sondern nennt mich nur ungefragt beim Vornamen. Zugegebenermaßen ohne mir das Gleiche angeboten zu haben. Zum anderen bin ich froh, wenn ich sie mit dem Nachnamen ansprechen kann. Ich mag sie einfach nicht«, hatte Anna entgegnet.

»Ja, dann wollen wir mal auf die Terrasse gehen«, unterbrach Lars etwas steif Annas Gedanken. Er schien zu spüren, dass seine Überraschung noch nicht den gewünschten Effekt bei seiner Verlobten ausgelöst hatte. Aber das würde sich gleich ändern, dessen war er sich gewiss.

»Was feiern wir denn?«, fragte Anna etwas fassungslos, als sie den Eiskühler sah, in dem eine Flasche Champagner stand.

»Das ist ja wohl kaum eine ernst gemeinte Frage«, sagte Lore Schmitz pikiert. »Eure Verlobung natürlich. Und dass wir gekommen sind, um euch beiden bei der Vorbereitung der Hochzeitsfeier behilflich zu sein.«

»Aber wir haben doch noch gar keinen Termin.« Hilflos blickte Anna zu Lars. Das alles konnte einfach nicht wahr sein. Unmerklich wanderte ihre rechte Hand zu ihrem linken Unterarm, wo sie sich kurz, aber heftig zwickte.

Doch Lars lächelte sie noch immer wohlwollend an. »Deswegen bekommst du jetzt Unterstützung. Das ist klasse, oder? Mama hat extra ihren Sylturlaub sausen lassen, um dir zu helfen.«

»Ach, dann bleibt ihr länger in München?«, fragte Anna und hoffte, dass das nicht der Fall war.

»Vorerst haben wir zwei Wochen eingeplant«, informierte Lore sie spitz. »Wir werden ja sehen, wie weit wir in der Zeit kommen.«

»Prima«, stammelte Anna. »Und wo übernachtet ihr?«

»Bei uns natürlich, Schatz«, sagte Lars, der die Frage nicht im Geringsten nachvollziehen konnte. »Schließlich haben wir genügend Platz.«

Nachdem Lars die Champagnerflasche geöffnet und sie alle auf die bevorstehende Hochzeit angestoßen hatten, entschuldigte Anna sich eine halbe Stunde später mit Kopfschmerzen und lief ins Bad. Sie ließ das Wasser laufen, bis es eiskalt aus dem Hahn rann, dann spritzte sie sich mit beiden Händen Wasser ins Gesicht. Dass sie ihr Telefon mitgenommen hatte, war keinem der Anwesenden aufgefallen. »Ich weiß nicht, was ich machen soll«, flüsterte sie in den Hörer. »Das ist ein totaler Albtraum, und ich habe keine Ahnung, wie ich da wieder rauskommen soll.«

Zuerst hatte sie versucht, Isabella anzurufen, hatte aber nur deren Mailbox erreicht. Grazia dagegen war sofort ans Telefon gegangen und hatte zum Glück Zeit, Anna zuzuhören.

»Du machst jetzt einfach gute Miene zum bösen Spiel, hörst du? Geh wieder raus, bleib bei deiner Behauptung, dass es dir nicht gut geht, und wenn du es gar nicht mehr erträgst, gehst du ins Bett. Lass dich bloß nicht dazu hinreißen, Lars vor seinen Eltern den Kopf zu waschen.« Auch wenn es genau das war, was Grazia in so einem Fall getan hätte. Aber Grazia war eben Grazia, und Anna würde einen derartigen Auftritt ewig bereuen.

»Geht es dir besser?«, fragte Lars besorgt, als Anna sich wenig später wieder zu ihnen setzte.

»Nein«, sagte Anna kläglich. »In der Arbeit war heute einiges los, und das war dann alles zusammen etwas viel.«

»Zumindest darüber musst du dir im Moment keine Gedanken machen«, sagte Lars kryptisch. »Was den Stress in der Arbeit anbelangt, meine ich.«

»Wieso?«, fragte Anna irritiert. »Was meinst du damit?«

»Dass er in weiser Voraussicht dafür gesorgt hat, dass sie den Rest der Woche freihaben«, fiel Lore ihrem Sohn ins Wort. Ihr gefiel es sichtlich, vor Anna darüber informiert worden zu sein. Schließlich war sie Lars' Mutter und damit noch immer die wichtigste Frau in seinem Leben.

»Du hast was?«, wandte Anna sich an Lars. Sie tat sich schwer, den Sinn von Lore Schmitz' Worten zu erfassen.

»Ich habe mit deinem Chef telefoniert.« Lars grinste schief. Als er Annas schockierte Miene sah, kam ihm für einen Augenblick der Gedanke, dass seine Idee vielleicht doch nicht so brillant gewesen war. Doch er wischte ihn schnell wieder beiseite. »Er ist auch meiner Meinung, dass du jetzt Zeit für dich und die ganzen Vorbereitungen brauchst.«

Anna war sich sicher, dass Hannes ganz und gar nicht Lars' Meinung gewesen war. Aber immerhin wurde ihr nun klar, weshalb er beinahe verzweifelt gewirkt hatte, dass sie nicht länger bleiben konnte. Wenn das Telefonat nicht dazwischengekommen wäre, hätte er sie vorgewarnt, was sie zu Hause erwartete. Sie biss sich auf die Unterlippe und rief sich Grazias Worte in Erinnerung. *Wenn du das ganze Trara nicht mehr erträgst, stellst du dir eben vor, du wärst Schauspielerin im Theater und würdest eine Rolle spielen.* Und tatsächlich, das half.

»Also dann.« Jürgen hob erneut sein Glas. »Auf euch. Und wir haben auch noch eine Überraschung.« Er warf seiner Frau einen vielsagenden Blick zu.

Folgsam fasste Lore hinter sich und angelte nach ihrer Handtasche. Als sie sie zu fassen bekam, öffnete sie den Reißverschluss, sah hinein und zog einen Umschlag heraus. Bevor sie ihn an ihren Mann weiterreichte, musterte sie Anna mit zusammengekniffenen Augen. Alles an ihr signalisierte, dass sie die Verbindung zwar nicht unbedingt missbilligte, sich aber durchaus eine bessere Partie für ihren Sohn gewünscht hätte.

Jürgen nahm den Umschlag und wollte ihn Anna, die neben ihm saß, in die Hand drücken, wurde jedoch durch einen Tritt gegen sein Schienbein gestoppt.

»Ich finde, Lars sollte ihn öffnen«, sagte Lore säuerlich zu ihrem Mann. »Letzten Endes wird es ja sein …« Sie ließ den Satz unvollendet, da Jürgen warnend den Kopf schüttelte.

Schließlich nahm Anna das Kuvert, das Jürgen ihr noch immer vor die Nase hielt, und reichte es an Lars weiter. »Das ist doch kein Problem«, sagte sie und wünschte sich weit weg. Ihr wäre es am liebsten gewesen, wenn nicht schon im Vorfeld irgendwelche Geschenke verteilt worden wären, aber da sie keine Ahnung hatte, um was es ging, hielt sie doch besser den Mund.

Lars bemerkte Annas gequälten Gesichtsausdruck nicht. Er grinste seine Mutter begeistert an, nahm ein Messer, schob es genüsslich in den Falz und schlitzte das Papier langsam und ordentlich auf. Als er eine Hochglanzbroschüre hervorzog, blickte er voller Erstaunen auf. »Das ist nicht euer Ernst!«

Als Anna geschlagene drei Stunden später im Bad stand und sich die Wimperntusche von den Augen wischte, war sie so erschöpft, als hätte sie den Mount Everest bestiegen. Nie im Leben hätte sie gedacht, dass es einen derart auslaugen konnte, wenn man über Stunden hinweg gute Laune vortäuschen und seinen eigentlichen Gefühlen zuwider handeln musste. Jetzt wollte sie nur noch ins Bett, ihr kleines weiches Kopfkissen fest umarmen und sich in den Schlaf weinen.

»Na, was sagst du? Sind meine Eltern nicht großartig?«

Anna schrak zusammen. Sie war so in Gedanken gewesen, dass sie nicht gehört hatte, wie Lars hereingekommen und hinter sie getreten war. Jetzt umarmte er sie und vergrub sein Gesicht in ihren Haaren. Sein Mund suchte ihren Hals, doch als er anfing, an der zarten Haut zu knabbern, wurde es Anna zu viel.

»Bitte nicht«, sagte sie leise. »Ich hatte den ganzen Abend über fürchterliche Kopfschmerzen, und mittlerweile habe ich das Gefühl, dass mein Schädel gleich explodiert.«

»Schade«, sagte er enttäuscht. »Aber wenigstens verstehe ich jetzt, weshalb du die ganze Zeit so still warst.« Er drehte sie zu sich herum. »Was sagst du denn nun zu der Überraschung, die sich meine Eltern ausgedacht haben?«

»Lars, bitte. Lass mich jetzt einfach, ja? Wir reden morgen darüber.«

»Kannst du nicht einfach eine Tablette nehmen?«, blieb er hartnäckig. Nach den überaus angenehmen Überraschungen, die seine Eltern für das frisch verlobte Paar im Gepäck gehabt hatten, war ihm noch sehr danach, der Zukunft vorzugreifen und an der Familienplanung zu arbeiten.

# Kapitel 2

Hannes maß sie mit einem Blick, den sie nur schwer einordnen konnte. »Hallo Anna«, sagte er schließlich mit einem Lächeln. »Willst du nicht reinkommen?«

Sie stieß sich vom Türrahmen ab, durchquerte mit wenigen Schritten den Raum und setzte sich auf den Stuhl vor seinem Schreibtisch.

Er griff nach dem Telefonhörer und tippte auf eine Kurzwahltaste. »Ich will die nächste halbe Stunde nicht gestört werden. Und«, er hob den Blick und sah Anna an, »bring uns doch bitte zwei Cappuccini und eine Flasche Wasser.«

Bis die Getränke kamen, zeigte Hannes Anna den Ausdruck einer E-Mail, die am Vormittag gekommen war. Ein zufriedener Geschäftspartner bedankte sich und lobte das inzwischen abgeschlossene Projekt in höchsten Tönen.

»Das ist alles dein Verdienst.« Hannes lächelte ihr zu. »Wärst du mit deiner Idee nicht so überzeugend gewesen, hätte ich den Laden vermutlich längst dichtmachen müssen. Aber seit dem letzten Jahr schreiben wir schwarze Zahlen. Endlich. Deswegen wird es auch Zeit, dass wir darüber reden, wie ich dir das angemessen vergüten kann.«

Anna wurde rot vor Freude. Für einen Moment vergaß sie den vergangenen Abend, der ihr eine schlaflose Nacht beschert hatte. Hannes spielte darauf an, dass sie vor einigen Jahren wie aus dem Nichts mit einer Hartnäckigkeit, die ihresgleichen suchte, bei ihm hereingeschneit war, darauf beharrt hatte, den Firmeninhaber zu sprechen, und ihm dann eine Idee unterbreitet hatte, die ihn sprachlos gemacht hatte.

»Das ist ja alles gut und schön«, hatte er damals gesagt. »Um ehrlich zu sein, finde ich die Idee sogar großartig. Ach was, großartig. Sie ist brillant. Es gibt nur einen Haken dabei: Diesen Vorschlag umzusetzen kostet Geld. Viel Geld. Und das ist so ziemlich das Einzige, das wir hier nicht haben. Kommen Sie mal mit.« Er stand auf, hielt ihr galant die Tür auf, führte sie durch die Räume der alten Fabrikhalle, die er angemietet hatte, und stellte sie einer guten Handvoll Mitarbeitern vor, die an Zeichenpulten oder ihren Rechnern an verschiedenen Entwürfen arbeiteten.

»Wir halten uns über Wasser, weil wir allesamt Enthusiasten sind. Isabella zum Beispiel hat ein Hochbegabtenstipendium, was sie ihren Eltern aber verschwiegen hat, da die ihren Worten zufolge in Geld schwimmen und sie monatlich mit einem nicht zu unterschätzenden Betrag unterstützen. Deswegen arbeitet sie meist unentgeltlich. Gerald hat ebenfalls schon mehrfach auf sein Gehalt verzichtet.« Bedauernd strich er sich über sein kleines rotes Bärtchen. »Wir alle träumen davon, dass wir eines Tages große Firmen oder gern auch Privatpersonen im Bereich Innenarchitektur und Raumaustattung beraten dürfen. Und wir sind uns sicher, dass das irgendwann auch so weit sein wird. Um ehrlich zu sein, ist es bis dahin noch ein ziemlich weiter Weg. Aber ich bin davon überzeugt, dass ein so innovativer Vorschlag wie der, den Sie mir gerade unterbreitet haben, einen großen Beitrag dazu leisten könnte, unserem Traum näher zu kommen. Aber leider fehlt das Geld, eine weitere Person einzustellen, von den Mitteln, um Ihre Idee umzusetzen, ganz zu schweigen.«

Hannes Mitarbeiter wurden bei seinen Worten hellhörig. »Um welche Idee geht es denn?«, fragte Isabella neugierig. »Oder ist das topsecret?«

»Na ja, offen gesagt will ich natürlich nicht, dass jemand sie klaut und hinter meinem Rücken selbst verwirklicht«, gestand Anna verlegen. »Aber da man sie sowieso nicht schützen kann, ist es vermutlich wurscht.«

»Dann setzen Sie sich doch zu uns. Wir wollten gerade Mittag machen. Das, was wir haben, passt zwar nicht unbedingt zusammen, aber es reicht zumindest für uns alle. Und dann berichten Sie uns von Ihrer Idee.«

Genüsslich biss Anna in eine Scheibe Brot, die sie dick mit Sardellenpaste bestrichen hatte. Bevor sie jedoch zu erzählen anfangen konnte, meldete Isabella sich zu Wort.

»Wenn wir hier schon so zwanglos zusammensitzen, könnten wir uns doch duzen, oder? Ich meine, wir sind schließlich alle ungefähr im gleichen Alter, und ich fand Anna schon auf den ersten Blick total nett.« Eine leichte Röte überzog ihr Gesicht, als ihre Kollegen zu lachen anfingen.

»Isabella trägt das Herz auf der Zunge«, erklärte Hannes vergnügt. »Und ihr Bauchgefühl ist einfach unschlagbar. Wenn sie jemanden mag und ihm das Du anbietet, gilt das für uns alle.«

Anna wurde plötzlich warm vor Freude. Die kleine Truppe war so sympathisch, dass sich ihre Bedenken, jemand könnte ihre Idee stehlen, in Luft auflösten. Sie legte ihr Brot zurück auf den Teller, holte tief Luft und fing an zu erzählen.

»Ich habe eine Ausbildung zur Raumausstatterin gemacht, bevor ich Innenarchitektur studiert habe. Schon als Kind haben mich Häuser und Räume interessiert, und immer, wenn ich an einem Rohbau vorbeikam, bin ich heimlich ins Innere geschlüpft und habe mir vorgestellt, wie ich die Räume einrichten würde. Oftmals habe ich mir sogar gedacht, dass ich eine völlig andere Raumaufteilung vornehmen würde«, erklärte sie ihren Berufswunsch. »Als ich mit dem Studium fertig war, sind meine Träume aber ziemlich schnell geplatzt«, gestand sie freimütig. »Oder halt, nicht geplatzt, ich musste sie auf später verschieben, weil ich gemerkt habe, dass ich meinen Vorstellungen nicht in dem Maß freien Lauf lassen kann, wie ich das eigentlich wollte. Zumindest in der Stelle bei einem Innenarchitekten, die ich direkt nach dem Studium über Beziehungen bekommen habe. Leider kam es nach zweieinhalb Jahren zu größeren Differenzen, und ich wurde vor ein paar Wochen gekündigt.« Anna senkte verlegen den Blick. Vielleicht war es nicht die beste Bewerbung, zuzugeben, dass man gerade gefeuert worden war.

Doch dann begannen ihre Augen zu leuchten. »Heute glaube ich aber, dass es das Beste war, was mir passieren konnte. Ich habe mich dort nämlich nie so richtig wohlgefühlt, weil ich tief in meinem Inneren gespürt habe, dass es nicht das ist, was ich mein Leben lang machen möchte. Deswegen denke ich schon seit längerer Zeit darüber nach, was ich wirklich will.«

Gebannt hingen die anderen an Annas Lippen und hatten darüber ganz vergessen weiterzuessen.

»Nun spann uns nicht so auf die Folter«, bat Isabella.

Anna lächelte. »Ich bin der Überzeugung, dass viele Angestellte viel lieber in die Arbeit gehen würden, wenn ihre Büroräume so gestaltet wären, dass sie sich dort wohler fühlen als zu Hause. Und ich glaube, dass sie dann auch weniger krank wären«, fing sie an, ihre Idee zu erläutern.

»Allerdings kostet das ziemlich viel Geld, das die meisten Arbeitgeber nicht zu investieren bereit sind«, warf Hannes ein.

»Genau«, bestätigte Anna. »Deswegen würde ich mir die Chance wünschen, ein paar Büros mit geringen Mitteln auf Vordermann bringen zu können und damit eine Referenz für weitere Interessenten zu schaffen.«

»Geringe Mittel hört sich gut an«, bestätigte Gerald. »Nur wie willst du das hinbekommen?«

»Indem ich die Wünsche der jeweiligen Mitarbeiter, deren Räume neu gestaltet werden sollen, abfrage und dann Flohmärkte und Wohnungsauflösungen abklappere. Das, was dem Geschmack entspricht, kann in der Regel viel günstiger renoviert als neu gekauft werden.«

»Denkst du, dass sich wirklich viele Arbeitgeber darauf einlassen, dass du ihnen anstelle ihrer zwar langweiligen, aber doch funktionalen Einrichtung abgenutzten Krempel hinstellst?«, überzeichnete Isabella ihre Vorstellung von gebrauchten Möbeln.

»Mein Ziel ist es ja nicht, ganz München davon zu überzeugen«, erwiderte Anna nachdenklich. »Aber ich bin mir sicher, dass gerade die Inhaber von kleineren Firmen für meine Argumente empfänglich sein könnten. Schließlich ist es für die besonders hart, wenn sie Ausfälle durch Krankheit oder Unlust haben.«

Anna machte eine Pause und gab den anderen Zeit, über ihre Worte nachzudenken.

»Ich finde das großartig«, sagte Isabella nach einer Weile aufgeregt. »Wenn man das den Leuten verklickern könnte und es Schule machen würde, würden uns die Klienten sicher die Bude einrennen.«

Ganz so euphorisch betrachtete Gerald die Angelegenheit zwar nicht, aber auch er war überzeugt, dass sich etwas daraus machen ließ. »Bist du schon bei anderen Firmen vorstellig geworden?«, fragte er neugierig.

»Um ehrlich zu sein: Ja, ich habe fast schon die ganze Stadt abgeklappert, allerdings erst mal mit der Vorgabe, dass ich einen Job suche. Bei den meisten Firmen haben mich aber schon die Empfangsdamen abgewimmelt.«

»Ähm.« Ein amüsiertes Lächeln umspielte Isabellas Lippen. »Irgendwie ist das auch etwas unkonventionell, findest du nicht? Ich meine, eigentlich schickt man doch erst mal ein schriftliches Stellengesuch, bevor man mit einer Bewerbungsmappe hausieren geht.«

»Wirklich?« Anna machte große Augen. »Das wusste ich gar nicht.«

Als der kleinen Gruppe nach ein paar Sekunden aufging, dass in den Augen ihrer Besucherin der Schalk blitzte, fingen sie allesamt an zu kichern.

Isabella wischte sich eine Lachträne aus dem rechten Auge. »Mensch, Hannes, Anna würde doch super zu uns passen. Können wir das nicht irgendwie hinbekommen?«

Hannes verzog sein Gesicht, als hätte er in eine Zitrone gebissen. Ihm war bereits etwas Ähnliches durch den Kopf gegangen, er hatte nur keine Ahnung, wie sie das bewerkstelligen sollten. Bevor er jedoch auf Isabellas Frage antworten konnte, winkte Anna ab.

»Sag nichts, bitte. Ich habe schon verstanden, dass die Kohle knapp ist und ihr es euch nicht leisten könnt, angesichts der bescheidenen Auftragslage noch eine weitere Mitesserin durchzufüttern.«

Schon wieder kicherten alle, doch Anna ließ sich nicht beirren. Sie wandte sich an Isabella. »Es tut mir leid, dass ich dich vorhin aufgezogen habe. Dass ich nicht wusste, dass man Bewerbungen schriftlich schickt, meine ich. Bis heute wusste ich ehrlich gesagt nicht, weshalb ich das nie gemacht habe und warum es mir genauer gesagt sogar völlig zuwider war. Aber jetzt bin ich dem Rätsel ein Stück weit näher gekommen.« Mit glänzenden Augen sah sie in die Runde. »Im Grunde meines Herzens wollte ich schon vor dem letzten Job nie in einem großen, modernen Architekturbüro arbeiten, in dem man nur ein Rädchen unter vielen ist. Oder einen Einzelkämpfer als

Chef haben, der einen abwechselnd tyrannisiert und angräbt, oder was auch immer. Irgendwie fügen sich jetzt aber ein paar Puzzleteile ineinander.« Sie holte tief Luft. Es war mal wieder wie mit dem Huhn und dem Ei, wo auch niemand sagen konnte, was denn nun zuerst da gewesen sein musste.

Plötzlich wurde Anna sich bewusst, dass ihre Gedanken abgedriftet waren, die anderen sie aber immer noch gespannt ansahen. »Entschuldigung«, sagte sie mit einem Lächeln. »Ich bin nicht auf der Suche nach einem Job, der über die Miete hinaus ein fettes Gehalt bezahlt, sondern nach einem Platz, an dem ich mich wohlfühle. Und an dem die Menschen sich gegenseitig guttun«, fügte sie leise hinzu. Ein warmes Gefühl machte sich in ihrer Herzgegend breit, als sie spürte, dass sie diesen Ort soeben gefunden hatte. »Darf ich euch einen Vorschlag machen?«

Als alle nickten, sprang sie auf. »Meine Idee lässt sich mit wenig Geld zunächst provisorisch umsetzen. Wir könnten hier mit euren Büros anfangen, auf Flohmärkten einkaufen und in den Stunden, in denen ihr einen Leerlauf habt, gemeinsam anpacken. Ich komme eine Zeit lang ohne Gehalt aus, da ich ein bisschen gespart habe. Das Einzige wäre«, sie stockte einen Moment über der Überlegung, ob sie nicht völlig auf ein Einkommen verzichten wollte, wischte den Gedanken aber schnell wieder beiseite. »Das Einzige, das ich, für sagen wir mal ein halbes Jahr, möchte, ist, dass ihr mir das Minimalgehalt zahlt, damit ich zumindest krankenversichert bin. Wäre das zu schaffen? Oder wartet«, schob sie hinterher. »Sagt jetzt einfach nichts dazu. Lasst es euch durch den Kopf gehen, besprecht es und ruft mich an, wenn ihr eure Entscheidung gefällt habt.« Sie zog eine Tageszeitung, die auf dem Tisch lag, zu sich her, nahm den Stift, der darauf lag, und kritzelte ihre Telefonnummer auf den Rand.

»Bist du dir wirklich sicher, dass du das willst?«, fragte Hannes eine Stunde später. Er hatte Anna gebeten, nur eine Runde um den Block zu drehen, weil er sich im Klaren darüber war, dass sie nicht lange würden überlegen müssen. Anna passte perfekt ins Team, und wenn sie mit ihrer Idee die ein oder andere Firma begeistern könnten, würde ihnen die Arbeit in den nächsten Jahren nicht mehr ausgehen. Allerdings waren sie genauso einstimmig der Meinung gewesen, dass es eine Zumutung war, Anna für einen Hungerlohn arbeiten zu lassen. »Lies dir das bitte durch«, sagte Hannes und deutete mit dem Zeigefinger auf ein bedrucktes Blatt. »Es ist aufgrund der Kürze der Zeit zwar noch nicht ausformuliert, aber das sind die Rahmenbedingungen, die ich dir anbieten möchte.«

Fünf Minuten später ließ Anna das Schriftstück wieder sinken. »Das ist aber ganz und gar nicht mein Vorschlag«, sagte sie überwältigt.

»Stimmt.« Hannes lächelte. »Aber mal ganz ehrlich, ich kann doch im Erfolgsfall nicht die gesamte Kohle alleine einstreichen und dir lediglich mit einem feuchten Händedruck dafür danken. Da könnte ich ja nicht mehr in den Spiegel schauen.«

Anna wurde rot vor Freude. Das Gefühl, dass sie hier am richtigen Fleck war, wurde geradezu übermächtig. Sie schluckte einen dicken Kloß der Rührung hinunter. »Ich weiß nicht, was ich sagen soll. Danke, dass du mir die Chance gibst, und auch dafür, dass du so fair bist.«

»Das kann er gerne sein, solange er nichts dabei zu verlieren hat«, neckte Isabella ihn. Dann wurde sie ernst und sagte zu Anna: »Also ehrlich, wir wären alle glücklich, wenn du es dir nicht noch anders überlegst und dir mit deiner großartigen Idee doch einen Platz in einem hippen etablierten Büro suchst.«

»Das werde ich nicht«, beteuerte Anna. Sie konnte ihr

Glück kaum fassen. Besser konnte es wirklich nicht laufen. Außer, na ja, dass ihre Vorstellung wirklich von Erfolg gekrönt sein würde natürlich.

Zwei Tage später traf sich Anna mit Isabella am Odeonsplatz. Sie spazierten durch den Luitpoldblock, schnupperten in verschiedene Läden hinein und flanierten über den Stachus zum Sendlinger Tor, die Sendlinger Straße entlang, statteten KARE einen Besuch ab und endeten schließlich im noblen Einrichtungshaus Böhmler im Tal. Am Ende ihrer Tour hatte Anna eine gute Vorstellung davon, welche Möbelstücke Isabella gefielen.

»Super«, stellte sie fest, als sie im Café Glockenspiel hoch über dem Marienplatz auf der Terrasse einen Platz im Freien ergattert hatten, Eiskaffee und Kuchen bestellten und den Blick in einen der großen, alten Münchner Innenhöfe genossen.

»Was meinst du damit?«, wollte Isabella wissen. »Hoffentlich nicht meine Geschmacksverirrungen.« Sie spielte darauf an, dass sie sich in keinem der Einrichtungshäuser für eine Stilrichtung hatte entscheiden können.

»Doch.« Anna grinste. »Wenn du völlig auf eine Richtung festgelegt wärst, könnte es einfach und schwierig zugleich werden, dein Büro umzugestalten. Einfach, weil du ja quasi alles vorgibst; schwierig, weil das ganz schön teuer werden könnte. Je vielfältiger der Geschmack ist, umso einfacher ist es zwar, entsprechende Stücke gebraucht zu finden, dafür ist es hier umso schwieriger, die verschiedenen Teile zu einem stimmigen Ganzen zusammenzufügen. Also bist du quasi eine Herausforderung. Aber zumindest kann man mit günstigen Lösungen arbeiten.«

»Na prima, dann danke ich für das Kompliment.« Isabella stimmte in Annas Lachen ein. »Und wie geht es jetzt weiter?«

Am nächsten Morgen wartete Anna um fünf Uhr auf dem Parkplatz der Münchner Messe auf zwei ihrer neuen Kollegen. Es war ein Samstag, das Wetter versprach, frühsommerlich warm zu werden, und die ersten Besucher des riesigen Flohmarkts warteten bereits ungeduldig darauf, dass die Verkäufer ihre Waren auspackten.

Nachdem sie den Ständen einen ausführlichen Besuch abgestattet und einige günstige und gut erhaltene Stücke ergattert hatten, fuhren die drei noch zu einem Baumarkt und machten zu guter Letzt einen Stopp bei IKEA am Brunnthal, um dort noch ein paar Kleinigkeiten zu besorgen. Und dann wartete ein Haufen Arbeit auf sie.

Als Isabella am Montag ihr Büro betrat, hätte es sie fast umgehauen. Das kleine Zimmer war nicht wiederzuerkennen. Afrikanische Muster trafen auf die Sechzigerjahre Amerikas, Bauhausstil konkurrierte mit Plüsch, und doch passte alles harmonisch zueinander. Es war mit so viel Liebe zum Detail nach ihrem Geschmack umgestaltet worden, dass sie keinen Zweifel mehr hatte, dass Annas Idee zum durchschlagenden Erfolg werden würde.

Doch zuerst stand noch die Neugestaltung der anderen Büros an. Anna verabredete sich einzeln mit ihren neuen Kollegen, hörte genau zu, merkte sich das Wesentliche und suchte auf den Flohmärkten im Münchner Umland nach Gegenständen, die dem jeweiligen Gefallen entsprachen, restaurierte manches, beließ anderes genau so, wie es war, und kombinierte mit untrüglichem Geschmack alle Teile derart, dass die Räume nach ihrem *Makeover* aussahen, als seien sie einem Designmagazin entsprungen.

Als alles fertig war und die vormals funktionale wie auch etwas trostlose ehemalige Fabrikhalle aussah wie eine Wohlfühloase, gab das kleine Architekturbüro eine Einweihungsfeier, die es in sich hatte. Sie luden Freunde und Geschäftspartner ein und baten darum, möglichst viele Fotos zu machen, die sie ihren Vorgesetzten zeigen konnten. Einige baten sie auch, ihre Chefs doch gleich zur Party mitzubringen.

»Das hier ist Isabellas neu gestaltetes Büro«, führte Anna den Juniorpartner eines Versicherungsbüros durch die Firma. »Sie konnte sich nicht so richtig für eine Stilrichtung entscheiden, da ihr von Afrika über moderne Kunst alles gefällt.«

Am Ende des Abends fühlten sie sich wie betrunken. Und das, obwohl sie den Alkohol kaum angerührt hatten. Doch es war kaum zu glauben: Da Annas Konzept nicht nur den Versicherungsmenschen, sondern auch noch zwei weitere Inhaber von kleinen Firmen überzeugt hatte, lagen nach der Feier drei unterschriebene Aufträge in Hannes' Schublade. Diese würden ihnen zwar keine Reichtümer einbringen, aber es war ein Anfang, und ein guter dazu.

Nach nur einem Jahr hatte sich die Firma mit Annas Konzept neu positioniert, und Aufträge flatterten inzwischen fast von alleine ins Haus. Anna hatte eine Reihe von Kontakten aufgebaut und mit mehreren Entrümpelungsfirmen vereinbart, die am besten erhaltenen Stücke zuerst besichtigen zu dürfen, bevor sie anderweitig zum Verkauf angeboten wurden. Die etablierten Architekturbüros, die Annas Idee vermutlich als albernen Unfug belächelt hätten, bissen sich vermutlich jetzt vor Ärger in den Allerwertesten.

Ein weiteres Jahr später schrieb Hannes' Firma schwarze Zahlen, und die Renovierungsarbeiten an den Möbeln konnten sie kaum noch alleine bewältigen.

Anna schrak aus ihrem Tagtraum hoch. Verwirrt stellte sie fest, dass sie in Hannes' Büro saß, er sich bereits mehrfach geräuspert hatte und sie mit einem belustigten Blick ansah.

»Lässt du mich an deinem Gedankenausflug teilhaben?«, fragte er, als sie aus ihrer Erinnerung in die Gegenwart zurückkehrte.

Anna erwiderte sein Lächeln. »Ich musste gerade daran denken, wie toll sich unsere Idee entwickelt hat.«

»Ja, das hat sie«, bestätigte Hannes. »Auch wenn es nicht unsere, sondern alleine deine Idee war.« Er war nicht der Typ, der sich mit fremden Federn schmückte. »Das ist auch der Grund, weshalb ich mir Gedanken mache, auf welche Art und Weise ich das honorieren kann.«

Anna lächelte gequält. »Das weiß ich zu schätzen, wirklich. Aber im Moment steht mir der Kopf überhaupt nicht nach irgendetwas Materiellem. Wirklich nicht«, fügte sie hinzu, da Hannes sie fragend ansah. »Ich habe zu Hause gerade eine so große Baustelle, dass ich erst mal die in Ordnung bringen muss, bevor ich auch nur ansatzweise darüber nachdenken kann, worüber ich mich freuen würde.« Nun, da sie ausgesprochen hatte, was ihr keine Ruhe ließ, überkam es sie urplötzlich wie ein kalter Guss. Aus dem Lächeln wurde ein verzerrtes Grinsen, dann traten ihr Tränen in die Augen, und sie konnte die Contenance nicht länger bewahren. Mit einem Schlag fiel die Fassade von ihr ab, die sie seit Stunden mühsam aufrechterhalten hatte. Sie sackte in sich zusammen, dann brach eine Schleuse in ihrem Inneren.

»Um Himmels willen«, murmelte Isabella bestürzt, als sie mit zwei dampfenden Bechern in den Händen Hannes' Büro betrat. Schnell stellte sie die Tassen ab und kniete sich vor ihre Freundin auf den Boden. »Was ist denn los?«, fragte sie.

Hannes zuckte mit den Schultern. Weinenden Frauen gegenüber fühlte er sich immer hilflos. »Ist es wegen gestern?«, fragte er leise. »Hat es damit zu tun, dass Lars mich angerufen hat?«

»Lars hat dich angerufen? Weshalb denn das?«, fragte Isabella irritiert, bevor Anna antworten konnte.

Hannes schüttelte den Kopf und deutete mit dem Kinn auf Anna. Er hatte das Gefühl, dass sie erst loswerden musste, was sie auf dem Herzen hatte.

»Ich habe das Gefühl, als wäre ich gegen eine Mauer gelaufen«, sagte Anna tonlos. Sie zupfte ein Kleenex aus der Box, die auf Hannes' Schreibtisch stand, und wischte sich damit über die Augen, bevor sie sich die Nase putzte und das Tuch in den Abfalleimer warf. »Das ist alles so unwirklich, dass ich mich frage, ob ich gerade durchdrehe.«

Weder Isabella noch Hannes wurden aus Annas Worten schlau. Als sie dann zu erzählen anfing, dass Lars' Eltern gestern extra aus Sylt angereist waren, um das glückliche Paar bei den Hochzeitsvorbereitungen zu unterstützen, schwante ihnen Böses.

»Ach du dickes Ei«, stöhnte Hannes. »Deswegen sollte ich den Rest der Woche auf dich verzichten. So ein Armleuchter«, wetterte er laut. »Der hat sie doch nicht mehr alle. Ich dachte schon, dass jemand gestorben ist, der dir sehr nahesteht, weil er so ein Geheimnis und Tamtam daraus gemacht und mich unter Androhung eines Nacktbads in einem Ameisenhaufen zur Verschwiegenheit verpflichtet hat.«

Anna, die sich das sofort bildlich vorstellen musste, kicherte fast schon hysterisch drauflos.

»Hast du ihm gesagt, dass du so eine übergriffige Aktion nicht in Ordnung findest?«, wollte Isabella wissen.

»Wann denn?« Anna zuckte ratlos mit den Schultern. »Ich war keine Minute mit ihm allein, und der Abend mit seiner Mutter war so schrecklich, dass ich mich irgendwann mit rasenden Kopfschmerzen verabschiedet habe und ins Bett gegangen bin.« Dass Lars, trotz ihres schlechten Zustands, wenig Verständnis dafür aufgebracht hatte, dass sie den für ihn so erfolgreichen Abend nicht mit einer Runde Sex ausklingen lassen wollte, ließ sie lieber unter den Tisch fallen.

»Und was jetzt?«, fragte Hannes. »Der behandelt dich ja wie ein unmündiges Kind. Das kannst du dir doch nicht bieten lassen!«

»Das werde ich auch nicht.« Anna schüttelte den Kopf. »Aber das ist etwas, das ich mit ihm alleine besprechen muss. Abgesehen davon«, sie legte ihre Finger an die Schläfen, da sich die Kopfschmerzen gerade mit aller Macht zurückmeldeten, »lässt mich die Vorstellung, ihn zu heiraten, allmählich panisch werden.«

»Das wundert mich nicht«, murmelte Isabella mitfühlend. »Der Apfel fällt bekanntlich nicht weit vom Stamm, und wenn du dir deine Schwiegermutter in spe anguckst, weißt du doch schon jetzt, was dir blüht, wenn Lars dich erst mal in Ketten gelegt hat.« Sie warf einen Blick auf die Uhr, dann sah sie Anna an.

»Komm, lass uns essen gehen, damit du gestärkt zurück in die Höhle des Löwen zurückkehren kannst.« Isabella spürte schon die ganze Zeit, dass das, was Anna ihnen geschildert hatte, nur die halbe Wahrheit war. Und sie spürte, dass ihre Freundin etwas auf dem Herzen hatte, das sie vermutlich nur unter vier Augen erzählen wollte.

»Das ist nicht dein Ernst«, sagte Isabella, während sie mit Messer und Gabel mit der Schale eines Scampi kämpfte. Schließlich hatte sie den Kampf gegen den Widersacher gewonnen und steckte sich das perfekt gebratene Krebsfleisch in den Mund. Genüsslich kauend verdrehte sie die Augen. »Himmlisch.«

Anna dagegen stocherte lustlos in ihren Spaghetti alle

Vongole. »Doch, das ist es«, bekräftigte sie. »Lars' überaus entzückende Eltern haben beschlossen, uns eine Villa in Bogenhausen zu schenken. Schließlich soll jedes unserer fünfzehn zukünftiger Kinder ein eigenes Zimmer inklusive Bad haben.«

Isabella kicherte über Annas Sarkasmus. Wenigstens konnte sie noch Scherze machen. »Und ihr hattet keine Ahnung, was die Schmitz' ausgeheckt hatten?«

Anna zuckte mit den Schultern. »Zumindest ich hatte keine Ahnung. Da das Haus aber ziemlich genau Lars' Vorstellungen entspricht, gehe ich davon aus, dass er ihnen irgendwann mal von seinen Plänen und Wünschen erzählt hat. Allerdings bin ich mir sicher, dass er gestern genauso überrascht war wie ich.« Sie legte Gabel und Löffel auf den Teller und nippte an ihrem Wasser. »Genau wie unsere Wohnung, ist das Haus selbstverständlich fantastisch. Alles nigelnagelneu und vom Allerfeinsten. Aber es ist viel zu groß. Selbst wenn wir irgendwann«, Anna zog eine Schnute, »eines noch sehr fernen Tages Kinder haben sollten, ist das Ding völlig überdimensioniert.«

Den Eindruck bekam Isabella auch, als Anna ihr in ein paar Worten den Grundriss der Villa beschrieb. »Wie ging der Abend eigentlich noch aus?«, brachte sie das Gespräch auf das ursprüngliche Thema zurück, da Anna ihr vor dem Essen erzählt hatte, wie Lars sie trotz ihrer schlechten Verfassung bedrängt hatte. Sie konnte es auf den Tod nicht ausstehen, wenn ein Mann selbst dann noch auf Sex bestand, wenn man mit Fieber oder einer Magengrippe im Bett lag.

»Als er keine Ruhe gegeben hat, habe ich die Nerven verloren und ihn zusammengestaucht, dass ich nicht nachvollziehen kann, wie ein Mensch so egoistisch und rücksichtslos sein kann. Ich hatte ihm da bereits zwei Mal gesagt, dass es mir total bescheiden geht, und das Einzige, was ihm dazu einfiel, war, dass ich doch noch eine weitere Ibuprofen nehmen sollte.«

»Vielleicht hat er in seiner Euphorie wegen dem neuen Haus nur nicht kapiert, dass du so mies beieinander warst?«

»Doch, das hat er. Immerhin hat er vorgegeben, endlich zu verstehen, weshalb ich so ruhig war.«

Isabella verdrückte den letzten Scampi und deutete mit der Gabel auf Annas Nudeln. »Isst du das noch?«

»Nein. Ich habe keinen Appetit.« Anna schob den Teller in Isabellas Richtung. »Möchtest du?«

»Gern.« Mit leuchtenden Augen fing Isabella an, die Muscheln mit der Gabel aufzupicken. Es wäre ja schade gewesen, die kleinen Köstlichkeiten zurückgehen zu lassen. »Und was willst du jetzt machen?«, fragte sie. »Ich meine, an dem Abend hat doch eine Katastrophe die nächste gejagt. Möchtest du überhaupt in das Haus einziehen?«

»Eigentlich nicht«, gestand Anna. »Ich finde schon die Wohnung zu groß für uns beide. Aber ich werde noch eine Nacht darüber schlafen.«

»Also gut«, sagte Anna eine Stunde später und zog ihr Telefon aus der Tasche. Isabellas Worte hatten sie wieder aufgerichtet, und sie fühlte sich immerhin in der Lage, ein Gespräch unter vier Augen von Lars zu fordern. Als sie sah, dass er bereits acht Mal angerufen und vier Nachrichten hinterlassen hatte, wurde ihr flau im Magen.

»Himmel noch mal, Anna, wo bleibst du bloß?«, fragte Lars aufgebracht ins Telefon. »Mutter hat einen Termin im Brautkleiderladen für dich ausgemacht, und du bist einfach nicht erreichbar. Was?« fragte er und hielt den Hörer zu, während er mit jemandem sprach, den Anna nicht verstehen konnte. Wenig später nahm er die Hand wieder vom Mikrofon. »Hast du was zu schreiben?«

»Wer, ich?«, fragte Anna perplex.

»Natürlich du. Mit wem spreche ich denn gerade?«

Wut wallte in Anna auf. Noch konnte sie sich zusammenreißen, doch sie spürte, dass sie kurz vor einer Explosion stand. »Was soll ich aufschreiben?«

»Die Adresse des Geschäfts natürlich. Du setzt dich jetzt in ein Taxi, fährst dorthin und triffst Mutter in dreißig Minuten.«

Anna schloss die Augen und zählte bis zehn. Als sie sie wieder öffnete, war sie vor Anspannung kreidebleich. Sie spürte einen heftigen Schmerz und zuckte zusammen, als sie die Spuren sah, die ihre Fingernägel in ihrer rechten Handfläche hinterlassen hatten.

»Nein, das werde ich nicht«, sagte sie mit einem Zittern in der Stimme. »Aber ich sage dir, was ich machen werde: Ich setze mich in das Taxi und komme nach Hause. Und da will ich mit dir reden, und zwar alleine.«

»Bist du verrückt geworden?« Lars klang fassungslos. »Mutter wollte gerade losfahren. Was soll das Theater denn jetzt?«

»Es ist mir egal, wie du es nennst«, fiel Anna ihm ins Wort. »Entweder du schickst deine Eltern weg, oder ich komme nicht.« Bevor er etwas darauf erwidern konnte, unterbrach Anna die Verbindung, schaltete das Handy auf stumm und legte es mit dem Display nach unten auf den Tisch.

»Lass dich nicht unterkriegen.« Isabella nickte Anna aufmunternd zu. »Du schaffst das schon, hmm?«

»Ja, natürlich.« Anna nickte unter Tränen. »Ich hab nur das Gefühl, dass gerade mein ganzes Leben den Bach hinuntergeht.«

Bevor Anna aufsperrte, legte sie ein Ohr an das Türblatt. Erst als sie sicher war, dass keine Stimmen zu hören waren, schloss sie auf und betrat die Wohnung.

»Lars? Ich bin es.« Sie schrak zusammen, als unmittelbar neben ihr eine Tür aufgerissen wurde.

»Ich kann mir schon denken, dass du es bist.« Lars kam mit halb zugeknöpftem Hemd aus dem Schlafzimmer und funkelte sie wütend an. »Was fällt dir eigentlich ein, mir zu sagen, dass ich meine Eltern wegschicken soll? Immerhin ist das meine Wohnung, und ich kann hier noch immer tun und lassen, was mir beliebt.«

Die Worte trafen Anna wie ein Schlag. Ja, es stimmte, es war seine Wohnung. Dass er sie aber nun spüren ließ, dass sie nur ein geduldeter Gast war, ließ sie plötzlich ganz klar denken. Ihr Herzschlag verlangsamte sich, und mit einem Mal war sie ganz ruhig.

»Ja, das hast du richtig ausgedrückt«, sagte sie leise, nachdem sie ihm in die moderne, offene Küche gefolgt war. »Es ist deine Wohnung. Sie ist wunderschön, du hast sie toll eingerichtet, und ich bin wirklich froh, dass ich hier zwei Jahre wohnen durfte. Aber …« Anna ließ ihren Blick durch das große Wohnzimmer mit den bodentiefen Fenstern schweifen, die einen Blick auf die nur fünfzig Kilometer entfernten Berge freigaben. Dann sah sie ihm fest in die Augen. »Aber mir ist in den letzten Tagen vieles bewusst geworden. Und zwar, dass Geld nicht alles ist. Und dass ich nicht davon abhängig sein möchte, ob du gute oder schlechte Laune hast. Und, ganz ehrlich, ich mag es nicht, dass du Entscheidungen triffst, die mich und mein weiteres Leben betreffen, ohne mich zu fragen, ob ich das überhaupt möchte.«

Lars musterte sie, als hätte sie nicht mehr alle Tassen im Schrank. »Wenn du damit meinst, dass ich meine Eltern eingeladen habe, um dir zu helfen, dann …«

»Nein, das meine ich nicht«, unterbrach Anna ihn. »Das ist nur die Spitze des Eisbergs. Reden wir doch einfach davon, dass du deinen Entschluss, mich zu heiraten, zwar verkündet hast, es dir aber nicht im Traum eingefallen ist, mich vorher zu fragen, ob ich überhaupt heiraten will.«

»Aber … aber, das ist doch bescheuert«, regte Lars sich auf. »Wieso solltest du das nicht wollen? Wir passen perfekt zusammen, wir haben alles, was wir brauchen, und unsere gemeinsame Zukunft sieht ausgesprochen erfreulich aus.« Er machte eine kleine Pause, dann lächelte er. »Aber wenn es dir so wichtig ist, Ja sagen zu dürfen, frage ich dich eben jetzt. Anna, willst du meine Frau werden?«

Anna starrte ihn fassungslos an. Er hatte überhaupt nichts begriffen. Er hatte noch nicht mal versucht, sie zu verstehen.

»Es tut mir leid, Lars, aber ich habe nicht das Gefühl, dass wir perfekt zusammenpassen.« Es fiel ihr schwer, die richtigen Worte zu finden, da sie ihn nicht verletzen wollte. Zudem war sie sich nicht sicher, ob das, was sie gerade tat, wirklich das Richtige war. Aber alles andere fühlte sich auch nicht besser an. »Und um deine Frage zu beantworten: Nein, ich will dich nicht heiraten. Zumindest nicht jetzt«, schob sie hinterher, als seine Kinnlade nach unten klappte. »Ich liebe dich. Jedenfalls glaube ich das.« Sie sah ihn mit brennenden Augen an und hob die Schultern. »Aber in mir dreht sich zurzeit alles. Ich habe das Bedürfnis, zu mir zu finden. Irgendwie habe ich nämlich das Gefühl, mich unterwegs selbst verloren zu haben. Verstehst du das?«

Lars blickte sie nur stumm an und schüttelte den Kopf. Nein, er verstand überhaupt nichts. Um ehrlich zu sein, verstand er die Welt nicht mehr.

Anna schluckte. »Ich glaube, es täte uns gut, eine Auszeit voneinander zu nehmen.«

»Lars, Schatz, wir sind zurück.«

Lore Schmitz' schrille Stimme ließ Anna zusammenzucken. Sie drehte sich um, als die herrische Frau ungebeten in die Wohnung stürmte. »Was steht ihr denn in der Küche herum?« Sie warf Anna einen vorwurfsvollen Blick zu. »Den Termin beim Schneider habe ich zum Glück eineinhalb Stunden nach hinten verlegen können.« Mit dem ihr üblichen Röntgenblick überprüfte sie das Aussehen ihrer zukünftigen Schwiegertochter. »Du tätest allerdings gut daran, vorher deine Frisur zu ordnen und dir das Gesicht zu waschen.«

Mit einem Mal war es mit Annas Beherrschung vorbei. »Falls Sie es gestern Abend nicht mitbekommen haben: Ich habe nicht zugestimmt, dass wir zum Du übergehen. Das haben Sie ganz alleine beschlossen. Aber um ehrlich zu sein, ist es mir nicht recht, deswegen würde ich gerne beim Sie bleiben. Und jetzt möchte ich Sie bitten, wieder zu gehen. Ich habe ausdrücklich darum gebeten, mit Lars alleine sprechen zu können. Ich bin mir sicher, dass er Sie anrufen wird, sobald wir alles geklärt haben.«

Empört schnappte Lore Schmitz nach Luft. »Was fällt dir … Ihnen eigentlich ein?«, keifte sie los. »Sie führen hier auf Kosten meines Sohnes ein Leben wie die Made im …« Die restlichen Worte blieben ihr im Hals stecken, da Anna zwei schnelle Schritte auf sie zumachte und sie nun ihrerseits mit einem eisigen Blick anstarrte.

»Raus.« Annas rechter Arm zeigte zur Eingangstür. »Sofort.«

»Lieber Himmel, was ist denn passiert?«, fragte Isabella, als Anna am späten Nachmittag erneut im Büro aufkreuzte. Besorgt sprang sie auf und musterte ihre Freundin. Kalter Schweiß stand auf Annas Stirn, und überhaupt sah sie aus, als ob sie Fieber hätte.

»Komm, setz dich«, sagte Isabella, fasste Anna am Arm, führte sie zu dem kleinen Sofa, das unter einer Tigernachbildung an der Wand stand, und legte ihr die Hand auf die Stirn.

»Mensch, Anna, du glühst ja richtig. Zieh deine Schuhe aus und leg dich besser ganz hin. Ich hole dir was zu trinken.«

Fünf Minuten später kam Isabella mit einer Tasse dampfendem Tee zurück, während sie in der anderen Hand eine Schüssel mit Wasser balancierte, in der neben Eiswürfeln auch noch zwei kleine Handtücher schwammen. Sie drückte Anna den Becher in die Hand, stellte die Schüssel auf den Boden und wrang das Wasser aus dem Frotteestoff. Eines davon legte sie Anna auf die Stirn, das größere schlang sie um die Füße ihrer Freundin. Dann langte sie nach einem Plaid mit afrikanischem Muster, das lässig über die Lehne eines Besucherstuhls drapiert war, und deckte Anna damit zu.

Die hätte bei all der stürmischen Fürsorge um ein Haar ihren Tee verschüttet. »Danke«, murmelte sie, richtete sich ein Stück weit auf, blies in die heiße Flüssigkeit und trank einen Schluck. »Hmm, das tut gut.« Sie spürte, wie der Honig, den Isabella reichlich dazugegeben hatte, ein wohliges Gefühl hinterließ.

»Denkst du, dass du krank wirst?«, fragte Isabella und setzte sich vorsichtig auf den Rand der Couch.

»Ich glaube nicht«, krächzte Anna, die sich um ein Haar verschluckt hätte. »Ich schätze, dass die letzten beiden Stunden mir den Rest gegeben haben.«

»Willst du darüber reden? Oder ist es dir lieber, wenn ich dich ein bisschen alleine lasse?«

»Nein, bitte bleib.« Anna trank einen weiteren Schluck, dann fing sie an zu erzählen.

»Auweia«, sagte Isabella zwanzig Minuten später und strich ihrer Freundin eine Strähne aus dem erhitzten Gesicht. »Und was hat die Königin von Saba dazu gesagt, dass du ihr Bubi verschmähst?«

»Das hat sie noch gar nicht mitbekommen.« Anna lächelte unter Tränen. »Ich habe sie nämlich aus der Wohnung geworfen.«

»Was gedenkst du jetzt zu tun?«, fragte Hannes, den Anna hereingewunken hatte, als er mitten in ihrer Schilderung den Kopf zur Tür hereingestreckt hatte.

»Ich weiß es nicht.« Anna nippte an ihrem inzwischen fast kalten Tee und verzog angesichts des starken Honiggeschmacks das Gesicht. »Ich fühle mich so hilflos. Als ob mein ganzes Leben auseinanderbricht.«

»Dein ganzes Leben sicher nicht.« Hannes zog einen Stuhl vor das Sofa und setzte sich rittlings darauf. »Du hast immer noch uns, deinen Job und auch deine anderen Freunde. Somit geht also nur dein halbes Leben den Bach runter. Die zweite Hälfte dagegen ist stabil wie ein Fels in der Brandung und gibt dir Halt, wann immer du ihn brauchst.«

Isabella boxte ihm gegen den Arm. »Nun sei doch nicht so. Du siehst doch, wie schlecht es ihr geht.«

»Natürlich sehe ich es.« Um genau zu sein, hätte er blind und blöd zugleich sein müssen, um nicht zu merken, dass Anna wie ein Häufchen Elend auf der Couch lag. »Aber ich sehe wenig Sinn darin, gleich alles zu verdammen, das hilft ihr nämlich ganz sicher nicht. Etwas Aufmunterung und der Fokus auf die Teile ihres Lebens, die ihr guttun, dagegen schon.«

»Letzte Nacht hatte ich einen wunderschönen Traum«, murmelte Anna gedankenverloren. »Also, als ich irgendwann endlich eingeschlafen bin. Meine Oma hat mich besucht, und das war ganz komisch, weil sie schon seit fast zehn Jahren tot ist.«

Irritiert beendeten Isabella und Hannes, von dem abrupten Themenwechsel überrascht, ihr Wortgeplänkel und sahen zu Anna, die nichts von der Verwirrung ihrer Freunde mitbekam und einfach weiterredete.

»Wenn ich an sie denke, habe ich immer den Duft von frisch geschnittenen Sommerblumen und Gras in der Nase.

Das ist lustig, oder? Meine Oma hat nur zwei Häuser von uns entfernt gewohnt, ich habe sie also auch im Winter fast täglich gesehen. Aber daran habe ich kaum Erinnerungen.«

Isabella sah zu Hannes, der nur hilflos mit den Schultern zuckte. Sie nahm Anna die Tasse aus der Hand und reichte sie an Hannes weiter, der sie auf dem Schreibtisch abstellte. »Was willst du uns damit sagen?«, fragte sie vorsichtig.

Anna verabschiedete sich von den Bildern aus ihrer Kindheit und glitt in die Wirklichkeit zurück. Sie suchte den Blick ihrer Freunde. »Meine Oma hat im Traum zu mir gesagt, dass ich mein Glück suchen soll. Und dass Lars nicht der Richtige für mich ist.«

»Das sage ich dir auch schon seit zwei …« Hannes verstummte abrupt, als Isabella ihm auf den Fuß trat. »Ist doch wahr«, brummte er und sah nach, wie sein Sneaker die rüde Behandlung vertragen hatte.

»Jedenfalls bin ich irgendwann aufgewacht und hatte die Worte meiner Oma noch im Ohr. Und wisst ihr was? Ich habe mich bei der Idee rundum glücklich gefühlt. So, als ob es genau das wäre, was ich tun soll.«

»Äh, wenn ich dich richtig verstanden habe, hat sie gesagt, du sollst dein Glück suchen.« Hannes kratzte sich am Kinn. »Einen richtigen Tipp kann ich da aber nicht heraushören.« Er blinzelte Isabella zu. »Und wenn du mich jetzt wieder trittst, versohle ich dir deinen süßen Hintern.«

Anna, die die harmlosen Kabbeleien ihrer Freunde ignorierte, sagte: »Doch, sie hat mir noch etwas mit auf den Weg gegeben.« Sie richtete ihren Blick nach innen und versank erneut in ihrer Erinnerung an das Geträumte. Und mit einem Mal war es wieder da. Sie riss ihren Kopf hoch und sprudelte los. »Ich weiß es wieder! Sie hat mir gesagt, ich soll meine Koffer packen und den Sommer genießen. Alleine. Ohne Lars. Wegfahren meinte sie damit, versteht ihr?«

»Halbwegs«, bestätigte Hannes. »Ich meine, ein paar Tage in Urlaub zu fahren ist ja kein großes Ding. Darauf komme ich auch, ohne von meiner Oma träumen zu müssen.«

Anna starrte Hannes verständnislos an. Dann ging ihr auf, dass sie aneinander vorbeigeredet hatten. Sie schüttelte den Kopf. »Nein. Das meinte sie nicht. Sie hat den ganzen Sommer gemeint, nicht nur ein paar Tage.«

Nun war es an Hannes, verständnislos zu schauen. »Das meinst du aber nicht im Ernst, oder?«

Verlegen hob Anna die Hände. »Ehrlich gesagt, weiß ich das auch noch nicht so genau. Ich weiß nur, dass es sich verdammt gut angefühlt hat, als ich heute Morgen aufgewacht bin. Und in der U-Bahn haben mich die Leute ziemlich komisch angeguckt, weil ich die ganze Fahrt über vor mich hin gelächelt habe.«

»Beim Gedanken an einen unbeschwerten Sommer im Süden würde ich auch vor mich hin grinsen«, meinte Isabella trocken. »Dumm nur, dass sich das nicht realisieren lässt.«

»Aber wieso denn nicht?« Mit einem Mal war Anna Feuer und Flamme. »Die Firma läuft mittlerweile fast von alleine, die beiden neuen Mitarbeiterinnen machen sich super, und ihr kommt auch gut ohne mich klar.«

»Davon rede ich doch gar nicht«, sagte Isabella. »Ich rede davon, dass so ein Vorhaben eine Stange Geld kostet, du dich darauf vorbereiten musst, dich um deine Krankenkasse kümmern, und …«, sie zögerte einen Moment, dann entschied sie sich, das Kind beim Namen zu nennen. »Und du musst vorher deine Beziehung mit Lars klären. Schließlich kannst du schlecht alles stehen und liegen lassen und in einer Nacht-und-Nebel-Aktion verschwinden.«

Ausnahmsweise musste Hannes Isabella, was Lars betraf, recht geben, so unsympathisch ihm der Lackaffe auch war. Er nickte nachdrücklich. »Das sehe ich genauso.«

»Ganz zu schweigen davon, dass dir klar sein muss, dass es dann zu neunundneunzig Prozent kein Zurück mehr gibt«, hielt Isabella ihrer Freundin vor Augen.

Anna stützte ihr Gesicht in die Hände. »Ich weiß. Und um eines vorauszuschicken: Ich würde natürlich nicht klammheimlich verschwinden. Da könnte ich mir ja nicht mehr in die Augen schauen. Aber mir ist in den letzten Tagen immer mehr bewusst geworden, dass ich so nicht weiterleben will.« Sie seufzte und lächelte Hannes zu. »Auch wenn du einer anderen Meinung bist, aber Lars ist kein schlechter Mensch. Er hat seine Eigenheiten, aber die haben wir doch alle, oder nicht? Lars ist, nun ja, strukturiert, bedacht, ordentlich, und ich kann mich in jeder Hinsicht auf ihn verlassen.« Hilflos zupfte sie sich am Ohr. »Aber ich bin mir nicht sicher, ob das reicht, um mit ihm den Rest meines Lebens zu verbringen.«

»Ich sag dir was, meine Süße«, meinte Isabella. »Das reicht ganz sicher nicht. Zumindest mir würde es nicht reichen. Das klingt alles so vernünftig und geregelt, aber mir fehlt das frische Gras zwischen den Zehen, ein Tanz unterm Sternenhimmel auf einer taufeuchten Wiese und die Möglichkeit, nackt bei Vollmond in einen See zu hüpfen. Wenn du verstehst, was ich meine.«

Anna nickte wehmütig. Sie hatte gleich am Anfang ihrer Beziehung erfahren müssen, dass Lars für derlei Dinge nicht zu haben war.

Hannes nahm Annas Tasse vom Tisch und drehte sie nachdenklich zwischen den Händen. »Ohne zu wissen, ob das nur eine fixe Idee ist, ein Spleen, den du dir gerade leistest, oder ob du es wirklich ernst meinst …« Er machte eine kurze Pause, schloss die Augen und fühlte in sich hinein. »Ich würde dir raten, es zu tun.«

»Was?«, rief Isabella entsetzt. »Das geht doch nicht! Sie kann doch nicht so einfach …«

»Doch, das kann sie«, sagte Hannes fest. Dann sah er Anna tief in die Augen. »Wenn du es wirklich willst, dann mach es. Die Firma ist dir noch genügend Geld schuldig, dass es locker für ein halbes Jahr reicht. So, wie wir gerade dastehen, bekomme ich für den Betrag im Handumdrehen einen Sofortkredit. Allerdings hätte ich einen anderen, vielleicht besseren Vorschlag. Lass mich einen Augenblick nachdenken.« Er riss ein Blatt Papier von Isabellas Block, schnappte sich einen Stift und notierte ein paar Bemerkungen. »Ja, das müsste doch hinhauen«, brummte er nach ein paar Minuten. »Pass auf: Du bleibst weiter bei mir angestellt, und zwar zu genau dem Gehalt, das wir vereinbart haben. Das verrechnen wir über die Zeit mit den noch offenen Beträgen. Dann bist du krankenversichert, musst dich um nichts kümmern und hast genügend Kohle, um davon halbwegs vernünftig leben zu können. Und wenn du genug hast von deinem Abenteuer, kommst du einfach zurück, und wir tun so, als ob nichts gewesen wäre.«

# Kapitel 3

Annas Herz klopfte bis zum Hals, als sie ihren Wohnungsschlüssel herumdrehte. Einen irrwitzigen Moment lang hatte sie befürchtet, dass Lars in der Zwischenzeit das Schloss hatte austauschen lassen, doch als sie die schwere, weiß lackierte Tür öffnete, war alles wie immer.

»Lars?«, rief sie zaghaft. »Bist du hier?«

»Wo soll ich sonst sein?«, fragte er bitter. Er saß auf dem Sofa und warf ihr einen Blick zu, der Bände sprach. »Ich sitze seit Stunden hier und warte darauf, dass du nach Hause kommst, aber du hast es noch nicht einmal für nötig gehalten,

Bescheid zu geben, dass es später wird. Meine Eltern haben jedenfalls die Geduld verloren und sind wieder abgereist. Welche Worte meine Mutter für dein Verhalten gefunden hat, muss ich dir vermutlich nicht sagen.«

Anna spürte, wie sich in ihrem Inneren alles zusammenzog und ihr schlagartig eiskalt wurde, obwohl durch die offene Terrassentür ein warmer Wind hereinwehte. Sie musterte den Mann, mit dem sie seit drei Jahren zusammen war, mit einer seltsamen Teilnahmslosigkeit. Um seinen Mund herum zeichnete sich bereits eine feine, verkniffene Linie ab, die seinem attraktiven Gesicht einen verdrossenen Zug verlieh. Sie ließ ihre Tasche auf den Boden fallen, was er mit einem missbilligenden Blick quittierte.

»Was schaust du mich so an?«, fragte er, als ihm allmählich unwohl wurde. »Stimmt irgendwas an mir nicht?«

Anna verzog den Mund zu einem Lächeln. Dass ihre Beziehung dabei war auseinanderzubrechen, nahm er überhaupt nicht wahr. Stattdessen machte er sich Gedanken, ob er einen Fleck auf seinem engen weißen Hemd hatte, das lässig über die Hose hing, oder vielleicht ein Krümel seiner letzten Mahlzeit noch an seinem Mundwinkel klebte.

»Mit dir ist alles in Ordnung. Alles ist so wie immer«, beruhigte sie ihn schließlich. »Und genau das ist es, was mir Sorge bereitet. Lass mich bitte ausreden …« Sie hob die Hand, als er ihr ins Wort fallen wollte. »Du hast einen klaren Plan, wie du dir dein weiteres Leben vorstellst. Und das ist auch gut so für dich. Für mich ist es aber eben nicht das Richtige, verstehst du? Ich will nicht heute schon festlegen müssen, wann ich wie viele Kinder zur Welt bringe, nur weil du das so willst. In deiner ganzen Selbstgerechtigkeit hast du mich kein einziges Mal gefragt, ob das, was du für dich als richtig empfindest, auch für mich passt.« Anna bekam einen roten Kopf, weil sie sich in Rage geredet hatte.

»Du beschließt, dass wir heiraten, du lässt deine Eltern für zwei Wochen hier antanzen, damit deine Mutter mich bei etwas unterstützt, das ich vielleicht gar nicht will. Und dann rückst du beim Abendessen auch noch damit raus, dass wir …« Anna unterbrach sich und betonte das Wort neu. »Dass *wir* in den nächsten fünf Jahren drei Kinder bekommen werden.«

»Aber das ist doch das Tolle an unserer Beziehung!« Lars verstand nur noch Bahnhof. Annas Ausbruch hatte ihn kalt erwischt. »Weil du eben noch nicht weißt, was du willst, brauchst du jemanden, der das plant und entscheidet. Du kannst doch nicht auf ewig dein Leben vertrödeln. Von deiner Arbeit mit dem Chaotenhaufen, der sich Innenarchitekten nennt, mal ganz abgesehen.«

So abfällig, wie er das Wort Innenarchitekten betonte, hätte Anna ihm am liebsten die zweitausend Euro teure Lalique-Vase über den Kopf gezogen, die mit sieben Callas gefüllt auf einem Beistelltisch neben dem Sofa stand. Stattdessen merkte sie, dass die Zerrissenheit, die sie den ganzen Tag beherrscht hatte, einer tiefen Klarheit wich.

»Gut«, sagte sie schließlich. »Ich bin mir nicht sicher, ob du mich nicht verstehen kannst oder ob du es nur nicht willst. Ich bin mir aber sicher, dass ich eine Entscheidung treffen muss, und zwar jetzt.« Ihr Augen füllten sich mit Tränen. Auch wenn sie es war, die den Schlussstrich zog, schmerzte es sie unermesslich, dass die Beziehung, die noch vor wenigen Wochen wie ein sicherer Hafen für sie gewesen war, nun auseinander zu brechen drohte.

»Es tut mir unendlich leid, Lars, aber ich kann nicht so weitermachen wie bisher. Mir ist klar geworden, dass wir uns viel zu lange etwas vorgemacht haben.« Nun, da es endlich heraus war, atmete Anna tief ein und wieder aus. Vor Anspannung hatte sie unwillkürlich immer wieder die Luft angehalten.

Dann merkte sie plötzlich, dass Lars sie verständnislos ansah. Das heißt, er sah sie nicht nur an, er studierte ihr Gesicht, als ob er es zum ersten Mal sah. Dann schüttelte er seinen Kopf, wie um einen unerwünschten Gedanken zu vertreiben. »Wie meinst du das denn jetzt?«

»So, wie ich es sage. Ich sehe für unsere Beziehung keine Zukunft mehr«, sagte sie leise und legte ihre Hand auf seinen Arm. »Es tut mir wahnsinnig weh, dass ich das alleine entscheiden muss, aber wenn du in dich hineinfühlst, spürst du sicher auch, dass wir nicht zueinanderpassen. Jedenfalls nicht genug, um zu heiraten und Kinder zu bekommen. Das ist es aber, was wir beide uns vom Leben wünschen. Nur …« Anna zerriss es fast das Herz, als Lars endlich zu begreifen schien, was sie ihm sagen wollte. »Nur eben nicht miteinander.«

Unwirsch zog er seinen Arm weg und sprang auf. »Dann haust du am besten gleich ab. Verschwinde aus meinem Leben.« Eine ungekannte Wut kochte in ihm hoch. Er machte eine weite Bewegung mit seinem Arm und bezog die gesamte Wohnung mit seiner Geste ein. »Das wird dir noch leidtun, darauf kannst du Gift nehmen. Was glaubst du, wie viele Frauen sich die Finger danach lecken würden, so leben zu können? Denk bloß nicht, dass ich dir hinterherrennen und dich anbetteln werde zu bleiben, falls es das ist, was du mit deinem Theater beabsichtigst. Ich brauche nur mit den Fingern schnippen, dann zieht morgen die Nächste hier ein.«

Auch wenn Anna wusste, dass es die gekränkte Eitelkeit war, die aus seinen Worten sprach, traf sie sein Zorn bis ins Mark.

»Nein, dass du mir nachläufst, ist nicht, was ich will. Aber ich hoffe, dass du irgendwann nachvollziehen kannst, was ich meine. Und vielleicht kannst du es dann auch verstehen.« Sie wischte sich ihre Tränen ab und stand auf. Und dann verließ sie die Wohnung, die in den letzten beiden Jahren ihr gemeinsames Zuhause gewesen war.

»Es tut mir leid, dass dein Leben gerade so auf dem Kopf steht. Aber du schaffst das, da bin ich mir ganz sicher«, sagte Isabella aufmunternd. Anna hatte vor einer Stunde im Büro angerufen und gefragt, ob jemand Zeit hätte, ihr den Lieferwagen zu bringen und mitzuhelfen, ihre Klamotten zu packen, und hatte dann vor dem Haus gewartet, bis die Verstärkung eintraf. Kurzerhand hatte Isabella einen Termin verschoben, da es sicher nicht hilfreich war, wenn einer der Männer in Annas Kleidung oder gar in ihrer Unterwäsche wühlte, und sich deshalb selbst auf den Weg gemacht.

Vorsichtig sah sie ins Wohnzimmer. »Ist Lars nicht da?«

Anna schüttelte den Kopf. »Er ist mit einem Kumpel beim Squash, da er nicht mit ansehen will, wie ich meine Sachen hole. Und mitzuhelfen hat er kategorisch ausgeschlossen.«

»Er kann die Kränkung der Trennung sicher nicht so leicht wegstecken. Aber, mal ganz ehrlich, dein Aufbruch ist jetzt schon etwas überstürzt, oder nicht? Ich meine, ihr hättet doch noch eine Nacht drüber schlafen können.«

»Hätten wir nicht«, sagte Anna tonlos, während sie mit den Tränen kämpfte. »Ich habe Lars gesagt, dass ich so nicht weitermachen kann und will und dass ich nicht mehr glaube, dass wir zusammenpassen.« Müde wischte sie sich eine Strähne ihrer dichten braunen Haare aus der Stirn. »Um ehrlich zu sein, hatte ich gehofft, dass ich meine Sachen erst in den nächsten Tagen abholen muss oder dass er zumindest zustimmt, dass ich die Kisten im Flur lagere. Das würde ja niemanden stören, da wir …« Sie zuckte voller Schmerz zusammen und verbesserte sich: »Da es die einzige Wohnung hier oben ist und sonst kein anderer Bewohner raufkommt. Aber kaum, dass ich nach unserer Aussprache das Haus verlassen hatte, kam eine Nachricht mit der Drohung, dass er gleich morgen früh eine Entrümpelungsfirma anruft, die den ganzen Kram entsorgt, wenn ich es nicht heute noch selbst tue.«

»Ach Schätzchen.« Isabella streckte die Arme nach Anna aus und zog sie an sich. »Er ist und bleibt einfach ein Armleuchter. Mach dir nichts draus, vielleicht ist es besser so. Je schneller du hier raus bist, desto weniger musst du dich damit herumschlagen. Also komm, lass es uns hinter uns bringen.«

Nach etwas weniger als fünf Stunden schob Isabella den letzten der Umzugskartons, die sie in weiser Voraussicht mitgebracht hatte, in den Transporter und schlug die Tür zu. Dann rannte sie ein letztes Mal nach oben, wo Anna ganz verloren in dem großen Wohnzimmer stand und ihren Blick auf die Berge gerichtet hatte, auf denen der goldene Glanz der untergehenden Sonne lag.

»Bist du dir sicher, dass hier sonst nichts mehr von dir ist?«, fragte Isabella ein drittes Mal. Sie konnte noch immer nicht begreifen, dass Anna keinen der Schränke im Wohnzimmer geöffnet hatte.

»Ganz sicher. Wir haben zwar vieles gemeinsam ausgesucht, aber Lars hat immer darauf bestanden, alles zu bezahlen.«

»Wenigstens ein guter Zug an ihm. Oh, entschuldige, das war gemein.« Isabella hatte sofort ein schlechtes Gewissen. Andererseits wäre es jetzt auch denkbar dämlich, dem Korinthenkacker eine Reihe guter Eigenschaften zu attestieren und es Anna damit noch schwerer zu machen, als es ohnehin schon war. Dennoch ließ sie nicht locker. »Sieh trotzdem nach, und wenn es für mich ist«, bat sie. »Du kannst nicht ausschließen, dass es nicht doch das ein oder andere gibt, das von dir ist.«

Schließlich ließ Anna sich erweichen, allerdings nur, damit Isabella endlich Ruhe gab. Und tatsächlich entdeckte sie in einer Schublade noch einen kleinen Packen alter Fotos, die in der Zeit entstanden waren, bevor sie Lars kennengelernt hatte.

»Siehst du, war doch gut, oder?«

»Stimmt.« Anna nickte und drehte sich ein letztes Mal um. Sie biss sich auf die Unterlippe, folgte Isabella in den Hausflur und zog die Tür ins Schloss. Den Schlüssel warf sie in den Briefkasten. Damit war dieses Kapitel ihres Lebens zu Ende.

Zumindest dachte sie das, bis nachts um halb zwei Uhr ihr Handy klingelte.

»Hmm«, brummte Anna widerwillig. Sie packte das kleine Kissen, drehte sich auf die Seite und drückte es auf das freie Ohr. Erleichtert atmete sie auf, als es prompt still wurde. Doch dann wurde ihr klar, dass das widerliche Geräusch nur deshalb ein Ende gefunden hatte, weil der Anrufer an die Mailbox weitergeleitet worden war. Sekunden später klingelte es erneut.

Als das Spiel sich noch drei weitere Male wiederholte, hatte Anna die Nase voll. Mittlerweile war sie wach genug, um das Telefon auf lautlos zu stellen. Aber ebenso gut konnte sie nun das Gespräch auch annehmen. »Was ist denn so wichtig mitten in der Nacht?«

»Du hast ein T-Shirt mitgenommen, das mir gehört.«

Perplex nahm Anna das Telefon vom Ohr und starrte das Display an. Unterdrückte Nummer. »Lars, bist du das?«, fragte sie unnötigerweise.

»Ja, wer denn sonst?«, blaffte er. »Oder hast du sonst noch jemandem die Bude ausgeräumt? Ich hatte dir ausdrücklich untersagt, dich an meinen Sachen zu vergreifen. Ich habe dir mein Vertrauen bewiesen, Anna, indem ich nicht kontrollieren wollte, was du alles mitnimmst. Und jetzt muss ich feststellen, dass du dieses Vertrauen missbraucht hast.«

»Du hast sie doch nicht mehr alle.« Jetzt war Anna sauer. »Ich habe dir nichts geklaut. Was zum Teufel denkst du, was ich mit einem T-Shirt von dir will? Verdammt noch mal, schau doch einfach im Wäschekorb nach.« Außer sich vor Zorn drückte sie das Gespräch weg und schaltete das Handy vorsichtshalber gleich ganz aus.

»Na, da ist es ja kein Wunder, dass ich dich nicht erreichen kann.«

Mit einem Schlag war Anna hellwach. Sie blinzelte ein paar Mal und starrte in zwei warme braune Augen, die sie, von Lachfältchen umgeben, schalkhaft anblitzten.

»Hannes«, krächzte sie. »Was willst du denn auch noch mitten in der Nacht?«

»Von wegen mitten in der Nacht. Es ist viertel vor neun Uhr morgens, und ich versuche seit einer halben Stunde, dich zu erreichen, um zu fragen, was du frühstücken möchtest. Und außerdem fände ich es nicht schlecht, wenn du mein Büro räumen würdest, bevor der erste Interessent hier hereinschneit. Obwohl«, er grinste frech, »vielleicht könnten wir ihm ja verkaufen, dass ein schlafendes Dornröschen im Büro Teil meiner bevorzugten und inspirierenden Arbeitsumgebung ist.«

Anna sah ihn einen Moment lang fragend an, dann riss sie ihren Blick von ihm los und wurde sich schlagartig bewusst, dass sie in seinem Büro übernachtet hatte.

»Ach du heilige…« Mit einem Ruck setzte sie sich auf, schob die dünne Wolldecke zur Seite und sprang auf. Worauf ihr prompt schwindlig wurde und sie sich an Hannes festhalten musste. »Puh, sorry. Ich bin nachts umgezogen, weil Isabellas Sofa nicht zum Schlafen taugt.«

Dass sie die zumindest in der Dunkelheit ungewohnte Umgebung spätestens dann als ziemlich gruselig empfunden hatte, als sie sich vor dem Schattenspiel der Tigernachbildung an der Wand fast zu Tode erschreckt hatte, ließ sie bewusst unter den Tisch fallen. Und auch, dass sie es schwer bereute, die Einladung, bei Isabella im vollgestellten Bügelzimmer auf einem aufblasbaren Gästebett zu übernachten, abgelehnt hatte. Jedenfalls war so nicht an Schlafen zu denken gewesen, und sie war in Hannes' Büro übergesiedelt, weil es neben Isabellas Zimmer als einziges über eine Couch verfügte.

»Hier.« Hannes' Grinsen wurde breiter. Er streckte ihr eine kleine Tragetasche entgegen.

»Für mich?«, fragte Anna erstaunt. »Was ist das?«

»Ein Survivalkit. Ich konnte mir nämlich nicht vorstellen, dass du gestern Abend noch viel Lust hattest, in deinen Kisten nach dem Notwendigsten zu suchen. Leider ist der Supermarkt nicht State of the Art, aber ich denke, für den heutigen Tag wird es wohl gehen.«

»Ach, du bist ein Schatz.« Ein erleichterter Ausdruck überzog Annas Gesicht, als sie Zahnbürste, Deo, eine Gesichtscreme samt passender Augencreme und ein paar Utensilien zum Schminken aus der kleinen Tüte holte.

»Na dann los. Ich erwarte dich in, sagen wir, dreißig Minuten, wieder hier in meinem Büro.«

»Hattest du nicht etwas von einem potenziellen Kunden erzählt, den du gleich erwartest?« Anna machte große Augen. »Oder ist das deine neueste Auffassung von Akquise?« Beim Anblick der Frühstückstafel, für die sein Bildschirm und alle weiteren Büroutensilien hatten weichen müssen, lief ihr das Wasser im Mund zusammen, und sie merkte erst jetzt, wie hungrig sie war, nachdem sie am Vorabend nichts mehr gegessen hatte.

Hannes, der mit dem Rücken zur Tür stand, zog eine Proseccoflasche aus dem silbernen Kühler, ließ den Korken knallen und schenkte fünf Gläser jeweils zur Hälfte voll. Erst dann drehte er sich um.

»Willst du die Tür noch länger blockieren?«

»Was? Wieso?« Anna schrak zusammen, als sie plötzlich einen warmen Atem im Nacken spürte. Als sie begriff, dass Isabella, Bianca und Gerald hinter ihr standen und darauf warteten, dass sie den Weg frei machte, war sie völlig perplex.

»Nun komm schon rein.« Hannes machte einen Schritt auf sie zu, zog sie ins Zimmer und drückte sie auf einen Stuhl.

»Da wir unseren Küchentisch seit zwei Tagen als Installationsfläche missbrauchen, müssen wir für unsere kleine Feier mein Büro nehmen.« Hannes hob sein Glas und winkte ab, als Anna den Kopf schüttelte. »Keine Bange, mehr als einen Schluck gibt es schon nicht. Aber glaub mir, wenn du den Anlass dieser Party erfährst, wirst du dir wünschen, ich hätte die Gläser vollgeschenkt.«

Ganz sicher nicht, dachte Anna, die nur selten Alkohol trank, und wenn, dann auch nur am Abend. »Was gibt es denn zu feiern?«, wollte sie schließlich doch wissen.

»Zunächst muss ich mich bei dir entschuldigen«, sagte Hannes, ohne ihre Frage zu beantworten. »In Anbetracht deiner Extremsituation in den letzten Tagen warst du nämlich als Einzige nicht in unsere Spontanentscheidung eingeweiht.« Er machte eine theatralische Pause. »Aber ich hoffe, du kannst uns das verzeihen.«

Anna kicherte. »Nun mach es doch nicht so spannend. Ich komme mir ja schon vor wie bei der Oscar-Verleihung.«

»Das hoffe ich«, sagte Hannes und sah Gerald mit einem fragenden Blick an. Nachdem der ein fast unmerkliches Nicken andeutete, atmete Hannes tief durch.

»Ich … äh, wir«, verbesserte er sich, als die kleine Gruppe wie auf Kommando leise hüstelte, »haben einen Entschluss gefasst.« Er bot Anna galant den Arm. »Wenn Madame mir die Ehre geben würde.«

Anna konnte sich ein weiteres Kichern nicht verkneifen. Das Einzige, was sie verstand, war, dass ihre Freunde und Kollegen die Show mit voller Absicht abzogen. Und mittlerweile war sie so gespannt und neugierig, dass sie fast platzte.

Der kleine Tross schlenderte in den hinteren Teil der ehemaligen Fabrikhalle, von wo aus eine Doppelflügeltür in einen Hinterhof führte, der der Agentur exklusiv zur Verfügung stand. Hannes linke Hand wanderte bereits in Richtung des Griffs, doch dann hielt er inne, als ob ihm noch etwas eingefallen wäre.

»Hör zu, Anna. In Anbetracht der jüngsten Ereignisse in deinem Leben könnte es sein, dass du das hier in den falschen Hals bekommst. Falls du also gleich der Meinung bist, dass das eine bescheuerte Idee ist, dann sag es einfach gradheraus. Niemand wird dir auch nur eine Sekunde lang böse sein.«

Anna biss sich auf die Unterlippe. »Ich glaube, ich bin dir nur ernsthaft böse, wenn du nicht sofort sagst, was los ist.«

Alle lachten, und die Anspannung, die Hannes für eine Sekunde lang befallen hatte, löste sich in Nichts auf. Er holte tief Luft, seine Hand, die reglos in der Luft verharrt hatte, vollendete ihre Bewegung und drückte die Klinke herunter.

Als Anna schließlich sah, was in der Sonne funkelte wie ein Diamant, stieß sie einen Freudenschrei aus.

»Ist der süß!« Sie stürmte hinaus, umrundete den kleinen, knallroten Flitzer und freute sich wie ein Schneekönig. Dann lief sie zurück zu Hannes und fiel ihm um den Hals. »Toll, toll, einfach toll und wunderschön! Endlich haben wir ein Firmenauto!«

Die Freunde, für die Annas Begeisterung eine Wohltat war, brauchten ein paar Sekunden, bis sie begriffen, was Anna gerade gerufen hatte.

Hannes packte Annas Arme, die noch immer um seinem Hals lagen, und schob sie ein Stück weit von sich weg. »Ähm, ich glaube, du hast da was nicht richtig verstanden.«

»Was?« Annas Freude begann zu bröckeln. »Oh nein! Ist der gar nicht für uns? Das ist aber schade! Was ist es denn sonst für eine Überraschung?« Suchend blickte sie sich im Hof um.

»Anna! Sieh mich an, bitte.« Hannes drehte sie zu sich herum. »Ja, der rote Zwerg ist die Überraschung. Aber er ist nicht für uns, sondern allein für dich.«

»Wie, für mich?« Annas Knie wurden weich. »Das kann ich niemals annehmen, Hannes, und das weißt du auch.«

Und ob er das wusste. Deswegen hatte er vor einigen Tagen zusammen mit den anderen stundenlang darüber gegrübelt, wie sie es so verpacken konnten, dass Anna das Geschenk auf jeden Fall annehmen musste.

»Du wirst ja hoffentlich nicht glauben, dass du ihn geschenkt bekommst«, sagte Gerald mit einem Augenzwinkern. »Du musst schon etwas dafür tun.«

»Aber ich …« Ein leicht gequälter Zug lag auf Annas Gesicht. »Ich will doch …«

»Du willst für ein paar Monate das Weite suchen. So weit haben wir das schon kapiert«, sagte Hannes, führte Anna um das nagelneue Fiat 500 Cabrio herum und öffnete die Fahrertür. »Ich finde, du solltest unbedingt probesitzen.« Er wischte Annas Proteste beiseite, wartete, bis sie Platz genommen hatte, und schob gleich darauf seine Einmetersiebenundneunzig auf den Beifahrersitz. Dann steckte er den Schlüssel ins Zündschloss, drehte ihn, bis die Lämpchen im Display aufleuchteten, ohne den Motor zu starten. Seine Linke wanderte nach oben, und ein paar Sekunden später hatte sich das Verdeck komplett zurückgeschoben. Die drei Freunde, die draußen warteten, steckten ihre Köpfe von oben herein.

»Und nun zu unserem Vorschlag: Wir suchen händeringend nach einer Person, die sich bereit erklärt, in Italien einige Flohmärkte unsicher zu machen und neue Kontakte zu Entrümpelungsfirmen herzustellen. Wo in Italien das passiert, ist uns herzlich egal. Hauptsache, wir kommen an original mediterranes Material. Und wer kennt sich mit den Bedürfnissen unserer Kunden besser aus als du? Na ja, und der Kleine hier, der gehört natürlich zum Plan. Schließlich kann man es niemandem zumuten, ohne Firmenwagen durch die Gegend zu fahren.«

Anna fühlte sich wie betäubt von Hannes' Worten. Sie musste keine Sekunde lang überlegen, ob sie das Angebot annehmen wollte oder nicht. Unverhofft hatte sie eine Legitimation erhalten, ihre auf den ersten Blick kopflose Idee, den Sommer mit Reisen zu verbringen, in ein durchaus ernsthaftes Unterfangen umzuwandeln. Noch dazu mit ihrem Traumauto. Verliebt strich sie über das kleine Leder-Sportlenkrad.

»Luigi«, flüsterte sie. »Benvenuto.«

»Luigi?«, kicherte Isabella durch das offene Dach. »Du weißt aber schon, dass Autos in Italien weiblich sind, oder? Es heißt schließlich *la macchina.*«

»Das stört mich nicht im Geringsten«, sagte Anna aus voller Überzeugung. Für sie war der kleine Flitzer ganz sicher ein Luigi und keine Gianna.

»Damit du effizient arbeiten kannst, gibt es hier ein Navi, schau.« Hannes war selbst ganz begeistert von dem, was der Flitzer an Bord hatte. »Und einen Zweizylinder-Turbo-Motor mit 105 PS. Der Händler hat mir zwar geraten, den 69-PS-Vierzylinder zu nehmen, aber ich dachte, falls du in Norditalien bleiben solltest, ist das für die vielen Bergstraßen auf Dauer zu wenig. Dafür musst du dich mit einem etwas gewöhnungsbedürftigen Sound anfreunden.«

# Kapitel 4

Es dauerte nur ein paar Tage, und Anna hatte sich an den eigenwilligen Klang des Zweizylinders nicht nur gewöhnt, es gefiel ihr sogar sehr, wie frech der kleine Wagen röhrte.

»Hast du alles?«, fragte Isabella, als Anna die Kofferraumklappe zudrückte.

»Irgendwie kommt mir das Ganze vor wie der Auszug aus Ägypten«, witzelte Gerald. »Aber schau mal, wenn du das Dach aufmachst, kannst du von oben noch mehr reinstapeln.«

»Idiot.« Isabella boxte ihn in die Seite. »Sie will immerhin ein paar Monate wegbleiben, da braucht sie schließlich mehr, als wenn sie ein Wochenende als Einsiedlerin im Wald verbringt.«

Die Anspielung war auf Geralds liebste Beschäftigung gemünzt, tagelang ausschließlich von dem zu leben, was an irgendwelchen Sträuchern hing. Da er nur selten jemanden fand, der ihm dabei Gesellschaft leisten wollte, musste er sich um die Vielfalt seiner Kleidung jedenfalls keine Gedanken machen.

»Oh, welch Schmerz durchfährt meinen Geist.« Gerald verzog theatralisch das Gesicht. »Wie immer verkennt Ihr, was mich dazu treibt, die Einsamkeit zu suchen und mein Herzeleid in den Wald zu schreien, schöne Isabella. Es …«

»Es reicht«, unterbrach Hannes Geralds mittelalterliche Tirade. Dann sah er Anna an. »Komm her und lass dich drücken.«

Eine Viertelstunde später hatten sich auch alle anderen verabschiedet. Anna schloss kurz die Augen, atmete tief durch und startete den Motor.

»Also los, Luigi. Auf geht's in unser Abenteuer.« Sie wischte die Tränen ab, die ihr die Wangen hinunterliefen, dann legte sie den Gang ein, winkte ihren Freunden zum Abschied, ließ die Kupplung etwas zu schnell kommen und hoppelte aus dem Hof.

Kurz darauf bog sie vom Mittleren Ring auf die A8 Richtung Salzburg ein. Während das Dach zufuhr, musste sie an Isabellas Entsetzen denken.

»Wie, du hast nichts gebucht? Noch nicht mal für die erste Nacht?«

»Nein. Ich lasse mich einfach treiben. Irgendwann werde ich schon merken, dass ich keine Lust mehr auf Autofahren habe, und dann suche ich mir eine kleine Pension.«

Doch bevor es so weit war, lagen noch mindestens dreihundert Kilometer vor ihr. Eine Strecke, die durch eine wunderschöne bergige Landschaft führte und doch kaum langweiliger hätte sein können. Anna hasste es nämlich, über die Autobahn zu fahren. Man hatte wenig Gelegenheit, die Gegend zu genießen, dafür aber viel zu viel Zeit, um seinen Gedanken nachzuhängen. Und das war im Moment Gift für sie. Obwohl sie in den Tagen, seit sie aus Lars' Wohnung ausgezogen war, immer wieder Zustände hatte, als hätte sie rauscherzeugende Substanzen genommen, wurden diese Höhenflüge regelmäßig von einer ungeahnt heftigen Trauer durchbrochen. Zum einen tat es ihr leid, dass Lars und sie in so einer gegenseitigen Wut auseinandergegangen waren, zum anderen hatte sie das Gefühl, versagt zu haben. Wieso fiel es ihr nur so schwer, die Eigenheiten eines anderen Menschen zu akzeptieren? Vielleicht hätte sie sich einfach besser an Lars' Marotten anpassen sollen, hätte sich nicht so aufregen sollen, nur weil er anders tickte als sie. Und seine Mutter hätte sie in homöopathischen Dosen sicher auch noch vertragen.

Schließlich lebte die die meiste Zeit des Jahres auf Sylt oder Mallorca.

Zwei Stunden später und knapp zweihundert Kilometer von München entfernt setzte sie den Blinker und nahm die Ausfahrt Gries am Brenner. Obwohl es auf einen Zeitraum von ein paar Monaten gerechnet auf die paar Euro nicht ankam, bot sich hier die letzte Gelegenheit, günstig zu tanken. Anna hatte es kaum glauben können, als Hannes sie darüber aufgeklärt hatte, aber in Italien war der Sprit etwa fünfzig Cent teurer als in Deutschland.

Nachdem sie getankt hatte, fuhr sie die Bundesstraße weiter in Richtung Brenner und sah sich neugierig um. Sie war ewig nicht mehr in dem kleinen Ort gewesen, da Lars sich, wann immer sie in Richtung Süden gefahren waren, geweigert hatte, hier einen Stopp einzulegen. Vermutlich hatte er Bedenken, irgendjemand könnte den Verdacht hegen, dass er darauf angewiesen war, die paar Euro für das Benzin zu sparen.

Anna konnte sich sogar noch an die Zeit erinnern, als es hier oben Grenzkontrollen gegeben hatte und auf der italienischen Seite lange Reihen von Bretterbuden standen, die allerlei Klamotten zu unschlagbar günstigen Preisen anboten. Dass die Buden in Zeiten der EU verschwunden waren, war keine große Überraschung, dafür war an die Stelle ein riesengroßes Outlet-Center gebaut worden. Fassungslos rollte sie langsam an dem Gebäude vorbei, bis es hinter ihr hupte. Sie sah in den Rückspiegel und bemerkte einen Mann, der ungeduldig mit den Händen fuchtelte.

»Ist ja schon gut«, murmelte Anna. Sie setzte den Blinker und rangierte den Fiat in eine kleine Parklücke auf der rechten Seite, stieg aus und betrat mit großen Augen das Shoppingparadies.

Schweren Herzens ließ sie den Schokoladenstore im Erdgeschoss links liegen und wanderte staunend durch die Gänge. Erst als sie im Obergeschoss sah, dass die Firma, die ihre Lieblingsjeans herstellte, einen Shop dort hatte, konnte sie nicht länger widerstehen. Die Hosen mit den breiten Nähten waren die lässigsten, die sie jemals gefunden hatte, und zudem betonten sie ihren Allerwertesten aufs Vorteilhafteste. Als sie eine halbe Stunde später mit drei Schnäppchen zum Preis von je zwanzig Euro wieder hinausmarschierte, war ihr allerdings auch klar, dass ihr Shoppingausflug eine Übersprungshandlung gewesen war.

»Mist«, murmelte sie, als sie weiter Richtung Süden fuhr, und schluckte ihre Tränen hinunter. Obwohl sich ihr Abenteuer nach dem Traum, in dem ihr ihre Oma begegnet war, vollkommen richtig angefühlt hatte, war sie nicht so dumm gewesen, sich etwas vorzumachen. Ihr war durchaus bewusst, wie schwer es sein würde, irgendwo mehrere Monate ohne ihre Freunde zu verbringen. Dazu war sie ohne festes Ziel aufgebrochen, sodass sie noch nicht einmal eine Anlaufstelle hatte, wo sie einen Cappuccino trinken konnte.

»Luigi, guck mal, jetzt sind wir in deiner Heimat«, sagte sie zu ihrem Auto, um sich abzulenken. Auch so eine Marotte von ihr. Lars hatte es immer als vorpubertäres Verhalten abgetan, wenn sie seinen BMW begrüßte. Anna biss die Zähne zusammen. Schon wieder geisterte Lars in ihrem Kopf herum, und einen Augenblick lang wünschte sie sich, er wäre jetzt bei ihr.

Je weiter sie nach Süden kam, desto tiefer sank ihr Mut. Nie hätte sie gedacht, dass es so schwer werden könnte, sich von ihrem alten Leben abzunabeln. Deswegen beschloss sie, zum Gardasee zu fahren. Dort hatte die Saison bereits begonnen, mit Sicherheit waren jede Menge Clubs geöffnet, und damit waren die Voraussetzungen perfekt, dass sie gleich am ersten Tag ein paar Leute kennenlernen würde.

Eine Zeit lang half ihr die Vorstellung, und ihre gute Laune gewann zwischenzeitlich wieder Oberhand. Leider hatten die Zweifel jedoch einen besseren Tag als die guten Vorsätze, und schließlich drängten die Tränen doch nach draußen. Sie schluchzte, wischte sich mit dem Handrücken übers Gesicht und tastete anschließend in ihrer Handtasche nach einem Päckchen Papiertaschentücher.

Da sie nicht fündig wurde, die Tränen aber immer stärker flossen, setzte sie den Blinker und wollte den nächstgelegenen Parkplatz ansteuern, doch dann entdeckte sie das Schild, das die nächste Ausfahrt ankündigte: San Michele all'Adige. Sie blinzelte das Wasser aus ihren Augen, und dann musste sie trotz allem lachen. »Ach Oma, du schon wieder.«

Ihre Großmutter war tiefgläubig gewesen, und Anna konnte sich an die Geschichten, die sie über all die heiligen Männer und Frauen zu erzählen gewusst hatte, noch immer gut erinnern. Demnach war es der Erzengel Michael, der zu Lebzeiten der Menschen über ihre Taten und Untaten Buch führte. Dieses Verzeichnis wäre es, das am Tag des Sterbens dem reuigen Sünder vorgelegt werde, und danach würde der Engel über ihn richten. Annas kindlichen Einwand, dass, wie sie im Religionsunterricht gelernt hatte, Gott doch all seine Geschöpfe gleich lieben würde, wischte Oma mit einer Handbewegung zur Seite.

»Weißt du, Äffchen, das sind ja alles alte Geschichten, die über viele Generationen weitergegeben wurden, bis irgendjemand sie schließlich aufgeschrieben hat. Was genau davon stimmt, weiß niemand.« Sie drückte dem Mädchen, das sie mit großen Augen ansah, einen Kuss auf die Stirn. »Aber weil eben niemand genau sagen kann, ob es richtig oder falsch ist, ist es eine sehr gute Idee, seinen Mitmenschen gegenüber immer fair und ehrlich zu bleiben. Dazu gehört auch, dass man nicht lügt, stiehlt und auch niemandem wehtut. Verstehst du, was ich meine?«

»Dass es falsch war, dass ich der Christl gestern mit dem Holzschuh auf den Kopf gehauen habe«, piepste Anna.

»Genau. Das war wirklich nicht nett. Und nun stell dir vor, dass der heilige Michael das in sein Buch geschrieben hat und es dir später vorrechnet. Heute ist es vielleicht nur eine Kleinigkeit, aber wenn viele solcher Ereignisse zusammenkommen, wird das Buch irgendwann sehr dick sein. Verstehst du das?«

»Hmm.« Anna nickte und studierte ihre Riemchensandalen. Auch wenn Christl, ihre Cousine, manchmal echt eine blöde Kuh war, wollte sie ihretwegen später nicht von den Engeln geschimpft bekommen. Vielleicht hatte ihre Oma ja wirklich recht, und es war besser, auf Nummer sicher zu gehen und immer brav und ehrlich zu bleiben. Vorsichtshalber. Und was ihre Cousine anbelangte, mit der verstand sie sich ansonsten prima. Meistens jedenfalls.

Anna schüttelte den Kopf und lachte. Sie liebte die alten Erinnerungen an ihre Familie. Doch den Gedanken wischte sie schnell beiseite, da sie gerade genug mit sich selbst zu kämpfen hatte. Sie hielt an dem kleinen Mauthäuschen, bezahlte die Gebühr und fuhr ohne Ziel in den Ort hinein.

»Halt!«, schrie Christine und fasste ihren Mann am Arm.

Abrupt bremste Paolo den Wagen ab. »Madonna!«, sagte er rau. »Hast du mich erschreckt.« Allein dass Christine deutsch mit ihm sprach, ließ ihn aufhorchen, denn das kam in den letzten Jahren immer seltener vor, und auch nur, wenn Besuch aus Deutschland oder Österreich kam. Nach fast dreißig Jahren war seine Frau derart in ihrer neuen Heimat verwurzelt, dass sie Paolos Muttersprache so gut beherrschte wie ihre eigene. Wenn sie also plötzlich ins Deutsche wechselte und noch dazu in einer derartigen Lautstärke, musste etwas sie gehörig erschreckt haben.

»Christine!« Liebevoll legte Paolo eine Hand auf die seiner Frau und drückte sie sanft. »Che cosa? Was ist los?«

»Da.« Christine deutete auf eine Stelle, an der er nur eine hochgewachsene Hecke sah. »Da steht ein Auto.«

»Dove?« Paolo schaute genauer, sah aber noch immer nichts. Er legte den Gang ein und ließ den Wagen langsam vorwärts rollen. Kurz darauf bremste er erneut. »Himmel«, sagte er entsetzt. »Was für ein Glück, dass du so gute Augen hast.«

Das rote Fiat 500-Cabrio stand denkbar ungünstig unmittelbar nach einen Biegung in der schmalen Zufahrtstraße. Obwohl es noch heller Tag war, hätte Paolo den Wagen mit dem Münchner Kennzeichen ohne Christines Warnruf weder rechtzeitig gesehen noch früh genug bremsen können.

Inzwischen hatte Christine ihren Schock überwunden. »Ich gehe nachschauen. Vielleicht ist ja was passiert.« Ihre Befürchtung verstärkte sich, als sie an die Fahrertür des Kleinwagens trat und sah, dass eine Frau über dem Steuer zusammengesunken war.

»Um Gottes willen.« Geistesgegenwärtig klopfte Christine ans Fenster, bevor sie vorsichtig am Türgriff zog. Zum Glück blickte die Frau erschrocken hoch, und Christine war erleichtert, dass sie nicht ohnmächtig war, sondern nur einen Weinkrampf hatte und sie jetzt aus roten Augen anstarrte.

Christine beugte sich hinunter, um auf Augenhöhe mit der jungen Frau zu sein. »Ist alles in Ordnung? Kann ich etwas für Sie tun?«

»Was? Ach nein, Entschuldigung.« Jetzt erst bemerkte Anna den Wagen, der hinter ihr gehalten hatte, und den Mann, der sich aus dem Fenster beugte und etwas zu rufen schien. »Oh, wollen Sie hier durch? Es tut mir leid, einen Moment, ich fahre sofort weg.« Mit zitternden Händen griff Anna nach dem Zündschlüssel, doch Christine hielt sie zurück.

»Ich glaube, Sie sollten im Moment nirgendwo hinfahren. Warten Sie einen Augenblick, ich bin gleich wieder da.« Sie lief zu Paolo und bat ihn, den kleinen Umweg zu fahren, der von Norden auf das Grundstück führte. »Ich komme gleich nach.«

Als Christine erneut neben dem kleinen Fiat stand, blickte sie die fremde Frau nachdenklich an, dann fasste sie einen spontanen Entschluss. »Wollen Sie mit zu uns kommen und ein Glas Wasser trinken, bevor Sie weiterfahren? Wir arbeiten gleich da vorn.« Christine deutete auf ein Gebäude, von dem Anna aus ihrer derzeitigen Position nur das Dach sehen konnte.

»Oh, das ist sehr nett, vielen Dank. Ich will Ihnen aber keine Umstände machen.«

»Unsinn«, sagte Christine. »Erstens sind es keine Umstände, zweitens sollten Sie in Ihrer augenblicklichen Verfassung nicht Auto fahren, und drittens kann hier jede Minute ein Fahrzeug den Weg entlangkommen, und dann haben Sie vielleicht nicht so viel Glück und werden nicht entdeckt, bevor es kracht.« Pragmatisch, wie sie nun mal war, winkte Christine mit dem Finger. »Wenn Sie möchten, fahre ich Ihnen den kleinen Flitzer vors Haus.«

Anna wollte bereits protestieren, kam dann aber zu dem Schluss, dass die freundliche Frau recht hatte. Sie schälte sich hinter dem Lenkrad hervor, lief um den Wagen herum und setzte sich auf den Beifahrersitz.

»Meine Güte«, lachte Christine. »Diese Sportsitze sind

nicht gerade für Frauen mit mehr als Größe sechsunddreißig gemacht.« Sie startete den Motor, doch bevor sie losfuhr, drehte sie sich zu Anna und streckte ihr die Hand hin. »Ich bin übrigens Christine.« Nachdem auch Anna sich vorgestellt hatte, gab Christine Gas und parkte den Fiat zwei Minuten später vor einem großen Gebäude.

Als Anna das große überstehende Dach sah, das den Vorplatz des Hauses über eine Länge von sicher zwanzig Metern beschattete, wurde sie sofort neugierig.

»Was für eine interessante Architektur«, sagte sie beeindruckt. Allerdings hatte sie keine Vorstellung, welchem Zweck das Gebäude diente. Ein Wohnhaus war es jedenfalls nicht. »Das ist doch keine Privatterrasse, oder? Dafür ist es viel zu groß.«

Bevor Christine zu einer Antwort ansetzen konnte, klingelte ihr Telefon. Sie bat Anna, kurz zu warten, und entfernte sich ein paar Schritte, um den Anruf entgegenzunehmen.

Anna nutzte die Gelegenheit, um sich ein wenig umzusehen. Wie herrlich es hier war! Das gegenüberliegende Haus mit der schönen Patina schien schon recht alt zu sein. Ursprünglich gelb gestrichen, blätterte an manchen Stellen der Putz ab, und die dunkelbraunen Fensterläden hoben sich vom klaren Weiß der Stürze ab. Neben der Eingangstür rankte wilder Efeu bis in den ersten Stock, und die Petunien, die in üppig bepflanzten Fensterkästen in leuchtenden Farben blühten, ließen das Haus noch anziehender wirken. Da ihre neue Bekannte noch mit ihrem Telefonat beschäftigt war, lief Anna über die kleine Straße, die die beiden Häuser voneinander trennte, und bewunderte das Wappen, das zwischen zwei Fenstern an die Wand gemalt war. Es zeigte einen Helm, der zwei Büffelhörner trug, und ein Plaid, das mit einem Schrägbalken belegt war. Ein kleines Stück weiter rechts entdeckte sie noch etwas: Das Haus hatte sogar einen Namen.

»Gefällt es Ihnen?« Unbemerkt von Anna hatte Christine ihr Gespräch beendet und war zu ihr herübergekommen. Sie freute sich, dass es ihrem Gast besser zu gehen schien, denn ein verträumtes Lächeln lag auf dem Gesicht der jungen Frau.

Mit glänzenden Augen deutete Anna auf das Schild. »Es ist wunderschön. Ich dachte gerade, dass ich meinem Haus auch einen Namen geben werde, falls ich irgendwann eines besitzen sollte.«

»Casa Masetto.« Christine schmunzelte. »Ja, es ist ein guter Name.«

»Ich muss zugeben, dass ich neugierig bin«, sagte Anna aufgeregt. »Das Haus hat bestimmt eine Geschichte, oder? Ich meine, weil es schon so alt ist. Und so ein Wappen ist ja auch nichts Alltägliches.«

»Das stimmt.« Christines Augen funkelten vergnügt. Sie war seit jeher an Geschichte interessiert und freute sich, dass die Besucherin ihre Faszination so unverhohlen zeigte. Sie drehte sich um ihre eigene Achse und fragte: »Sehen Sie das Schloss dort oben?«

Anna folgte Christines ausgestrecktem Arm und erblickte das alte Gemäuer, das auf einem Berg über dem Tal thronte.

»Früher gehörten das Castello Monreale und sogar die ganze Gegend, die ebenfalls Masetto heißt, einem mächtigen Adelsgeschlecht, derer von Thun. Diese kleine, heute recht unscheinbar wirkende Straße, über die wir gerade gelaufen sind, war damals die Hauptverkehrsachse zwischen Nord und Süd, und die Familie von Thun konnte unter anderem Zölle für die Straßennutzung erheben.«

Gebannt hing Anna an Christines Lippen. Sie legte eine Hand an die Wand der Casa, und für einen Augenblick konnte sie das Hufgetrappel der Pferde beinahe spüren, die große, mit Waren beladene Wagen zogen. »Dann ist das Haus schon richtig alt.«

Christine nickte. »Es stammt aus dem fünfzehnten Jahrhundert.«

Ehrfürchtig strich Anna über den rauen Putz. Schade, dass die Mauern nicht reden konnten, dachte sie. Bestimmt hätten sie viele interessante Geschichten zu erzählen gehabt.

»Was sind das für Vorrichtungen?« Als sie zurück über die Straße liefen, deutete Anna auf einige seltsam anmutende, mannshohe Gerätschaften.

»Es sind alte Traubenpressen.«

»Das heißt ...« Annas Gedanken hüpften zu den vielen grünen Pflanzstöcken, die sie während der Fahrt zwar bemerkt, denen sie jedoch keinen näheren Blick geschenkt hatte, da sie zu sehr damit beschäftigt gewesen war, die Geister der Vergangenheit zurückzudrängen. »Das, was hier überall wächst, sind Weinstöcke?«

»Ja, klar.« Christine lachte. »Das Trentino ist genau wie die Toskana ein kleines, aber feines Weinanbaugebiet. Und in dem großen Haus hier ist eine Weinkellerei untergebracht.«

»Arbeiten Sie und Ihr Mann hier?« Annas Blick wanderte an der Fassade entlang, an der ein weiterer Name stand. »Oder heißen Sie zufällig Endrizzi?«

Christine lachte erneut. Das Herz ihrer unerwarteten Besucherin lag dieser ganz offensichtlich auf der Zunge, und das war etwas, was ihr gut gefiel. Sie hielt seit jeher wenig davon, lange um den heißen Brei herumzureden. Wenn man etwas wissen wollte, bekam man eine Antwort in der Regel am schnellsten durch eine direkte Frage.

»Endrizzi ist der Markenname unserer Weine. Aber er leitet sich tatsächlich aus unserem Familiennamen Endrici ab. In weiser Voraussicht haben die Vorfahren meines Mannes ihn abgewandelt, weil viele Deutsche, Österreicher und andere, die kein Italienisch sprechen, nicht wissen, wie er ausgesprochen wird. Im Italienischen würde man richtig *Endriidschi* sagen«, fügte Christine die Erklärung gleich hinzu. »Im lokalen Dialekt unserer Gegend allerdings *Endrizzi.* Es stellt ein Verkaufshindernis dar, wenn die Menschen Angst haben, sich durch Unwissenheit zu blamieren. Indem der Name in *Endrizzi* umgewandelt wurde, ist diese Hemmschwelle weggefallen.«

»Das ist clever«, fand Anna. »Ich kann gut nachvollziehen, was Sie damit meinen.« Das konnte sie wirklich. Obwohl sie sich mit dem Lernen von Fremdsprachen immer leichtgetan hatte, musste sie bei italienischen Wörtern, die ihr nicht geläufig waren, oft überlegen, wie sie richtig ausgesprochen wurden.

»Kommen Sie mit. Ich hatte Ihnen ja ein Glas Wasser versprochen. Und wenn Sie möchten, zeige ich Ihnen anschließend die Kellerei und den Weinberg hinter dem Haus.« Christine lief ein paar Stufen hinauf zu einer Tür, die auf der Seite des Hauses ins Innere führte. »Hier geht es zu unseren Büros«, erklärte sie Anna, als sie ihr voraus die Treppe nach oben ging.

Anna folgte Christine in einen langen Flur, von dem beidseitig mehrere Büroräume abzweigten, bis sie an den letzten Türen ankamen, von denen die rechte in ein Besprechungszimmer und die linke in eine große Küche führte, die so ziemlich das genaue Gegenstück der hochmodernen Küche in Lars' Wohnung war. Während es dort so unpersönlich aufgeräumt aussah wie in einem Möbelhaus, war dieser Raum eine urgemütliche Mischung aus modern und funktional. An der einen Wand standen drei mannshohe Weinkühlschränke, daneben gab ein kleines Tischchen einer Vielzahl an Kräutertöpfen Halt. Holzschränke, in denen Gläser und Geschirr untergebracht waren, wechselten sich mit verchromten Regalen ab, in denen Töpfe und Pfannen verstaut waren. Ein großer Holztisch, der zentral im Raum stand, vermittelte den Eindruck, als hätte er tausend Geschichten zu erzählen gehabt, in denen es um Beisammensitzen, Lachen und Freundschaft ging. Am meisten aber war Anna von den Wänden und der Decke fasziniert. Hier war mit viel Aufwand gestrichen, verputzt und gespachtelt worden, sodass der Raum eine warme Patina erhalten hatte.

»Setzen Sie sich doch.« Christine hatte Anna Zeit gegeben, sich eingehend umzusehen. Jetzt nickte sie zufrieden. »So gefallen Sie mir gleich besser. Sie haben wieder etwas Farbe im Gesicht.«

Anna blickte verlegen zu Boden. Christines Freundlichkeit und ihre ungezwungene Art hatten es ihr leicht gemacht, ihren Zusammenbruch eine Zeit lang zu vergessen.

»Wollen Sie darüber reden?«, fragte Christine. »Natürlich müssen Sie mir nichts erzählen, wenn Ihnen das unangenehm ist«, winkte sie schnell ab, als eine feine Röte Annas Gesicht überzog. »Aber manchmal erscheinen uns die größten Steine nicht mehr ganz so schwer, wenn wir sie erst einmal dazu gebracht haben, von uns wegzurollen.«

Anna trank einen Schluck Wasser, dann entschied sie, dass Christine recht hatte. »Ich bin ein wenig durch den Wind«, versuchte sie, ihren Zustand herunterzuspielen. »Ich habe vor Kurzem einen Heiratsantrag erhalten, und daraufhin wusste ich plötzlich nicht mehr, ob ich mit dem Mann, mit dem ich seit drei Jahren zusammen bin, mein restliches Leben verbringen will. Als ich ihm das gesagt habe, hat er mich aus der Wohnung geworfen. Ich habe gedacht, dass ein Tapetenwechsel mir helfen würde. Aber jetzt bin ich mir nicht mehr so sicher, ob das eine wirklich gute Idee ist«, schloss sie kläglich.

»Hmm, ich verstehe«, murmelte Christine. »Wie lange wollen Sie denn in Italien bleiben? Ich vermute, dass Sie von irgendetwas leben müssen, oder?«

»Ja, das stimmt«, gab Anna zu. »Aber in der Hinsicht habe ich riesiges Glück.« In ein paar Sätzen fasste sie die Vereinbarung über den beruflichen Auftrag zusammen, den sie mit Hannes geschlossen hatte. Da Christine mehrmals interessiert nachhakte, erläuterte Anna ihr schließlich auch noch ihre ursprüngliche Geschäftsidee und musste feststellen, wie gut es ihr tat, darüber und über die gemeinsame Arbeit mit ihren Freunden zu reden.

»Diese Menschen bedeuten Ihnen viel, habe ich recht?«, fragte Christine, als sie sah, wie weich Annas Gesichtszüge über ihren Erinnerungen geworden waren. »Und dass Ihnen eine so kreative Arbeit Spaß macht, kann ich mir gut vorstellen. Ich bin nämlich auch Innenarchitektin. Besser gesagt: Ich war es, bevor ich hierher zu meinem Mann gezogen bin.«

Als Anna gerade nachhaken wollte, betraten zwei Männer und eine Frau die Küche.

»Ah, meine Familie.« Christines Augen glänzten vor Stolz und Zuneigung. »Ihr Lieben, das ist Anna. Anna, meinen Mann Paolo haben Sie zumindest in Ihrem Rückspiegel bereits gesehen, und die beiden hier sind unsere Kinder.«

Die hübsche junge Frau mit den von silbrigen Fäden durchzogenen dunklen Naturlocken betrachtete Anna mit einem neugierigen Lächeln, dann streckte sie die Hand aus und hieß Anna herzlich willkommen. »Ich bin Lisa. Schön, dich kennenzulernen. Und das andere Kind hier, das ist mein Bruder Daniele.«

Daniele verdrehte die Augen, als das Wort Kind zum zweiten Mal fiel. »Ciao, Anna. Benvenuta.«

»Grazie, Daniele. Piacere«, kramte Anna schnell ein paar fast vergessene Brocken Italienisch hervor.

»Ah, parla italiano. Molto bene. Es ist auch mir ein Vergnügen«, lobte Daniele sogleich.

»No, non parlo bene. Sono un po'.«

»Nicht sono, sondern solo«, berichtigte Lisa schmunzelnd. »Sono heißt *ich bin*.«

»Stimmt.« Anna kicherte hinter vorgehaltener Hand. »Lieber Himmel, es ist aber auch zu lange her, dass ich das gelernt habe.«

»Macht ja nix«, beschloss Daniele. »Was führt dich hierher? Woher kennst du unsere Mutter?«

»Sei nicht so neugierig, Dani. Schenk ihr lieber noch etwas Wasser nach.« Christine hob ihr Glas und prostete Anna zu. »Auch wenn es mit Wasser nicht ganz standesgemäß ist, jetzt noch einmal ganz offiziell: Ich bin Christine, und wir können uns gerne duzen. Wenn das in Ordnung ist.«

»Sehr gern.« Ein warmes Gefühl durchflutete Anna. Die Familie war ihr, einer völlig Fremden, gegenüber so liebenswürdig, dass sie jetzt schon wusste, wie schwer es werden würde, wieder Abschied zu nehmen. Schnell verdrängte sie den Gedanken. Den Moment genießen. Das war wichtig. Und wer konnte schon sagen, welche Überraschungen das Leben noch so bereithielt.

»Lisa, hast du heute viel zu tun?«, fragte Christine, nachdem sie ein paar Worte auf Italienisch mit ihrem Mann gewechselt hatte.

»Nur noch die letzten Vorbereitungen für Sonntag. Warum fragst du?«

»Vielleicht könntest du Anna ein bisschen herumführen und ihr das Weingut zeigen. Natürlich nur, falls es dich interessiert, Anna.«

»Oh, das wäre toll«, sagte Anna begeistert. »Aber nur, wenn es keine Umstände macht.«

»Ich führe dich gerne herum«, stellte Lisa klar. »Ich habe gerade Zeit, und wenn jemand seine Freude so deutlich zeigt wie du, macht es mir gleich doppelt so viel Spaß.«

»Mein Gott, ist das schön«, rief Anna aus, als Lisa sie um das Haus herumführte und die ersten Rebenreihen in Sicht kamen. »Und an jedem Ende ein Rosenstrauch. Die Idee hatte bestimmt deine Mutter, oder?«

Lisa lachte. Annas Begeisterung hatte etwas Unverfälschtes und war so mitreißend, dass sie sie am liebsten gedrückt hätte. »Nicht nur«, sagte sie. »Ich nehme an, du fragst, weil Mama Innenarchitektur studiert hat, oder?«

Anna nickte. »Ich finde, das sieht man überall hier.«

»Ja, das stimmt. Sie hat schon einen besonderen Geschmack. Aber das mit den Rosen hat dazu noch praktische Gründe. Wir lehnen jede Verwendung von chemischer Schädlingsbekämpfung ab und bedienen uns deshalb einiger Tricks.«

»Mit den Rosen?«, fragte Anna verwundert. »Was können die dazu beitragen?«

»Eines der Probleme, mit denen man im Weinbau zu kämpfen hat, ist der Mehltau. Und da hilft uns unsere schöne Freundin.« Lisa trat an einen dunkelrot blühenden Strauch heran und schnupperte an einer Blüte. »Ich kenne das schon mein ganzes Leben, aber davon kann ich nie genug bekommen. Riech mal«, forderte sie Anna auf, die ganz gespannt auf die weitere Erklärung wartete.

»Die Rosen bekommen den Mehltau vor dem Wein. Deswegen beobachten wir die Sträucher und wissen genau, dass Gefahr im Verzug ist, wenn die Blätter einen weißlichen Belag bekommen. Solange unsere Rosen gesund sind, geht es auch den Reben gut.«

»Aber …« Anna hielt inne und dachte einen Moment lang nach. »Wenn die Rosen befallen sind, dann müsst ihr doch vorsorglich auch die Reben spritzen. Oder geht das ohne Gift?«

»Spritzen müssen wir, das ist richtig. Allerdings kann man den Mehltau gut mit Milch oder einer Mischung aus Backpulver, Rapsöl und Wasser behandeln.«

»Das ist großartig«, fand Anna. »Das heißt, ihr müsst keine

Chemie verwenden, und das tut nicht nur dem Wein gut, sondern auch eurem Ruf.«

»Genau. Warte, ich zeige dir noch was.« Lisa strich einen Trieb zur Seite und stellte sich unter das mannshohe Blätterdach, das der Wein bildete. »Übrigens müssen die Rebstöcke erzogen werden, da sie sonst wild durch die Gegend wuchern.« Lisa musste lachen, als Anna sie skeptisch ansah. »Ich ziehe dich nicht auf, das nennt man wirklich so. Diese hier wurden dazu erzogen, einen Laubengang, beziehungsweise eine Pergola zu bilden.« Mittlerweile hatte sie gefunden, was sie gesucht hatte. »Siehst du das braune Ding da oben?«

»Ja. Was ist das?«

»Rate doch mal.«

Anna betrachtete das, was aussah wie ein kurzes Kabel und einmal um einen Stützdraht gewickelt war. Dann zog sie die Schultern nach oben. »Keine Ahnung.«

»Noch nicht mal eine Idee? Egal, wie abstrus sie dir erscheinen mag?«

»Nicht mal die.«

»Es ist eine Pheromonfalle«, erklärte Lisa. »Die braunen Drähte duften wie die paarungsreifen Weibchen des Traubenwicklers. Durch den starken Geruch der Fallen werden die Männchen verwirrt und finden kaum noch Weibchen, die sie befruchten können. Und je weniger Schädlinge, desto weniger Schaden.«

»Was stellt dieser Traubenbohrer denn mit den Früchten an? Ich meine, wenn er nicht vorher an die Falle fliegt?«

»Traubenwickler. Oder auch Rebenwickler«, verbesserte Lisa. »Wobei Traubenbohrer sogar noch treffender wäre. Es handelt sich um eine Mottenart, die ihre Eier in den jungen Trauben ablegt. Die Raupe frisst sich dann durch die Frucht, bis sie schlupfreif ist. Wenn man nichts gegen die Mistviecher unternimmt, kann einen das die gesamte Ernte kosten.« Lisa deutete auf einen Vogelkasten, der oberhalb eines Rosenstocks an einem Pfosten hing. »Dort leben unsere kleinsten Mitarbeiter und Freunde. Die Häuschen sind für die Kohlmeisen gedacht, deren Leibspeise eben der Traubenwickler ist. Falls das ein oder andere Mottenmännchen clever genug ist, doch ein Weibchen zu finden, werden sie von unseren gefiederten Freunden umgehend vernascht.«

»Klasse«, sagte Anna, die das Ganze überaus spannend fand. Am liebsten hätte sie Lisa ein Loch in den Bauch gefragt, wollte aber nicht allzu aufdringlich sein. Im Moment gab sie sich einfach damit zufrieden, dass sie an ihrer Seite durch den Weinberg spazieren und zuhören durfte. »Und was ist das da oben?«, fragte sie dann aber doch, als sie einen weiteren kleinen Kasten sah, der aber im Gegensatz zu den Vogelhäuschen kein rundes Loch, sondern einen schmalen Schlitz besaß.

»Rate«, forderte Lisa sie erneut auf.

»Noch mehr Freunde?«

»Noch mehr Freunde«, bestätigte Lisa Annas Vermutung. »Genauer gesagt, Fledermäuse.«

»Hui, Vampire«, scherzte Anna. »Muss ich mir Sorgen machen?«

»Unbedingt«, entgegnete Lisa. »Aber mehr darum, dass du hier nicht mehr wegwillst.«

»Da ist wahr«, sagte Anna sehnsüchtig. »Es ist so schön und friedlich hier, dass es mir vorkommt wie das Paradies auf Erden.«

»Hast du Lust auf einen Espresso?«, fragte Lisa, als sie eine halbe Stunde später ihre Runde durch den Weinberg beendet hatten.

»Oh, sehr gern«, antwortete Anna nach einem leichten Zögern. Sie hatte das Gefühl, dass sie die Familie schon viel zu lange aufgehalten hatte. Aber da sie ihre Tasche in Christines Büro gelassen hatte, musste sie sowieso noch einmal mit nach oben kommen. Und ein Kaffee war schnell getrunken. Dann würde sie weiterfahren. Vielleicht hatte sie ja Glück und durfte irgendwann wieder vorbeischauen und den Endricis Guten Tag sagen.

»Falls es dir draußen nicht zu warm ist, kannst du dich auf die Terrasse setzen.« Lisa deutete auf die Tür, die von der Küche auf einen überdachten Freisitz führte. »Ich komme gleich mit dem Kaffee. Ja?«, fragte sie nach, als sie die Stimme ihrer Mutter durch die offen stehende Verbindungstür hörte.

»Veni qui e chiudi la porta.«

»Hab ich was angestellt?«, fragte Lisa nicht ganz ernst, nachdem sie, wie Christine gebeten hatte, die Tür hinter sich schloss.

»Sag du es mir.« Christines blaue Augen funkelten hinter dem knallroten Rahmen ihrer Brille, die, sicher kein Zufall, exakt den gleichen Farbton hatte wie ihr Lippenstift. Dann senkte sie ihre Stimme. Ihr war daran gelegen, dass die Besucherin das Gespräch nicht mitbekam. »Was hältst du von Anna?«

»Ich finde sie total nett. Sie ist ein Mensch, den man vom ersten Augenblick an gern hat. Offen, ehrlich, neugierig und empathisch. Ich habe allerdings das Gefühl, dass es ihr nicht besonders gut geht, auch wenn sie sich Mühe gibt, es sich nicht anmerken zu lassen. Warum fragst du?«, wunderte sich Lisa.

Christine sah ihre Tochter nachdenklich an. Dann gab sie sich einen Ruck. »Weil wir hier ein paar zusätzliche Hände gebrauchen könnten. Und da Anna im Moment etwas orientierungslos zu sein scheint, könnte sie vielleicht aushelfen, falls sie Lust dazu hat. Ich wollte aber zuerst deine Meinung hören, bevor ich sie frage.«

»Ach deswegen hast du sie nicht selbst herumgeführt.« Treffsicher erriet Daniele, der neben Christine saß und den beiden Frauen wortlos zugehört hatte, weshalb seine Mutter Lisa mit Anna losgeschickt hatte. »Und ich werde nicht gefragt, oder wie?«

»Weil du noch zu jung bist, um so weitreichende Entscheidungen treffen zu können«, zog Lisa ihren Bruder auf, der gerade mal zwei Jahre jünger war als sie selbst.

»Ach so, ja dann.« Daniele wusste genau, wie er Lisas Neckereien aufzufassen hatte, schließlich waren sie seit Kindesbeinen ein Herz und eine Seele. Sie hatten zusammen in Geisenheim studiert, den Abschluss in internationaler Weinwirtschaft gemacht und waren schon mehrfach gemeinsam in Japan und anderen Teilen der Welt unterwegs gewesen, um die Kunden dort zu betreuen. Wenn Lisa also etwas ganz sicher nicht ernst meinte, dann, dass er zu jung wäre, um einen anderen Menschen einzuschätzen. »Was?«, fragte er irritiert, als er merkte, dass Christine ihn erwartungsvoll ansah. Seine Gedanken waren abgeschweift, und er hatte die Frage seiner Mutter nicht mitbekommen.

»Wenn du irgendwelche Einwände hast, dann sprich jetzt oder schweige für immer«, interpretierte Lisa Christines Frage an Daniele neu.

Er grinste. »Willst du Anna etwa heiraten?«

»Hört auf, ihr beiden.« Christine verdrehte die Augen. Auch wenn sie die Wortgefechte ihrer Kinder liebte, wusste sie, dass Anna auf der kleinen Terrasse auf ihren Kaffee wartete und keine Ahnung hatte, was sie hier drinnen ausheckten. »Also, raus mit der Sprache. Sollen wir sie fragen oder nicht?«

Und so wunderte sich Anna nicht schlecht, als ein paar Minuten später nicht nur Lisa, sondern auch Christine und Daniele auf die Terrasse kamen und sich zu ihr setzten.

»Anna, wir wollen dich etwas fragen«, sagte Christine, ohne lange zu fackeln. »Hast du Interesse, für uns zu arbeiten?«

Es dauerte einen Moment, bis Anna das unerwartete Angebot als solches auffasste. Plötzlich klopfte ihr Herz vor Aufregung bis zum Hals. »Wie? Ich meine … warte …«, stammelte sie schließlich. Sie schloss die Augen und versuchte, sich zu konzentrieren. Nach ein paar Sekunden war sie klar genug im Kopf, um wieder ganze Sätze zu bilden. Und dann kam auch schon die Ernüchterung. Sie blickte zweifelnd von einem zum anderen. »Ihr bietet mir einen Job an? Aber ihr wisst doch gar nicht, was ich kann. Ich meine, eine Innenarchitektin werdet ihr ja wohl kaum brauchen. Von anderen Dingen habe ich leider herzlich wenig Ahnung. Und Italienisch spreche ich auch nicht.«

Amüsiert blitzten Christines Augen auf. »Irgendwie klingt das so, als ob du uns mit aller Macht davon abhalten wolltest, dich einzustellen.«

»Ja … ich meine … nein.« Anna gab es auf. Der Vorschlag hierzubleiben brachte sie völlig durcheinander. »Mir hüpft mein Herz gleich zum Kopf hinaus, so sehr freue ich mich«, gab sie zu und errötete leicht. »Aber ihr seid so liebenswürdig, dass ich das nicht annehmen kann. Ich möchte nicht, dass ihr später enttäuscht seid, weil ich mich überhaupt nicht nützlich machen kann.«

Christines Lächeln wurde breiter, und Lisa und Daniele tauschten einen vergnügten Blick. Anna war genau nach ihrem Geschmack, das hatten sie alle von Anfang an gespürt. Und ihre so ehrlichen wie auch bescheidenen Worte gaben ihrem ersten Eindruck recht.

Christine fasste über den Tisch und drückte Annas Hand. »Wie du dir denken kannst, sind wir alle nicht dumm.« Sie musste schon wieder lachen, als Annas Kopf nach oben schnellte und sie sie alarmiert ansah. »Und ich denke, dass du uns einen gesunden Menschenverstand zutrauen darfst. Uns ist klar, dass du weder von Buchhaltung noch vom Weinbau etwas verstehst. Aber hier fallen alle möglichen Tätigkeiten an, die du sicher schnell lernen wirst und bei denen du uns zur Hand gehen könntest.«

»Genau«, bestätigte Daniele. »Uns ist ein Mitarbeiter in der Kellerei ausgefallen und ein weiterer, der im Weinberg gearbeitet hat. In den nächsten Tagen müssen wir uns um die Ertragsreduzierung kümmern, außerdem müssen die Rebstöcke entlaubt werden.« Daniele unterbrach sich, als Anna ihn verständnislos ansah. »Es sind ziemlich viele unterschiedliche Arbeiten in der Kellerei und den Weinbergen zu erledigen, es ist aber leichter, dir alles vor Ort zu zeigen, statt dich jetzt mit Informationen zu überladen. Das meiste davon ist zwar körperliche Arbeit, die geistig nicht allzu fordernd ist, aber es kann durchaus Spaß machen, wenn man gern in der Natur ist.«

»Und wir haben den ganzen Sommer über jeden Donnerstag ab achtzehn Uhr einen Aperitivo, zu dem oft über hundert Gäste kommen, da könnten wir auch eine zusätzliche Kraft gebrauchen«, zählte Lisa einen weiteren Punkt auf. »Dazu fallen im Büro oft irgendwelche Kleinigkeiten an, bei denen du uns zur Hand gehen kannst. Natürlich nur, wenn du möchtest.« Verlegen zögerte sie einen Moment, dann fügte sie leise hinzu: »Der Haken daran ist halt, dass wir dir nichts anbieten können, was deinen Fähigkeiten entspricht.«

Nun war es an Anna zu schmunzeln. Bevor sie zu einer Antwort ansetzen konnte, wischte sie sich verstohlen eine Träne aus dem Auge. »Ich weiß nicht, was ich sagen soll«, gab sie zu. »Schon als ich vor ein paar Stunden hier gestrandet bin, hatte ich den Wunsch, hierbleiben zu können. Und jetzt bietet ihr mir genau das an. Das träume ich doch gerade, oder?«

»Ach, das Träumen wird dir schon noch vergehen.«

Daniele stand auf und lief nach drinnen. Bevor er einen der großen Kühlschränke öffnete, rief er: »Anna, trinkst du ein Glas Wein mit uns?«

»Äh, ja, sehr gern sogar.« Anna wurde rot. Sie war ein absoluter Genussmensch, doch es war noch früher Nachmittag, und jetzt schon Wein zu trinken war für sie ungewohnt.

Bevor sie sich weiter den Kopf darüber zerbrechen konnte, kam Daniele mit einer Flasche Rosé und vier Gläsern aus der Küche zurück. »Aber mach dir ja keine Hoffnungen, dass das jeden Tag so geht«, neckte er sie. »Ich finde nur, wir sollten darauf anstoßen, dass du bleibst.«

»Dani!« Christine musterte ihren Sohn mit einem amüsierten Blick. »Sie hat doch noch gar nicht Ja gesagt.«

»Eben deswegen muss sie ein Glas DALIS Rosé probieren«, entschied Daniele. »Wenn sie erst mal unseren vielleicht besten Sommerwein getrunken hat, kann sie gar nicht mehr Nein sagen.« Er schenkte die schönen Gläser zu je einem Drittel voll und reichte eines davon an Anna weiter. »Salute.«

Vorsichtig roch Anna an der Flüssigkeit und sog das betörende Aroma des Weins ein. Sie nahm Noten von Himbeeren und Walderdbeeren wahr und, etwas verhaltender, frische Holunderblüten. Für alle weiteren Nuancen war ihre Nase zu ungeübt. Allerdings konnte sie schon jetzt sagen, dass der Duft mehr als nur verlockend war.

Christine hob ihr Glas und prostete Anna zu. »Dann schauen wir mal, ob Dani recht behält!«

Anna nahm einen kleinen Schluck, ließ ihn über die Zunge rollen, ganz so, wie es ihr ein Winzer auf einer Weinmesse in München vor ein paar Jahren beigebracht hatte. Obwohl sie gelernt hatte, dass sie in diesem Moment etwas Luft einsaugen und diese mit dem Wein vermischen lassen sollte, kam sie sich bei dem Ritual, bei dem sie persönlich noch nie einen gravierenden Unterschied zum normalen Trinken hatte feststellen können, etwas albern vor. Also verzichtete sie einfach darauf und schluckte die Flüssigkeit hinunter. Verzückt von dem satten, nachhaltigen Gefühl in ihrem Mund, seufzte sie leise.

Erst als Daniele Lisa zuflüsterte, dass das doch ganz gut aussehen würde, bemerkte Anna, dass die Geschwister sie beobachtet hatten. Prompt wurde sie erneut rot.

Christine, seit jeher mit einer untrüglichen Intuition gesegnet, deutete ihren Kindern mit einer Kopfbewegung an, das Weite zu suchen. Dann fasste sie erneut nach Annas Hand. »Es gibt nichts, was dir peinlich sein muss«, stellte sie nachdrücklich fest und meinte es auch so. Anna hatte eine so unverfälschte und herzerfrischende Art, dass man sie einfach gern haben musste. Christine hoffte sehr, dass die junge Frau sich entscheiden würde, nicht gleich wieder weiterzureisen. Obwohl sie auch vorher keine Zweifel daran gehabt hatte, dass es richtig war, Anna zum Bleiben zu bewegen, wurde sie sich mit jeder Minute sicherer.

»Manchmal gibt es im Leben Momente, in denen man von der ersten Sekunde an weiß, dass man jemanden getroffen hat, mit dem man auf einer Ebene ist. Bei dir habe ich das Gefühl schon gehabt, als du tränenüberströmt mit deinem Auto den Weg blockiert hast.« Ungeachtet der Tageszeit beschloss Christine, dass Anna noch ein weiteres Glas Wein vertragen konnte, und schenkte ihr nach. »Und meinen Kindern geht es genauso. Also mach dir keine Sorgen, dass du etwas falsch machen könntest oder weil du etwas nicht weißt, was die beiden schon mit der Muttermilch eingesogen haben. Ich hatte auch keine große Ahnung von Weinen, als ich meinen Mann kennengelernt habe und vor dreißig Jahren hierher zu ihm gezogen bin.«

Anna musste sich eingestehen, dass Christine recht hatte. Sie kam sich mit ihren Befürchtungen ein bisschen töricht vor, schob den Gedanken aber schnell wieder beiseite.

»Also, was meinst du? Willst du es mit uns versuchen?«, wollte Christine wissen. »Wenn du möchtest, kannst du auch einfach ein oder zwei Wochen lang probearbeiten. Gegen Bezahlung, versteht sich. Und du könntest die Zeit auch gleich nutzen, um dir klar zu werden, wie du weitermachen willst.«

Das Angebot war mehr als großzügig, das war Anna klar, auch wenn sie noch nicht über Geld geredet hatten. Aber das war ihr nur am Rande wichtig, Hauptsache, sie konnte erst mal bleiben. »Denkst du, dass ich hier in der Nähe so kurzfristig ein Zimmer finde?«, fragte sie aufgeregt.

Christines Mundwinkel zuckten. Stimmt, darüber hatten sie noch gar nicht weiter nachgedacht. »Dani?«, rief sie über die Schulter.

»Was ist?«, kam die gedämpfte Antwort von drinnen.

»Ist das kleine Zimmer in der Casa Masetto gerade frei?«

»Im Moment wohnt dort niemand.«

»Stellst du große Ansprüche an deine Unterkunft?«, wandte sich Christine wieder an Anna. »In dem Gebäude, das du vorhin so bewundert hast, wohnen einige unserer Angestellten. Allerdings sind das richtige Wohnungen mit allem Pipapo. Das können wir dir leider nicht bieten, aber es gibt ein kleines Zimmer, das zwar ein eigenes Bad hat, aber keine richtige Küche. Es gibt nur eine kleine Nische mit einem Kühlschrank und eine einzelne Herdplatte. Wenn dir das nichts ausmacht, kannst du dort wohnen, bis du dir überlegt hast, ob du länger bleiben willst. Dann kannst du dir immer noch etwas suchen, was besser passt.«

Annas Kehle wurde eng. Sie schluckte, schloss für einen winzigen Moment die Augen und schickte ein kurzes Dankesgebet ans Universum. Irgendeine höhere Macht müsste es gerade richtig gut mit ihr meinen, denn so viel Glück auf einem Haufen gab es ja nicht allzu oft. Tief in ihrem Inneren war sie nämlich seit jeher der Überzeugung, dass jeder Mensch seines eigenen Glückes Schmied war. Eine Zeit lang hatte sie jede Menge dieser Lebensratgeber gelesen, die vor einigen Jahren so in Mode gekommen waren. Mehrere Monate lang hatte sie ein Buch nach dem anderen verschlungen, hatte mit Leuchtstift die für sie wichtigen Passagen markiert und versucht, das Ganze zu verinnerlichen. Anfangs hatte sie gehofft, auch Lars für die Idee gewinnen zu können, doch der hatte für so einen Unsinn, wie er es abfällig nannte, keinen Kopf und warf ihr den ein oder anderen dummen Spruch über ihren Eifer vor die Füße. Schließlich hatte sie eingesehen, dass es zwar sogar in der ständig überfüllten Münchner Innenstadt funktionierte, sich einen Parkplatz herbeizuwünschen; andere Wünsche hingegen sträubten sich, in Erfüllung zu gehen. Und dann ging ihr Interesse an der Lektüre schleichend wieder zurück, bis sie eines Tages merkte, dass sie ihr nichts mehr geben konnte.

Ein leises Hüsteln drang an Annas Ohr, und sie vernahm die Stimmen, die in einem der Büros fröhlich diskutierten. Erschrocken riss sie die Augen auf und sah, dass Christine sie wartend ansah.

»Tut mir leid«, platzte es aus Anna heraus. »Die letzten Tage waren so turbulent, dass sich meine Gedanken immerzu selbstständig machen.« Sie legte den Kopf schief. »Normalerweise bin ich nicht so durch den Wind. Du musst dir keine Sorgen machen, dass ich bei der Arbeit nicht bei der Sache bin.«

»Und du solltest nicht so viele Bedenken haben, wie du auf andere wirkst«, entgegnete Christine. »Ich finde, dass du genau richtig bist, so wie du bist.« Neugierig musterte sie ihren Gast. »Wir kommen so viel herum und treffen oft auf Menschen, die sehr darauf bedacht sind, möglichst gut rüberzukommen. Ich habe noch nie verstanden, weshalb es wichtiger ist, ständig die Contenance zu bewahren, als man selbst zu sein. Eine einigermaßen gute Erziehung vorausgesetzt natürlich.« Christine lächelte. »Aber selbst falls man die nicht genossen hat, kann man sich später immer noch ein paar wichtige Verhaltensweisen aneignen. Und sich dann so geben, wie man sich auch wirklich fühlt. Das gefällt mir an dir, Anna«, gab sie freimütig zu. »Du machst auf mich den Eindruck, als ob du keine Angst hast, anderen Menschen dein wirkliches Ich zu zeigen.«

»Nur leider gefällt das nicht jedem«, murmelte Anna düster, als sie erneut an Lars denken musste. Der fand es nämlich äußerst unschicklich, dass Anna ihre Gefühle zuweilen nicht im Griff hatte. Nachdem er das erste Mal auf den Malediven am Strand mitbekommen hatte, dass ihr bei einer traurigen Buchszene vereinzelte Tränen die Wangen herabkullerten, hatte er genervt die Augen verdreht und sie gebeten, solch unsägliche Schmöker nicht mit in die Öffentlichkeit zu nehmen. Oder einen derartigen Käse am besten einfach überhaupt nicht mehr zu lesen.

Anna schluckte den Kloß in ihrem Hals hinunter. »Ich fühle mich, als ob ich all das nur träumen würde«, sagte sie, und ein verzaubertes Lächeln umspielte ihre Lippen, als sie ihren Blick über die Weinberge streifen ließ, die in eine herrliche Berglandschaft eingebettet waren. Wie von der Sonne geküsst. »Als ich von der Autobahn runtergefahren bin, hatte ich Angst, alles falsch gemacht zu haben, und jetzt fühle ich mich, als hätte ich den Hauptgewinn gezogen.«

»Na, das ist doch eine gute Entwicklung«, stellte Christine fest und stand auf. »Dann zeige ich dir jetzt dein Zimmer. Und wenn du ausgepackt hast, stelle ich dich ein paar anderen Mitarbeitern vor.« Sie drehte sich zur Tür, doch dann fiel ihr noch etwas ein. »Wir haben uns noch nicht darüber unterhalten, was du verdienst.« Nachdenklich biss sie sich auf die

Unterlippe, aber bevor sie weiter überlegen konnte, kam Anna ihr zuvor. »Was hältst du davon, wenn ich einfach eine Woche ohne Gehalt arbeite? Dafür lasst ihr mich umsonst hier wohnen. Das würde für mich absolut passen. Und wenn es mit der Zusammenarbeit nicht klappt, seid ihr mich ganz unkompliziert wieder los.«

»Wenn ich mir das so anhöre, befürchte ich, eine falsche Wahl getroffen zu haben«, sagte Christine schlagfertig, und in ihren Augen blitzte der Schalk. »Du bist ja eine richtig schlechte Geschäftsfrau. Zumindest dich selbst verkaufst du ziemlich mies.«

»Das war schon immer mein Dilemma«, gab Anna freimütig zu. »Lars hat mich deswegen regelmäßig geschimpft. Aber ich sag dir was, ich bin damit immer gut gefahren. Ich habe nämlich auch eine gute Menschenkenntnis. Deswegen habe ich in meinem Job eine großartige Idee eingebracht, anfangs für ein Butterbrot gearbeitet, und so haben wir gemeinsam aus einem kleinen, kränkelnden Architekturbüro ein florierendes Unternehmen gemacht. Da das mittlerweile auch in finanzieller Hinsicht richtig gut läuft, drängt mir Hannes, plötzlich Lohnnachzahlungen auf, die wir nie vereinbart hatten. Und Luigi hab ich auch ihm zu verdanken.«

Christines rechte Augenbraue wanderte nach oben. »Luigi?«

»Ach«, Anna kicherte. »Das kannst du ja nicht wissen. So heißt mein Auto.«

»Die rote Knutschkugel hat einen Namen?« Christine lachte begeistert auf. »Das ist ja großartig!«

Eine gute Stunde später hatte Anna es sich in dem Zimmerchen gemütlich gemacht. Obwohl es dem Vergleich mit der riesigen Münchner Dachterrassenwohnung in keiner Weise standhielt, fühlte sie sich sofort rundum wohl. Ein kleines Sofa lud zum Verweilen ein, und ein Holzfenster ließ genügend Licht herein, um den in einem frischen Gelb gestrichenen Raum hell und freundlich wirken zu lassen. In einem Blumenkasten, der auf dem Sims stand, blühten hübsche Sommerblumen, und der schöne alte Schrank hätte bestimmt die Geschichten vieler Generationen erzählen können.

Als sie ihre Kosmetikartikel auf dem weißen Marmorfensterbrett im Bad verteilt hatte, fiel ihr ein, dass sie das letzte Mal bei ihrem Tankstopp am Brenner auf ihr Handy gesehen hatte. Insgeheim freute sie sich darüber, andererseits hatte sie auch ein schlechtes Gewissen, weil sie ihren Freunden versprochen hatte, sie über ihre Reise auf dem Laufenden zu halten. Doch die Stunden auf dem Weingut waren wie im Flug vergangen, und die schöne Landschaft hatte sie so gefangen genommen, dass sie jedes Zeitgefühl verloren hatte.

Schnell schnappte sie ihre Tasche vom Boden, zog den Reißverschluss auf und leerte den kompletten Inhalt auf dem großen Bett aus, das in einer Ecke des Zimmers stand und mit seiner mit großen Mohnblumen bestickten Tagesdecke einen einladenden Eindruck machte. Sie ließ sich auf das Fußende sinken, schob ein paar Dinge beiseite und zog ihr Smartphone darunter hervor. Als sie sah, dass sie acht ungelesene Nachrichten hatte, biss sie sich auf die Unterlippe. Schnell öffnete sie das Menü, um nachzusehen, wer alles auf Antwort wartete, dann wählte sie der Einfachheit halber Hannes' Nummer.

»Da bist du ja endlich!« Isabella, die mit den anderen Kollegen zusammensaß, hatte Hannes das Telefon sofort aus der Hand gerissen. »Ich stell dich auf laut, okay?«

»Ja klar, mach das.« Annas Herz pochte wie verrückt. Es tat ihr unendlich gut, dass ihre Freunde sie so offensichtlich vermissten. »Es tut mir leid, dass ich mich erst jetzt melde«, entschuldigte sie sich umgehend. »Aber ihr werdet nicht glauben, was mir gerade passiert ist. Wartet mal kurz.« Sie legte das

Telefon zur Seite, da sie beide Hände brauchte, um den Verschluss der Wasserflasche zu öffnen, die Christine ihr mit aufs Zimmer gegeben hatte. Es zischte leise, sie trank einen tiefen Schluck, dann nahm sie das Smartphone wieder in die Hand.

»Nun lass uns nicht länger schmoren, sonst kündigen wir dir die Freundschaft«, witzelte Hannes, der genau wie alle anderen darauf brannte, endlich zu erfahren, weshalb Anna den gesamten Nachmittag über auf keine ihrer Nachrichten reagiert hatte.

»Das klingt wie ein Traum«, befand Isabella, kaum dass Anna ihre Schilderung beendet hatte. »Kannst du bitte gleich mal fragen, ob die noch mehr Mitarbeiter brauchen? Au!« Sie lachte, als Hannes ihr leicht gegen den Arm boxte. »Es scheint, als ob unser Chef etwas dagegen einzuwenden hätte. Oder wie soll ich es interpretieren, dass er versucht, mich übers Knie zu legen?«

»Vielleicht als Ausdruck seiner Leidenschaft für SM-Spielchen«, entgegnete Anna belustigt.

»Na wartet, ihr beiden«, schimpfte Hannes mit gespielter Empörung. »Ich muss euch wohl mal wieder zeigen, wer hier der Herr im Haus ist.«

»Ich sag's ja.« Anna musste schlucken, so sehr vermisste sie die kleine Truppe, die ihr in den letzten Jahren ans Herz gewachsen war. »Jetzt wo ich weg bin, kann ich dich nicht mehr gegen den Hausherrn verteidigen. Aber wenn er demnächst verlangt, dass du ihn auch noch mit *Master* anreden sollst, gib Bescheid, und ich komme wieder heim.«

Hannes griff den Vorschlag sofort auf. »Isabella, ab sofort sprichst du mich mit ›Herr‹ an. Und du, Anna, kommst auf der Stelle nach Hause.«

Sie plänkelten noch eine Weile herum, dann verabschiedete sich Anna, nicht ohne versprochen zu haben, nach ihrem ersten Arbeitstag Bericht zu erstatten, wie es gelaufen war. Unschlüssig blickte sie danach noch eine Weile auf das dunkle Display. Eine weitere Nachricht war von Lars gewesen, doch sie hatte bisher noch nicht den Mut gehabt, sie zu lesen. Kurz entschlossen entsperrte sie das Telefon und studierte die wenigen Zeilen.

Anna, ich möchte mit dir reden. Ich habe mich benommen wie ein Idiot, und es tut mir leid. Ich vermisse dich, und ich will, dass du wieder nach Hause kommst. Ich liebe dich, und ich bin überzeugt, dass wir für immer zusammengehören. Bitte melde dich, ich warte auf deine Antwort. Lars.

Als Anna ihre Hand sinken ließ, stritten widersprüchliche Gefühle in ihr. Sie wusste, dass es eine bemerkenswerte Leistung für Lars war, sich bei ihr für sein Verhalten zu entschuldigen. Dennoch war ihr sofort ins Auge gestochen, dass die wenigen Zeilen übermäßig viele *Ichs* beinhalteten. *Ich* möchte, *ich* habe, *ich* vermisse, *ich* will, *ich* bin. Das *Ich liebe dich* ging dabei in seiner Beiläufigkeit fast schon wieder unter.

»So ein Mist.« Müde rieb Anna sich übers Gesicht. Sie wollte nur noch schlafen. Etwas, was ihr in den letzten Wochen nicht so gut gelungen war. Immer wieder hatte sie schlecht geträumt, war ständig hochgeschreckt, und am nächsten Morgen hatte sie sich gefühlt, als sei eine Herde Büffel über sie hinweggetrampelt. Doch wie sie Lars kannte, würde er viertelstündlich kontrollieren, ob sie die Nachricht gelesen hatte, und wenn ihre Antwort zu lange auf sich warten ließ, würde seine Reue entweder in schlechte Laune umschlagen oder er kehrte die beleidigte Leberwurst hervor. Seufzend entschied Anna, es hinter sich zu bringen, und wählte seine Nummer.

»Anna! Warte mal«, war das erste, was sie hörte, als Lars

das Gespräch entgegennahm. Sie verzog das Gesicht. Seine Stimme klang, als ob er einen über den Durst getrunken hätte, was eine regelrechte Seltenheit war. Und nun deckte er den Hörer mit der Hand ab und tuschelte mit jemandem, den sie nicht verstehen konnte. Sie hatte ja nichts gegen ein Gläschen ab und zu einzuwenden. Eine Aussprache unter Alkoholeinfluss war aber sicher nicht zweckmäßig. Zumal Lars' etwas eigene Charakterzüge dabei gern besonders stark zum Vorschein kamen.

Als er die Hand, die das Mikrofon verdeckte, wieder wegnahm, war das Gelächter der fröhlichen Männerrunde im Hintergrund noch nicht ganz verklungen, und Anna war sich sicher, dass auch Robert, Lars' bester Freund, den sie nie hatte ausstehen können, sich darunter befand. Schon bevor Lars wieder zu reden begann, hätte sie darauf wetten können, was gleich kam.

»Anna, Schatz, wie du hörst, ist es gerade ungünstig«, nuschelte er in den Hörer. »Ich rufe dich später zurück. Schau einfach, dass dein Akku voll ist und du erreichbar bist. Bis dann!«

»Schon klar.« Anna starrte auf das Telefon, das nur noch ein lang gezogenes Tuten von sich gab. Wenn Lars mit seinen Kumpels zusammensaß und Alkohol trank, würde er später kräftig einen im Tee haben. Dazu kannte sie Robert gut genug. Er würde Lars gegen sie in Stimmung bringen, und es war jetzt schon klar, dass das Gespräch bestenfalls unangenehm enden, wenn nicht sogar in einen handfesten Streit ausarten würde. Anna schüttelte den Kopf. Es war ganz sicher besser, auf diese Art von Kommunikation zu verzichten. Sie drückte den länglichen Knopf an der rechten Seite so lange, bis auf dem Bildschirm angezeigt wurde, dass das Gerät bereit war herunterzufahren. Ihr rechter Zeigefinger stoppte, kurz bevor sie zur Bestätigung nach rechts wischen konnte, dann brach sie den Vorgang ab. Stattdessen öffnete sie das Nachrichtenprogramm und tippte:

> Ich bin müde und werde bald ins Bett gehen. Lass uns morgen telefonieren. Gute Nacht.

Dann schaltete sie das Handy aus, legte es auf das kleine Nachtkästchen und stand auf. Ihre Armbanduhr zeigte, dass es gerade erst halb neun Uhr abends war, und wenn sie sich jetzt schon ins Bett legte, wäre um vier Uhr morgens die Nacht für sie vorbei. Sie schnappte sich eine leichte Jacke, schlüpfte in lange Jeans, da sie nicht wusste, was die Mücken zu dem frisch aus Deutschland importierten Blut sagen würden, und schnürte die Sneaker nur nachlässig zu.

Eine Minute später trat sie aus dem Haus und nahm die Abendstimmung in sich auf. Die Dämmerung hatte längst eingesetzt, und doch war es noch angenehm warm. Überall zirpten Grillen, aber ansonsten war es so still, dass Anna das Gefühl hatte, ganz allein auf diesem herrlichen Stückchen Erde zu sein. Auf der kleinen Straße, die vor dem Haus vorbeiführte, war keine Menschenseele zu sehen, was aber nicht weiter verwunderlich war, da auch tagsüber kaum jemand zufällig des Wegs zu kommen schien. Anna überlegte kurz, ob sie zur Etsch laufen sollte, die ganz in der Nähe durch das weite Tal strömte, doch dann verwarf sie den Gedanken wieder. Es war besser, bei Tageslicht eine geeignete Stelle am Ufer ausfindig zu machen, als in der Dunkelheit planlos herumzuirren. Stattdessen beschloss sie, einen kleinen Spaziergang durch die Weinberge zu machen.

Einen knappen Kilometer weiter mündete der Weg in den Ort San Michele. Ehrwürdige alte Häuser standen dicht an dicht am Straßenrand, und Anna fragte sich, wie es hinter den verschlossenen Fensterläden wohl aussah. Ohne sich dabei sicher zu sein, schätzte sie eine Vielzahl der Gebäude vom Stil her auf die Jahre vor dem Zweiten Weltkrieg. Bewundernd glitt ihr Blick über die schönen Fassaden. Sie musste unbedingt Christine nach der Geschichte des Orts fragen. Und auch danach, ob der Krieg überhaupt bis hierher ins Trentino gekommen war.

# Kapitel 5

Am nächsten Morgen brauchte Anna ein paar Minuten, um zu verstehen, wo sie sich befand. Verwundert blickte sie sich in dem kleinen Zimmer um, freute sich über die bunt gemusterten Vorhänge, die den vorwitzigen Sonnenstrahlen den direkten Einlass verwehrten, und durch ihre hübsche Farbe den Raum in ein freundliches Licht tauchten. Als ihr Blick auf den mit Weinreben bemalten Kleiderschrank fiel, wurde ihr schlagartig bewusst, wo sie sich befand. Ein lange nicht gekanntes Glücksgefühl durchflutete sie beim Gedanken an die Begegnung mit Christine und ihrer Familie am Vortag und an das unglaubliche Angebot, das sie ihr gemacht hatten. Sie schlug die Decke zurück, die ihr in der Nacht gute Dienste geleistet hatte, denn obwohl die Tage bereits sommerlich warm waren, war es in den frühen Morgenstunden noch empfindlich kühl. Mit einem Lächeln setzte sie sich im Bett auf, streckte die Arme nach oben und reckte sich, bis es in ihren Wirbeln knackte. Dann stand sie auf, lief zum Fenster und schob die Vorhänge zur Seite.

»Hallo, Welt«, flüsterte sie und warf eine Kusshand in die Luft. »Ciao, bella Italia.«

Zwanzig Minuten später war sie geduscht, hatte die Zähne

geputzt und zum Schutz gegen die UV-Strahlen eine Sonnencreme mit Lichtschutzfaktor fünfzig aufgetragen. Schließlich sollte sie heute den ganzen Tag in den Weinbergen verbringen, worauf sie sich am Abend zuvor schon so gefreut hatte, dass sie vor Aufregung lange nicht hatte einschlafen können.

Marco hörte Tiziana mit gemischten Gefühlen zu. Die Önologin versuchte seit zehn Minuten, ihn mit Engelszungen zu überreden, dass er sich um eine neue Mitarbeiterin kümmern und sie in die Geheimnisse der grünen Lese einweihen sollte. Obwohl sie die Chefin der Weinberge und zusammen mit ihrem Kollegen Vito verantwortlich für das Reifen der Trauben war, konnte sie ihm nicht einfach einen Auftrag erteilen, da er in der Kellerei sein eigener Chef war.

»Aber wieso denn ich?«, fragte er störrisch. »Das kann ihr doch auch jeder andere zeigen.«

»Sei un asino testardo, Marco.« Tiziana grinste, da Marco den *sturen Esel* prompt mit einem empörten Blick quittierte. »Du bist der Einzige hier, der deutsch spricht. Und das qualifiziert dich auf eine besondere Weise. Wie soll ihr denn jemand etwas beibringen, wenn er ihre Sprache nicht spricht?«

»So schwer ist das ja auch wieder nicht zu kapieren. Das Nötigste kann man ihr auch mit Händen und Füßen erklären«, murrte Marco, ohne Tiziana ernsthaft böse zu sein. Er hätte selbst nicht sagen können, warum es ihm so gegen den Strich ging, die Deutsche an die Hand zu nehmen. Aber irgendetwas, das Tiziana zu ihm gesagt hatte, berührte einen Punkt in ihm, der ihm ausgesprochen unangenehm war. Was er dagegen nicht erwähnte, war, dass er als Kellermeister mit einer der verantwortungsvollsten Aufgaben der ganzen Kellerei betraut war und deshalb eigentlich keine Zeit hatte, neue Mitarbeiter einzuarbeiten. Aber er war sich noch nie zu schade dafür gewesen, mit anzupacken. Außerdem war er gerne an der frischen Luft, und die Arbeit im Weinberg bereitete ihm noch immer Freude.

»Ich weiß ja auch, dass das eigentlich nicht dein Job ist, Marco.« Tiziana unterstrich mit beiden Händen, dass sie sich bewusst war, um welch großen Gefallen sie bat. »Aber ich weiß wirklich nicht, wen ich sonst fragen könnte.«

Schließlich fügte Marco sich. Er wusste selbst, wie wichtig es war zusammenzuhalten. Genau wie sie die Chefin in den Weinbergen war, war er der Boss in seinem Reich, und irgendwann würde sicher der Tag kommen, an dem er ihre Hilfe benötigte. »Also gut. Ich mache es. Aber nur, weil du so nett gefragt hast.«

»Danke, Marco. Das vergesse ich dir nicht, versprochen! Schau, das muss sie sein«, unterbrach Tiziana seine Grübeleien und puffte ihn gegen den Oberarm. »Hör aber besser auf, so böse zu schauen. Du willst doch nicht, dass unsere neue Kollegin Angst vor dir bekommt.«

Mühsam rang sich Marco ein Lächeln ab, als die Schritte im Kies hinter ihm näher kamen. Als er sich dann jedoch umdrehte, sanken seine Mundwinkel nach unten.

»Bon giorno. Mi chiamo Anna«, sagte Anna fröhlich. Ihre Augen funkelten wie zwei klare Bergseen, und ihr ganzes Gesicht strahlte vor Freude. Lisa hatte ihr gesagt, sie solle sich an Tiziana wenden, und jetzt suchte Anna in ihrem Gedächtnis schnell die richtige italienische Formulierung zusammen. »Lisa ha detto che dovrei contattarti.« Als sie Tizianas erleichterten Gesichtsausdruck bemerkte, winkte sie schnell ab. »Scusi. Non parlo italiano. Solo poche parole.«

Tiziana war dennoch sofort eingenommen von dem herzlichen Wesen der Deutschen. Schnell kramte sie ein paar deutsche Wörter zusammen. »Wir sage du. Wenn sind das recht.« Sie deutete auf den finster dreinblickenden Mann, der neben ihr stand und sich weigerte, Anna auch nur anzusehen. »Diese ist Marco. Er sein die Kellermeister.«

Anna wandte sich dem großen dunkelhaarigen Mann zu, der seine Hände in den Hosentaschen vergraben hatte, und schluckte, als ihr Herz einen Augenblick lang aus dem Takt geriet. Er hatte die schönsten Lippen, die sie je bei einem Mann gesehen hatte. Voll, aber nicht üppig. Der Dreitagebart brachte sein kantiges Kinn erst richtig zu Geltung, anstatt es zu verbergen, und die schmale, leicht gebogene Nase hatte etwas Römisches an sich. Wie alt er wohl sein mochte? Mitte dreißig vielleicht und somit nur ein paar Jahre älter als sie selbst. Anna schluckte erneut, dann riss sie sich zusammen. »Buon giorno.«

Ein paar Sekunden lang ignorierte er ihre ausgestreckte Hand mit einem abweisendem Blick. Als Tiziana ihm schließlich mit dem Ellbogen in die Seite stieß, zog er die Rechte heraus, ergriff ihre Hand und drückte zu. Als ein Tausend-Volt-Kribbeln seinen Arm hinaufjagte, hätte er fast nicht wahrgenommen dass die braunhaarige Schönheit seinem Druck durchaus etwas entgegenzusetzen hatte. Dabei hätte er wetten können, dass sich ihre Hand anfühlen würde wie ein kalter, nasser Fisch.

Von den widersprüchlichen Signalen irritiert, die der Kellermeister aussendete, entzog Anna ihm ihre Hand, und mit einem Mal hatte Marco das Gefühl, dass ihm etwas fehlte. Schnell schob er seine Rechte zurück in die Hosentasche und versuchte, einen gleichmütigen Eindruck zu machen. Als Tiziana ihm einen weiteren Rüffel verpasste, warf er ihr einen bösen Blick zu, räusperte sich und machte endlich den Mund auf.

»Ähm, ja. Ich bin Marco. Ich kann dir zeigen, was du tun sollst.«

Anna ließ sich nicht anmerken, dass sie sein Verhalten befremdlich fand, und schenkte ihm ein freundliches Lächeln. »Toll. Dass du deutsch sprichst, meine ich. Und natürlich auch, dass du mich einlernst.« Verlegen blickte sie an ihm vorbei zu Boden. Ihre Finger kribbelten noch von der Berührung seiner Hand, und das war etwas, was sie ziemlich aus dem Gleichgewicht brachte.

Eine halbe Stunde später fuhr Marco seinen Wagen in einen kleinen Feldweg und stellte kurz darauf den Motor ab. Das einzige Zugeständnis, das er Tiziana hatte abringen können, war, dass er mit der Stadtpflanze einen Weinberg bearbeiten konnte, der nah genug an der Kellerei lag. Dann konnte sie zu Fuß zurücklaufen, sobald ihr aufging, dass das Bearbeiten der Rebstöcke kein hippes Abenteuer war, sondern harte körperliche Arbeit. Und die war sie ja wohl kaum gewohnt, so zart und gepflegt, wie ihre Hände aussahen und sich auch anfühlten. Auch wenn sie sich alle Mühe gab, so zu tun, als ob sie nichts erschüttern konnte.

»Also gut«, sagte Marco schließlich, als sich seine Hoffnung, Anna würde es sich noch mal anders überlegen, in Luft auflöste. »Bereit?«

»Bereit.«

»Das, was wir heute machen müssen, nennt sich Ertragsreduzierung oder auch grüne Lese.« Marco deutete auf den alten, knorrigen Stamm einer Rebe und fuhr dessen Verlauf mit dem Finger nach. »Hier siehst du, dass die Pflanze zwölf Trauben ausgebildet hat. Das ist aber zu viel, deswegen müssen wir einen Teil davon opfern.«

Interessiert folgte Anna seiner Hand mit den Augen. Auf dem Handrücken zeichnete sich eine Ader ab, und wenn man ganz genau hinsah, konnte man erkennen, wie das Blut darin pochte. Ihr Blick wanderte seinen Arm entlang, und sie stellte verwundert fest, dass die Haare darauf glatt waren; im Gegensatz zu den dichten, weichen Locken, die ihm in die Stirn hingen.

Ihrem Blick folgend, wanderten seine Augen nach oben. »Sitzt mir irgendetwas auf dem Kopf?«

Oh Gott, wie peinlich! Es musste an der Luft hier liegen, dass sie so schnell die Kontrolle verlor. Sie spürte, wie ihr die Hitze ins Gesicht stieg. »Nein, Entschuldigung. Mir ist nur gerade etwas eingefallen. Aber es ist nicht wichtig.«

Als keine weitere Erklärung von ihr kam, zuckte Marco mit den Schultern. Egal. Er wollte das sowieso so schnell wie möglich hinter sich bringen. Wenn sie erst mal Blasen an den Händen hatte, würde sie genauso schnell wieder verschwinden, wie sie hier aufgetaucht war. Obwohl es sich absolut nicht gehörte, die Entscheidungen der Signora infrage zu stellen, wunderte er sich, warum sie die junge Deutsche eingestellt hatte. Sie konnte nichts. Zumindest nichts, was den Weinbau anbelangte, verbesserte er seine eigenen Gedanken schnell. Zudem kam sie aus der Großstadt und hätte mit dem Gesicht und ihrer Hammerfigur besser auf einen Laufsteg gepasst.

Es hätte nicht viel gefehlt, und Anna hätte seine letzten Worte wiederholt. Vielleicht war ihr Zustand ja ansteckend, jedenfalls hatte er sie gerade genauso gemustert wie sie zuvor ihn. Schließlich tippte sie ihm mit dem Zeigefinger auf den Arm.

»Wollen wir dann mal anfangen?«

Wütend riss Marco die Blätter von den Rebstöcken. Er verstand die Welt nicht mehr. Und sich selbst verstand er am allerwenigsten. Keine Ahnung, wieso die Frau ihn so in Rage brachte. Obwohl, doch, er wusste genau, warum. Aber das war Vergangenheit und gehörte nicht hierher.

»Ist das nicht etwas grob?«, unterbrach Anna leise seine Gedanken. »Die Zweige hier sollten doch sicher nicht abbrechen, oder?«

Verdammt, nein. Am liebsten hätte er sich selbst geohrfeigt. Er holte tief Luft, dann sah er sie an. »Du hast recht«, gab er widerwillig zu. »Ich musste auch gerade an etwas anderes denken. Weißt du denn nun, was du tun sollst?«

»Ja. An den Stöcken dürfen nur noch ungefähr acht Trauben verbleiben, am besten alle in der gleichen Höhe. Und die Blätter vor den Trauben entfernen wir, damit die Beeren nicht zu schimmeln anfangen, wenn die Nässe, die sich durch Tau- oder Regenwasser bildet, nicht wegtrocknet. Außerdem sollen sie genügend Sonne bekommen, um sich besser entwickeln zu können.«

»Genau«, murmelte er. Sie hatte nicht nur zugehört, sondern seine Worte auch richtig interpretiert. Er hatte nämlich nicht gesagt, weshalb sie die Stöcke entlauben mussten. Er fasste in eine Tasche seiner Arbeitshose, zog eine weitere Gartenschere heraus und streckte sie ihr hin. »Hier. Und Vorsicht, die ist ziemlich scharf.«

»Danke«, entgegnete Anna, die nichts anderes erwartet hatte. Sie ging davon aus, dass die Scheren regelmäßig geschliffen wurden, schließlich waren das hier keine vernachlässigten Hinterhofgärten, sondern mehrere Hektar voller bester Rebstöcke.

»Würde es nicht Sinn machen, wenn wir eine Schubkarre dabeihätten?«, fragte sie, die erste Rebe bereits in der Hand.

»Wozu das denn?«, wunderte er sich. »Damit kann man nichts anfangen. Die Trauben sind noch hart wie Stein und sauer wie Zitronen. Und du willst ja kaum ein paar Zentner als Andenken trocknen.«

Idiot. Anna verdrehte die Augen. »Aber vielleicht würde es uns erspart bleiben, uns hinterher zu bücken und alles noch mal in die Hand nehmen zu müssen.«

Jetzt hatte er verstanden, worauf sie hinauswollte. »Ach so, nein.« Er lachte. »Das müssen wir nicht. Die Trauben und auch die Blätter bleiben liegen. Wenn wir das nächste Mal den Rasen zwischen den Reihen mähen, wird das alles mitgehäckselt und ergibt einen natürlichen und sehr wertvollen Dünger.«

»Oh, okay. Klar. Verstehe.« Na ja, zumindest zum Teil. Anna krauste die Nase. »Aber verklebt der Rasenmäher denn nicht durch die Trauben?«

Marco schüttelte den Kopf. »Nein. In diesem Stadium enthalten die Beeren noch fast keinen Zucker. Und du darfst dir auch kein Gerät vorstellen, das du normalerweise für ein Dreihundert-Quadratmeter-Grundstück kaufst. Damit kämen wir hier nicht weit.«

Nachdem er ihr eine Viertelstunde lang über die Schulter gesehen hatte, nickte er. Sie ging entschlossen und doch achtsam mit den Pflanzen um. »Gut. Mach du hier weiter. Ich nehme mir die Nachbarreihe vor. Falls du Fragen hast, sag einfach Bescheid.«

»Klar.« Das hätte sie sowieso getan. Als er sich zum Gehen wandte, hielt sie ihn zurück. »Verrätst du mir auch noch, weshalb wir die Reben ausdünnen? Nur dass die Trauben auf einer Höhe hängen sollen, kann ja kaum der einzige Grund sein.«

Er blieb stehen und kniff die Lippen zusammen. Doch als er sich schließlich wieder zu ihr umdrehte, lag ein Lächeln darauf. »Weil wir nicht möglichst viel Wein produzieren wollen, sondern ausschließlich allerhöchste Qualität. Wenn wir die Reben nicht in ihrem Wachstum einbremsen, haben wir am Jahresende zwar doppelt so viel Wein, aber die Qualität ist dann auch nur durchschnittlich. Das ist aber nicht die Philosophie der Firma. Dottore Paolo hat sich schon vor vielen Jahren dazu entschieden, Weine zu produzieren, die alle Standards übertreffen. Und das geht nur, wenn der Stock seine ganze Kraft in wenige Trauben bringen muss. Deswegen ist es immer wieder spannend, wenn die Weine prämiert werden. Das Gleiche gilt auch für das Weingut Serpaia, das die Familie in der Toskana besitzt.«

Fasziniert hatte Anna ihm zugehört. Das heißt, er hatte nicht nur geredet, seine ganze Körpersprache hatte sich verändert. Auch wenn er ihr gegenüber eine sonderbare Abneigung an den Tag legte – der Stolz, für Dottore Paolo und die Signora arbeiten zu dürfen, sprang ihm förmlich aus den Augen.

»Wirklich?«, hakte sie nach. Die neue Information über das zweite Weingut war erst mal zweitrangig. Viel interessanter fand sie die Tatsache, dass es einen Wettbewerb zwischen den Winzern gab. »Wer schreibt diese Preise aus? Sind das lokale Zeitungen?«

Amüsiert sah er sie an. Sie hatte wirklich keine Ahnung. »Jedes Jahr werden überall auf der Welt die besten Weine des Jahrgangs prämiert. Dabei wird zwischen Rot-, Weiß- und Roséweinen unterschieden, außerdem geht es nach Qualitätsklassen. Es ist schon was Besonderes, unter den Gewinnern zu sein.«

»Und habt ihr schon mal einen Preis gewonnen?«

»Ja, sicher«, sagte Marco beiläufig und blickte auf die Uhr. »Wir müssen weitermachen.« So stolz er auch auf den Erfolg der Kellerei war, er war der Meinung, dass die Ehre der Familie gebührte, davon zu erzählen. »Dottore Paolo oder Dani erzählen dir sicher gern mehr darüber.«

Eine Weile arbeiteten sie schweigend und Marco musste feststellen, dass Anna seinem Tempo gut gewachsen war. Er wusste nicht, ob er sich darüber ärgern sollte, dass sie damit seine vorgefasste Meinung widerlegte, aber noch war der Tag nicht weit fortgeschritten, und vor dem Abend brachte es sowieso nichts, sich darüber den Kopf zu zerbrechen.

Als er am Ende einer Rebenreihe angekommen war und um die Ecke bog, wäre er fast in Anna hineingelaufen. Sie stand, die Hände in die Hüften gestemmt, schweigend da und bog das Kreuz leicht durch. Hatte er es sich doch gedacht. Fast schon ein wenig erfreut darüber, dass er recht behalten hatte, wollte er ihr bereits vorschlagen, eine Pause zu machen, als sie ihn am Arm packte und leise »Psst« machte.

»Schau!«, flüsterte sie und deutete in einer langsamen Bewegung auf das Ende der gegenüberliegenden Rebenreihe, wo in gut zwei Metern Höhe ein Vogelkasten hing. Er folgte ihrem Finger mit den Augen und sah das Kohlmeisenkind, das auf einem Zweig in der Nähe des Kastens saß und unbeholfen mit den Flügeln schlug. Anna sah rasch zu Marco, um sich zu überzeugen, dass er entdeckt hatte, was sie ihm zeigen wollte.

Als er ihren Blick mit einem fast unmerklichen Nicken erwiderte, strahlten ihre Augen vor Glück. »Ist das nicht schön?«

Eine Weile standen sie da, ohne ein Wort zu sagen. Anna vertieft in den Anblick des Vogelkindes, das seine ersten Flugversuche machte, und Marco vertieft in den Anblick, den Anna ihm bot. Voller Begeisterung ging sie in der Landschaft des Trentino auf und hatte dabei ein kleines Wunder entdeckt, das an sich etwas völlig Alltägliches war. Sein Blick wanderte zurück zu dem Vögelchen, und nun machte sich auch auf seinem Gesicht ein Lächeln breit. Die Geschenke der Natur hatten ihn schon in seiner Kindheit glücklich gemacht, und daran hatte sich bis heute nichts geändert.

Ein paar Minuten später schlüpfte die junge Kohlmeise zurück in ihr Nest, und die beiden stummen Beobachter atmeten erleichtert auf, dass der kleine Ausflug gut ausgegangen war.

Marco stellte insgeheim fest, dass der kurze Moment von einem ganz eigenen Zauber behaftet gewesen war. In stiller Eintracht hatten sie eine Auszeit vom Alltag genommen. Vielleicht war die schöne Deutsche ja doch nicht so verkehrt.

Plötzlich merkte Anna, dass ihre Hand noch immer auf Marcos Arm lag. Verlegen zog sie sie weg und wollte sich schon bei ihm entschuldigen, als er ihre Finger packte und ein Stück zu sich herzog.

»Mist!«, entfuhr es ihm. Er hatte sich nicht getäuscht, als er im Augenwinkel gesehen hatte, dass sich an ihrer Handkante bereits eine Blase gebildet hatte. »Das tut mir leid.«

»Wieso denn?«, wunderte sich Anna. »Dafür kannst du schließlich nichts.«

»Doch«, gab er zähneknirschend zu. Tiziana würde ihn eigenhändig erwürgen, wenn sie erfuhr, dass er Anna die Handschuhe nicht gegeben hatte. Jetzt zog er das Paar aus seiner linken Beintasche und zeigte es ihr. »Entschuldige bitte, das war dumm von mir.« Und peinlich dazu. Er hatte es nämlich nicht wirklich vergessen, sondern im Gegenteil gehofft, dass eine Blase dazu beitragen würde, dass sie den Weinberg so schnell wie möglich wieder verließ. Und dann hätte sich gern jemand anderes um das Stadtmädchen kümmern können. Doch das Erlebnis mit dem Jungvogel hatte seine Meinung revidiert. Ein bisschen zumindest. Abgesehen davon, dass er ihren Arbeitseifer völlig falsch eingeschätzt hatte, schien sie ihm nicht im Geringsten böse zu sein, dass sie wegen seiner Nachlässigkeit jetzt eine dicke Blase an der Hand hatte.

»Halb so schlimm«, sagte sie gerade und merkte nicht, dass Marco sie mit offenem Mund anstarrte. »Das verheilt wieder. Vermutlich kann man sich nach so vielen Jahren einfach nicht mehr erinnern, wie es ist, wenn man an den relevanten Stellen noch keine Hornhaut hat.« Sie fasste nach seiner Hand und fuhr mit dem Finger über die Verdickungen, die sich deutlich an der Innenfläche abzeichneten. »Siehst du?«, lachte sie und hielt ihre andere Hand daneben. »Da fehlt bei mir noch einiges.«

Marco war wie gelähmt. Tausend Ameisen krabbelten durch seine Hand hinauf bis in seinen Kopf. Dabei war das überhaupt nicht möglich! Die Schwielen, die sie berührt hatte, waren normalerweise völlig gefühllos. Doch mit einem Mal waren sie so empfindlich, dass er fast laut aufgestöhnt hätte. Mit einem Ruck zog er seine Hand weg und empfand im gleichen Augenblick eine entsetzliche Leere.

»Das sollte auch so bleiben«, sagte er heiser. »Dir stehen gepflegte Hände viel besser als so etwas.« Er warf einen Blick in den Himmel, in dem die Sonne sich dem Zenit näherte. »Ich muss weitermachen, sonst werde ich nicht rechtzeitig fertig. Denkst du, du findest alleine zum Haus zurück?«

»Äh, ja, sicher. Aber wieso soll ich jetzt aufhören? Wegen der Blase?« Anna winkte ab. »Ganz ehrlich, das macht mir wirklich nichts aus. Und jetzt habe ich ja die Handschuhe, damit es nicht schlimmer wird.«

Nein, nicht wegen deiner Blase. Um aus meiner Reichweite zu kommen, dachte Marco. Unhörbar mahlten seine Kiefer aufeinander. Er wäre am liebsten alleine gewesen. Oder, noch besser, irgendjemand hätte an der Uhr gedreht, sie zurückgestellt und irgendwie verhindert, dass Anna in San Michele von der Autobahn abfuhr und ausgerechnet hier landete. Er hoffte, dass sie bald merkte, dass ihr nichts am Weinbau lag. Hauptsache, sie verschwand wieder von hier. Wütend auf sich selbst wandte er sich ab. »Dann los. Je weniger wir herumreden, desto eher sind wir fertig«, brummte er über seine Schulter.

»Äh, Marco?«

»Was ist denn noch?«, fragte er ungeduldig.

»Die Handschuhe.« Anna deutete auf seine Linke, in der er die beiden Teile zu einem Ball zusammengeknüllt hatte.

»Ja. Klar.« Marco streckte seinen Arm aus und zuckte schon wieder zusammen, als ihre Finger für einen Moment seinen Daumen streiften.

Drei Stunden später musste Marco einen weiteren Teil seiner Vorurteile zurücknehmen. Anna hatte klaglos mitgehalten, und als sie auf ihre Fragen zunehmend einsilbige Antworten von ihm bekam, sagte sie irgendwann gar nichts mehr. Vielleicht gehörte sie ja zu den Frauen, die stundenlang beleidigt waren, wenn man sie abblitzen ließ. Aber arbeiten konnte sie, das musste er ohne Einschränkungen zugeben.

Anna streckte ihre Arme abwechselnd in die Höhe, reckte sich und ließ ihre Schultern kreisen. »Puh, wir sind gar nicht schlecht, oder?« Sie ließ ihren Blick über das Tal schweifen. Nach wenigen Augenblicken entdeckte sie ein ganzes Stück entfernt das Heck von Marcos Wagen. »Da.« Sie deutete mit dem Zeigefinger in die Richtung. »Da haben wir angefangen. Wahnsinn. Ich habe gar nicht gemerkt, wie weit wir schon gekommen sind.«

»Stimmt«, gab Marco zu. »Und vor allem du hast dich gut gehalten. Das hätte ich dir, ehrlich gesagt, nicht zugetraut«, setzte er leise nach.

Anna dachte, sich verhört zu haben. »Echt? Nein, das glaube ich dir nicht. Das sagst du nur so.« Im gleichen Moment hätte sie sich in den Hintern beißen können. Manchmal merkte sie erst, wenn es bereits heraus war, dass sie einfach mal die Klappe hätte halten sollen. Als sie dann auch noch sah, wie Marcos Mund sich zu einem Strich verzog, hätte sie ihn am liebsten gegens Schienbein getreten. Himmel, der Mann war aber auch empfindlich. Vermutlich dachte er jetzt, sie würde nach Komplimenten fischen. Dabei hatte sie es völlig ernst gemeint. Die Arbeit an den Rebstöcken hatte ihr riesigen Spaß gemacht. Man konnte seine Gedanken schweifen lassen, und am Ende des Tages sah man, was man geleistet hatte. Da sie mittlerweile jeden Knochen spürte, würde der Muskelkater nicht lange auf sich warten lassen, aber das störte sie nicht. Was ihr dagegen gegen den Strich ging, war, dass Marco sich jeder Unterhaltung verschloss, sobald sie eine persönliche Frage an ihn richtete. So hatte sie wissen wollen, wie es kam, dass sein Deutsch nahezu akzentfrei war, was für einen Südtiroler doch eher ungewöhnlich war.

»Ich habe deutsche Verwandtschaft«, war das Einzige, was dazu aus ihm herauszubekommen war.

Doch irgendwann hatte sie es aufgegeben. Schließlich wollte sie nicht, dass er sie für eine nervtötende Quasselstrippe hielt.

»Wie ist es gelaufen?«, wollte Lisa wissen, die in dem Augenblick aus der Tür trat, als Anna und Marco aus dem Weinberg zurückkamen.

»Gut. Glaube ich zumindest«, fügte Anna mit einem Achselzucken hinzu. »Jedenfalls wurde ich nicht geschimpft, dass ich allzu viel falsch gemacht habe.«

Lisa lachte. »Dann hätte dich Marco sicher auch zu Fuß zurücklaufen lassen, stimmt's?« Ihre blauen Augen blitzten, als sie den gut aussehenden Kellermeister ansah.

»Sicher. So, wie ich es immer mache«, brummte der nur, drehte sich um und verschwand in der Kellerei.

Erstaunt sah Lisa Anna an. »Was ist dem denn für eine Laus über die Leber gelaufen?«

»Keine Ahnung«, gestand Anna etwas ratlos. »Er ist wohl

nicht sonderlich gesprächig. Oder er kann mich nicht ausstehen.«

Energisch schüttelte Lisa den Kopf. »Marco ist ein total liebenswürdiger Mensch, der immer gut drauf ist und mit jedem auskommt. Komisch.« Nachdenklich blickte sie zu dem kleinen Bach, der durch das Grundstück floss und nicht nur einer schier endlos langen Reihe Lavendelbüsche, sondern auch einer riesigen wilden Malve Wasser spendete, die ihr Dasein in vollen Zügen zu genießen schien, wenn man von der üppigen Pracht ihrer gefüllten weißen Blüten ausging. So, wie Anna den Kellermeister schilderte, hatte Lisa ihn noch nie erlebt, im Gegenteil. Sie beschloss, dem auf den Grund zu gehen. Schließlich konnte es ja sein, dass er irgendwelche Probleme hatte, mit denen er nicht hausieren ging. Und einer Fremden gegenüber schon gar nicht. Doch das konnte warten.

»Komm rein«, sagte sie zu Anna. »Du hast sicher einen Bärenhunger. In der Küche wartet schon etwas zu essen auf dich. Und einen Kaffee kannst du sicher auch gut gebrauchen.«

Eine Stunde später saß Anna satt und zufrieden mit geschlossenen Augen auf der kleinen Terrasse neben der Küche und genoss die Sonnenstrahlen, die sie an der Nase kitzelten. Plötzlich hörte sie jemanden schimpfen. Sie beugte sich nach vorne und sah über das Holzgeländer nach unten. Dabei bemerkte sie, dass das große Vordach, das etwa einen halben Meter tiefer lag als der Balkon und den Eingang zur Kellerei beschattete, über und über mit blühenden Sukkulenten bewachsen war. Und dann entdeckte sie Daniele, der mit einem großen Sack bewaffnet zwischen den Pflanzen umherwanderte.

»Dani!« Sie winkte ihm zu. »Was machst du da?«

Er beschattete seine Augen mit der Hand und blickte stirnrunzelnd in ihre Richtung. Dann erkannte er sie. »Hallo,

Anna!« Er winkte zurück und kam zu ihr herüber. »Ich entferne das Unkraut, das hier überall wächst.«

»Das sieht aber nach einer Jahrhundertaufgabe aus.« Anna machte mit beiden Armen eine weite Bewegung. »Das Dach ist ja riesig.«

»Stimmt.« Daniele grinste vergnügt. »Sobald ich hinten fertig bin, kann ich vorne von Neuem anfangen. Aber das macht mir nichts aus, weil ich so eine gute Ausrede habe, ein paar Stunden aus dem Büro zu kommen und einfach an nichts zu denken. Oder gründlich über etwas nachzudenken, was mich gerade beschäftigt. Außerdem mag ich es, zwischendrin auch mal mit den Händen anzupacken.«

»Das verstehe ich.« Anna nickte zur Bekräftigung. »Mir hat es heute auch riesigen Spaß gemacht, im Weinberg zu arbeiten.«

Nachdenklich musterte Daniele ihr Gesicht. Es stimmte wohl, was sie sagte. Als er sie am Vortag das erste Mal gesehen hatte, war sie ihm einfach sehr nett und auch hübsch vorgekommen. Heute aber hatte sie eine umwerfende Ausstrahlung, die in keiner Weise dadurch geschmälert wurde, dass sie nach langen Stunden körperlicher Arbeit verschwitzt war und den halben Weinberg in den zerzausten Haaren hängen hatte.

»Freut mich, dass es dir gefallen hat«, sagte er und zupfte ihr ein paar kleine Blätter aus den Haaren. »Wenn du so weitermachst, wählen wir dich dieses Jahr noch zur Weinkönigin.«

Anna kicherte. »Mal sehen, wie lange ihr mich hierbehalten wollt. Wenn es nach Marco geht, überlebe ich den Sommer hier eher nicht.«

Daniele runzelte die Stirn. »Weshalb denn das?«

»Ach, ich weiß auch nicht.« Anna zuckte ratlos mit den Schultern. »Ist nur so ein Gefühl.«

Seltsam. Daniele konnte sich überhaupt nicht vorstellen, dass die beiden nicht miteinander klargekommen waren. Und dass Anna zu unbeholfen war, um so einfache Arbeiten zu verrichten, wie die Rebstöcke auszuschneiden und ein paar Blätter zu entfernen, erst recht nicht. Vorerst beschloss er jedoch, das Thema auf sich beruhen zu lassen. Er war mit Marco am späteren Abend auf ein Glas Bier verabredet, da würde er schon erfahren, was Anna hatte andeuten wollen. Und je nachdem, wie schwerwiegend die Sache war, würde er sich Annas Meinung dazu auch noch anhören. Zuallererst galt seine Loyalität jedoch seinem Freund.

Anna unterbrach seine Gedanken, indem sie sich über die Brüstung schwang und zu ihm aufs Vordach stieg. »Hast du noch so einen Sack?«

»Du willst mir doch nicht beim Unkrautjäten helfen, oder?«

»Doch.« Anna schmunzelte. »Auch wenn mich die nächsten beiden Tage vermutlich jeder für verrückt halten wird, wenn ich vor lauter Muskelkater nicht mehr gerade gehen kann. Aber ich hab riesige Lust dazu.« Sie stutzte einen Moment. »Es sei denn, das hier ist so was wie dein Heiligtum, an das du keine anderen helfenden Hände lässt«, schob sie schnell hinterher. Dass ihr bereits jetzt alles wehtat, musste er ja nicht wissen. Aber die Vorstellung, noch ein oder zwei Stunden Seite an Seite mit jemandem zu arbeiten, der sie nett und zuvorkommend behandelte, war nach den Stunden mit dem mürrischen Kellermeister einfach zu verlockend. Daniele verhielt sich ihr gegenüber schlichtweg liebenswürdig, ohne irgendwelche unterschwelligen Botschaften auszusenden. Im Gegensatz zu Marco. Der strahlte Signale zuhauf aus, allerdings konnte sie die nicht einschätzen. Ein paar Mal hatte sie gespürt, dass er sie beobachtet hatte. Bei diesen Gelegenheiten hatte sie das Gefühl gehabt, dass seine Blicke von Neugier und Interesse initiiert waren, doch wenn sie mit ihm reden wollte, hatte er immer abgeblockt. Und so etwas konnte sie nicht ausstehen. Sie wusste gern, woran sie bei ihren Mitmenschen war.

Komplizierte Zeitgenossen waren ihr seit jeher suspekt, auch wenn Lars in genau diese Schublade fiel. Ach was, er nahm sie voll und ganz für sich in Anspruch. Wobei sie schon zugeben musste, dass sie sicher auch ihr Übriges dazu beigetragen hatte, dass sie gelegentlich aneinandergeraten waren.

»Ähm, Vorsicht«, unterbrach Daniele ihre Gedanken, die immer wütender geworden waren. »Die hier sollte eigentlich drin bleiben.« Er deutete auf die kleine stachellose Kaktee in ihrer rechten Hand.

»Oh Gott, bin ich ein Idiot!« Entsetzt folgte Anna seinem Blick. »Das tut mir so leid. Ich habe einen Moment lang nicht aufgepasst.«

Ja, das Gefühl hatte Daniele auch. Sie schien ihm sogar ziemlich durch den Wind zu sein. Aber solange sie seine Hilfe nicht aktiv suchte, ging es ihn nichts an. Außerdem würde sie sich bestimmt lieber einer Frau anvertrauen. Sie hatte ja gestern schon seiner Mutter ihr Herz ausgeschüttet, wie er beim Frühstück erfahren hatte. Die hatte allerdings nicht erzählt, worum es dabei gegangen war, sondern lediglich Lisa und ihn darum gebeten, ein bisschen auf Anna achtzugeben und sie ab und zu mitzunehmen, wenn sie private Aktivitäten planten.

Jetzt nahm er ihr die Pflanze aus der Hand und setzte sie zurück an ihren ursprünglichen Platz. »Das macht nichts«, sagte er leichthin. »Die wächst wieder an, und die anderen lässt du einfach da, wo sie hingehören.«

Am Abend biss Daniele bei Marco auf Granit. Sie hatten sich im Aquila Nera in San Michele getroffen, einem beliebten Ziel junger Einheimischer, und einen Platz ergattert, der direkt an der Etsch lag. Eine wunderbare Stimmung lag über dem Fluss, der, aus Südtirol kommend, durch das Etschtal mäanderte und sich seinen Weg bereits vor Jahrtausenden durch die beindruckende Berglandschaft gesucht hatte.

Daniele trank einen Schluck Bier. »Wie ist es heute gelaufen? Mit Anna, meine ich«, fragte er beiläufig.

»Passt schon«, entgegnete Marco trocken.

Daniele wartete einen Augenblick. »Passt schon? Mehr hast du nicht dazu zu sagen?«

»Nein, wieso?«

»Weil das ziemlich wenig ist. Schließlich wollen wir gerne wissen, wie sich unsere neue Mitarbeiterin bei der Arbeit so macht.«

»Die Rebstöcke sind an den richtigen Stellen entlaubt, und soweit ich sehen konnte, hat sie es geschafft, fehlerfrei bis acht zu zählen«, spielte Marco auf die Anzahl der Rappen an, die an den Stöcken verbleiben sollten.

»Und sonst? Ist sie langsam oder schnell, braucht sie viele Pausen? Oder klagt sie, dass es ihr zu heiß ist?«

Mit einem Knall stellte Marco sein Bier ab. »Was willst du eigentlich, Dani?«, fragte er gepresst. »Ich habe dir doch schon gesagt, dass es gepasst hat.«

Oha. Das war ganz offensichtlich verbotenes Terrain, stellte Daniele insgeheim fest. Seltsam, auch wenn er zugeben musste, dass Marco nie über Frauen redete. Und die Beziehungen, die der Südtiroler in den letzten Jahren geführt hatte, waren es kaum wert gewesen, dieses verbindliche Prädikat zu tragen. Vielmehr waren es kurzlebige, oberflächliche Affären gewesen, mit hübschen Frauen, die ihrerseits ebenfalls nicht den Eindruck machten, bis über beide Ohren in den attraktiven Kellermeister verliebt zu sein. Obwohl Daniele sich schon oft über die eher distanzierten Verbindungen seines Freundes gewundert hatte, die so überhaupt nicht zu dessen liebenswertem Wesen passten, hatte er ihn nie darauf angesprochen.

Dafür war Daniele viel zu feinfühlig, und außerdem hatten seine Eltern ihm von klein auf beigebracht, die Lebensweise anderer Menschen zu respektieren. Doch jetzt fragte er sich, ob Marco in der Vergangenheit eine so schwerwiegende Bruchlandung hingelegt hatte, dass er keine feste Beziehung mehr eingehen wollte oder konnte. Er trank sein Bier aus, warf einen Blick auf Marcos Flasche und deutete der Bedienung, die gerade am Nebentisch kassierte, dass sie noch zwei weitere bringen sollte.

# Kapitel 6

Am nächsten Morgen fragte Christine ihren Sohn am Frühstückstisch, ob er schlecht geschlafen hatte.

»Was?« Daniele schreckte hoch. »Wieso denn?«

»Weil du den Mund nicht aufbekommst, außer um Essen hineinzuschieben. Und so ein Verhalten legst du sonst nur an den Tag, wenn du schlechte Laune hast oder krank bist.«

Daniele legte das mit Schinken und Käse belegte Brötchen, von dem er gerade abbeißen wollte, zurück auf den Teller. »Es ist wegen Marco und Anna.«

»Marco *und* Anna?«, witzelte Lisa. »Das ging aber flott.«

Daniele verdrehte die Augen. »Quatsch. Es sieht eher so aus, als ob sie sich nicht leiden können.«

Nachdenklich sah Christine ihre Kinder an. »Vielleicht hat Lisa gar nicht so unrecht, und es funkt wirklich zwischen den beiden. Aber was soll's. Schließlich sind sie erwachsen, und ob sie nun ein Problem miteinander oder sich ineinander verknallt haben, sie werden schon damit umgehen können.«

»Und wenn nicht?«, mischte sich Paolo ein, der in seine

Zeitung vertieft war und das Gespräch nur mit halbem Ohr verfolgt hatte. »Ich will nicht, dass es Stress gibt. Vielleicht sollte Tiziana Anna besser mit jemand anderem einteilen.«

Eine Weile sagte niemand etwas. Doch dann schüttelte Lisa den Kopf. »Mama hat recht. Die schaffen das schon, ohne dass wir uns einmischen. Außerdem wäre das sowieso noch zu früh. Ich würde erst mal abwarten. Es ist ja nicht so, dass gleich die Welt untergeht, wenn die beiden noch ein paar Tage zusammenarbeiten müssen. Vermutlich machen wir uns viel zu viele Gedanken.«

Das stimmte. Doch das lag ihnen einfach im Blut. Trotz allen Erfolgs nahm die Familie ihre soziale Verantwortung nie auf die leichte Schulter, und das Wohl ihrer Mitarbeiter lag ihnen allen am Herzen. Von daher war es auch kaum verwunderlich, dass ein Großteil der Angestellten schon in der Firma gewesen waren, bevor Lisa und Daniele das Licht der Welt erblickt hatten.

»Außerdem könnte Anna mir heute im Büro helfen«, sagte Christine. »Wir müssen den Versand der neuen Kataloge vorbereiten, und da kann ich am Vormittag jede helfende Hand gebrauchen. Und wenn sie will, kann sie am Nachmittag mit dir ins MUSE fahren, oder?« Christine sah ihren Mann fragend an. Paolo hatte seit einigen Jahren eine Kooperation mit dem Naturkunde- und Wissenschaftsmuseum in Trento, der nächstgrößeren Stadt. Eine kleine Installation zeigte dort die jeweiligen Böden, auf denen die verschiedenen Rebsorten wuchsen. Außerdem wurde erklärt, wie die Mineralien im Gestein dazu beitrugen, den Trauben ihren unverkennbaren Geschmack zu verleihen. Diese Zusammenarbeit hatte auch zur Folge, dass Endrizzi verschiedene Weine in Flaschen abfüllte, die das Etikett des MUSE trugen und exklusiv dort verkauft wurden. »Würdest du sie mitnehmen? Das würde ihr bestimmt gefallen.«

Lisa kicherte. »Ich dachte, sie soll hier arbeiten und nicht ihre Zeit im Museum verbummeln.«

»Ich will sie aber auch nicht fünfzehn Stunden am Tag schuften lassen«, wandte Christine ein, »und schon gar nicht, nachdem ich sie gestern gefragt habe, ob sie heute Abend beim Aperitivo bedienen könnte, und sie sofort Ja gesagt hat.«

Bereits seit einigen Jahren gab es auf dem Weingut in den Sommermonaten jeden Donnerstagabend einen Umtrunk, zu dem kleine Gerichte serviert wurden. Anfangs waren vor allem Freunde, Bekannte und Urlauber aus der unmittelbaren Umgebung gekommen, doch mit der Zeit hatte es sich herumgesprochen. Inzwischen war die Veranstaltung immer bestens besucht. Was nicht nur an der angenehm beschatteten Atmosphäre lag, sondern auch an den verschiedenen Caterern, die Christine für die Abende organisierte, und die den Besuchern kleine Häppchen servierten, die sich wunderbar zu den angebotenen Weinen fügten. Der immer größer werdende Zulauf hatte gelegentlich zur Folge, dass die Gäste lange darauf warten mussten, bis ihre Bestellung aufgenommen wurde. Zum Glück nahmen alle die Wartezeit gelassen hin, was an der guten Stimmung und der italienischen Leichtigkeit lag. Trotzdem war das kein Zustand, der von Dauer sein konnte.

»Oh, das ist eine gute Idee«, fand Lisa deswegen auch sofort. »Jede helfende Hand ist eine Erleichterung.«

Nachdem die Endricis in Ruhe fertig gefrühstückt hatten und eine Stunde später in der Kellerei eintrafen, fehlte von Anna und Marco jedoch jede Spur. Erst Tiziana brachte Licht ins Dunkel.

»Sie sind im Weinberg. Lorenzo ist am Auge von einer Biene gestochen worden und fällt mindestens drei Tage aus«, erklärte sie Daniele. »Deswegen habe ich die beiden gleich an die Arbeit gescheucht. Wenn die Signora ein paar Stunden Hilfe braucht, übernehme ich das.«

»Oh je, der arme Lorenzo«, sagte Christine mitfühlend, als Daniele ihr von dem Missgeschick berichtete. »Versuch bitte, Anna oder Marco zu erreichen, damit sie spätestens mittags zurückkommt. Wenn sie den ganzen Tag in der Hitze schuftet, müssen wir sie abends eher zu den durstigen Gästen setzen, als ihr eine weitere Aufgabe zuzumuten.«

»Wo warst du denn so lange?«, fragte Christine, als Anna gegen sechzehn Uhr im Büro auftauchte. »Hat dir Marco nicht gesagt, dass du früher Schluss machen sollst?«

»Doch, hat er«, gestand Anna. Sie nahm sich eine Flasche Wasser aus dem Kühlschrank und trank sie in einem Zug halb aus. »Aber ich habe nicht verstanden, weshalb. Ich meine, kapiert habe ich es schon«, kicherte sie, »aber ich brauche keine Siesta, um später beim Aperitivo aushelfen zu können. Eine heiße Dusche und ein bisschen die Beine hochlegen reichen völlig.«

»Das sehe ich anders«, sagte Christine. »Du warst den ganzen Tag im Weinberg, damit solltest du es für heute genug sein lassen. Und morgen machst du auf jeden Fall eine Pause. Du kannst dich doch schon jetzt kaum noch rühren.«

»Fällt das so auf?«, wollte Anna wissen. Es stimmte, sie konnte kaum noch ihre Arme heben, aber es war ein angenehmer Schmerz, da er anzeigte, dass sie sich bewegt und harte körperliche Arbeit verrichtet hatte. Obwohl sie in München regelmäßig Sport gemacht hatte, war sie überrascht, wie anstrengend die Arbeit im Weinberg nach ein paar Stunden wurde. Vorsichtig massierte sie ihre Oberarme. »Himmel, ich wusste gar nicht, dass ich so unfit bin. Dabei habe ich in München jede Woche drei Mal im Studio mit Freihanteln trainiert.«

Christine lächelte. »Du siehst sicher nicht aus, als wärst du *unfit*, im Gegenteil.« Neidlos musterte sie Annas definierte Oberarme. »Aber du übst dort vermutlich nicht, deine Arme acht Stunden lang auf Schulterhöhe zu halten und Blätter zu rupfen.«

»Das ist wahr.« Anna stimmte in Christines Kichern ein. »Das sollte ich vielleicht mal ins Programm aufnehmen.«

»Wie läuft es mit Marco?«, fragte Christine beiläufig. Sie hatte lange darüber nachgedacht, ob sie den Punkt überhaupt anschneiden sollte, doch kaum dass Anna zur Tür hereingekommen war, hatte sich die Vertrautheit wieder eingestellt, die sie schon verspürt hatte, als die hübsche Münchnerin ihr das Herz ausgeschüttet hatte.

»Ganz gut, glaube ich«, murmelte Anna. Sie war sich selbst nicht sicher, ob es wirklich so war oder auf reinem Wunschdenken beruhte. »Du hast vermutlich schon gehört, dass es gestern nicht so glatt lief?«

»Ja, das habe ich«, gab Christine zu. Sie freute sich, dass Anna das Thema selbst zur Sprache brachte, da sie es nicht leiden konnte, wenn jemand lange um den heißen Brei herumredete. »Wir waren uns nur nicht im Klaren darüber, wie wir damit umgehen sollen. Deswegen haben wir beim Frühstück beschlossen, erst mal gar nichts zu unternehmen.«

»Das ist schon gut so«, bestätigte Anna ihre Vermutung. »Ich weiß nicht, woran es liegt, aber ich hatte das Gefühl, dass Marco mich nicht besonders gut leiden kann. Also, zumindest gestern. Heute lief es allerdings besser. Was vielleicht reiner Zweckoptimismus ist.« Ihren Worten zum Trotz glaubte sie nicht so recht daran. Am frühen Morgen hatte sie Verwunderung in Marcos Augen gesehen, als sie, fast unmerklich humpelnd, zum Wagen gelaufen war und darauf bestanden hatte mitzufahren. Als er ihr später Danis Nachricht ausrichtete, dass sie mittags aufhören und den Nachmittag zum Ausruhen nutzen sollte, hatte sie energisch den Kopf geschüttelt.

»So ein Schmarrn. Ich bin doch nicht aus Zucker.«

In dem Augenblick blitzte eine widerwillige Anerkennung in seinen Augen auf. Vermutlich hatte er erwartet, in ihr ein verweichlichtes Püppchen zu finden. Anna musste ein Grinsen unterdrücken. Sie fragte sich, was für Frauen er in seinem Leben wohl kennengelernt haben mochte. Doch sie verwarf den Gedanken sofort wieder. Immerhin waren die Frauen hier auf dem Weingut nicht fürs Nichtstun eingestellt worden, er wusste also durchaus, dass das weibliche Geschlecht in der Lage war mit anzupacken.

Später hatte sie einen weiteren Vorstoß gemacht herauszufinden, weshalb Marcos Aussprache nur minimal vom Südtiroler Dialekt geprägt war. Doch kaum, dass sie die Frage ausgesprochen hatte, verschloss sich seine Miene, und er wandte sich ab, ohne ihr eine Antwort zu geben. Anna hätte am liebsten die Gartenschere gepackt und ihm mit der Spitze in den Hintern gestochen. Stattdessen packte sie ihn fest am Arm.

»Was …?« Erschrocken fuhr er herum.

»Du bist echt ein Hirsch, Marco«, funkelte sie ihn an. »Wenn du ein Problem damit hast, mir etwas Persönliches von dir zu erzählen, sag es einfach. Ich verstehe das schon, ich kann nämlich noch mehr als Blätter abzuzupfen. Es ist nur einfach so, dass Menschen miteinander reden und Interesse aneinander zeigen. Das ist übrigens etwas ganz Normales. Bilde dir also bloß nicht ein, dass ein tieferer Grund hinter meinen Fragen steckt. Ich wollte lediglich höflich sein.«

Diesmal war sie es gewesen, die wütend an den Rebstöcken gezupft und herumgeschnitten hatte, und letztlich war es an ihm gewesen, ihren Arm festzuhalten.

»Sagtest du nicht gerade, dass du zählen kannst?«, zog er sie auf und deutete auf den knorrigen Hauptast des Rebstocks, den sie zuletzt ausgeschnitten hatte.

Es dauerte ein paar Sekunden, bis sie verstand, was er meinte. Sie lief ein paar Schritte zurück bis zu der Stelle, an der sie ihm ihre Wut an den Kopf geworfen hatte. Dann schlug sie entsetzt die Hand vor den Mund. »Oh Gott, wie dumm von mir«, sagte sie bestürzt und warf ihm einen betretenen Blick zu. »Das tut mir echt leid. Aber wiedergutmachen kann ich das wohl nicht.«

»Nein«, bestätigte er. »Außer Dottore Paolo ist am Jahresende so begeistert von der noch überragenderen Qualität der Teroldegotrauben, dass ihm die fünfundzwanzig Prozent Schwund der Ernte gar nicht auffallen.«

Annas Augen blitzten, als ihr aufging, dass er sie aufzog. Drohend hob sie die Gartenschere in ihrer Hand und trat einen Schritt auf ihn zu. »Vielleicht können wir dem Traubensaft ja ein bisschen was von deinem Blut untermischen, dann fällt es nicht so auf, dass ich Mist gebaut habe.«

»Das gäbe vermutlich eine interessante Geschmacksnote, aber ich muss gestehen, dass ich doch sehr an meinem Leben hänge.« Winzige Fältchen umrahmten Marcos Augen, als er lachte, und in dem Augenblick fühlte Anna sich in seiner Gegenwart erstaunlich wohl. Zu wohl, um genau zu sein. Beklommen spürte sie, wie sich ihr Herzschlag beschleunigte. Zu ihrem Glück war er sonst nicht so zugänglich, und fast bereute sie es, ihn darauf angesprochen zu haben. Das Kribbeln, das sie plötzlich in seiner Gegenwart spürte, war schon schlimm genug. Aber falls er anfangen sollte, mit ihr zu flirten, war es ganz sicher besser, wenn sie die Beine in die Hand nahm und zusah, dass sie aus seiner Nähe kam.

»Ich finde, du hast dir etwas Erholung verdient«, riss Christine Anna aus ihren Gedanken. Sie schob ihr ein elegantes Glas hin, das mit einer hellgelben, perlenden Flüssigkeit gefüllt war. »Nur ein Glas«, sagte sie, als Anna mit dem Hinweis darauf ablehnen wollte, dass sie noch arbeiten musste. »Davon bekommst du ja noch nicht mal einen Schwips. Salute!«

»Salute!«, erwiderte Anna und ließ einen kleinen Schluck über ihre Zunge laufen. »Köstlich. Vielleicht kriege ich ja doch ein zweites, wenn das hier leer ist?«

»Später gerne. Aber erst nachdem du wieder fleißig warst.«

Anna lachte. Sie liebte Christines Humor schon jetzt. »Was ist das eigentlich?«, wollte sie wissen. »Prosecco oder Sekt? Beziehungsweise gibt es da überhaupt einen Unterschied?«

»Einen Unterschied?« Danieles zerzauster Schopf tauchte über der Brüstung auf. »Meint sie das etwa ernst?«, fragte er seine Mutter mit gespieltem Entsetzen. »Lieber Himmel, wen haben wir da nur eingestellt?« Er beschloss, eine Pause vom Unkrautjäten zu machen, zog sich mit den Händen hoch und kletterte über das Geländer. »Können wir sie nicht mal über Nacht in unser Betonfass sperren?«

»Sei nicht so grausam«, mahnte Christine mit einem Zwinkern. »Ich finde, es reicht schon, wenn wir sie um Mitternacht in die Fledermaushöhle schicken.«

»Es gibt hier eine Fledermaushöhle?«, fragte Anna neugierig. »Wirklich?«

»Doch keine gute Idee«, stellte Christine trocken fest. »Damit können wir sie offensichtlich nicht erschrecken.«

»Und was ist mit dem Fass?«, brachte Daniele seine ursprüngliche Idee in Erinnerung.

Christine tat so, als würde sie darüber nachdenken. »Gut«, sagte sie nach einem Augenblick. »Dann machen wir das. Oder du erklärst ihr den Unterschied zwischen Sekt und Prosecco. Morgen fragen wir sie ab, und dann können wir sie immer noch bestrafen.«

»Aber nur, wenn ich die Prüfung nicht bestehe«, legte

Anna ein Veto ein. »Und da habt ihr schlechte Karten, ich bin nämlich eine gute Zuhörerin.«

»Also gut.« Daniele seufzte. »Dann pass mal auf. Oder …« Er zog die Stirn in Falten. »Was weißt du über Champagner?«

»Dass er nur so heißen darf, wenn die Trauben in der Champagne angebaut wurden. Das Verfahren darf zwar überall auf der Welt sonst auch angewendet werden, dann darf das Produkt aber nur nach Champagner-Art oder so ähnlich heißen.«

»Sehr gut.« Daniele nickte anerkennend. »Bei uns heißt dieses Produkt Trentodoc und, wie du sagst, ist das Verfahren dabei das gleiche wie bei der *Méthode champenoise*. Man nimmt einen sehr jungen Wein, der nur wenig Alkohol ausweist. Das ist wichtig, weil der Wein in Flaschen abgefüllt wird und ihm Champagnerhefe und Zucker zugefügt werden. Hefe besteht aus Enzymen und lebenden Bakterien, und diese verwandeln den Zucker in Alkohol. Das Ganze ist sehr aufwendig, weil die Flaschen zum einen viele Jahre unangetastet lagern und der Wein in aller Ruhe zum Trentodoc reifen darf, und man zum anderen nach dieser Reifezeit die Hefe wieder aus der Flasche bringen muss.« Daniele gab Anna einen Augenblick Zeit, um sich das eben Gehörte bildlich vorstellen zu können. »Dazu wird die Flasche leicht schräg nach unten in eine Halterung gestellt, bekommt eine Woche lang täglich einen kleinen Stoß und wird anschließend um ein Achtel weitergedreht. So rutscht die Hefe peu à peu nach unten in den Hals. Und dann muss man sie ganz einfach nur noch rausholen.«

»Aha«, sagte Anna nachdenklich. »Ja, das klingt total einfach. Die Flasche steht auf dem Kopf, man macht den Korken raus und wartet, bis die Hefe rausflutscht, ohne dass zu viel Flüssigkeit verloren geht. Man muss nur schnell genug sein, willst du das damit sagen?«

»Ganz genau.« Daniele grinste verschmitzt. »Du verstehst wirklich schnell.«

Anna legte den Kopf schräg. »Vor allem verstehe ich, dass du mich aufziehst.«

»Stimmt. Aber die Geschichte ist trotzdem weitgehend richtig. Und zwar bis zu dem Punkt, an dem die Hefe in den Flaschenhals rutscht. Damit keine Flüssigkeit verloren geht, werden die Hälse in ein Bad mit flüssigem Stickstoff getaucht. Dabei friert ungefähr ein Zentimeter der Flüssigkeit ein, der dann quasi wie ein Korken verhindert, dass der Sekt herausfließt. Dann kann man die Flasche öffnen, die Hefe entnehmen und anschließend mit dem endgültigen Korken wieder verschließen.«

Anna hatte aufmerksam zugehört. Sie fand das alles wahnsinnig interessant. Nur eines störte sie an der Geschichte. »Aber dann fehlt doch ein Teil«, überlegte sie laut. »Wenn ich einen Sekt oder Champagner kaufe, reicht die Flüssigkeit bis zum Korken, wenn ich das richtig im Kopf habe. Das kann man doch nicht so genau ausmessen, oder doch?«

»Nein«, sagte Daniele, der sich darüber freute, dass Anna nicht nur zuhörte, sondern sich auch noch Gedanken über das Gehörte machte. »Es fehlt tatsächlich was. Deshalb gibt es zwei Möglichkeiten: Entweder man opfert ein paar Flaschen und füllt aus denen die Differenz auf, oder man gibt einen Schuss Likör hinzu, um den Spumante zu aromatisieren. Das ist das gängige Verfahren. Dabei hat jedes Champagnerhaus sein eigenes Geheimrezept.«

»Klasse«, fand Anna. Sie schnupperte an dem Rest, der noch in ihrem Glas war. »Wieso wird so ein Wissen nicht in die Welt getragen? Wenn man erst mal die Hintergründe kennt, weiß man einen guten Sekt doch noch viel mehr zu schätzen.« Dann fiel ihr noch etwas ein. »Und was ist der Unterschied zum Prosecco? So sind wir doch überhaupt erst auf das Gespräch gekommen.«

»Zum einen ist der Name Prosecco eine geschützte Herkunftsbezeichnung für italienische Schaumweine, die, genau wie Champagner, nur in einem einzigen Gebiet produziert werden dürfen, und zwar in Venetien. Zum anderen gibt es zwei Herstellungsverfahren, die sich erheblich voneinander unterscheiden. Die eine, ich sage mal edlere Variante ist die Tankgärung. Dazu werden einem stillen Wein Hefe und Zucker zugesetzt. Dabei entsteht ziemlich viel Kohlensäure. Das Ganze bekommt nach der Abfüllung einen Sektkorken, wird wegen des hohen Drucks mit einem Drahtbügel verschlossen und nennt sich Prosecco Spumante. Dieses Verfahren gibt es auch in anderen Regionen und Ländern, es darf sich nur nicht so nennen. In Deutschland ist der Name dafür Schaumwein.«

Daniele wartete einen Augenblick, da Anna einen Block und einen Stift aus ihrer Tasche geholt hatte und sich eifrig Notizen machte. Als sie wieder aufsah, fuhr er fort.

»Die Herstellung von Prosecco Frizzante ist dagegen ziemlich einfach. Das merkt man schon daran, dass er in aller Regel einen Schraubverschluss oder einen einfachen Korken hat, der lediglich mit einem Bindfaden gesichert wird. Beim Prosecco Frizzante ist nichts mit Flaschengärung, jahrelanger Lagerung, Hefe und dem ganzen Pipapo. Prosecco Frizzante entsteht, indem man dem Wein lediglich Kohlensäure hinzufügt, damit er sprudelt.«

»Echt?« Anna sah ihn mit großen Augen an. »So wie mit einem Sodasprudler?«

»Ziemlich genau so.«

»Das heißt, ich kann mir aus einem Wein, der mir schmeckt, mit meinem Sprudelgerät selbst einen Prosecco zaubern?«

»Vermutlich kannst du dann erst mal die Küche putzen.« Daniele kratzte sich am Kopf. »Ich schätze, dass sich der Wein das nicht so einfach gefallen lässt. Außerdem wäre das ziemlich schade um einen guten Tropfen.«

»Auch wieder wahr.« Anna trank den Rest aus. »Und wie

kann ich im Restaurant erkennen, ob man mir einen einfachen Sekt, einen Trentodoc, einen Prosecco Spumante oder Frizzante einschenkt?«

Daniele lächelte. Es machte ihm Spaß, Annas Fragen zu beantworten, zumal ihr Interesse ganz offensichtlich echt war. »Zum einen hängt es natürlich davon ab, was du bestellt hast. Wenn du eine Flaschengärung wie einen Trentodoc oder einen Champagner wünschst, solltest du genau das auch bekommen. Das wird dann aber ein bisschen teurer als ein Prosecco. Für den Fall, dass du eine ganze Flasche willst, wird dir diese an den Tisch gebracht und dort geöffnet. Dann siehst du schon auf den ersten Blick, welcher Korken verwendet wurde. In manchen Lokalen schenkt man dir sogar auch ein einzelnes Glas erst am Tisch ein, dann gibt dir das Etikett den Hinweis. Wenn dir ein bereits eingeschenktes Glas serviert wird, ist es ein wenig schwieriger, aber mit ein bisschen Übung kannst du trotzdem erkennen, was du vor dir stehen hast: Die Blasen im Prosecco sind im Vergleich zum Spumante ziemlich dick und klobig.« Daniele goss ihr noch ein wenig nach und deutete mit dem Finger auf das zarte Feuerwerk, das sich im Glas entwickelte. »Siehst du, wie fein die Kohlensäure hier ausperlt? Das bekommt ein Prosecco niemals hin.«

»Toll.« Anna beschloss, dass der weitere kleine Schluck ihr nicht schaden würde. Dann ließ ihr eigener Gedanke sie aufmerken. »Darf ich eine Frage stellen, die für einen Winzer vielleicht etwas unpassend ist?«

»Na klar«, sagte Christine vergnügt, die mit geschlossenen Augen an die Holzbrüstung der Terrasse gelehnt den jungen Leuten zugehört hatte. »Unpassende Fragen sind meist die interessantesten.«

Trotz der Aufforderung zögerte Anna. Auch wenn ihr der Gedanke auf dem Herzen lag, wollte sie ihre neuen Freunde nicht vor den Kopf stoßen. »Es geht darum, dass ihr mit Alkohol euer Geld verdient. Ich meine, Wein und Spumante, das sind zwar keine hochprozentigen Sachen, aber Alkohol ist ja trotzdem drin.«

»Ja, klar ist das so«, sagte Christine etwas ratlos, da sie keine Ahnung hatte, worauf Anna hinauswollte. »Das war jetzt aber nicht deine Frage, oder?«

»Nein.« Unschlüssig spielte Anna mit dem Korken, der auf dem Tisch lag. »Also, ich bin ein Mensch, der nur selten und wenig Alkohol trinkt. Ich kann mir aber nicht vorstellen, dass das funktionieren würde, wenn ich Wein anbauen würde. Da lässt es sich doch gar nicht vermeiden, jeden Tag zu trinken, oder?«

»Um Gottes willen, nein, das müsstest du nicht. Das tun wir ja auch nicht«, entgegnete Daniele. »Das würden wir auch niemandem empfehlen, egal, wie viel oder wenig Prozent das Getränk hat.« Energisch schüttelte er den Kopf. »Papa sagt schon seit jeher, dass es besser ist, nur ab und zu etwas zu trinken, sich dann aber etwas Gutes zu gönnen.«

»Das ist ein weiser Rat«, murmelte Anna. Sie durfte gar nicht daran denken, was sie und ihre Freunde früher alles getrunken hatten, als sie noch in ihrer jugendlichen Versuchsphase gewesen waren. Dass mancher Abend in rasenden Kopfschmerzen geendet hatte, wunderte sie heute nicht mehr im Geringsten.

Sie stand auf. »Ich gehe mich duschen, damit ich pünktlich zum Aperitivo bin. Vielen Dank für die Spumantekunde«, sagte sie zu Daniele. »Das war sehr spannend, und du kannst Gift darauf nehmen, dass ich morgen eine Eins bekomme, wenn du mich abfragst.«

»Das hoffe ich«, scherzte Daniele zurück. »So viel Stoff war das schließlich auch wieder nicht, dass du ihn in deinem Alter innerhalb eines Tages wieder vergessen könntest.«

Eine knappe Stunde später stand Anna frisch geduscht und einigermaßen ausgeruht im Laden, der an der Vorderseite der Kellerei untergebracht war. Von dort aus wurden die Gäste mit Getränken versorgt. Interessiert sah sich Anna um. Sie war noch nicht hier drin gewesen und war nun ganz erstaunt, dass es außer den Weinen, die in langen Regalen gelagert wurden, auch Delikatessen zu kaufen gab. Sie entdeckte verschiedene Grappe, einen jahrealten Balsamico, mehrere Nudel- und Senfsorten, feine Saucen und allerhand Wurstspezialitäten. Prompt lief ihr das Wasser im Mund zusammen. Als sie aber die leckeren Kekse und Tartufi sah, war es mit ihrer Beherrschung fast vorbei. Doch bevor sie sich an den Köstlichkeiten vergreifen konnte, riss eine Stimme sie aus ihrer Verzückung.

»Schön, dass du hier bist!« Begeistert wurde sie von Fabio und Marina begrüßt, die den Shop leiteten. »Die Signora hat dich schon angekündigt. Wir können deine Hilfe super brauchen.«

»Danke.« Anna lächelte gerührt über die Herzlichkeit der beiden. Sie war froh und erstaunt zugleich, wie viele ihrer Kollegen Deutsch sprachen, da es ihre Arbeit in nicht unerheblichem Maße erleichterte. Trotzdem nahm sie sich vor, ihre Italienischlektionen nicht weiter schleifen zu lassen, so, wie sie es in den letzten beiden Tagen leider getan hatte. Dabei war es wirklich keine große Herausforderung, jeden Tag ein Kapitel des Kurses, den sie extra auf ihr Smartphone heruntergeladen hatte, anzuhören und durchzuarbeiten. Aber sie war am Abend immer so erschöpft gewesen, dass sie nach einer ausgiebigen Dusche nur noch auf ihr Bett gesunken und in einen komatösen Schlaf gefallen war.

»Wir machen das ganz einfach«, erklärte Marina rasch und drückte ihr ein kleines Päckchen in die Hand. »Hier hast du eine Schürze, Zettel und Stift. Da wir beim Aperitivo nur

Spumante und jeweils eine Sorte Wein, rosso oder bianco, ausschenken, musst du dir nicht viel merken. Und die Tischnummer natürlich. Aber die schreibst du am besten gleich mit auf die Bestellung, dann wird es einfacher. Vor allem später, wenn es richtig voll ist.«

Kaum dass Anna sich die schwarze Hüftschürze umgebunden hatte, die mit dem stilisierten Dahlien-Emblem bedruckt war, das auch die DALIS-Flaschen zierte, trudelten die ersten Besucher ein. Da es sich offenbar um Stammgäste des wöchentlichen Aperitivo handelte, war die Bestellung schnell aufgenommen, weil jeder genau wusste, was er wollte.

Doch dann ging es Schlag auf Schlag, die Tische füllten sich im Nu, und nun verstand Anna, weshalb Marina und Fabio so froh über ihre Hilfe waren. Eineinhalb Stunden lang kam sie kaum zum Verschnaufen, obwohl auch Fabio die gefüllten Tabletts im Minutentakt durch die Tür schleppte, während Marina hinter dem Tresen stand und einschenkte.

Zwei Stunden später war der Höhepunkt des Ansturms überschritten, die Gäste waren zufrieden und ließen den Abend allmählich ausklingen.

Erschöpft ließ Anna sich auf einen Stuhl sinken. Sie massierte ihre müden Arme und schreckte hoch, als Lisa sie von hinten ansprach.

»Komm, trink einen Schluck.« Lisa hielt ihr ein Glas hin.

»Oh, vielen Dank. Was ist das?«, wollte Anna wissen, bevor sie ihre Nase in dem bauchigen Glas versenkte. »DALIS?«, mutmaßte sie, als ihr der feine Duft eines reifen Pfirsichs in die Nase stieg.

»Esatto. Ti piace?«

Das Verb *piacere* hatte Anna erst gestern in einem Gespräch wieder aufgefrischt. Und wie ihr der Wein schmeckte! »Si. È molto bene. Ist das richtig?«

»È molto buono«, korrigierte Lisa sie mit einem Lächeln. »Findest du nicht, dass du wenigstens deinem Kopf eine Auszeit gönnen solltest, wenn du deinen Körper schon so forderst?«

»Vermutlich hast du recht«, seufzte Anna. »Aber weißt du, es macht mir so viel Spaß, im Weinberg zu arbeiten, den ganzen Tag an der frischen Luft zu sein, die Vögel zu beobachten und so viel Neues zu lernen, dass ich gar nicht damit aufhören will.«

Trotz aller Erschöpfung strahlte Anna eine derartige Begeisterung aus, dass Lisa sie am liebsten umarmt hätte. Sie wollte Anna gerade fragen, was genau es war, das ihr so gut gefiel, als zwei Stammgäste zu ihnen traten, um sich zu verabschieden.

»Übrigens hast du morgen Weinbergverbot«, sagte Lisa, als sie ein paar Minuten später wieder alleine waren. »Genau genommen hast du einen Tag zwangsfrei.«

»Was?«, fragte Anna erschrocken. »Wieso denn das?«

»Weil du in zwei Tagen das Pensum von dreien geschafft hast und wir dich nicht versklaven wollen. Zumindest nicht so schnell«, antwortete Daniele, der sich zu den beiden gesellt hatte. »Du sollst das aber jetzt noch nicht merken, sonst nimmst du doch noch Reißaus.«

Lisa knuffte ihren Bruder gegen den Arm. »Hör nicht auf ihn«, sagte sie zu Anna. »Dani ist der Allerletzte, der jemanden ausnutzen würde. Der hat schon in unserer Kindheit davon geträumt, eine Methode zu erfinden, wie er alle Menschen dazu bringen kann, sich anderen gegenüber fair und gerecht zu verhalten.«

»Während Lisa davon überzeugt war, sie wäre die Protagonistin in allen Märchen gewesen, in denen das hübsche Mädchen am Ende den Prinz abbekommt.«

Anna hätte dem liebevollen Geplänkel der Geschwister

stundenlang zuhören können. Vielleicht war es auch der Umgang der Familienmitglieder miteinander, der sie derart faszinierte. Sie selbst hatte nie wirklich eine Familie gehabt, seit ihr Vater ihre Mutter sitzen gelassen hatte. Damals war sie fünf Jahre alt gewesen, und ihrem Vater war von einem Tag auf den anderen die Verantwortung für seine Frau und das kleine Mädchen zu viel geworden. Und das, obwohl er, den Worten ihrer Mutter zufolge, ursprünglich drei Kinder gewollt hatte. Doch dann hatte er eine flippige junge Frau kennengelernt, die mit selbst gemachtem Schmuck im Wohnwagen über die Wochenmärkte des Landes tingelte. Plötzlich hatte er ein Leben ohne monatliche Miet- und sonstige Zahlungen attraktiver gefunden als ein Leben, das aus Kosten und Verantwortung bestand, und ab dem Zeitpunkt seines Auszugs offensichtlich auch keine Notwendigkeit mehr darin gesehen, seine kleine Familie zu unterstützen. Somit musste Anna fortan nachmittags im Kindergarten bleiben und ein Jahr später auf eine Ganztagsschule gehen, da ihre Mutter eine Vollzeitstelle annahm, um sich und das Mädchen über die Runden zu bringen.

»Also, jedenfalls arbeitest du morgen nicht. Ansonsten müssten wir dir nämlich die Kündigung überreichen.« Lisa blinzelte Anna frech an. »Aber ich wüsste trotzdem, was du mit dem Tag anfangen könntest.«

»Und zwar?«, fragte Anna neugierig. Sie war für jede Anregung dankbar, da sie noch nicht dazu gekommen war, sich nach den Freizeitmöglichkeiten in der Region zu erkundigen.

»Du hast unsere Mutter doch gefragt, ob es in der Nähe Flohmärkte gibt, da du nach altem Zeug suchst, das charakteristisch für die Gegend ist, richtig?«

»Stimmt«, bestätigte Anna. »Aber es kann auch generell für Italien typisch sein. Wieso fragst du? Gibt es vielleicht doch so was hier?«

»Keine Ahnung«, machte Lisa Annas Hoffnungen gleich wieder zunichte. »Aber ein Bekannter hat mir von einer Erbengemeinschaft erzählt, die ein Haus nicht weit von hier besitzt, das noch voller altem Zeugs steht. Ich dachte, du hättest vielleicht Lust, dir das anzusehen, bevor alles weggeworfen wird.«

Mit einem Schlag erwachten Annas Lebensgeister. »Oh, das wäre klasse!«, rief sie. »Total gern.« Doch dann hielt sie inne.

»Was ist?«, fragte Daniele neugierig, dem Annas plötzlicher Stimmungswandel nicht entgangen war. »Ist Lisas Idee doch nicht so toll?«

»Doch, das ist sie. Aber ich frage mich, wie ich das logistisch bewältigen soll, falls ich etwas finde, was ich für unsere Firma kaufen will«, murmelte Anna. »Ich bekomme ja so gut wie nichts in mein Auto, und selbst wenn doch, habe ich keine Idee, wo ich die Sachen lagern soll, bis Hannes sie abholen kann.«

»Ach, das sollte kein Problem sein«, meinte Daniele großzügig. »In dem Haus, in dem du wohnst, ist im Erdgeschoss neben dem Trentodoc-Lager noch genügend Platz. Das heißt, falls du nicht eine ganze Lagerhalle benötigst. Und du könntest einen unserer Lieferwagen nehmen, um alles hierherzubringen. Du bräuchtest nur jemanden, der dir vor Ort hilft, deine Fundstücke ins Auto zu verfrachten.«

»Das kann ich doch machen.« Lisas blaue Augen funkelten vor Aufregung. Die Idee, gemeinsam mit Anna das alte Haus zu durchstöbern, gefiel ihr ausgezeichnet. »Ich komme mit dir und packe mit an.«

»Das kann ich nicht annehmen.« Verlegen blickte Anna zu Boden. Sie kam sich vor wie im Paradies, da sie das Gefühl hatte, von ihren neuen Freunden mit Geschenken überhäuft zu werden. »Ihr habt schon so viel für mich getan, da kann ich nicht zulassen, dass du mir auch noch hilfst, ein Haus nach Raritäten zu durchsuchen.«

»Dir ist aber schon selbst aufgefallen, dass du die letzten beiden Tage bis zum Umfallen geschuftet hast?«, fragte Lisa belustigt. »Da können wir dich also auch unterstützen. Zumal bei etwas, was uns nichts kostet und zudem auch noch Spaß macht.«

# Kapitel 7

Als Anna am nächsten Tag aufwachte und sich bei dem Gedanken, noch ein Weilchen liegen bleiben zu können, wohlig in die Kissen kuschelte, hatte sie nicht den Hauch einer Ahnung davon, was ihr gleich blühen würde. Was vermutlich auch besser war. So konnte sie die halbe Stunde, bis der Handywecker klingelte, in vollen Zügen genießen und sich darauf freuen, später gemeinsam mit Lisa das alte Haus zu durchstöbern.

Schließlich brummte ihr Telefon, und sie schlug die Decke zurück. Beim Versuch, einen Fuß über die Kante der Matratze zu schieben, zuckte ein stechender Schmerz durch ihre Wade, und instinktiv wusste sie, dass es besser war, heute nicht mit einem Satz aus dem Bett zu hüpfen. Vorsichtig stellte sie das Bein auf den Boden, zog das andere hinterher und stand langsam auf, nur um sich sofort wieder hinzusetzen.

»Aua, verdammt«, murmelte sie. »Das glaube ich jetzt nicht.«

»Guten Morgen.« Eine Stunde später stakste Anna in die Küche im Haupthaus, in der Lisa bei einem Kaffee und der Tageszeitung schon auf sie wartete.

»Oje!« Mitfühlend sprang Lisa auf. Sie hatte mit einem

Blick erkannt, was los war, und schob Anna einen Stuhl hin. »Komm, setz dich. Ich mache dir einen Kaffee. Willst du was essen?«

»Gern. Ich hätte nie im Leben gedacht, dass ich so einen Muskelkater von dem bisschen Arbeiten bekomme.« Behutsam massierte Anna ihre Oberschenkel. »Und dann gleich so einen oberfiesen. Das passiert mir normalerweise nicht mal am ersten Skitag der Saison.«

»Auf den bist du vermutlich auch sorgfältiger vorbereitet«, nahm Lisa an. »Vielleicht sollten wir die Hausentrümpelung auf einen anderen Tag verschieben?«

»Kommt überhaupt nicht infrage.« Energisch schüttelte Anna den Kopf. »Du hast dich extra darauf eingestellt, und außerdem glaube ich, dass es besser ist, wenn ich mich ein bisschen bewege. Ich kann ja schlecht den ganzen Tag doof herumsitzen. Das halte ich sowieso nicht aus.«

»Wie du meinst.« Lisa überlegte. »Ich schlage aber vor, dass wir erst in einer Stunde losfahren. Dann kannst du in Ruhe frühstücken, und ich schaue nach, ob wir was zum Einreiben dahaben.«

Letztlich dauerte es fast zwei Stunden, bis sie loskamen, und als Lisa den Kastenwagen vom Hof fuhr, stand die Sonne bereits hoch am Himmel.

»Hast du schon was von der Gegend gesehen, als du hergekommen bist?«, fragte Lisa. Sie hatte die schmale Straße genommen, die an der Kellerei vorbeiführte, und hielt nun an einer kleinen Ausbuchtung, die einen wunderbaren Blick über das lang gezogene Etschtal bot.

»Nicht wirklich«, murmelte Anna. Sie konnte den Blick kaum von der Landschaft abwenden, die sich vor ihnen auftat. Die Etsch, die sich, von Norden kommend, durch das Tal schlängelte, hatte eine satte hellgrüne Farbe, und ringsherum gab es so viele Berge, dass Anna nicht glaubte, sich jemals alle Namen merken zu können.

»Die weite Ebene, auf der wir uns hier befinden, nennt sich Piana Rotaliana«, erklärte Lisa. »Sie wird von den Flüssen Etsch und Noce eingerahmt und von den felsigen Wänden des Etschtals vor dem Wind geschützt. Deshalb haben wir hier ein ausgezeichnetes Klima für unsere Weine.« Sie deutete auf ein schmales asphaltiertes Band, das neben der Etsch verlief. »Wenn du dich wieder bewegen kannst, können wir eine Fahrradtour machen«, schlug Lisa vor. »Entweder hoch in die Berge oder wir nehmen den Radweg, der am Fluss entlangführt. Je nachdem, was dir lieber ist.«

»Ich glaube, ich will nie wieder zurück nach Hause«, flüsterte Anna. »Es ist so unglaublich schön hier!« Sie suchte Lisas Blick. »Ich war zwar schon tausend Mal in Italien. Am Gardasee, in Venedig, in den Dolomiten und der Brenta zum Wandern, in Südtirol zum Törggelen. Aber hier bin ich bislang immer nur durchgefahren.«

»Ja, das ist unser Dilemma«, seufzte Lisa. »Oder auch nicht, wie man es nimmt. Zum einen hat unsere Region weniger Einnahmen aus dem Tourismus, zum anderen können wir vermutlich froh darüber sein, dass die Urlauber nicht wie die Heuschrecken über uns herfallen. Aber ich denke, es ist nur eine Frage der Perspektive, ob es einem gefällt oder nicht.«

»Schau mal.« Lisa deutete auf ein altes Gebäude auf der rechten Seite, das einen verlassenen Eindruck machte. »Das muss das Haus sein. Ich habe inzwischen herausgefunden, dass hier zuletzt eine alte Dame gewohnt hat.«

Als sie im Schatten einer der hochgewachsenen Zypressen parkten, die für die Gegend so typisch waren, überkam Anna ein seltsames Gefühl.

»Was ist?«, fragte Lisa, deren feine Antennen die veränderte Stimmung sofort wahrgenommen hatten.

»Ich weiß nicht«, sagte Anna leise. »Es ist nur …« Ihr Herz wurde schwer, als sie ihren Blick über die verwitterte Fassade wandern ließ. »Ich muss gerade an meine Oma denken. Daran, wie ich ihre Sachen durchgesehen habe, nachdem sie gestorben war.« Anna biss sich auf die Unterlippe und konnte ihre Tränen kaum unterdrücken. »Ich finde das richtige Wort dafür nicht. Aber wenn jemand stirbt, gerät alles irgendwann in Vergessenheit. Am Anfang ist so viel Schmerz, dass man es kaum ertragen kann. Man kann nicht begreifen, dass der Mensch, den man geliebt hat, plötzlich nicht mehr da ist. Dann wird es mit jedem Tag leichter, und es gibt immer häufiger Momente, in denen man doch an etwas anderes denkt. Das eigene Dasein kämpft sich zurück an die erste Stelle, man geht wieder aus, hat Spaß und Freude, und der Verstorbene gerät nach und nach in Vergessenheit. So wie die Menschen, die einst hier gelebt haben.« Mutlos zuckte Anna mit den Schultern. »Und eines Tages kommen Fremde in dein Haus, nehmen mit, was sie brauchen können, weil sich niemand sonst noch dafür interessiert.«

»Ach Anna.« Sanft strich Lisa ihrer Freundin eine Strähne aus dem Gesicht. »Es ist das Leben, und das ist leider nicht immer leicht. Aber es ist vielleicht auch ganz gut so eingerichtet, dass der Schmerz mit den Wochen und Monaten weniger wird. Sonst wäre es unerträglich, wenn wir jemanden verlieren, der uns nahesteht, meinst du nicht?«

Anna nickte. »Ja, das ist sicher richtig.« Sie blinzelte sich eine Träne aus dem Auge. Dann wischte sie ihre Bedenken kurzerhand beiseite. »Vielleicht gibt es ja einfach niemanden mehr, der sich um das Haus kümmern kann.«

»Was denkst du?«, fragte Lisa. »Willst du lieber nicht hineingehen?«

Anna dachte kurz über Lisas Frage nach. Dann gab sie sich einen Ruck. »Nein. Doch. Ich meine, wir sollten uns umsehen, aber mir ist vielmehr danach, dass wir der Frau, die zuletzt alleine hier gelebt hat, ein Andenken geben. Außer du findest das respektlos der Verstorbenen gegenüber«, setzte sie rasch hinterher.

»Nein, das finde ich nicht. Im Gegenteil, mir gefällt die Idee.« Lisa lächelte. Sie griff in ihre Handtasche und holte den Schlüssel hervor, den sie zuvor beim Hausverwalter abgeholt hatten. »Lass uns ihren Geist suchen gehen.«

Anna erwiderte das Lächeln. Sie hatte sofort verstanden, dass Lisa nicht an eine Spukgestalt dachte, sondern an die Menschlichkeit, die noch in den alten Räumen zu spüren war. »Weißt du, wie die Frau hieß?«, wollte sie wissen, bevor Lisa aufsperrte.

»Sie hieß Pina. Pina Bertoli.«

»Bertoli«, wiederholte Anna leise. »Ein schöner Name.« Sie nickte, als Lisa sie fragend anblickte.

Die schwere, verwitterte Holztür öffnete sich mit einem lang gezogenen Knarzen und gab den Blick in einen dunklen Flur frei. Zögernd betraten die beiden Besucherinnen das Haus, vorsichtig darauf bedacht, nicht in Spinnweben zu laufen.

»Hallo Pina«, flüsterte Anna. Sie glaubte zwar ebenso wenig wie Lisa an Gespenster, aber sicher war sicher. »Wir sind Lisa und Anna, und wir würden gern ein paar Dinge im Gedenken an dein Leben mitnehmen. Falls du damit einverstanden bist.«

»Hallo Pina«, begrüßte auch Lisa die Leere, die ihnen entgegenschlug. Da, wo früher vielleicht Kinder durch die Zimmer getobt waren, herrschte eine merkwürdige Stille, und die abgestandene Luft machte das Atmen schwer. »Ich glaube, wir sollten erst mal lüften.«

Zwanzig Minuten später standen alle Fenster sperrangelweit offen, und die beiden Besucherinnen hatten das Gefühl, dass das alte Haus gleichsam mit ihnen tief Luft holte.

»Ist das schön hier!« Anna war plötzlich ganz verzaubert von dem Charme, den das kleine Anwesen ausstrahlte. Nachdem sie zuerst draußen den wilden Wein, der an der Außenwand emporwuchs, zur Seite geschoben hatten, damit sich die verblichenen Holzläden öffnen ließen, strahlten die Zimmer nun eine freundliche Behaglichkeit aus. Die mit großen Ornamenten gemusterten Tapeten waren an manchen Stellen verblasst, das Mobiliar war aus der Mode gekommen, doch man sah sofort, dass die Besitzerin zu Lebzeiten einen guten Geschmack besessen und Wert darauf gelegt hatte, alles in einem ordentlichen Zustand zu erhalten.

»Wie kann man so ein Kleinod nur so achtlos verramschen wollen!« Anna war zutiefst bestürzt. »Hat dir der Hausverwalter wirklich erzählt, dass die Erben das Haus selbst abreißen lassen und neu bauen würden, falls sich nicht umgehend ein Käufer findet? Das ist nicht wahr, oder?«

»Ich fürchte doch.« Lisa erging es ähnlich wie Anna. Das Häuschen hatte auch sie von der ersten Minute in den Bann gezogen. »Hast du dir die Terrasse schon angesehen?«

»Nein.« Anna schüttelte den Kopf. Sie stand andächtig in der kleinen Küche, deren blau-weiß-türkis gemusterte Wandkacheln sie an ein Märchen aus Tausendundeiner Nacht erinnerten.

»Und? Was sagst du?«, wollte Lisa wissen.

»Ich will es kaufen.« Verträumt starrte Anna durch das offene Fenster auf den Fluss.

»Na, dann ist ja alles gut.« Lisa kicherte. »Dann müssen wir uns nicht schmutzig machen.«

»Wie meinst du das?«

»Wenn du das Haus kaufst, müssen wir uns jetzt keine

Gedanken darum machen, was mit dem Interieur passiert. Dann kannst du erst mal alles so lassen, wie es ist.«

»Meine Güte, das würde ich nur zu gern«, murmelte Anna. »Es ist doch eine Schande, das alles von hier wegzuschaffen. Wieso wollen die Erben das Haus überhaupt abreißen?«

»Damit sie den frei gewordenen Platz mit einem Apartmenthaus zupflastern können, vermute ich.« Lisas Miene verdüsterte sich. Auch wenn man dem unkontrollierten Bauwahn mittlerweile Einhalt geboten hatte, so war es auch hier wie sonst überall auf der Welt: Gewinnmaximierung lautete das Zauberwort.

Doch dann verscheuchte sie alle trüben Gedanken. »Das wollte ich dir zeigen.« Sie deutete auf die linke Ecke der Terrasse.

»Eine Außenküche!« Aufgeregt wirbelte Anna herum. »Ich will das Haus kaufen. Unbedingt. Was dürfte so etwas denn kosten?«

Lisa zuckte lachend mit den Schultern. »Keine Ahnung. Zweihundertfünfzigtausend vielleicht.«

»Das ist nicht dein Ernst.« Fassungslos starrte Anna ihre Freundin an.

Die erwiderte den Blick standhaft. »Ich habe keine Ahnung, wirklich. Es ist nur eine grobe Schätzung. Findest du das zu viel?«

»Nein. In München bekommt man dafür noch nicht mal ein Wohnklo.«

»Ein was?« Lisa, die den Begriff noch nie gehört hatte, kicherte.

»Ein superwinziges Miniapartment. Und hier bekommt man für das Geld ein ganzes Haus? Ich wäre verrückt, wenn ich es nicht kaufen würde.«

»Du bist verrückt«, bestätigte Lisa und legte den Kopf schräg. »Das ist doch nicht dein Ernst, oder?«

Stumm schüttelte Anna den Kopf. Leider war es das nicht. Und es war besser, wenn sie aus ihrem Tagtraum wieder aufwachte. Auch wenn, gemessen an Münchner Verhältnissen, ein frei stehendes Haus mit Berg- und Flussblick für zweihundertfünfzigtausend Euro ein Witz war, hätte sie die Summe niemals zusammenbekommen. Außer …

»Außer was?«

Irritiert blickte Anna auf. »Wie bitte?«

»Das frage ich dich. Du hast minutenlang den Herd hypnotisiert, und dann hast du nur *außer* gesagt.«

»Wirklich?«

»Hmm.«

»Ich dachte gerade an Lars«, gestand Anna. Bedrückt verfolgte sie den Verlauf der Etsch, bis sie den Fluss im Süden aus dem Blick verlor. »Wir hatten am Anfang unserer Beziehung beide den Traum von einem Haus am See. Mit Bergen drumherum. Auch wenn die Etsch kein See ist … das hier kommt unserem Wunsch von damals schon ziemlich nahe.«

»Und jetzt?«, wollte Lisa wissen. »Markiert dein Ausflug hierher für dich eigentlich das Ende oder nur eine Auszeit von der Beziehung?«

Unruhig zupfte Anna an einem kleinen Stückchen Nagelhaut. »Als mich Lars erst mit seinem Zeitplan vom Heiraten und Kinderkriegen und dann auch noch mit seinen Eltern überfallen hat, wollte ich eigentlich erst einmal eine Auszeit. Aber er hat das komplett in den falschen Hals bekommen und mich aus der Wohnung geworfen.« Anna verzog das Gesicht, als sie es endlich geschafft hatte, das Fitzelchen Haut abzureißen, und die Stelle prompt zu bluten anfing. »Zwei Tage später hat er mich mit Anrufen bombardiert und mir gesagt, ich soll den Blödsinn lassen und wieder bei ihm einziehen. Wir wären doch erwachsene Menschen, Streit gäbe es in jeder Beziehung mal, und ich solle mich nicht so haben.

Als ich nicht nachgegeben habe, nannte er mich einen sturen Ziegenbock.«

»Hat er nicht«, sagte Lisa ungläubig.

»Hat er doch.« Anna kicherte. »Und dabei hab ich doch überhaupt nichts Männliches an mir.«

»Auf den ersten Blick würde ich dir zustimmen.« Lisa saß der Schalk im Nacken. »Aber ich kenne dich ja auch nur angezogen.« Dann wurde sie wieder ernst. »Und wie ging es weiter?«

»Als Lars gemerkt hat, dass er so nicht ans Ziel kommt, hat er sich aufs Bitten verlegt und an meine Vernunft appelliert.«

»Was ihm aber auch nichts genutzt hat«, schloss Lisa aus Annas Anwesenheit. »Aber was ich mich frage, ist, ob du wirklich nur eine Auszeit brauchst oder ob das Ganze nicht vielmehr eine regelrechte Flucht war.«

Der Gedanke war Anna selbst schon gekommen. »Vielleicht ist es von beidem etwas«, gab sie freimütig zu. »Jedenfalls war mir klar, dass ich so nicht weitermachen kann und auch nicht will. Weißt du, die Arbeit, die mir so viel Spaß und Freude gemacht hat, war für Lars immer nur ein Spleen, der sich irgendwann wieder legen würde. Er hat nie verstanden, dass ich nicht der Mensch bin, der auf Biegen und Brechen Karriere machen und eine Stange Geld verdienen will. Mir reicht es, wenn ich gerade so viel habe, dass ich davon leben kann, ohne dass ich jeden Pfennig zweimal umdrehen muss.«

Anna schüttelte den Kopf, als sie daran dachte, wie hitzig die Diskussionen oft geworden waren, die sie und Lars miteinander ausgefochten hatten. »Ich muss auch nicht dreimal pro Woche in einem schicken Restaurant essen gehen. Oder zweimal im Jahr eine exotische dreiwöchige Fernreise für je zehntausend Euro machen, Flug in der Businessclass inbegriffen, versteht sich. Und ich brauche nicht jedes Jahr fünf Paar neue Schuhe und Handtaschen, wenn die alten noch gut und gepflegt sind. Oder jeden Geburtstag und jedes Weihnachten noch eine Uhr oder eine weitere Kette. Ich habe schließlich nur einen Hals, an den ich mir etwas hängen kann.«

Lisa hatte Annas Ausbruch aufmerksam zugehört. »Sind das die Dinge, die Lars wichtig sind?«

»Genau.« Anna nickte heftig. »Das Schlimme aber ist, dass er es mir hinterher vorgeworfen hat. Oder halt, nein«, sie winkte ab. »Vorgeworfen ist das falsche Wort. Er hat nur ständig betont, dass mir die Reisen und der Schmuck doch gefallen würden. Das stimmt ja auch. Aber ich hätte Meran genauso schön gefunden wie die Malediven. Nur hat er das nie verstanden.«

»Mir scheint, als hätte er vieles nicht verstanden, was dir wichtig ist. Und vermutlich auch umgekehrt«, sagte Lisa. »Ihm ist offenbar sehr daran gelegen, viel Geld für wertvolle Dinge auszugeben. Geld, das er ja auch erst mal verdienen muss, vermute ich?«

»Teils, teils.« Anna lehnte sich vorsichtig mit dem Rücken gegen das Geländer, das die Terrasse von einem kleinen Abhang trennte. »Seine Eltern sind vermögend, was sie ihm auch zugutekommen und mich deutlich haben spüren lassen. Sie haben ihm eine riesige Dachterrassenwohnung in München gekauft, für die er nur pro forma eine kleine Miete zahlen muss. Dazu ist er sehr ehrgeizig, er hat eine gute Position und verdient dementsprechend gut.«

»Was ja nicht verwerflich ist«, stellte Lisa fest. »Aber auch deine Wünsche und Bedürfnisse sind das nicht. Ohne ihn zu kennen, kommt es mir so vor, als ob ihr beide nicht zueinander passt.«

»Vielleicht nicht«, gab Anna zu. »Trotzdem ist es ein paar Jahre lang sehr gut gegangen. Nur haben sich irgendwann die Schmetterlinge verkrümelt, und dann lief es nicht mehr so gut. Und als Lars seine Verkündung von der Hochzeit vor seinen versammelten Freunden abgehalten hat, ohne dass ich vorher davon wusste, ist mit mir irgendwas passiert. Leider wollte er darüber aber auch hinterher nicht reden, weil er es als Unfug abgetan hat.«

»Und deswegen bist du jetzt hier.«

»Deswegen bin ich jetzt hier.« Dankbar lächelte Anna Lisa an. Sie war froh, dass die Italienerin sie gefragt hatte. Im Gegensatz zu ihren Münchner Freunden, die das Thema Lars ständig auf die Palme gebracht hatte, war Lisa sehr klar in ihrem Denken und ließ sich nicht von ihrer Sympathie zu Anna dazu verleiten, Lars an allem die Schuld zu geben.

»Was meinst du?« Lisa deutete auf das Haus. »Sollen wir uns mal genauer umsehen?«

»Ja, gerne.« Anna stieß sich vom Geländer ab und folgte Lisa nach drinnen.

»Ach Mensch. Ich kann das nicht.« Bestürzt schloss Anna die Tür des großen Kleiderschranks. »Hier wurde wirklich noch überhaupt nichts aussortiert.« Sie trat zu dem wunderschönen, sicher hundert Jahre alten Vertiko, auf dem mehrere, zum Teil bereits vergilbte Fotografien in silbernen Rahmen standen. Sie nahm eines der Bilder in die Hand, das neueren Ursprungs zu sein schien. »Das muss Pina sein.« Behutsam wischte sie den Staub weg, der sich in den Wochen, seit niemand mehr das Haus betreten hatte, auf das Glas gelegt hatte. Dann zeigte sie Lisa das Foto. »Sie kommt mir vor wie jemand, den ich gerne kennengelernt hätte.«

Lisa musste Anna recht geben. Das Lächeln in dem von tiefen Runzeln überzogenen Gesicht hatte ein Strahlen, das die klugen Äuglein leuchten ließen. Pina Bertoli war ein

Mensch gewesen, der wohl allein mit seiner Anwesenheit einen ganzen Raum erhellt hatte.

Zwei Stunden später hatten sie sich einen groben Überblick über das Inventar verschafft, was die Situation aber nicht verbesserte, im Gegenteil. Anna hatte das Gefühl, es wäre Unrecht, alles auseinanderzureißen. Die Idee mit dem Kastenwagen hatte sich sofort erübrigt, da die Möbel zu schwer waren, als dass die beiden Frauen sie hätten tragen können.

Auch Lisa ging es nicht viel besser. Nachdenklich musterte sie den Inhalt eines antiken Sekretärs. »Es ist seltsam«, murmelte sie. »Ich habe das Gefühl, als ob eine höhere Macht mir sagen will, dass wir alles an Ort und Stelle lassen sollten. So was kenne ich überhaupt nicht, ich bin eher ein rational denkender Mensch.«

»Ich glaube schon, dass es mehr zwischen Himmel und Erde gibt als nur warme oder kalte Luft«, sagte Anna. Plötzlich fröstelte sie. »Aber dass Pinas Geist noch hier rumschwebt, glaube ich tarsächlich nicht. Musstest du schon mal das Haus eines Verstorbenen ausräumen?«

Lisa schüttelte den Kopf. »Nein.«

»Ich schon, als ich mich um den Nachlass meiner Oma gekümmert habe«, sagte Anna traurig. »Aber an so was gewöhnt man sich nicht. Vermutlich ist es diese fremde Situation, die uns verwirrt. Und weißt du, was noch dazukommt? Wenn wir nichts mitnehmen, landet vermutlich alles auf dem Sperrmüll, und der Rest wird in Müllsäcke verpackt und weggeworfen. Die Möbel haben zwar eine sehr gute Qualität, sind aber größtenteils nicht antik und damit auch nicht wertvoll. Dazu entsprechen sie nicht der neuesten Mode. Du brauchst schon ein Haus wie dieses, damit sie überhaupt wirken. Hier sehen sie klasse aus, aber das ist dem Flair der Casa zuzuschreiben. Und wenn man das noch mit modernen Stücken kombinieren würde, wäre es der absolute Knüller. Aber einzeln irgendwo dazugestellt sieht es genauso aus: dazugestellt. Deswegen wird das Zeug niemand haben wollen.«

Nachdenklich musterte Lisa ihre Freundin. »Vermutlich wird es dann aber auch nichts bringen, wenn du einzelne Stücke mitnimmst und sie in ein Büro stellst, oder?«

»Das ist wieder etwas anderes«, widersprach Anna. »In einem modernen Büro wäre ein gut restauriertes altes Möbelstück der absolute Hingucker, wenn es richtig platziert ist. Aber stell dir hier drin einen Bürostuhl oder einen multifunktionalen Schreibtisch vor. Kannst du dir vorstellen, dass das Flair hätte?«

Lisa schmunzelte. »Eher nicht.«

»Und wie würde der Vertiko da drüben an einem zeitgemäßen Arbeitsplatz wirken?«

Lisa dachte kurz nach, dann war sie sich sicher: »Hammermäßig.«

»Siehst du. Deswegen würden einige der Stücke in einem Office sogar sehr gut funktionieren.«

»Einverstanden. Dann solltest du dir diese Teile jetzt aussuchen, damit wir sie nächste Woche abholen lassen können. Nicht dass doch noch jemand auf die Idee kommt, alles zu entrümpeln. Dann ist es nämlich weg, und das wäre zu schade.«

Erneut begannen die Frauen, einen Streifzug durch die Räume zu machen. Die praktisch veranlagte Lisa lachte, als Anna einen Schreibblock und einen Stift aus ihrer Tasche holte. »Was willst du denn damit?«

»Aufschreiben, was wo steht und was die Jungs mitnehmen sollen, natürlich.«

»Das kannst du einfacher haben.« Lisa wühlte kurz in ihrer Tasche und zog einen Block Post-its hervor, den sie Anna hinstreckte. »Kleb einfach Zettelchen auf alles, was du haben willst.«

Das machte es in der Tat einfacher. Nur als Anna anfangs zögerte, deutete Lisa energisch auf jedes einzelne Möbelstück. »Kannst du es brauchen oder nicht?«

# Kapitel 8

In der nächsten Nacht schlief Anna schlecht. Der immer gleiche Traum ließ sie mit pochendem Herzen hochschrecken, ohne dass sie je richtig wach wurde. Als um Viertel nach sechs der Handywecker klingelte, fühlte sie sich so gerädert, dass nicht viel fehlte, und sie hätte das blöde Ding gepackt und aus dem Fenster geworfen. Nur ihr Pflichtbewusstsein hinderte sie daran, Tiziana anzurufen und Bescheid zu geben, dass sie heute nicht kommen konnte.

Rasch schüttelte sie die letzten Reste ihrer Nachtfantasien ab, schlug die Decke zurück und erinnerte sich gerade noch rechtzeitig an ihren Muskelkater, bevor sie die Beine aus dem Bett schwang. Vorsichtig kam sie hoch, ließ die Schultern kreisen, während sie auf der Bettkante sitzend darauf wartete, dass ihr Kreislauf in Schwung kam. Sie rutschte nach vorne, stellte ihre Füße auf den Boden und spannte ihre Waden an. Erleichtert atmete sie auf. Die Pause gestern hatte ihr gutgetan, denn die Schmerzen waren deutlich weniger als noch am Tag zuvor.

Nach einer kurzen heiß-kalten Dusche kehrten ihre Lebensgeister zumindest so weit zurück, dass sie sich schon wieder auf den Tag im Weinberg freuen konnte. Es war auch einfach großartig, nicht an feste Arbeitstage gebunden zu sein. Anfangs hatte sie sich gewundert, dass sie sich ihre Zeiten aussuchen konnte, doch Christine hatte nur gelacht.

»Das Wetter richtet sich nicht nach uns, und der Wein tut es auch nicht. Das heißt, dass wir draußen Hand anlegen müssen, wenn die Zeit dafür gut ist, und drinnen, wenn die Reben keine Hilfe brauchen. Je nachdem, wie viele Tage du arbeiten möchtest, kannst du also meist selbst bestimmen, welche das sind. Du musst dich nur mit Tiziana absprechen, weil sie die Leute koordiniert.«

Das sollte Schule machen, dachte Anna für sich. Sie war nämlich noch nie ein Fan von diesen Wochenenden gewesen, an denen sich die Menschen im Winter auf den Skihängen drängten, im Frühling und Herbst wie die Heuschrecken wandernd oder mountainbikend über die Berge herfielen oder man im Sommer kaum noch Platz für ein Handtuch an den Seen im Münchner Umland bekam. Wie herrlich wäre es dagegen, wenn man die Arbeitstage flexibel wählen konnte.

Hannes hatte sie nur belustigt gemustert, als sie ihre Idee thematisiert hatte. »Ja, das wird sicher wunderbar funktionieren«, hatte er übers ganze Gesicht grinsend gesagt. »Mit der Idee solltest du in die Politik gehen, Anna. Da werden sich alle Arbeitgeber freuen, wenn die Mitarbeiter plötzlich Stunden damit verbringen, die Wettervorhersage zu checken, und sich dann darüber streiten, wer die sonnigsten Tage der Woche freibekommt.«

Anna wurde ganz schwer ums Herz, als sie an ihre Freunde dachte. Sie war noch nicht mal eine Woche von zu Hause weg, und schon vermisste sie die kleine Truppe schmerzlich. Und Lars vermisste sie auch, wie sie sich eingestehen musste. Nur eben anders.

Ein Blick auf die Uhr verriet ihr, dass sie keine Zeit mehr hatte, weiter zu grübeln. Schnell hüpfte sie in eine kurze Wanderhose, weil die mit ihrem Stretchanteil und dem schnell trocknenden Material ideal für einen sonnig-heißen Arbeitstag war, schlüpfte in eine ärmellose Funktionsbluse, und nachdem sie noch die Bänder ihrer Trekkingschuhe verschnürt hatte, sah sie eher aus, als ob sie eine Wandertour vorhatte, statt zu arbeiten.

Mit gemischten Gefühlen blickte Marco der Gestalt entgegen, die mit zwei Minuten Verspätung um die Hausecke gelaufen kam. Er wollte es sich nicht eingestehen, aber er hatte Anna gestern vermisst. Und das war nicht gut. Es war sogar überhaupt nicht gut. Auch dass er Tiziana gesagt hatte, dass er heute erneut im Weinberg arbeiten würde, und sie ihn darauf mit zur Seite geneigtem Kopf und einem wissenden Lächeln angeschaut hatte, war nicht gut.

»Du bist auf dem Holzweg«, hatte er bloß gebrummt. »Ich glaube nur, dass wir sie noch nicht mit jemandem mitgehen lassen sollten, mit dem sie sich nicht verständigen kann.«

»Nur das ist der Grund?« Das Grinsen wich nicht aus Tizianas Gesicht, und für einen Moment überlegte er, ob er sie dafür übers Knie legen sollte.

»Du kannst glauben, was du willst«, sagte er stattdessen friedlich und trat vorsichtshalber die Flucht nach vorne an. »Dann nehme ich mir morgen eben frei. Mir soll es recht sein, ich wollte eh mal wieder nach Navene zum Kiten.«

Mit leiser Genugtuung bemerkte er, dass Tiziana ihn erschrocken ansah. Natürlich war es sinnvoll, dass er mit Anna zusammenarbeitete, das wusste sie so gut wie er. Aber da er sich anfangs gesträubt hatte, die Münchnerin an die Hand zu nehmen, war es kein Wunder, dass die Önologin hellhörig wurde, wenn er sich jetzt plötzlich freiwillig anbot.

»Nein, du hast recht«, sagte sie schnell. »Hilf Anna noch einen Tag, damit sie sich zurechtfindet. Der Gardasee wartet sicher noch ein oder zwei Tage länger auf dich.«

»Buon giorno.«

»Cosa?« Erschrocken sah Marco auf und bemerkte, dass Anna bereits vor ihm stand. Dabei war sie doch gerade noch zwanzig Meter entfernt gewesen. Aber da sie kaum geflogen sein konnte, waren seine Gedanken offensichtlich viel weiter abgedriftet, als er selbst gemerkt hatte.

»Guten Morgen, Anna«, sagte er schließlich auf Deutsch. »Willst du wandern gehen?«, konnte er es nicht lassen, sie aufzuziehen.

»Das war mein Plan«, antwortete sie mit ernster Miene, und nur das Funkeln in ihren Augen verriet sie. »Ich dachte, dass du dich in den Bergen der Umgebung sicher gut auskennst und wir uns einen Tag Auszeit nehmen könnten.«

»Klar können wir das. Das heißt ...«, er sah sie mit einem musternden Blick an, »wenn du bereit bist, anschließend mit mir durchzubrennen.«

»Das sind die Folgen, wenn man mit dir wandern geht?«, wunderte sich Anna. »Du hältst dich aber auch nicht gerade mit langen Vorreden auf.«

Verdammt. Er hätte sich auf die Zunge beißen können, kaum dass der Satz heraus gewesen war. Irgendwie hätte er sich denken können, dass sie den Spruch aufgreifen und zu etwas verdrehen würde, was er so nicht gemeint hatte.

»Im Gegenteil. Ich dachte dabei eher an unser Überleben«, sagte er schnell. »Wenn wir unserem Vergnügen nachgehen, anstatt zu arbeiten, wird uns Tiziana eigenhändig umbringen. Und da sie eine kleine zierliche Person ist, wird das zumindest bei mir sehr lange dauern. Und ich bin einfach nicht der Typ für Schmerzen.«

»Wie Millionen andere Männer auch. Vermutlich stirbst du auch schon beim ersten Niesen an einem Männerschnupfen«, rutschte es Anna heraus. Als sie sah, dass sich seine Miene bei ihren Worten verschloss, tat es ihr sofort wieder leid. »Entschuldige«, sagte sie deshalb schnell. »Ich wollte dir nicht zu nahe treten. Schließlich kenne ich dich gar nicht.«

»Gut erkannt.« Marco stapfte los, ohne sich noch mal zu ihr umzudrehen. »Ich fahre jetzt los. Wenn du mitkommen willst, dann steig ein.«

Als er den Motor abstellte, warf er Anna einen Blick von der Seite zu. Er hatte sich während der Fahrt darüber gewundert, dass sie kein Wort mehr gesagt hatte, und vermutete, dass sie eingeschnappt war, weil er nicht auf ihre Entschuldigung reagiert hatte. Auf seine Frage, ob sie beleidigt wäre, hatte sie jedoch nur mit den Schultern gezuckt und gemurmelt, dass sie schlecht geschlafen hätte.

Reihe um Reihe arbeiteten sie sich durch den Weinberg. Auch während der nächsten drei Stunden blieb sie still. Tapfer hielt sie mit seinem Tempo Schritt und zeigte nur eine kurze Reaktion, als sie am Ende einer Reihe fast in ein Vogeljunges getreten wäre, das offensichtlich aus dem Nest gefallen war.

»Oh mein Gott!« Verzweifelt suchte sie seinen Blick, und ihm fiel plötzlich auf, wie erschöpft sie aussah.

»Nicht anfassen«, warnte er sie, als sie in die Knie ging und sich zu der winzigen Meise bückte. Er legte ihr eine Hand auf die Schulter und zog sie zurück. »Lass mich das machen.«

Erstaunt sah sie ihm zu, wie er ein großes Weinblatt abzupfte, es zu einem Trichter rollte und das Vogelküken mit einem anderen Blatt behutsam auf das erste schob. Langsam erhob er sich, streckte sich nach oben und sah zu dem Brutkasten hinauf. Doch es reichte nicht. Obwohl er groß war, hing der Nistkasten zu hoch. Suchend blickte er um sich, doch da war nichts, worauf er hätte steigen können. Blieb also nur eines. Vorsichtig steckte er die Weinblatttülle so in das Geäst der Rebe, die unter dem Häuschen wuchs, dass das

Vögelchen nicht herausfallen konnte, dann drehte er sich zu Anna um.

»Ich komme nicht hinauf. Aber du könntest es schaffen, wenn ich dich hochhebe.«

Verunsichert starrte Anna auf Marcos Hände, die eine Räuberleiter bildeten. Nicht dass sie ihm nicht zugetraut hätte, dass er sie sicher halten würde, aber das Vorhaben verhieß eine Nähe, der sie sich nicht gewachsen fühlte. Doch schließlich überwog ihre Sorge um den Meisennachwuchs. Schnell trat sie einen Schritt auf ihn zu, hielt sich mit einer Hand an seiner Schulter fest und stellte ihren rechten Fuß in seine Hände. Bevor sie es sich versehen konnte, lupfte Marco sie in die Höhe, bis sie schließlich, um ihr Gleichgewicht kämpfend, das schmale Loch des Brutkastens vor der Nase hatte. Nun musste sie sich wieder ein Stückchen bücken, damit sie das Weinblatt mit dem Meisenkind aus seinem Versteck holen konnte. Kurz darauf hielt sie es an die Öffnung des Kastens, doch das Vögelchen dachte gar nicht daran, zurück ins sichere Nest zu hüpfen. Stattdessen fiepte es zum Gotterbarmen.

Anna stemmte ihren freien Fuß gegen den Rebstock, dann ließ sie den Pfosten los, an den sie sich mit ihrer freien Hand geklammert hatte. Nun klopfte sie vorsichtig von unten gegen das Blatt und schob das Junge so Stück für Stück von seiner Unterlage, bis es schließlich in das Häuschen plumpste, wo es von seinen Geschwistern sofort mit viel Gezwitscher begrüßt wurde.

»Du kannst mich wieder runterlassen«, sagte sie mit belegter Stimme. Dass sie das Vögelchen gerettet hatten, war an sich nicht der Rede wert. Doch jetzt, wo ihre Mission erfüllt war, wurde ihr Marcos Gegenwart umso deutlicher bewusst. Sie schloss die Augen, als sie spürte, dass er seine Hände, die ihren Fuß stark und sicher gehalten hatten, sinken ließ. Doch mit einem Mal merkte sie, dass das eine denkbar schlechte Idee war. Schnell blinzelte sie und blickte direkt in seine funkelnden Augen. Machte er sich etwa über sie lustig? Dachte er vielleicht sogar, sie warte darauf, dass er sie küsste? Prompt wurde sie rot. Schnell machte sie sich von ihm los und sah auf die Uhr. »Auftrag erfüllt. Wir sollten weiterarbeiten.«

Schade. Ihre Hand auf seiner Brust hatte sich gut angefühlt, und für einen Moment war er schwer in Versuchung gewesen, sie zu küssen, als ihr Mund dem seinen so nah gekommen war. Doch dann hatte sie den Zauber zerstört. Erleichtert und enttäuscht zugleich zuckte er mit den Schultern. »Ja. Hoffen wir darauf, dass nicht noch mehr Vögel aus dem Nest fallen.«

Eine knappe Stunde später hielt er sie zurück, als sie am Ende einer Rebenreihe angelangt waren und sie sofort in die nächste einbiegen wollte. »Mittagspause. Es ist Zeit, dass wir etwas essen.«

Anna strich sich zwei Strähnen, die sich aus ihrem lockeren Zopf gelöst hatten, aus dem Gesicht. »Ich habe keinen Hunger.«

Stirnrunzelnd sah er sie an. Sie hatte heute noch kaum ein Wort verloren, und das kannte er von ihr bislang nicht. Die Tage zuvor hatte sie ihm so viele Löcher in den Bauch gefragt, dass er fast schon vermutet hatte, sie wolle bald ihr eigenes Weingut eröffnen. Doch heute kam nichts von ihr. Da er sich nicht vorstellen konnte, dass sie am Vortag, als sie mit Lisa unterwegs gewesen war, ihren Wissensdurst komplett gestillt hatte, konnte es nur bedeuten, dass entweder ihr Interesse genauso schnell dahingewelkt war, wie es zuvor aufgeblüht war, oder dass sie in Gedanken mit etwas völlig anderem beschäftigt war. Oder, na ja, vielleicht war sie einfach launisch, was bei hübschen Frauen schließlich keine Seltenheit war. Wenn er allerdings ehrlich zu sich selbst war, dann konnte er sich das bei ihr nicht vorstellen, auch wenn er keine Ahnung hatte, worauf er diese Annahme begründete. Vielleicht darauf, dass er es gerne so gehabt hätte.

»Du solltest trotzdem etwas essen«, beharrte er. »Es wäre auch besser, wenn wir für zwei Stunden in den Schatten kommen. Nicht dass du am Nachmittag vor Erschöpfung zusammenbrichst.«

Sie wollte ihm ob seiner Bevormundung bereits eine spitze Antwort geben, als sie merkte, dass er ernsthaft besorgt wirkte. Schließlich nickte sie. »Wahrscheinlich hast du recht. Fahren wir zum Weingut?«

»Heute nicht.« Ein leichtes Lächeln umspielte seinen Mund. »Wir müssen nur zum Auto.«

»Wir gehen in eine Trattoria?« Das hätte er ihr auch früher sagen können. Dann hätte sie Geld mitgenommen und wäre jetzt nicht in der Verlegenheit, sich etwas von ihm leihen zu müssen.

Als sie bei seinem Lancia angekommen waren, riss Anna die beiden beifahrerseitigen Türen auf, um frische Luft hineinzulassen. Marco jedoch öffnete nur die Heckklappe.

»Du kannst wieder zumachen.« Er hievte eine Kühlbox aus dem Kofferraum. »Ich dachte, wir bleiben heute hier. Trägst du die beiden Decken?«

Mit großen Augen sah Anna zu, wie er eine Köstlichkeit nach der anderen auf einem karierten Tischtuch ausbreitete. Es gab Ziegenkäse, eingelegte grüne Oliven, saftige Sommerfeigen, die so herrlich dufteten, dass ihr das Wasser im Mund zusammenlief, verschiedene in Wachspapier eingeschlagene Schinken und getrocknete Tomaten. Zu guter Letzt holte er eine Flasche Wein und zwei Gläser hervor.

»Für mich keinen Alkohol«, wandte Anna schnell ein. »Wenn ich jetzt was trinke, schlafe ich nach dem Essen ein.«

»Das sollst du auch.« Marco grinste. »Wir Italiener sind schließlich dafür berühmt, mittags Siesta zu halten.« Er warf einen Blick nach oben und deutete auf das natürliche Sonnendach, das ihnen der große Kirschbaum mit seinen weit ausladenden Ästen bot.

»Wir werden etwas essen, ein Glas Wein dazu trinken und dann ein Mittagsschläfchen machen. Der Baum gibt uns den nötigen Schatten. Erst wenn die größte Hitze vorbei ist, arbeiten wir weiter.« Er runzelte die Stirn, als ihm etwas einfiel, das er bisher noch nicht bedacht hatte. »Es sei denn, du hast noch Termine am Abend.«

Hatte sie nicht. Mit wem auch? Sie schrak zusammen, als eine Fliege sie am Mundwinkel kitzelte, und versuchte, das Insekt wegzuwedeln. Als das Biest sich kurz darauf wieder auf die gleiche Stelle setzte, drehte sie den Kopf zu Seite und sah, dass es Marco war, der sie mit einem langen Grashalm kitzelte.

»Sehr witzig«, sagte sie, amüsiert darüber, dass er sie hereingelegt hatte. »Hast du nichts Besseres zu tun?«

»Nein«, gestand er. »Außer darüber nachzudenken, weshalb du heute so anders bist.«

»Bin ich gar nicht.«

»Bist du schon.«

»Ein bisschen vielleicht«, gab sie nach. »Aber nicht viel.«

Er wollte schon einwenden, dass es für ihn nach sehr viel aussah, ließ es aber doch bleiben. »Willst du darüber reden?«, fragte er stattdessen.

Nun war es an ihr, verwundert dreinzublicken. Bot er ihr tatsächlich an, sich bei ihm auszusprechen? Er, der sie noch vor drei Tagen so behandelt hatte, als hätte sie eine ansteckende Krankheit?

Marco konnte ihr Zögern förmlich spüren. Außerdem war ihm, kaum dass er ihr den Vorschlag gemacht hatte, klar geworden, dass sein Angebot auch ziemlich nach hinten losgehen konnte, falls sie sich bei ihm über irgendeinen Liebhaber auslassen wollte, der sie sitzen gelassen hatte. Er hätte nicht sagen können, was es war, aber der Gedanke an einen

Ex-Freund gefiel ihm überhaupt nicht. »Du musst ja nicht alle Details erzählen, nur das Gröbste«, schränkte er sein Angebot deshalb vorsichtshalber wieder etwas ein.

Anna wusste nicht, was sie davon halten sollte. Einerseits schien es ihm ernst zu sein, andererseits war die Skepsis in seinen Gesichtszügen nicht zu übersehen.

»Ich habe schlecht geschlafen«, fing sie vorsichtig an. »Der Tag gestern hat mich ziemlich aufgewühlt, deswegen habe ich die halbe Nacht wach gelegen und gegrübelt.«

Dann konnte ihre gedrückte Stimmung kaum an einem Korb liegen, den sie kürzlich bekommen hatte. Immerhin wusste er, dass sie den ganzen Tag mit Lisa unterwegs gewesen war. Unbewusst atmete er erleichtert auf.

»Kanntest du Pina Bertoli?«, fragte Anna unvermittelt.

Marco schüttelte den Kopf. »Wer soll das sein?«

»Die Frau, deren Haus wir besichtigt haben. Signora Bertoli ist vor einiger Zeit gestorben, und jetzt sind die Möbel zu verschenken.«

»Okay«, sagte er gedehnt. Er hatte keine Ahnung, worauf sie hinauswollte. »Und warum nimmt dich das so mit?«

Anna pickte sich eine Olive aus dem Schälchen und kaute darauf herum, bis sie den Kern abgenagt hatte. Als sie sich wieder zu Marco drehte, glitzerten Tränen in ihren Augen.

»Die Erben wollen offenbar nur die Kohle, die mit dem Haus zu machen ist, aber es interessiert keinen Menschen, was mit den privaten Dingen der Frau passiert. Als Lisa mir sagte, dass das Inventar kostenlos zu haben ist, dachte ich, es wären recht alte Schränke, deren Restaurierung vielleicht mehr Zeit und Geld erfordert, als sie eigentlich wert sind. Aber es sind wunderschöne Sachen darunter.« Nun konnte Anna nicht länger verheimlichen, wie nah es ihr ging. Sie schnappte sich eine Serviette, um eine Träne abzuwischen, die ihre Wange hinabkullerte.

»Das eigentlich Schlimme aber ist, dass das ganze Haus noch voller privater Dinge ist. Das ist es, was mich so aufwühlt. Ich meine, niemand hat sich die Zeit genommen, die Sachen zumindest anzusehen. Es ist alles noch da. Von ihrer Unterwäsche über alte Briefe, Fotoalben, und sogar ein Bündel Lirescheine haben wir gefunden. Als ob der Mensch, der dort gelacht, geliebt und gelebt hat, am Ende seiner Tage nicht mehr wert ist, als möglichst viel Kapital aus seinem Nachlass zu schlagen.« Anna warf Marco einen traurigen Blick zu. Als sie sah, dass sie seine ganze Aufmerksamkeit hatte, fuhr sie fort.

»Vermutlich wird das Haus in Schutt und Asche gelegt und ein häßlicher neuer Klotz dorthin gebaut. Und das ist ein Frevel«, wisperte sie. »Es ist alt, ja, es müsste ziemlich Geld investiert werden in eine ordentliche Heizung und Fenster. Und die Sanitäranlagen sind auch nicht mehr die neuesten. Aber die Casa ist ein richtiges Schmuckstück, mit einem offenen Kamin, einer Außenküche und einer wunderbaren Terrasse, von der aus man über die Etsch in die Berge und sogar bis ins Nonstal blicken kann.«

Daher also wehte der Wind. Deswegen war sie den ganzen Tag schon so ruhig und in sich gekehrt. Marcos Herz wurde weich. Am liebsten hätte er sie an sich gezogen und ihr tröstende Worte ins Ohr geflüstert.

»Ich finde, es sollte ein Gesetz geben, nach dem nur erben darf, wer sich dessen auch würdig erweist«, redete Anna gedankenverloren weiter. »Und dazu sollte auch gehören, dass man sich um die persönlichen Belange zu kümmern hat, damit nicht ein wildfremder Mensch darin wühlen kann.«

»So wie du und Lisa«, vermutete Marco.

»Genau.«

»Und jetzt? Was habt ihr mit den Sachen gemacht?«

»Zuerst waren wir drauf und dran, wieder zu gehen und alles so zu lassen, wie es ist, um das Andenken der Toten zu bewahren. Wer sind wir denn, dass wir alles durchwühlen? Das ist doch völlig pietätlos. Ich meine, wir kannten die Frau ja nicht mal. Aber dann dachten wir uns, dass es besser wäre, wenn wir uns doch darum kümmern. Vermutlich würde sonst alles einfach auf den Müll geworfen. Wir würden Signora Bertolis Habseligkeiten immerhin mit Respekt behandeln und sicher einen Verwendungszweck für die Sachen finden, die noch gut sind.«

»Und dafür bekämst du die Möbel, die du selbst brauchen kannst, geschenkt. Kein schlechter Deal, wenn man bedenkt, dass ihr sie in München weiterverkaufen könnt.«

Anna sah Marco mit gemischten Gefühlen an. Er hatte natürlich recht, allerdings wollte sie in seinen Augen keinesfalls so dastehen, als ob sie darauf aus war, irgendetwas umsonst zu bekommen, selbst wenn er das überhaupt nicht angedeutet hatte. »Das stimmt«, sagte sie zögernd. »Aber ich habe gestern schon zu Lisa gesagt, dass ich den geschätzten Betrag, den ich normalerweise für die alten Möbel bezahlen müsste, auf alle Fälle einem guten Zweck zukommen lassen möchte. Der Münchner Tafel zum Beispiel, die Lebensmittel an Bedürftige verteilt. Oder falls es hier in der Gegend so etwas Ähnliches gibt, darf das Geld auch gerne in Italien bleiben.«

»Was ist die Münchner Tafel?«, wollte Marco wissen, der mit dem Begriff nichts anfangen konnte.

»Die Tafel ist eine gemeinnützige Organisation, die es auch in vielen andere Städten Deutschlands gibt«, erklärte Anna ihm. »Dort können Menschen, deren Bedürftigkeit vom Staat anerkannt wurde, einmal pro Woche Lebensmittel holen. Und zumindest in München gibt es sogar eine Stelle, bei der man auch Kleidung und andere Dinge des täglichen Bedarfs bekommt. Das Gute dabei ist, dass hinter dem Verein kein riesiger Verwaltungsapparat steckt, der Unsummen kostet. Man kann auch bei den ehrenamtlichen Helfern nachfragen, was gerade am Dringendsten benötigt wird, und die Sachen selbst besorgen, wenn man kein Geld spenden will.«

Marco nahm die letzte Olive und hielt sie Anna vors Gesicht. Erst zögerte sie, doch dann öffnete sie den Mund und ließ es zu, dass er sie ihr in den Mund steckte.

Verlegen senkte sie den Blick. Die Geste war überraschend intim gewesen, und ihr Herz geriet prompt ein paar Schläge lang aus dem Takt. Als sie sich wieder gefangen hatte, richtete sie ihren Blick auf die Berge, die sich im diffusen Gegenlicht abzeichneten.

»Außerdem geht mir das Haus nicht mehr aus dem Kopf«, griff sie das Thema unvermittelt wieder auf. »Von so etwas habe ich immer geträumt.« Ihre Mundwinkel zuckten. »Das heißt, nein, das stimmt so nicht. Ich konnte mich noch nie für einen Baustil wirklich entscheiden. Da geht es mir ähnlich wie meiner Freundin Isabella. Uns gefällt einfach zu vieles. Ob es alte Häuser sind, die bereits Patina angesetzt haben, ob es ultramoderne Neubauten mit allen technischen Innovationen sind oder der Landhausstil, der in Oberbayern so beliebt ist. Ich glaube, wenn ich genügend Geld hätte, um mir ein Haus zu bauen, würde ich in zehn Jahren noch im Zelt schlafen, weil ich nicht wüsste, was mir lieber wäre.«

»Immerhin heißt das, dass du flexibel bist«, machte Marco ihr ein Kompliment. »Das macht ja auch vieles im Leben leichter.«

»Ja, das stimmt wohl.« Anna hob die Schultern, nur um sie gleich wieder fallen zu lassen. »Aber es macht manche Dinge auch verdammt schwer.«

»Zum Beispiel wenn du dich nicht entscheiden kannst, ob du mich lieber in eine Pizzeria oder in ein Fischrestaurant begleiten willst?«

»Ähm, ja, so ähnlich.« Fast wäre Anna schon wieder rot geworden, allein bei der Vorstellung, dass er sie tatsächlich fragen könnte, ob sie mit ihm essen gehen würde.

»Wie hast du gewohnt, bevor du hierhergekommen bist?«, unterbrach Marco ihre Gedanken.

»In einem Neubau.«

»Hypermodern und mit allem technischen Schnickschnack?«, neckte er sie.

»Und einer zwanzig Quadratmeter großen Dachterrasse, zwei offenen Kaminen und einem unverbaubaren Blick auf die bayerischen Voralpen.«

Marco wusste nicht, ob sie das ernst meinte oder ihn nur auf den Arm nahm. »In München?«, fragte er entsetzt. »Wer kann sich denn so etwas leisten? Ich schätze, für das gleiche Geld bekommst du hier eine Villa am See.«

»Kommt auf den See an«, vermutete Anna. »Am Gardasee sicher nicht.«

»Auch wieder wahr. Also, wie kamst du zu so einer Bude?«

Bevor Anna zu einer Erklärung ansetzen konnte, fing hinter ihnen ein Hund an zu kläffen. Anna erschrak derart, dass sie das Brot in ihrer Hand fallen ließ, das sie zuvor dick mit einer himmlisch schmeckenden Leberpastete bestrichen hatte.

»Mist«, sagte sie, da es natürlich mit der verkehrten Seite nach unten auf ihr Bein gefallen und dort kleben geblieben war.

Marco sprang sofort auf und rief dem Besitzer des Labradors zu, seinen Hund zurückzupfeifen, da er ihn nur mit Mühe davon abhalten konnte, über den Rest ihres Mittagessens herzufallen. Doch all das Geschrei und Geschimpfe des Hundehalters nutzten nichts, Marco musste den schwarzen Rüden schließlich mit Gewalt von der Decke zerren. Erst als sich dessen Herrchen dazu bequemte, das Tier anzuleinen, war wieder Ruhe, und Marco hatte über seiner Verärgerung seine Frage völlig vergessen.

»Willst du denn nun einen Schluck Chardonnay?«, fragte er

und holte die noch geschlossene Flasche wieder aus der Kühlbox. »Nur ein kleines Glas und dann ein Nickerchen?«

»Aber wirklich nur ein halbes Glas«, stimmte Anna zu. Ihre Befürchtung, dass sie sich hier ständig irgendwelche Ausreden einfallen lassen musste, um nicht täglich Wein trinken zu müssen, hatte sich ja zum Glück verflüchtigt, nachdem Daniele ihr die Einstellung der Familie zu diesem Thema dargelegt hatte.

Und dann wirkte das Schlückchen tatsächlich wie ein Schlafmittel bei ihr. »Ich könnte auf der Stelle eindösen«, gähnte sie hinter vorgehaltener Hand.

»Tu dir keinen Zwang an.« Marco beugte sich nach vorn, sodass er an dem Blätterdach vorbei in den Himmel blicken konnte. »Vorausgesetzt, du wachst in zwei Stunden wieder auf. Dann ist es nämlich vorbei mit dem Schatten.«

»Zwei Stunden?« Anna kicherte. »Du Witzbold. So lange könnte ich am helllichten Tag niemals schlafen. Aber zehn oder fünfzehn Minuten wären ein Traum«, gab sie zu.

Marco faltete das Hemd, das er am frühen Morgen über seinem T-Shirt getragen hatte, und hielt es ihr hin.

Dankbar nahm sie das provisorische Kissen an und bettete ihren Kopf darauf. Nach weniger als einer halben Minute drehte sie sich zu ihm und musterte sein Profil. Als er zu ihr hinübersah, schloss sie schnell die Augen. Sie wartete, öffnete vorsichtig ihr rechtes Auge und sah, wie er sie belustigt musterte.

»Was ist?«, fragte sie ertappt.

»Ich kann dir ein Foto von mir aufs Handy schicken, wenn du das gerne hättest«, nahm er sie auf den Arm. »Oder auch mehrere. Von allen Seiten. Dann musst du mich nicht mehr heimlich beobachten.«

»Das hättest du wohl gerne.« Verärgert darüber, dass er sie erwischt hatte, setzte sie sich wieder auf und warf ihm sein Hemd an den Kopf.

»Au.« Schmerzerfüllt verzog er sein Gesicht. »Das habe ich nun von meiner Großzügigkeit. Da tut man alles dafür, damit die Dame weich liegt, und was ist der Dank? Sie schlägt einem den Schädel ein.«

»Ach du armes Ding«, zog Anna ihn auf, und ihre Augen blitzten. »Soll ich einen Krankenwagen rufen?«

»Mach dich nur lustig«, brummte Marco. »Wie die meisten Frauen hast du keine Ahnung, wie empfindsam wir Männer sein können.« Der leidende Blick, den er ihr zuwarf, war filmreif. Dann fing er an zu grinsen. »Ich dachte, du bist müde?«

»Willst du mich etwa loswerden?«

Er wich ihrem Blick aus, da er sie nur anzusehen brauchte, und schon beschleunigte sich sein Herzschlag. Und wenn sie ihn so vorwitzig herausforderte, gab es nichts, was er lieber tun würde, als sie zu küssen, bis ihr Hören und Sehen verging.

»Wie gefällt dir die Familie Endrici?«, überging er ihre Frage geschickt.

»Was soll ich dir denn darauf antworten?« Anna legte den Kopf schief. »Ich kenne sie doch kaum.«

»Das sind oft die allerbesten Voraussetzungen«. Marco grinste sie frech an. Dann wurde er wieder ernst. »Mich würde einfach interessieren, wie dein Eindruck bislang ist.«

»Ich finde sie allesamt unglaublich«, sagte Anna mit einem Glitzern in den Augen. »Sie sind so …« Sie unterbrach sich, als er den Mund verzog. »Was ist denn?«

»Ich wusste nicht, dass man Menschen unglaublich finden kann.« Er warf ihr einen amüsierten Blick zu. »Eine Geschichte kann unglaublich sein, aber doch keine Person.«

»Ich hätte dich nicht für einen Erbsenzähler gehalten«, entgegnete Anna. Sie griff über ihn hinweg, schnappte sich die Wasserflasche und trank den Rest darin mit einem Zug aus.

»Herzlichen Dank«, quittierte er die Tatsache, dass sie ihm nichts übrig gelassen hatte.

»Gern geschehen«, erwiderte sie schelmisch. Sie wusste genau, dass noch eine weitere Flasche in der Kühlbox lag. Kein Grund also, sich von ihm aus der Ruhe bringen zu lassen.

»Was also findest du an den Enricis so unglaublich?«, wollte er schließlich doch noch wissen.

»Dass sie so verschieden sind. Ich meine, es gibt sicher eine ganze Menge Eigenschaften, die sie alle haben. Ihre Liebenswürdigkeit und Bodenständigkeit zum Beispiel. Aber darüber hinaus habe ich das Gefühl, dass sie so unterschiedlich wie die vier Elemente sind.«

»Ach ja?«, hakte Marco belustigt nach. »Erklärst du mir das genauer?«

»Das weißt du doch selber viel besser.« Anna hatte das Gefühl, dass er sie nur aufziehen wollte.

»Mag sein«, gab er zu. Er riss einen langen Grashalm aus und kitzelte sie damit aus sicherer Entfernung am Ohr. »Ich fände es aber interessant, wie eine Person, die mit so unverstelltem Blick hier ankam wie du, jemanden einschätzt, den sie kaum kennt.« Obwohl, ob sie wirklich so unbefangen war, das wollte er besser dahingestellt lassen. Dass die Signora ihr einen Job angeboten hatte, als Anna ziemlich mit den Nerven am Ende gewesen war, hatte ihr sicher jede Menge Vorschusslorbeeren eingebracht.

»Christine ist ...« Anna verbesserte sich rasch, als ihr einfiel, dass die Chefin von keinem der Angestellten mit dem Vornamen angesprochen wurde, sondern für alle *die Signora* war. »Die Signora hat so viel Temperament, dass sie mit ihrer ganzen Art einfach mitreißend ist. Wenn ich sie sehe, habe ich immer den Eindruck, dass ein ganzes Kraftwerk in ihr schlummert. Wobei«, nachdenklich zog sie die Nase kraus, »*schlummert* ist wohl nicht der richtige Ausdruck. Ich habe das Gefühl, dass sie so viel Energie hat, dass es für die ganze Firma reicht. Und das, ohne die Leute herumzukommandieren, ganz im

Gegenteil. Sie ist herzlich und zuvorkommend, und ich glaube, dass der ganze Respekt, den ihr die Mitarbeiter entgegenbringen, mit einer riesigen Portion Zuneigung einhergeht.«

Nachdenklich musterte Marco Anna, die ihren Blick in die Ferne gerichtet hatte. Zumindest was die Signora anbelangte, hatte sie voll ins Schwarze getroffen.

»Verrätst du mir auch noch, was du von den anderen hältst?« Marco unterstrich seinen Wunsch, indem er drei Finger in die Luft hielt. Dann kitzelte er Anna mit dem Halm am Mundwinkel.

»Hihi«, quietschte sie. »Lass das, das ist gemein.« Schnell wischte sie sich mit dem Finger das Kribbeln vom Mund. »Lisa finde ich wahnsinnig klar. Und das …« Anna zog die Stirn in Falten. »Das schaffen die meisten Menschen nicht mal, wenn sie doppelt so alt sind wie sie.«

Marco wartete darauf, dass sie weiterredete, doch sie schien in Gedanken versunken. »Was meinst du mit klar?«, hakte er schließlich nach. Er hatte keine Ahnung, was sie damit zum Ausdruck bringen wollte.

»Dass sie in der Lage ist, die Gesamtheit einer Sache auf einen Blick zu erfassen und blitzschnell eine Entscheidung zu treffen.« Ganz genau konnte Anna es auch nicht erörtern. Es war einfach so, dass die meisten Menschen, und sie war da keine Ausnahme, viele Dinge lang und breit diskutierten und von allen Seiten beleuchteten, und es dauerte eine halbe Ewigkeit, bis einer eine Lösung präsentieren konnte. Lisa hingegen … »Ich kann das schlecht erklären«, murmelte sie.

»Versuch es anhand einer konkreten Situation«, schlug Marco vor.

»Gestern zum Beispiel, als wir im Haus von Signora Bertoli waren.« Kaum dass Anna daran dachte, hatte sie schon wieder einen Kloß im Hals. »Ohne Lisa würde ich heute noch wie angewurzelt vor der Tür stehen und mich nicht entscheiden können, was ich tun soll. Lisa hingegen muss nicht lange überlegen. Sie weiß genau, was zu tun ist. Das finde ich beneidenswert.«

»Ja, genau so ist Lisa«, bestätigte Marco. »Ich gebe dir recht, dass das eine seltene Fähigkeit ist. Übrigens glaube ich, dass ich jetzt weiß, welches Haus du meinst«, wechselte er das Thema. Auch wenn er anfangs nicht gewusst hatte, wo das alte Gebäude stand, vom dem Anna gesprochen hatte, war er sich jetzt ziemlich sicher. »Es liegt ein klein wenig oberhalb von San Michele direkt in einem Weinberg und hat blaue Fensterläden.«

»Genau.« Zur Bekräftigung nickte Anna. »So was darf man doch nicht abreißen, oder?«

»Keine Ahnung.« Nachdenklich spielte Marco mit dem Grashalm. »Ich kenne es nur von außen. Aber ich vermute, dass sich kein Investor dazu breitschlagen lässt, es stehen zu lassen und viel Geld zu bezahlen, um alles wieder in Schuss zu bringen. Da sich dahinter nur Weinberge erheben, wird niemand einen Einwand haben, wenn dort ein mehrstöckiger Wohnblock entsteht. Und für alles andere lohnt sich eine Investition vermutlich nicht.«

»Wenn ich das Geld hätte, würde ich es kaufen«, sagte Anna leidenschaftlich. »Ich würde es renovieren, einen Teil der Möbel behalten und mit modernen Teilen kombinieren. Und ich hätte auch schon einen Namen.«

»Casa Anna«, vermutete Marco und verkniff sich ein Lachen. Er kannte das schon, dass viele Deutsche ihren Häusern Namen gaben. Etwas, was sie zu Hause nie taten, was in Italien aber nach ihrem Dafürhalten zum Brauchtum gehörte.

»Nein.« Anna schüttelte den Kopf. »Ich würde es nach der alten Dame benennen, die darin gewohnt hat. »Casa Bertoli. Oder Casa Pina.«

»Klingt beides hübsch«, sagte Marco rau. Dass sie sich so für alte Traditionen interessierte, brachte eine Seite in ihm zum Klingen, die alles andere als angenehm war. Schließlich hatte sich in seiner Familie noch nie jemand darum geschert, was …

»Ich glaube, ich nehme doch noch ein Schlückchen«, unterbrach Anna seine Gedanken.

Zehn Minuten später gähnte sie erneut und schaffte es kaum noch, die Augen offen zu halten. Marco hatte ein Nachsehen, gab ihr sein Hemd zurück und konnte es nicht fassen, dass sie im gleichen Augenblick, als ihr Kopf das provisorische Kissen berührte, auch schon eingeschlafen war. Mit einem Seufzen strich er ihr eine Strähne aus dem Gesicht und zuckte zurück, als er für einen Moment ihre Wange streifte und seine Haut unmittelbar zu kribbeln anfing. Nachdem er sie eine Weile so beobachtet hatte, legte er sich neben sie und ließ seinen Blick nach oben an den reifen Kirschen vorbei in den wolkenlosen blauen Himmel schweifen. Träge wanderten seine Gedanken ein paar Tage zurück, als Anna wie aus dem Nichts auf dem Weingut aufgetaucht war und Tiziana ihn dazu verdonnert hatte, sie an die Hand zu nehmen. Wie er, noch bevor er ihr ins Gesicht gesehen hatte, ein Déjà-vu gehabt und sich vehement geweigert hatte, Tizianas Bitte nachzukommen. Doch die Önologin war unerbittlich geblieben. Hätte ihm da jemand erzählt, dass sie sich heute friedlich unterhalten und sogar Seite an Seite Siesta machen würden, hätte er ihm einen Vogel gezeigt. Ein leises Lächeln stahl sich auf seine Lippen, als auch ihm die Augen zufielen. Und so bemerkte er nicht, dass Anna sich im Schlaf an ihn kuschelte.

# Kapitel 9

Und was hat Lisa mit dem Ganzen zu tun?«

Anna drehte ihren Kopf nach links und sah Marco verständnislos an. Sie war vor ein paar Minuten aufgewacht und hatte mit Schrecken festgestellt, dass sie sich im Schlaf eng an ihn geschmiegt hatte. Wie peinlich! Sie konnte nur hoffen, dass er es nicht mitbekommen hatte oder zumindest nicht der völlig irrigen Meinung war, sie hätte das mit Absicht getan. Doch dann spürte sie, dass er, bewusst oder unbewusst, seinen Arm um ihre Schulter gelegt hatte. Bevor sie aus der ganzen Situation schlau werden konnte, murmelte er etwas, das sie nicht verstehen konnte.

»Wieso Lisa?«, hakte sie nach. Als er ihr keine Antwort gab, merkte sie, dass er nur im Schlaf geredet hatte. Sie widerstand dem Impuls, seine Wange zu streicheln, und ließ ihren Blick über die Landschaft streifen. Mittlerweile hatten sich leichte Schleierwolken gebildet, und ein leichter Wind brachte etwas Abkühlung mit sich. Erneut folgte sie dem Fluss mit den Augen und wunderte sich. Als sie vor ein paar Tagen das erste Mal über die Brücke gekommen war, hatte sie den Eindruck gehabt, ihre geliebte Isar, die sie schon so oft mit dem Schlauchboot hinabgefahren war, würde der Etsch in nichts nachstehen. Erst als Dani ihr erzählt hatte, dass die Wasserstraße der zweitlängste Fluss Italiens war, war ihr bewusst geworden, dass die Etsch deutlich erwachsener war als das Gewässer, das sich durch München schlängelte. Auch wenn sich die Isar nach starken Regenfällen durchaus wie ein ungehorsamer Jugendlicher mitten in der Pubertät gebärdete.

»Wieso bekomme ich keine Antwort?«

»Weil du tief und fest schläfst.« Lächelnd betrachtete Anna Marcos Brustkorb, der sich gleichmäßig hob und senkte. Da er dazu nach wie vor die Augen geschlossen hielt, dachte sie einen Moment, dass sie sich die Stimme nur eingebildet hatte, doch dann sah sie, dass seine Mundwinkel zuckten. Und nur einen Augenblick später öffnete sich das rechte Auge und schielte zu ihr hinüber. Als er sah, dass sie ihn beobachtete, schloss er das Auge wieder, atmete tief ein, seufzte und richtete sich dann auf.

»Ausgeschlafen«, stellte er lakonisch fest. »Also?«

»Also was?«, fragte Anna irritiert. »Was willst du denn wissen?«

Auf Marcos Stirn bildete sich eine steile Falte. »Du bist über deiner Beschreibung Lisas eingeschlafen. Dabei wurde es gerade interessant.«

»Ach so?«, fragte Anna mit einem mulmigen Gefühl im Bauch. »Wenn du Lisa so interessant findest, warum fragst du sie nicht, ob sie mit dir ausgeht?«

»Ich habe nicht gesagt, dass ich Lisa interessant finde«, konterte er. Auch wenn es tatsächlich der Fall war. Wenn auch nicht so, wie Anna es dachte. Trotzdem konnte er es nicht lassen, sie aufzuziehen. »Du bist doch nicht etwa eifersüchtig?«

Einen Moment lang starrte Anna ihn perplex an, unfähig, auch nur ein Wort zu sagen. Als sie dann spürte, wie eine verräterische Röte ihren Hals nach oben kroch, war sie gezwungen, sich gegen diese Unterstellung zu wehren. »Im Leben nicht«, keuchte sie. »Auch wenn du vielleicht nachts heimlich davon träumst.«

Er beugte sich zu ihr hinüber und sah sie an, als studiere er den dunklen Ring, der ihre blaugraue Iris umgab. »Ich sage dir lieber nicht, wovon ich nachts träume«, murmelte er und kam ihrem Hals mit seinem Dreitagebart bedenklich nahe.

»Nicht dass du noch auf die Idee kommst, das ausprobieren zu wollen.«

Anna schluckte. Der herbsüße Duft nach Pinien und Orangen, der ihr in die Nase stieg, raubte ihr fast den Atem. Vermutlich war es sein Eau de Toilette gewesen, das sie im Schlaf gerochen hatte und das dafür die Verantwortung zu tragen hatte, dass sie sich ihm im wahrsten Sinne des Wortes an den Hals geworfen hatte. »Vergiss es«, krächzte sie schnell, als ihr bewusst wurde, dass er noch immer auf ihre Antwort wartete. »Ich will lieber gar nicht wissen, was du träumst.«

Es lag ihm auf der Zunge, ihr zu sagen, dass ihre Reaktion auf seine Nähe und seine Worte einen ganz anderen Schluss zuließ, auch wenn ihm der Schlagabtausch mit ihr gefiel. Zu gut gefiel, wie er sich eingestehen musste. Mit einem leisen Bedauern beschloss er, es gut sein zu lassen. »Wir waren dabei stehen geblieben, was du von Lisa hältst«, sagte er in einem möglichst neutralen Tonfall. »Das heißt, nein, nicht was du von ihr hältst, sondern wie du sie charakterisierst.«

»Stimmt«, gab Anna zu. »Bevor ich auf das Beispiel mit dem alten Haus kam.«

»Der Villa Bertoli.«

»Casa Bertoli«, verbesserte Anna ihn rasch. Sie kratzte sich an der Nasenspitze und dachte nach. »Jedenfalls hat mich die Situation in der Casa ziemlich mitgenommen, und ich hatte das Gefühl, dass es Lisa auch nicht kaltgelassen hat.«

»Das kann ich mir vorstellen«, murmelte Marco. Lisa besaß genau wie der Rest der Familie eine soziale Ader, die in ihrem Ausmaß den Dolomiten Konkurrenz machte, und wirklich niemand hätte je auf die Idee kommen können, ihr mangelnde Empathie vorzuwerfen. »Weiter«, forderte er Anna auf, als die mit ihren Gedanken offensichtlich schon wieder bei der verstorbenen alten Dame war.

»Ähm, ja.« Die Röte in Annas Gesicht wurde von einem

breiten Schmunzeln abgelöst. »Genau das ist es, was ich meine«, sagte sie. »Wenn mich etwas berührt, kreise ich oft stundenlang um das Thema, muss jeden Aspekt von links, rechts, hinten und vorne berücksichtigen. Ich komme einfach zu keinem Ergebnis. Oder es dauert eben. Ich kann nicht pragmatisch handeln, weil mir meine Gefühle immer dazwischenfunken. Und die meisten Menschen, die ich kenne, sind genauso. Oder andersherum«, schob sie hinterher. »Die haben dann gar kein Einfühlungsvermögen, was es ihnen aber leicht macht, nüchterne Entscheidungen zu treffen. Ich habe aber bisher noch niemanden getroffen, der wie Lisa auch in Herzensangelegenheiten so sachbezogen und gleichzeitig so empathisch denken und agieren kann. Das meinte ich mit *klar.*«

»Das kann sie wirklich«, stimmte Marco ihr zu. Nun war er aber neugierig geworden, was es mit dem Erlebnis in der Casa Bertoli auf sich hatte.

»Während ich mich in einem solchen Kreis gedreht habe und zu keinem Ergebnis gekommen bin, was wir mit den Sachen von Signora Bertoli machen könnten, hatte Lisa sofort eine gute Lösung«, erklärte Anna. »Sie hat es auf den Punkt gebracht, dass wir wohl die Einzigen sind, die das Andenken der alten Dame bewahren würden. Falls die Signora Bertoli da oben auf einer Wolke sitzen und uns hören könnte, würde sie sich vermutlich nichts sehnlicher wünschen, als dass wir uns ihrer Habseligkeiten annähmen. Und dass wir uns nicht länger den Kopf zerbrechen, sondern endlich handeln sollten.«

»Klingt logisch«, fand Marco. »Und was denkst du darüber?«

»Dass Lisa vollkommen recht hat. Deswegen haben wir beschlossen, die Schränke nicht auszuräumen, sondern im Ganzen mitzunehmen, um den Inhalt in Ruhe und mit Bedacht zu sichten. Je nachdem, was es ist, wollen wir die Sachen verkaufen oder an Hilfsbedürftige verschenken. Und wenn wir tatsächlich Geld dafür bekommen, wollen wir das in Lebensmittel investieren und diese ebenfalls an Bedürftige geben.«

»Das heißt, ihr habt die Bude komplett ausgeräumt?«, fragte Marco ungläubig. Die Idee, die sie ausgeheckt hatten, gefiel ihm ausgesprochen gut, andererseits konnte er sich nicht vorstellen, wie die beiden jungen Frauen in so kurzer Zeit das ganze Haus entrümpelt hatten.

»Wo denkst du hin?« Anna lachte. »Das hätten wir doch gar nicht in den Lieferwagen reinbekommen. Abgesehen davon ist vieles zu schwer für uns *Mädchen.*« Sie bedachte ihn mit einem koketten Augenaufschlag. »Wir haben auf alles, was wir haben wollen, Zettelchen geklebt und lassen die Sachen nächste Woche abholen.«

Anerkennend nickte Marco. Nicht nur, dass die Idee von Mitgefühl zeugte, sondern auch mit ihrer Beschreibung Lisas hatte Anna ein gutes Gespür bewiesen. Er nahm wahr, wie seine Vorurteile der Münchnerin gegenüber mehr und mehr ins Wanken gerieten. Sie war ganz augenscheinlich nicht die, für die er sie anfangs gehalten hatte. Sie war keineswegs so oberflächlich, eingebildet und dumm wie so viele Frauen, die so schön waren wie sie. Und wenn sie mit ihrer Natürlichkeit nicht nur kokettierte, dann schien ihr wirklich nicht bewusst zu sein, wie gut sie aussah. Oder es war ihr unangenehm. Was erklären würde, weshalb sie gerne legere Klamotten trug, selbst wenn die Jeans, die sie beim Aperitivo getragen hatte, perfekt gepasst hatten. Sie hatten ihre durchtrainierten Beine und den hübschen Po für seinen Geschmack viel zu sehr in Szene gesetzt, während die leichten Sommerboots und die rockige weiße Jeansjacke den Eindruck erzeugten, dass die Trägerin eine coole Windbraut war, die nichts in ihrem Leben lieber tat, als auf einer Harley in den Sonnenuntergang zu fahren. Es gefiel ihm, wie sie sich kleidete. Auch wenn er Lisas Stil mit ihren figurbetonten, farbenfrohen Kleidern noch lieber mochte. Aber wenn er ehrlich war, war es gut, dass Anna nicht in hübschen Kleidern herumsprang. Dann hätte er nämlich für nichts mehr garantieren können.

»Was ist los?«, fragte er, als sie aufstand. »Du bist noch nicht fertig.«

»Oh doch, das bin ich«, lachte sie. »Für heute zumindest.« Sie deutete auf die Sonne, die den gegenüberliegenden Berg erreicht hatte. »Wenn wir noch lange hier herumsitzen, schimpft uns Tiziana bestimmt, weil wir nichts zustande gebracht haben. Und ich schätze, das würden wir schwer bereuen.«

Marco musterte sie von oben bis unten. Dann grinste er über beide Ohren und erwiderte: »Das glaube ich kaum. Du zumindest nicht.«

»Wieso denn nicht?«, fragte Anna neugierig.

»Weil du kein Wort davon verstehen würdest, was sie uns an den Kopf werfen würde.« Schweren Herzens folgte er ihrem Beispiel und stand auf.

Erleichtert stellte Anna fest, dass Marco sich mit ihrem kleinen Schwindel zufriedengab. Bevor sie ihm weiter erzählen würde, wie sie den Rest der Familie einschätzte, wollte sie sich ihre Worte genau überlegen, damit er ja nichts falsch verstand.

Eine bessere Gelegenheit für eine Beschreibung der Familie Endrici ergab sich am späteren Abend, als Anna sich erschöpft aufs Bett fallen ließ und Isabella zurückrief, die schon dreimal versucht hatte, sie zu erreichen.

»Du bist ja schwerer an den Hörer zu bekommen als Angela Merkel«, witzelte Isabella. »Wo steckst du denn die ganze Zeit?«

Prompt lieferte Anna einen umfassenden Bericht inklusive einer erneuten Schilderung dessen, wie sie die Familienmitglieder einschätzte.

»Allerdings, und das habe ich Marco auch schon gesagt, kenne ich sie ja noch gar nicht richtig«, schickte sie voraus.

»Macht nichts«, fand Isabella. Anna hatte ein außergewöhnliches Talent, den Charakter ihr unbekannter Menschen innerhalb weniger Minuten ziemlich treffsicher einzuschätzen. Und soweit Isabella wusste, hatte Anna sich dabei bis auf den Korinthenkacker Lars nie getäuscht.

»Sie hat ein natürliches Gespür dafür, was ihr steht«, beschrieb Anna gerade Lisas Stil. »Sie trägt meistens auf Figur geschnittene Kleider. Manchmal im Stil der Sixties, manchmal ganz aktuelle Mode. Egal, was sie anhat, es unterstreicht ihren Typ perfekt. Und als sie letztens mit einer Sechzigerjahresonnenbrille aufgetaucht ist, habe ich nur noch drauf gewartet, dass James Dean mit einer Vespa um die Ecke biegt und sie im Damensitz hinter ihm Platz nimmt.« Anna seufzte. »Irgendwie ist sie für mich der Inbegriff einer Italienerin. Weltgewandt, mondän, anmutig und bildhübsch. Und dazu der Typ, der einfach alles tragen kann.«

Isabella lachte. »Du bist zum Schießen, Anna. Merkst du eigentlich nicht, dass du dich damit selbst beschrieben hast? Außer natürlich, dass du nicht der Inbegriff einer Italienerin bist.«

»Ich?«, fragte Anna fassungslos. »Nie im Leben. Ich habe einen ganz anderen Stil.«

»Das mag schon sein, aber trotzdem bist du ebenfalls all das, was du an Lisa hervorgehoben hast«, bekräftigte Isabella. »Du trägst zwar am liebsten Jeans und rockige Klamotten, solange Lars nicht in der Nähe ist, aber du bist genau wie Lisa eine Frau, die selbst in einem Kartoffelsack noch gut aussieht.«

Anna wurde vor Freude über das Kompliment ganz verlegen. »Du bist süß«, schniefte sie. »Aber ich sehe mich wirklich nicht so.«

»Ich weiß.« Isabellas Stimme war wie warmer Honig. »Das

macht auch einen großen Teil deines Charmes aus. Wenn einem selbst nicht bewusst ist, dass man der absolute Hingucker ist, kann man sich auch nur schwer was drauf einbilden.«

Sie gab Anna Zeit, das soeben Gehörte zu verdauen. Dann siegte ihre Neugier. »Und weshalb wolltest du mit Marco nicht über die Männer der Familie reden?«, fragte Isabella neugierig. »Hast du dich etwa in einen der beiden verknallt?«

Es dauerte ein paar Sekunden, bis Anna begriff, was Isabella da gerade gefragt hatte. Dann fing sie an, schallend zu lachen. »Oh Gott, nein«, japste sie. »Obwohl sie beide so liebenswürdig sind, dass mir das nicht schwerfallen würde. Aber ich stehe auf einen anderen Typ Mann.«

»Unterkühlt, unnahbar und mit meterhohen Mauern um sich herum«, murmelte Isabella. »Zumindest würde ich Lars so charakterisieren. Dem kann man nun wirklich keine Liebenswürdigkeit unterstellen. Ich könnte aber nicht behaupten, dass es ein Verlust wäre, wenn du dein Beuteschema grundlegend überdenken würdest. Ein warmherziger Mann würde nämlich viel besser zu dir passen.«

Mit Isabellas Worten geisterte plötzlich der Gedanke an ein paar warme braune Augen mit honigfarbenen Sprenkeln in Annas Kopf herum, und sie spürte, dass eine verräterische Röte ihren Hals hinaufkroch. Irritiert vernahm sie, dass Isabella eine Frage bereits zum zweiten Mal wiederholte, und schob das Bild von Marco in ihrem Kopf so schnell beiseite, wie es aufgetaucht war.

»Komm schon, erzähl endlich weiter«, bat Isabella. »Ich will immer noch wissen, warum du Marco nichts über deinen Eindruck der Männer im Hause Endrici verraten wolltest.«

»Es ist ja nicht so, dass ich mir über sie noch keine Meinung gebildet habe«, sagte Anna nachdenklich. »Ich wollte Marco gegenüber nur nichts sagen, weil der mir dann sicherlich das Gleiche wie du unterstellt hätte.«

»Ich kapiere gar nichts mehr.« Isabella stöhnte. »Bist du nun doch verknallt?«

»Nein«, stellte Anna fest. »Aber du weißt doch, wie es ist. Sobald man zu viele positive Dinge über das andere Geschlecht von sich gibt, denkt jeder gleich, dass da was im Busch ist.«

Isabella musste kichern. Das hatte Anna treffsicher beschrieben. »Ich verspreche dir, dass ich dir nichts dergleichen unterstellen werde«, gelobte sie. »Also, rück raus mit der Sprache.«

»Dani ist …« Anna unterbrach sich. Sie merkte, dass es ungleich schwieriger war, die Männer zu charakterisieren. Vielleicht lag es daran, dass sie noch nicht so viel Kontakt zu den beiden gehabt hatte. Als sie ihre Gedanken gesammelt hatte, setzte sie neu an: »Vielleicht erkläre ich dir das besser auf eine andere Weise. Ich habe nämlich meine ganze Kindheit über davon geträumt, einen älteren Bruder zu haben. Jemanden, zu dem ich aufschauen kann und der mir die Welt zeigt. Wenn ich mir ansehe, wie die Geschwister miteinander umgehen, auch wenn in dem Fall Lisa die Ältere ist, weiß ich jetzt, wie dieser Traumbruder hätte sein sollen, nämlich genau wie Dani. Er ist hilfsbereit, neugierig auf die Welt, und auch wenn er natürlich richtig anpacken kann, spüre ich bei ihm ein ungewöhnliches Feingefühl. Ungewöhnlich für einen Mann zumindest«, setzte Anna hinterher. »Ich schätze ihn als emotional und romantisch ein, gleichzeitig ist er aber auch total souverän.« Anna seufzte. »Und ich bin mir sicher, dass die Frau, die er mal heiratet, einen echten Glücksfang macht.«

»Nachtigall, ick hör dir trapsen.« Der amüsierte Unterton in Isabellas Stimme war unüberhörbar.

Anna musste lachen. »Nein, da irrst du dich, da trapst nix. Auch wenn sich das vielleicht wie der Text einer Kontaktanzeige angehört hat, aber zwischen Dani und mir funkt es nicht. Trotzdem kann ich doch finden, dass er ein toller Typ ist.«

»Klar kannst du das. Aber was nicht ist, kann ja noch werden.«

»Kann es nicht«, widersprach Anna. »Ich bin mir nämlich sicher, dass das auf Gegenseitigkeit beruht.« Außerdem spukten schon wieder diese honiggesprenkelten Augen in ihrem Kopf herum. Schnell wischte sie den Gedanken beiseite. »Und du vergisst, dass ich Lars nur um eine Auszeit gebeten habe.«

Isabella stöhnte laut auf. »Das kann nicht dein Ernst sein, meine Süße. Der Blödmann hat dich mit Sack und Pack vor die Tür gesetzt.«

»Das habe ich nicht vergessen«, stellte Anna klar. »Aber er hat sich inzwischen auch mehrfach dafür entschuldigt und mich gebeten, wieder nach Hause zu kommen.« Sie schlang einen Arm um ihre angezogenen Knie. »Ich kann es im Moment jedenfalls nicht gebrauchen, Gefühle für einen anderen zu entwickeln.«

Isabella beschloss, das Thema auf sich beruhen zu lassen. Vorerst zumindest. »Ich muss gleich los, weil ich mit Hannes und den anderen auf ein Bier verabredet bin. Vorher möchte ich aber unbedingt noch wissen, was du vom Herrn des Hauses hältst.«

Ohne es sich selbst eingestehen zu wollen, war Anna insgeheim erleichtert, dass Isabella bald Schluss machen musste. Nicht dass ihr auch noch einfallen würde, sie über Marco zu löchern. Da hätte Anna nämlich nicht versprechen können, dass sie so unbeteiligt blieb.

»Ich habe einen Heidenrespekt vor Dottore Paolo«, sagte sie. Auch wenn Paolo ihr, genau wie Christine, sofort das Du angeboten hatte, liebte sie den respektvollen Klang, mit dem die Angestellten ihren Chef riefen.

»Wie bitte?« Isabellas Verwunderung wuchs ins Grenzenlose. »Ich dachte, er ist auch nett und liebenswürdig?«

»Das ist er ja auch.« Verzweifelt versuchte Anna, ihre Gefühle und Gedanken in Worte zu fassen. »Weißt du, Paolo ist so … er ist ganz Gentleman der alten Schule. Sagt dir *Grandezza* etwas? Das kam mir bei ihm sofort in den Sinn. Er ist ein Mensch, der so tief in sich ruht, dass man fast Angst hat, ihn bei etwas zu stören.«

»Also bitte.« Isabella schüttelte den Kopf, was Anna zwar nicht sehen, aber anhand des Tonfalls ihrer Freundin förmlich spüren konnte. »Das ist doch völlig widersprüchlich.«

Anna ignorierte den Einwurf. »Und er wirkt wie jemand, den nichts erschüttern kann. Weise!«, rief sie aus, als ihr endlich ein passendes Attribut eingefallen war. »Ich kann mir nicht vorstellen, dass er, egal wobei, jemals die Geduld verlieren könnte.«

»Aber dann ist dein Gefühl doch erst recht paradox. Wenn er so geduldig ist, ist er doch das genaue Gegenteil von jemandem, vor dem man Angst haben muss.«

»Ja, das ist richtig, das war auch nicht das richtige Wort«, gab Anna zu. »Aber ich komme mir ihm gegenüber ein wenig vor wie ein kleines Mädchen, das noch so viel zu lernen hat.«

»Hmm. Wirkt er denn arrogant?«

»Überhaupt nicht.«

»Na ja, immerhin ist er ja auch ein paar Jahre älter. Der wird als junger Hüpfer auch nicht so überlegen gewesen sein, wie er es jetzt ist.«

Anna kicherte. »Auch wieder wahr.«

»Na siehst du.« Isabella überlegte. »Vielleicht trifft es das Wort Patriarch?«

»Ja«, rief Anna erfreut aus. »Das trifft es perfekt.« Sehnsüchtig blickte sie aus dem Fenster. »Christine und er sind so ein schönes Paar. Ich wünsche mir wirklich, dass ich das eines Tages auch von mir und meinem Zukünftigen sagen kann.«

»Das ist richtig toll geworden«, sagte Lisa am nächsten Nachmittag. Sie hatte Anna gebeten, ihr bei ein paar Planungen zu helfen, da sie im Internet Möbel für eine kleine Wohnung aussuchen wollte, die die Familie in der Nähe besaß und die möbliert vermietet werden sollte. »Als Innenarchitektin und Raumausstatterin hast du wesentlich mehr Ahnung als ich.«

Anna hatte sich mit Feuereifer auf die Aufgabe gestürzt und präsentierte Lisa zwei Stunden später ein Konzept, das nicht nur fünfzehn Prozent günstiger war, als Lisa vorgesehen hatte; die ausgesuchten Teile passten so perfekt in die beiden Räume, dass man den Eindruck hatte, die Wände seien um die Einrichtung herum gebaut worden.

»Große Klasse«, fand auch Christine, die über Lisas Schulter auf die Zeichnung blickte, die Anna angefertigt hatte. »Ich glaube, wir müssen dich in Zukunft immer bitten, uns zu helfen, wenn wieder mal so was ansteht.«

Anna wurde über die Komplimente der beiden prompt rot. Insbesondere dass Christine sie auf einem Gebiet lobte, das sie selbst studiert hatte, freute sie riesig.

»Hast du Lust, am Sonntag zum Frühstück zu uns zu kommen? Du warst ja noch nie bei uns zu Hause«, sagte Lisa unvermittelt. »Wir würden uns alle freuen, wenn du Zeit und Lust dazu hättest.«

»Macht ihr das öfter?«, fragte Anna, als sie sich von der Überraschung erholt hatte. »Dass ihr eure Angestellten zu euch nach Hause einladet, meine ich?«

»Wenn wir sie so bezaubernd finden wie dich, kann das

schon mal vorkommen.« Lisa lächelte. »Aber um ehrlich zu sein, nein, das machen wir in der Regel nicht. Nicht weil sie uns nicht sympathisch sind«, schob sie schnell nach, »sondern weil wir Job und Privates in der Regel trennen. Doch bei dir ist es irgendwie wirklich etwas anderes. Nicht nur ich, auch meine Eltern und Dani haben das Gefühl, als ob wir uns nicht nur ein paar Tage, sondern schon Jahre kennen würden.« Unschlüssig trommelte sie mit dem Radiergummi ihres Bleistifts auf Annas Zeichnung. »Manchmal trifft man Menschen, bei denen schon nach Stunden klar ist, dass das nicht eine mehr oder weniger flüchtige Bekanntschaft bleibt, sondern eine tiefe Freundschaft wird. Weißt du, worauf ich hinauswill?«

# Kapitel 10

Anna saß mit halb geschlossenen Augen unter einer großen Hängebirke, genoss den leichten Wind, der die Blätter silbrig rascheln ließ, und fühlte sich bereits nach wenigen Minuten tiefenentspannt. Es war einfach herrlich hier, und sie konnte es noch immer nicht fassen, dass die Familie sie eingeladen hatte.

»Kommt nicht infrage«, hatte Christine Annas Angebot zu helfen rundherum abgelehnt und sie zu dem Tisch geführt, der unter dem schönen alten Baum stand. »Du hast diese Woche genug gearbeitet, heute bist du Gast. Lass dich einfach verwöhnen. Wenn du nicht hier wärst, hätten wir auch niemanden, der mit anpackt.«

»Genießt du es?« Lächelnd stand Lisa vor Anna. Sie konnte sich denken, dass es der Baum war, der Anna in seinen Bann zog. Obwohl sie ihn schon ihr ganzes Leben kannte, konnte auch sie sich dem verzaubernden Klang der Birkenblätter nicht entziehen.

»Es ist unglaublich«, sagte Anna mit leuchtenden Augen. »Ich habe so was noch nie gehört. Als wenn hauchfeine Silberstreifen im Wind knistern würden.«

»Der Vergleich trifft es gut«, stimmte Lisa ihr zu. »Ich weiß aber nicht, ob sich Birken generell so anhören oder ob das an dieser Sorte liegt.«

Bevor sie weiter darüber nachdenken konnten, kam Daniele, gefolgt von seinen Eltern, mit einem schwer beladenen Tablett aus der Küche. »Frühstück ist fertig«, verkündete er. »Bedien dich bitte, Anna, und lass es dir schmecken.«

Beim Anblick dessen, was Daniele in der Küche gezaubert hatte, lief Anna das Wasser im Mund zusammen. In einer Schüssel dampfte eine riesige Portion Rührei mit Schinken und klein geschnittenen Tomatenstücken, die von frisch gerupften Kräutern garniert wurde. Dazu gab es verschiedene Sorten Joghurt, Müsli, frisches Obst, einen herrlich duftenden Parmaschinken, lockeres Brot mit einer schönen Kruste und drei klassische italienische Bialettikannen, die den anregenden Geruch von frisch gebrühtem Espresso verströmten.

»Wow.« Überwältigt von den Düften, wusste Anna nicht, wo sie zuerst hinlangen sollte. Doch dann entschied sie sich für eine Portion Rührei.

»Himmlisch«, seufzte sie nach dem ersten Bissen und warf Daniele einen Blick zu. »Hast du das gemacht?«

»Chiaro«, bestätigte der die Frage. »Ich liebe es zu kochen.«

Im Gegenteil zu Lars, flüsterte das kleine Teufelchen auf ihrer linken Schulter ihr ins Ohr. Ich sag es ja schon immer, es gibt Männer, die Qualitäten haben.

Halt doch die Klappe, flüsterte Anna in Gedanken dem kleinen Satansbraten zu. Der hat eben andere Vorzüge. Doch wenn sie ehrlich war, musste sie zugeben, dass es sie schon immer gestört hatte, dass Lars nichts davon hielt, ihr in der Küche zur Hand zu gehen. Er ging lieber schick essen, als auch nur eine Pfanne aus dem Schrank zu holen, und wenn sie keine Zeit oder Lust hatte zu kochen, gab er ein Vermögen dafür aus, in anonymen Restaurants zu speisen. Nicht, dass Anna etwas dagegen hatte, gut essen zu gehen, aber ihr selbst war die Behaglichkeit einer kleinen, gutbürgerlichen Kneipe tausendmal lieber als die hippen Gourmettempel, die Lars bevorzugte und in denen es hauptsächlich um *sehen und gesehen werden* ging.

Als Anna ihr Ei bis auf den letzten Krümel aufgegessen hatte, blieb ihr Blick an einem großen Joghurtbecher hängen. Obwohl sie seit Jahren Naturjoghurt bevorzugte, weckte die ungewöhnliche Geschmacksrichtung ihr Interesse. Bevor sie jedoch danach greifen konnte, gab Dani einen warnenden Ton von sich.

Irritiert blickte Anna hoch. »Äh, stimmt was nicht?«

»Doch, doch«, antwortete Daniele schnell. »Es ist nur so – der Kaffeejoghurt ist Lisas Alleinbesitz.« Da Lisa kurz ins Haus gelaufen war, musste er dafür sorgen, dass seine Schwester die gute Meinung, die sie über Anna hatte, nicht über Bord werfen würde. Er zwinkerte vergnügt. »Wenn du es dir mit ihr nicht verscherzen willst, guckst du ihn dir besser nur aus sicherer Entfernung an.«

Anna kicherte. »Oh, okay. Das will ich dann lieber doch nicht.«

»Was habe ich da gerade vernommen?« Lisa kam mit einer Karaffe frischem Orangensaft aus dem Haus. »Du wolltest dich an meinem Joghurt vergreifen?«

»Stimmt. Aber zum Glück hat Dani mich rechtzeitig vor den Konsequenzen gewarnt.«

»Das ist auch gut so.« Lisa warf ihrem Bruder eine Kusshand

zu. Dann schnappte sie sich den Joghurt, zog den Deckel ab und stellte den Becher neben Annas Teller. »Aber du darfst gerne was davon haben.«

»Wenn das kein Kompliment ist.« Paolo hatte bislang ruhig dagesessen, entspannt seinen Kaffee getrunken und das Geschnatter der jungen Leute genossen. »Wenn Lisa dir freiwillig ihren Joghurt anbietet, muss sie dich sehr mögen.«

Gespannt beobachtete Christine Annas Mienenspiel, das von neugierig über skeptisch zu einem *na ja, nicht so wirklich meins* wechselte, als sie sich den ersten Löffel in den Mund schob. Dann fiel ihr plötzlich etwas ein. Sie rief leise Danieles Namen und wartete, bis sie seine Aufmerksamkeit hatte. »Ich habe für nächsten Montag einen Termin beim Friseur ausgemacht.«

»Was? Für mich?«, fragte er erschrocken. »Wieso denn? Ich war doch erst.«

»Das ist acht Wochen her, und ein neuer Haarschnitt ist dringend nötig.« Bevor Daniele weiter protestieren konnte, warf Christine Paolo einen bedeutsamen Blick zu. »Und du kannst auch gleich mitgehen. Der Termin gilt für euch beide.«

»Was?«, wiederholte Paolo Danieles Einspruch. In seinen warmen braunen Augen blitzte es. »Warum muss ich schon wieder? Ist das unbedingt notwendig?«

Anna hatte den kleinen Disput neugierig verfolgt. Als sie sah, dass Paolo seine Frau so verschmitzt ansah wie ein Lausbub, der gerade einen Apfel von Nachbars Baum geklaut hatte, musste sie schon wieder lachen.

Während sie wenig später in einträchtigem Schweigen nebeneinandersaßen, einen weiteren Kaffee tranken und die Sonnenstrahlen genossen, die durch die Zweige der Birke fielen, fühlte Anna, wie eine angenehme Behaglichkeit sie durchströmte. Sie konnte sich nicht erinnern, wann sie sich in den letzten Jahren so wohlgefühlt hatte wie bei diesen Menschen. Welch ein Unterschied zu ihren Tagen mit Lars! Schnell wischte sie den Gedanken beiseite. Es war ihm gegenüber einfach nicht fair, ihn mit dieser großartigen Familie zu vergleichen.

Du denkst aber nicht, dass es so viel Harmonie nur einmal auf der Welt gibt?, machte sich das Teufelchen erneut bemerkbar. Nur weil du sie mit dem Kontrollheini nicht erlebt hast, kann sie woanders durchaus existieren.

Unwillig schaltete Anna die hartnäckige Stimme in ihrem Kopf auf stumm und hörte Christine und Paolo zu, die sich darüber unterhielten, dass auf ihrem Weingut in der Toskana ein wichtiger Mitarbeiter wegen einer anstehenden Operation für eine Weile ausfallen würde. Da so schnell nur schwer Ersatz zu finden war, hatte Daniele die Idee, jemanden aus dem Trentino abzuziehen und zeitweilig in die Toskana zu versetzen.

»Vito und Marco sollen sich dabei abwechseln«, schlug er vor. »Die beiden besitzen die nötigen Kenntnisse.«

Die Vorstellung, dass Marco von hier weggehen würde, versetzte Anna einen Stich. Sie konnte sich gerade noch rechtzeitig zurückhalten, um keinen Protest einzulegen, schließlich ging sie die Personalplanung der Familie nichts an. Außerdem irritierte es sie zutiefst, dass allein die Vorstellung sie so erschütterte. Besser, sie sagte überhaupt nichts. Zum Glück musste sie das auch nicht, da Lisa sie unwissend aus der Misere rettete.

»Das mit Marco ist im Moment keine gute Idee«, sagte sie und deutete auf Anna. »Ich dachte, Anna könnte auch noch einiges in der Kellerei lernen, aber da haben wir außer Marco auch wieder niemanden, der gut genug Deutsch spricht, um ihr alles beizubringen. Außerdem wäre keiner dafür besser geeignet als Marco. Immerhin ist das sein Reich.«

»Okay, stimmt«, sagte Daniele nachdenklich. »Dann fährt erst mal nur Vito, und wir können uns anschließend immer noch überlegen, ob wir Marco später als Verstärkung schicken. Die Frage ist nur, wie wir Vito das beibringen?«

»Na wie wohl«, sagte Christine. »Mund auf, Wort raus.«

Da alle in der Familie Christines trockene Kommentare gewohnt waren, sahen sie erschrocken zu Anna, die aus heiterem Himmel einen Lachanfall bekam. Und dann dauerte es ein paar Minuten, bis Anna sich so weit beruhigt hatte, dass sie erklären konnte, was den Heiterkeitsausbruch ausgelöst hatte.

»Christine, du bist unglaublich. *Mund auf, Wort raus*, das ist einfach genial«, kicherte sie und schnappte sich eine Serviette, um die Lachtränen abzuwischen, die ihr die Wange hinabliefen und die Hälfte ihrer Wimperntusche gleich mitgenommen hatten.

»Nicht reiben«, warnte Lisa. »Komm, ich zeig dir das Bad, dann kannst du das wieder in Ordnung bringen.«

»Danke«, sagte Anna wenig später und gab Lisa den Augen-Make-up-Entferner zurück.

»Gern geschehen. Hast du eigentlich heute noch was vor? Wenn du magst, kannst du ein Fahrrad von uns haben, und wir machen einen kleinen Ausflug. Da siehst du viel mehr als vom Auto aus.«

»Oh, das würde ich total gern«, sagte Anna begeistert. »Das heißt …« Sie zögerte einen Moment lang, doch dann gab sie sich einen Ruck. »Das heißt, wenn du nicht irgendwelche verrückt hohen und steilen Berge hinauf- und lebensgefährliche Trails hinabfahren willst.«

»Das mache ich nur, wenn ich mit Dani alleine bin«, antwortete Lisa amüsiert. »Hier im Trentino sind in den letzten Jahren jede Menge neuer Radwege entstanden, und einer ist schöner als der andere. Da ich nicht weiß, wie fit du bist, dachte ich an eine kleine Tour, die an der Etsch entlang Richtung Bozen führt. Die gesamte Strecke ist asphaltiert, und die paar Höhenmeter, die zu bewältigen sind, schafft auch eine Oma. Wir fahren einfach so weit, wie wir Lust haben, und radeln auf der gleichen Strecke wieder zurück.«

Eine halbe Stunde später waren sie startklar. Daniele hatte sich ebenfalls dazu entschlossen mitzukommen, wohingegen Christine und Paolo ganz offensichtlich die Vorstellung genossen, dass die Rasselbande aus dem Haus und ihnen ein ruhiger Nachmittag beschieden war, was selten genug vorkam.

Schon nach den ersten paar Kilometern war Anna so glücklich über Lisas Idee, dass sie förmlich spüren konnte, wie die Endorphine durch ihre Adern sprudelten. Die Gesellschaft, in der sie sich befand, hätte nicht netter sein können, und das Wetter gab sich alle Mühe, sich von seiner besten Seite zu zeigen. Während die Sonne aus einem wolkenlosen Himmel strahlte, sorgte ein stetig wehender leichter Wind dafür, das die Temperaturen zum Radfahren geradezu perfekt waren.

Locker tretend fuhren sie auf dem Radwanderweg aufwärts an der Etsch entlang. Manchmal machte der Weg eine Biegung und führte ein Stück vom Fluss weg, dann durchquerten sie Apfelplantagen, die in voller Blüte standen und neben den Weinbergen die herrliche Landschaft durchzogen. Überall gegenwärtig waren auch die Berge, die sich zu beiden Seiten des gemächlich dahinfließenden Flusses erhoben.

Sie hatten sich gerade warm geradelt, da stoppte Daniele und wartete, bis Anna neben ihm hielt. »Ist dir die Salurner Klause ein Begriff?«

Anna überlegte. »Gehört habe ich das schon mal. Aber ich bringe gerade nichts damit in Verbindung.«

Daniele machte eine weite Armbewegung und deutete auf die beiden Berge links und rechts der Etsch. »Der rechte ist der Geier, und sein Gegenspieler ist der Fennberg. Die beiden bilden die sagenumwobene Salurner Klause.« Er lächelte. »Obwohl der Begriff Klause in dem Fall etwas übertrieben ist. Man kann ja kaum von einer Engstelle sprechen, wenn neben einem Fluss auch noch die Brennerautobahn, eine Eisenbahn, eine Staatsstraße und ein Wanderweg hindurchpassen. Ganz abgesehen davon, dass es hier auch noch Felder gibt, die bewirtschaftet werden. Komm, noch ein Stück.« Er stieß sich ab, hielt fünfzig Meter weiter erneut und deutete auf eine hoch aufragende Burgruine, die auf dem Geier thronte und das Tal zu bewachen schien. »Das ist die Haderburg beziehungsweise das Castello di Salorno. Es ist über tausend Jahre alt und stammt aus der ersten Burgenbauperiode.«

»Wow.« Anna war beeindruckt. »Wenn ich mir überlege, wie heutzutage gebaut wird, kann man sich nicht vorstellen, dass die Gebäude hundert Jahre überleben. Und dann muss man feststellen, dass unsere Urururahnen so was zustande gebracht haben. Kann man die Burg besichtigen?«

Daniele nickte. »Seit die Gebäude 2003 restauriert wurden, gibt es sogar eine Burgschenke.« Er warf einen Blick auf die Uhr. »Falls wir rechtzeitig zurückkommen, können wir dort noch was trinken gehen.« Er wollte schon wieder losfahren, dann fiel ihm ein, weshalb er an der Stelle gehalten hatte. »Noch kurz was zur Salurner Klause: Das ist der Punkt, an dem Südtirol endet und das Trentino beginnt. Da sich die Südtiroler nicht als Italiener sehen, bedeutet diese Stelle also weit mehr als nur die Grenze zwischen zwei Bundesländern.«

»Und es ist auch die Sprachgrenze«, ergänzte Lisa. »Alles, was nördlich von hier liegt, hat Deutsch als Amtssprache, Richtung Süden ist es das Italienische. Wobei natürlich jeder

Südtiroler auch Italienisch spricht, da es in den Schulen gelehrt wird. Andersherum ist das leider nicht der Fall. Die meisten Menschen, die auch nur einen Meter südlich von hier leben, hatten zwar mal Deutschunterricht, nutzen die Sprache im täglichen Gebrauch aber so gut wie nie.«

Nachdem sie etwa dreißig Kilometer weit gefahren waren, kehrten sie in einer kleinen Trattoria ein, um etwas zu essen.

Anna ließ sich zufrieden in einen Korbstuhl sinken. »Ich weiß nicht, wie ich euch dafür danken kann, dass ihr mir einen Gefallen nach dem anderen erweist.«

»Na hör mal.« Daniele grinste verschmitzt. »Denkst du etwa, dass das für uns eine lästige Pflicht ist?« Rasch warf er seiner Schwester einen Blick zu. Ihr Zwinkern verriet ihm, dass sie einverstanden war, dass er auch für sie sprach. »Wir hängen in unserer Freizeit ja normalerweise auch nicht im Weinkeller ab, sondern sind gern in der Natur unterwegs. Ob wir nun wandern, biken oder Skifahren gehen. Und wenn das Wetter so schön ist wie heute und auch noch Freunde dabei sind, ist der Tag geradezu perfekt.«

Nach dem Pastastopp in der Trattoria schlug Lisa vor, den Rückweg anzutreten. »Wenn wir noch bis Bozen weiterfahren, wird es echt spät, bis wir zurückkommen. Auch wenn die Stadt wunderschön ist, würde ich eine Besichtigung lieber für einen anderen Tag aufheben. Es bringt ja nichts, wenn wir da im Schweinsgalopp durchhecheln, nur damit wir überhaupt dort waren.«

Anna war es recht. »Vielleicht finden wir unterwegs ja noch eine Eisdiele, an der wir anhalten können.«

Die Geschwister lachten. »Von uns aus können wir gern zehn Mal anhalten, um Eis zu essen«, sagte Lisa vergnügt. »Ohne *gelato* geht in Italien schließlich gar nichts.«

Immer wieder ertappte sich Anna dabei, wie sie in sich hineinfühlte und sich fragte, ob sie Lars bei der Tour gern an ihrer Seite gehabt hätte. Innerlich seufzte sie schon bei dem Gedanken, dass er sich vermutlich gesträubt hätte, ein Fahrrad zu leihen. Ihm wären die Komponenten nicht gut genug gewesen, er hätte den Rahmen moniert, der im Vergleich zu seinem Hightech-Karbonmodell viel schwerer war, und die gummierten Griffe am Lenker hätte er sicher ausgesprochen unhygienisch empfunden, da wer weiß wie viele fremde Menschen die Dinger schon vollgeschwitzt hatten. Und doch waren die gemeinsamen Urlaubstage mit ihm, an denen er nichts zu beanstanden gehabt hatte, das Wetter weder zu heiß noch zu kalt gewesen war, wunderschön gewesen. Wenn auch selten, wie Anna zugeben musste. Als sie ganz in Gedanken versunken ihr Rad einfach rollen ließ, ihr Blick dem gewundenen Lauf der Etsch folgte, am Grün der Weinberge und Apfelplantagen hängen blieb, wurden Lars' blassblaue Augen immer wieder von herausfordernden honigfarbenen Sprenkeln verdrängt.

Irgendwann gab sie es schließlich auf, sich Lars an ihrer Seite vorstellen zu wollen. Es funktionierte ja eh nicht. Und so war sie nah dran, Lars recht zu geben: Vielleicht war die Auszeit doch keine so gute Idee. Man entfernte sich einfach zu schnell voneinander. Sie nahm sich fest vor, ihn gleich anzurufen, nachdem sie wieder zu Hause war. Bevor sie über sich selbst lachen musste, weil sie das kleine Kämmerchen schon als ihr Zuhause betrachtete, hob Daniele die Hand und brachte kurz darauf sein Rad zum Stehen.

»Habt ihr immer noch Lust auf Eis?«, fragte er.

»Jaaaaa!«, riefen Anna und Lisa im Chor.

Daniele grinste. »Darf ich den Damen etwas holen, oder wollt ihr euch da drüben hinsetzen?« Mit dem Daumen deutete er auf eine Eisdiele.

Anna rieb sich den Po. »Ich kann zwar kaum noch sitzen, aber die dicken Polster sehen ziemlich verlockend aus.«

Lisa nickte zustimmend. »Finde ich auch. Also hinsetzen.«

»Mein Gott, ist das herrlich!« Anna ließ sich in die Kissen sinken und schenkte dem gegenüberliegenden Tal einen bewundernden Blick. »Wo geht es da drüben hin?«

Daniele sah ihrem Finger hinterher. »Das ist das Nonstal. Die Heimat unserer Vorfahren väterlicherseits.«

»Echt?« Anna sah ihn neugierig an. »Meinst du jetzt das italienische Urgeschlecht im Allgemeinen oder wirklich ganz konkret eure eigenen Vorfahren?«

»Unsere eigenen natürlich.« Genüsslich aß Daniele drei Löffel Eis, bevor er Annas Wissbegierde nachgab. »Unser Ururururgroßvater Francesco kam von dort. Er war als junger Mann bei einer großen Gesellschaft angestellt, die Schienen für neue Bahnstrecken verlegte. Eines Tages hat er sich bei der Arbeit so schwer verletzt, dass er die Tätigkeit nicht mehr ausüben konnte.« Daniele deutete vor sich. »Weil es damals im Nonstal sonst kaum Arbeit gab, kam er hierher in die Piana Rotaliana. Er hat sich mit seinem Ersparten ein großes Grundstück gekauft und darauf Rebstöcke gepflanzt. Und als das gut funktionierte, hat er nicht nur die damals hier üblichen Sorten Teroldego und Lagrein angebaut, sondern als Erster überhaupt Cabernet- und Merlottrauben eingeführt.«

»Wirklich?« Für einen winzigen Moment wusste Anna nicht, ob Daniele ihr nur eine erfundene Geschichte erzählte oder sich das Ganze tatsächlich so zugetragen hatte.

»Es stimmt, was Dani erzählt«, sagte Lisa. »Unser Urururgroßvater war für seine Zeit ein richtiger Pionier. Du darfst nicht vergessen, dass das weit über hundert Jahre her ist.«

»1885 kam Francesco nach San Michele«, präzisierte Daniele. »Schon fünf Jahre später hatte er mit seinem Weinbau so viel Erfolg, dass er die Kellerei bauen konnte.«

»Was für eine beeindruckende Leistung«, sagte Anna begeistert. »Und wie ging es weiter?«

»Francesco hat mit viel Fleiß ein ordentliches kleines Weingut aufgebaut, das von Generation zu Generation weitergegeben wurde. Und das Ergebnis kennst du.«

»Toll.« Anna schluckte. In ihrer Familie war nichts weitergegeben worden. Zumindest war das, was einmal von väterlicher Seite gekommen war, nie bei ihr angelangt, da ihre Vorfahren zu Lebzeiten bereits alles verpulvert hatten. Einmal mehr fiel ihr auf, wie groß die Unterschiede zwischen den Geschwistern und ihr waren. Obwohl sie es intuitiv längst wusste, wollte sie es von den beiden hören. »Wie ist das mit euch? Ihr seid im Unternehmen voll integriert, aber was wollt ihr machen, wenn eure Eltern euch das Weingut eines Tages überschreiben? Könntet ihr euch vorstellen, es zu verkaufen und etwas ganz anderes zu machen?«

Allein von dem Gedanken entsetzt, rief Lisa »niemals!«, und auch Daniele schüttelte den Kopf.

»Das stand nie und wird auch in Zukunft nicht zur Diskussion stehen. Ich war gerade mal zwölf oder dreizehn Jahre alt, als mich unsere Eltern das erste Mal auf die ProWein mitgenommen haben, das ist eine internationale Weinmesse in Düsseldorf. Schon damals wurde mir klar, dass ich mein Leben in der Weinwelt verbringen möchte.

Lisa nickte. »Ich hatte auch schon immer den Wunsch, das Lebenswerk unserer Familie weiterzuführen. Vor allem, wenn man bedenkt, was unsere Eltern daraus gemacht haben.« Sie kratzte den letzten Rest Eis aus dem Schüsselchen. »Bevor Papa das Unternehmen übernahm, hat es im Jahr zwanzigtausend Flaschen Wein produziert. Heute sind wir bei sechshunderttausend Flaschen von herausragender Qualität angelangt. Es ist das Lebenswerk unserer Eltern und Vorfahren, das würden wir nie im Leben verkaufen.«

Bei diesen Dimensionen wurde Anna schier schwindlig. Allein die Vorstellung, welch eine logistische Meisterleistung hinter dem Ganzen steckte, ließ ihr den Kopf schwirren. »Marco hat erwähnt, dass eure Weine schon prämiert wurden«, erzählte sie, insgeheim mehr als nur ein bisschen froh, dass sie jetzt irgendwie dazugehörte. »Ich kann mir nur nicht vorstellen, wie man bei solchen Mengen überhaupt den Überblick behält und dazu in so einer Qualität produzieren kann, dass man auch noch einen Preis einheimst.« Nachdenklich blickte sie Daniele an. »Er wollte mir aber nicht verraten, was ihr gewonnen habt. Er meinte nur, ich soll dich oder euren Vater fragen.«

Daniele blickte Anna verlegen an. Wie alle aus dem Unternehmen war er mächtig stolz auf das, was sie gemeinsam erreicht hatten. Dennoch wollte er nicht damit angeben. Doch da Anna ihn so erwartungsvoll ansah, gab er schließlich nach. »Der Gran Masetto zum Beispiel hat bereits mehrere Goldmedaillen gewonnen und wurde 2011 beim Mundus Vini, dem bedeutendsten Wettbewerb in Deutschland, aus dreitausend Rotweinen zum besten Europas gekürt.«

Es dauerte einen Moment, bis Anna die Information verdaut hatte. »Das ist ja …« Sie fuhr sich mit beiden Händen durch die Haare. Sie hatte mehr an kleine lokale Dorfwettbewerbe gedacht, als Marco von Preisen geredet hatte. Und so bodenständig und zuvorkommend, wie die Endricis waren, wäre sie nie auf die Idee gekommen, dass sie ein derart wichtiges Unternehmen führten. »Aber dann seid ihr ja eine riesige Nummer in der Branche!«

Die Geschwister fingen an zu kichern, als sie Annas fassungsloses Gesicht sahen. »Ja, das kann man so sagen«, bestätigte Lisa vergnügt. »Und auch, dass wir zu den bedeutendsten Weingütern Italiens gehören.«

Du lieber Himmel! Anna fühlte sich wie erschlagen. »Ist

Italien auch euer Hauptabsatzland?«, fragte sie zaghaft. »Beziehungsweise … wohin verkauft ihr denn noch? Auch nach Deutschland und Österreich?«

»Ja, und zwar gar nicht mal wenig«, bestätigte Daniele. »Deutschland ist sogar noch vor Italien unser größter Markt. Dahin verkaufen wir circa vierzig Prozent unserer Produktion. An dritter Stelle steht die Schweiz. Aber wir verschicken auch noch in über zwanzig andere Länder. Wir haben zum Beispiel Kunden in Tokio, Tallinn, Prag, Sofia und sogar in Myanmar.«

Als Anna am frühen Abend frisch geduscht auf ihrem Bett saß, spielte sie eine Weile unschlüssig mit ihrem Telefon. Ihr Herz floss über, und sie hatte das Bedürfnis, jemandem von ihren Eindrücken zu erzählen und über all das zu reden, was sie in den letzten Tagen erlebt hatte. Doch sie zögerte den Anruf hinaus. Insgeheim wusste sie, dass Lars nur wenig Interesse daran zeigen würde, was sie hier trieb. Aber sollte es nicht gerade der eigene Partner sein, dem etwas daran liegen sollte, wie es einem ging? Lars war allerdings noch nie ein Mensch gewesen, der sich sonderlich für Dinge interessiert hatte, die ihn persönlich nicht weiterbrachten.

Ach was, schalt sie sich. Du verrennst dich da in etwas. Natürlich will er wissen, wie es dir geht und was du machst, er muss nur die Gelegenheit dazu bekommen. Kurz entschlossen öffnete sie die Anruferliste ihres Handys und bekam einen Moment lang ein schlechtes Gewissen, als die kleine Zahl in Klammern hinter seiner Nummer ihr verriet, dass er bereits sieben Mal versucht hatte, sie zu erreichen.

Sie atmete tief durch, dann drückte sie auf Rückruf.

»Da bist du ja endlich!«, sagte Lars ungehalten. »Ich habe

schon an die fünfzig Mal bei dir angerufen. Wieso bitte gehst du nicht an dein Telefon?«

Anna knirschte mit den Zähnen. Sie musste sich zusammenreißen, den Anruf nicht sofort wieder zu beenden und das blöde Smartphone in die Ecke zu pfeffern.

»Ich war Rad fahren«, sagte sie stattdessen. »Mit Lisa und Dani.«

»Wer zum Henker sind Lisa und Dani?«, moserte Lars. »Und weshalb sind die dir wichtiger als ich, sodass du nicht ans Telefon gehen kannst?«

»Nicht weil sie so wichtig sind, sondern weil ich den ganzen Tag auf dem Fahrrad gesessen bin«, korrigierte sie ihn. »Ich versuche gerade, dir das zu erzählen.«

»Aha.« Lars schnaubte so laut, dass Anna das Gefühl hatte, ein Pferd wäre am anderen Ende der Leitung. »Und wer sind nun Lisa und Dani?«, wiederholte er seine Frage etwas ruhiger.

»Sie sind Geschwister und die Kinder von Christine und Paolo. Der Familie gehört das Weingut, auf dem ich arbeite.«

»Und da musst du dich gleich so dazwischendrängen, dass sie dich am Wochenende auch noch auf dem Hals haben?« Lars lachte laut und ein wenig zu schrill. »Dann wird sich das mit deinem Job ja im Handumdrehen wieder erledigt haben. Dann wirst du garantiert auch ganz schnell einsehen, was für eine bescheuerte Idee es war, mit Sack und Pack nach Italien abzuhauen.«

Anna biss sich auf die Lippe. Sie wusste, dass es ihn verletzte, dass sie erst recht auf einer Auszeit bestanden hatte, nachdem er sie bei ihrem ersten Anlauf aus der Wohnung geworfen hatte. Aber wenn er sich derart blöd verhielt, konnte er kaum darauf hoffen, dass sie es sich wieder anders überlegte. Und schnell schon gleich gar nicht. Genau das sagte sie ihm jetzt auch.

»Ach hör doch auf, Anna. Glaubst du wirklich, dass ich

auf einen so alten Trick hereinfalle?«, fragte Lars ungeduldig. »Du bist intelligent genug, um zu wissen, dass deine Flucht ein kompletter Unsinn ist. Aber ich hatte dich wenigstens für reif genug gehalten, dass du das genauso schnell einsiehst, wie dir der kindische Gedanke gekommen ist.«

Anna dankte Gott dafür, dass sie gut dreihundert Kilometer weit von München entfernt war. Denn was sie todsicher wusste, war, dass ihre Wut verraucht wäre, bevor sie in München ankommen würde, um ihm ein Nudelholz über den Kopf zu ziehen. Und sie kannte ihn gut genug, um zu wissen, dass er rhetorisch so versiert war, dass es ihm leichtfiel, ihr jedes Wort im Mund umzudrehen, egal, was sie ihm entgegenzusetzen hatte. Außerdem musste er immer das letzte Wort haben. Deshalb begnügte sie sich damit, mit den Fingernägeln über das Holz des Nachttisches zu kratzen, und konnte förmlich spüren, wie er sich das Telefon vom Ohr riss und es fassungslos anstarrte.

Es dauerte keine drei Sekunden, da hörte sie, wie er »Himmel, Anna, was machst du da?« rief. Sie streckte dem iPhone die Zunge raus, wartete einen Augenblick, dann kratzte sie erneut. Auch wenn sie sich albern dabei vorkam, befriedigte es sie auf eine kindische Art und Weise, dass sie ihm so den Wind aus den Segeln genommen hatte und sie das Attribut, das er ihr vorweg an den Kopf geworfen hatte, nun auch wirklich verdiente.

»Was schreist du denn so?«, fragte sie schließlich harmlos. »Ich bin doch nicht taub.«

»Also das ist doch die Höhe!« Wann immer Lars sich über etwas aufregte, nahm seine Stimme einen schrillen Klang an. »Das machst du doch mit Absicht!«

Natürlich mache ich das mit Absicht. Anna verdrehte die Augen. Anders komme ich ja nicht gegen dich an. Zuckersüß fragte sie: »Was meinst du denn? Bei mir ist alles völlig normal.«

Sie spürte den Kampf, den er mit sich ausfocht. Einerseits war für ihn die Sache lange nicht abgeschlossen – wie auch, schließlich saß sie noch immer im Trentino –, andererseits war er aber auch intelligent genug zu wissen, dass das Gescharre wieder beginnen würde, sobald er noch eins obendrauf setzte.

»Ist ja egal«, sagte er schließlich unwirsch. »Also, wann kommst du nach Hause?«

Annas Finger wanderte bereits wieder in Richtung Nachttisch. Doch dann beschloss sie, ihm eine vernünftige Antwort zu geben. »Ich bleibe hier, bis der Sommer vorbei ist«, sagte sie mit fester Stimme und redete schnell weiter, um ihm keine Gelegenheit zu geben, sie zu unterbrechen. »Das habe ich dir bereits vor zwei Wochen gesagt, und daran werde ich nichts ändern. Allerdings musste ich in den letzten Tagen feststellen, dass es kontraproduktiv ist, wenn wir jeden zweiten Tag telefonieren.«

»Gut, dass du das endlich einsiehst«, ereiferte sich Lars. »Damit meine ich aber nicht deine Flucht ins Ausland, damit das klar ist. Die halte ich nach wie vor für eine dumme Idee. Aber dass das so nicht weitergehen kann, sehe ich genauso wie du. Schließlich wollen wir uns ja nicht voneinander entfremden.«

Anna dachte für einen Moment, dass sie sich verhört hatte, deshalb hakte sie nach: »Was meinst du? Wieso denn entfremden?«

»Na, wenn wir nur alle zwei oder drei Tage telefonieren. Wir werden ab sofort jeden Tag um die gleiche Zeit für mindestens eine Stunde miteinander reden. Kommunikation ist schließlich das A und O in einer Beziehung.«

Bevor Anna sich von dem Schreck erholt hatte, redete Lars bereits weiter. »Oder besser noch, wir skypen miteinander. Dann kann ich auch sehen, wie du dort wohnst, und das ist doch viel besser, als wenn ich mir ausmalen muss, wie das Zimmer aussieht, in dem du lebst.«

»Du hast mich leider falsch verstanden«, musste sie ihm ins Wort fallen, da er nicht aufhörte, darüber zu schwadronieren, wie er sich ihre zukünftige Kommunikation vorstellte. »Ich rede nicht davon, dass ich öfter mit dir reden will, sondern davon, dass es besser wäre, wir würden mal eine Woche Funkstille einplanen. Oder besser noch zwei.«

Die Stille, die sich unmittelbar nach ihren letzten Worten einstellte, war so durchdringend, dass in Anna der Verdacht aufkeimte, Lars habe das Gespräch beendet, ohne sich zu verabschieden.

»Bist du noch dran?«, fragte sie nach einer Weile vorsichtig. »Dann sag etwas, oder ich lege auf.«

»Natürlich bin ich noch dran, was denkst du denn?« Seine Stimme wurde mit jedem Wort kälter. »Du solltest mich besser kennen, als mir ein derart präpubertäres Verhalten zuzutrauen.«

Anna seufzte gottergeben. »Natürlich, das weiß ich doch«, sagte sie versöhnlich. »Aber es kann ja auch mal sein, dass die Verbindung von alleine abbricht.«

Halbwegs besänftigt nahm sein Tonfall wieder einen etwas wärmeren Klang an. Trotzdem konnte er sich mit Annas Vorschlag nicht anfreunden. »Wie stellst du dir das denn vor?«, wollte er wissen. »Für eine funktionierende Beziehung ist es von essenzieller Wichtigkeit, in regelmäßigem Kontakt zu sein. Oder denkst du, es ist förderlich, wenn wir nicht mehr miteinander reden?«

»Davon ist doch überhaupt nicht die Rede! Aber auf jeden Fall finde ich unsere dauernden Streitereien nicht förderlich für irgendwas.« Anna holte tief Luft. »Merkst du denn nicht auch, dass wir uns immer weiter voneinander entfernen?«

»Doch, das merke ich«, antwortete Lars bitter. »Aber ich war es ja nicht, der unbedingt ins Ausland abdampfen wollte.«

Es hatte keinen Sinn. »Hör zu«, bat Anna. »Lass es uns einfach ausprobieren. Eine Woche. Und dann verabreden wir uns per SMS zu einem Telefonat. Mit fester Uhrzeit. Sonst ist wieder einer von uns sauer, weil er den anderen nicht erreichen kann. In Ordnung?«

Zehn Minuten später legte Anna erschöpft auf. Sie fühlte sich wie nach der Besteigung des Mount Everest. »Lieber Himmel«, murmelte sie. Sie hatte das dringende Bedürfnis, mit jemandem zu reden, der sie verstand. Sie scrollte, bis sie Isabellas Nummer gefunden hatte, drückte auf *Anrufen* und schickte ein Gebet zum Himmel, dass ihre Freundin das Telefon hörte.

»Mist«, sagte sie laut, als nur die Mailbox ansprang. Unentschlossen, wen sie sonst noch anrufen konnte, trommelte sie einen disharmonischen Takt auf den kleinen Beistelltisch, dann legte sie das Smartphone zu Seite, kuschelte sich in ihr Kissen und war ein paar Minuten später eingeschlafen.

# Kapitel 11

Am nächsten Morgen klingelte Annas Smartphone-Wecker um sieben Uhr. Es dauerte einige Sekunden, bis das schrille Geräusch so weit in ihr Bewusstsein drang, dass sie es überhaupt wahrnahm.

»Oh nein. Aufhören …«, murmelte sie, suchte mit einer Hand nach dem Störenfried und erwischte statt der Schlummer- die Aus-Taste, ohne es zu merken. Noch zehn Minuten liegen bleiben, dachte sie. Sechshundert gnädige Sekunden, dann war sie bestimmt erholt genug, um frischen Mutes aus dem Bett zu springen.

Als das Telefon erneut schrillte und sie ein zweites Mal an diesem Tag erwachte, fühlte sie sich tatsächlich wunderbar frisch und ausgeruht. Welch ein Wunder so ein kurzes Nickerchen doch bewirken konnte.

Erneut tastete sie nach dem Handy. Und dann wurde ihr bewusst, dass es nicht der Weckton war, den sie hörte. Erschrocken riss sie die Augen auf, starrte fassungslos auf das Display, räusperte sich und erwischte den Anruf gerade noch, bevor die Mailbox sich einschalten konnten.

»Lisa?«, fragte sie mit einem merkwürdigen Gefühl im Bauch.

»Dieselbe«, klang es fröhlich aus dem Hörer. »Wo steckst du denn?«

»Oh mein Gott.« Sie hatte es geahnt. »Wie spät ist es?«

»Viertel nach neun.«

»Sch…!« Anna unterdrückte das Wort, das ihr auf der Zunge gelegen hatte. »Lisa«, sagte sie kläglich, »ich habe verschlafen. Es tut mir so leid!«

Lisa lachte. »Mach kein Drama daraus, das kann schließlich jedem mal passieren. Und solange es nicht zur Gewohnheit wird, ist es ja auch nicht schlimm. Pass auf, du springst jetzt schnell in die Dusche, dann kommst du auf ein Panino und einen Kaffee zu uns rüber. Denkst du, du kannst in zwanzig Minuten hier sein?«

Rasch überschlug Anna ihren Zeitbedarf. »Ja, das klappt.«

»Gut, dann gebe ich Marco Bescheid. Er hat um acht auf dich gewartet, und als du nicht gekommen bist, ist er nach Trento gefahren, um dort etwas zu erledigen.«

Anna schüttelte den Kopf. Irgendwas war daran falsch. »Aber wenn er um acht schon gemerkt hat, dass ich nicht komme, warum habt ihr mich denn nicht früher angerufen?«, fragte sie, als ihr endlich klar wurde, was sie so verwirrte.

»Weil Marco ein Mann ist.« Lisa seufzte vernehmlich.

»Vermutlich hat er sich gedacht, dass du verschlafen hast, und ist davon ausgegangen, dass du als Frau mindestens zwei Stunden im Bad brauchst, was weiß ich. Jedenfalls hat er mich erst vor fünf Minuten angerufen und gefragt, ob du inzwischen aufgetaucht bist. So, nun aber ab in die Dusche.«

Anna schaffte es sogar in nur achtzehn Minuten, da sie sich die Zähne unter der Dusche putzte, ihre Haare nur schnell mit den Fingern entwirrte und zu einem lässigen Dutt zusammenband, aufs Schminken verzichtete und die nächstbesten Klamotten aus dem Schrank zog.

»Wow.« Christine sah erstaunt auf, als Anna zur Tür hereinstürmte. »Das nenn ich einen Rekord. Lisa hatte gedacht, dass aus den zwanzig Minuten sicher dreißig werden würden. Respekt!«

»Danke.« Anna lächelte betreten. »Es tut mir leid.«

»Unsinn.« Christines blaue Augen funkelten vergnügt. »Glaub mir, das ist nichts, was nicht jedem von uns auch schon mal passiert wäre. Geh in die Küche, Lisa macht dir gerade einen Kaffee.«

Anna fiel ein Stein vom Herzen. Und tatsächlich hatte Lisa nicht nur einen großen Latte macchiato für sie, sondern auch das versprochene Brötchen lag schon auf einem hübschen Teller bereit.

»Mmh, lecker«, murmelte sie ein paar Minuten später. »Ich arbeite die beiden Stunden heute Abend nach.«

»Vergiss das ganz schnell wieder«, wiegelte Lisa ab. »Es gibt hier immer Tage, an denen mehr gearbeitet wird, und andere, die nicht so arbeitsintensiv sind. Sieh es für dich als Tag an, an dem du eben weniger getan hast. Ich verspreche dir, das holst du irgendwann automatisch nach. Spätestens wenn Ende August die Weinlese beginnt, gibt es sowieso kein Tag und Nacht mehr.«

»Aber Marco ist bestimmt sauer.« Anna mochte sich gar nicht vorstellen, mit welchem Blick er sie gleich bedenken würde. Auch wenn er die letzten Tage ausgesprochen nett zu ihr gewesen war, hatte sie doch nicht vergessen, wie reserviert er sie am Anfang behandelt hatte.

»Ach, mach dir über Marco keine Gedanken. Ich hatte sogar das Gefühl, er war froh, dass er dadurch eine Ausrede hatte, um nach Trento zu fahren.«

Erstaunlicherweise sollte Lisa recht behalten. Als Marco seinerseits mit einer halben Stunde Verspätung um halb elf im Büro eintrudelte, stolperte er fast über Anna, die unter Christines Schreibtisch nach einem heruntergefallenen Stift suchte.

»Guten Morgen. Hat man dir als Strafe fürs Zuspätkommen keinen Stuhl angeboten?«, fragte er gut gelaunt, als er Anna auf dem Boden knien sah.

Annas Herz machte einen Satz, als sie seine Stimme hörte. Sie drehte sich zu ihm um und hätte sich fast den Kopf gestoßen. »So ist es«, sagte sie schlagfertig. »Wenn ich gewusst hätte, wie hart das Bußetun hier ausfällt, hätte ich sicher nicht verschlafen.« Als sie zu ihm hochsah, wurde ihr schwindlig. Er sah einfach zum Anbeißen aus! Seine dichten schwarzen Haare hingen ihm in die Stirn, der Dreitagebart gab ihm etwas Verwegenes, und die honigfarbenen Sterne, die in seinen Augen tanzten, funkelten sie frech an.

»Genug gesehen?«, neckte er sie.

Oh mein Gott. Sie wurde schon wieder rot. Schnell senkte sie den Blick und drehte sich weg, um umständlich aufzustehen. Dabei übersah sie seine Hand, die er ihr helfend hinhielt, stolperte und wäre der Länge nach hingeschlagen, wenn Marco sie nicht rechtzeitig gehalten hätte. Und so fand sie sich plötzlich mit dem Gesicht an seiner Brust wieder.

Schnell trat sie einen Schritt zurück. So viel Nähe tat ihrem

Kreislauf gar nicht gut, und ihre Beine fühlten sich auch an wie aus Gummi.

»Was hast du gestern unternommen?«, lenkte sie das Gespräch in ungefährlichere Gefilde, als sie eine halbe Stunde später mit ihrer Arbeit anfingen.

»Ich war am Gardasee beim Kiten.«

»Wow«, rutschte es Anna heraus. »Ich meine, das ist klasse! Ich war vor zwei Jahren mal in Mui Ne, das ist ein kleiner Ort in Vietnam, da habe ich das erste Mal in meinem Leben Kitesurfer gesehen. Das war unglaublich toll zu beobachten.«

Marco freute sich über die Begeisterung, die Anna an den Tag legte. »Dann hast du es sicher auch gleich selbst probiert, oder?«

»Nein.« Obwohl Anna Feuer und Flamme gewesen war, hatte sie Lars nicht überzeugen können, ihren Aufenthalt in dem hübschen Badeort um ein paar Tage zu verlängern.

»Das kann nicht dein Ernst sein!«, hatte er entrüstet geschnaubt. »Es kommt überhaupt nicht infrage, dass wir unsere Zeit mit so einem Blödsinn verplempern. Schließlich wollen wir doch noch die Tunnel von Vinh Moc sehen und eine Jeeptour in die Dünen machen. Und zwei Tage in Saigon sind auch schon fest eingeplant. Da will ich nicht wertvolle Stunden mit einem Sport vergeuden, zu dem wir in unserem ganzen Leben nie wieder kommen werden.«

Irritiert sah Anna auf, als eine Hand ihren Unterarm packte und entschieden festhielt. Goldbraune Sprenkel blitzten, eine Augenbraue wanderte nach oben, und der amüsierte Zug um den schönen Mund ließ ihre Knie schon wieder weich werden.

»Was?«

Dann erinnerte sie sich daran, dass es den armen Trauben schon letzte Woche nicht sonderlich gut bekommen war, als sie voller Emotionen an ihnen herumgezupft hatte. Widerwillig riss sie sich von Marcos Anblick los und sah auf ihre rechte Hand, in der sie einen abgebrochenen Ast mitsamt daran hängendem Traubenstiel hielt. »Oh.«

»Was beschäftigt dich denn so?«, fragte er leise und ließ sie wieder los.

»Was? Ähm, nichts.« Die Stelle an ihrem Arm, an dem bis eben noch Marcos fester Griff zu spüren gewesen war, fühlte sich plötzlich kalt an.

»Komm schon, Anna. So gut kenne ich dich mittlerweile, dass ich weiß, wenn dich etwas bewegt. Und deinem Gesichtsausdruck nach ist es nichts Gutes.« Am liebsten hätte er sie in seine Arme gezogen und jeden Kummer verscheucht, der ihr auf der Seele lag.

Anna ließ ihre Schultern kreisen in der Hoffnung, alle unerwünschten Gedanken würden von alleine wieder verschwinden.

»Brauchst du eine Massage?«, deutete Marco ihr Verhalten völlig falsch. »Du musst aufpassen, dass du genügend Ausgleichssport machst, sonst verkrampfst du komplett. Am besten wäre es, wenn du nach einem Tag im Weinberg schwimmen gehen würdest.« Ohne ihre Antwort auf seinen Vorschlag abzuwarten, drehte er sie um und stand nun hinter ihr. »Himmel, bist du verspannt«, murmelte er, als er seine Hände auf ihre Trapezmuskel legte und mit vorsichtig kreisenden Bewegungen gegen den Widerstand ankämpfte. »Du musst ein bisschen locker lassen, geht das?«

Anna biss die Zähne zusammen und stöhnte vor Schmerz auf. Zum einen hatte er recht, dass ihre Muskeln von den ungewohnten Tätigkeiten der letzten Woche völlig verhärtet waren, andererseits schickten seine Berührungen Schauer über ihren ganzen Körper, die dem Prickeln des Trentodoc in nichts nachstanden. Am liebsten hätte sie sich einfach zurückgelehnt, die Wärme seiner Haut gespürt und sich gewünscht, der Tag würde nie zu Ende gehen.

Doch dann siegte die Vernunft, und sie ließ die Schultern locker hängen.

Eine Viertelstunde später wurden Marcos Bewegungen langsamer. »Besser so?«

»Nein. Ich meine, ja.« Bitte hör nicht auf damit, bis es dunkel wird, betete Anna insgeheim. Doch dann tauchte Lars' empörtes Gesicht vor ihrem inneren Auge auf. Abrupt drehte sie sich um.

»Danke.« Sie schüttelte das Verlangen nach noch mehr Nähe ab und sagte mit fester Stimme: »Wunderbar, das hat gutgetan. Jetzt lass uns aber weitermachen, sonst schaffen wir heute gar nichts mehr.«

Enttäuscht ließ Marco seine Hände sinken. Wenn er sich selbst gegenüber ehrlich war, hatte er gehofft, sie würde ihn bitten weiterzumachen. Er hätte schwören können, dass sie es genauso genoss wie er, doch anscheinend hatte er sich getäuscht. Bevor er sichs versah, war sie schon drei Weinstöcke weitergeeilt und zupfte energisch, aber immerhin mit Bedacht die Blätter von den Rappen fort. Eine Weile sah er ihr stumm zu. Frauen, dachte er. Unbekannte Wesen. Wer auch immer den Ausdruck geprägt hatte, er hätte es nicht besser treffen können.

Die nächsten Stunden arbeiteten sie schweigsam nebeneinander her. Irgendwann hielt Marco es nicht mehr aus. Er blieb stehen und wartete geduldig, bis sie bemerkte, dass er aufgehört hatte zu arbeiten.

»Ich weiß nicht, was ich falsch gemacht habe«, setzte er an, als sie ihm einen fragenden Blick zuwarf. »Falls ich dir zu nahe getreten bin, bitte ich um Entschuldigung und hoffe, du kannst mir verzeihen.«

»Schon in Ordnung«, sagte Anna und schluckte die Tränen hinunter, gegen die sie ankämpfte, seit sie sich von ihm losgemacht hatte. Sie fühlte sich so einsam und verzweifelt, dass sie am liebsten losgeheult hätte.

»Wie wäre es, wenn wir jetzt erst mal eine Rast machen?«, fragte Marco.

»Ich habe keinen Hunger«, erwiderte Anna leise, folgte ihm dann aber doch zum Auto.

Marco öffnete die Heckklappe, nahm sich ein mit Salami belegtes Panini und setzte sich auf die Ladekante des Wagens.

»Setz dich und nimm dir wenigstens ein Wasser«, forderte er sie auf.

Anna begnügte sich damit, ein paar eingelegte Oliven zu naschen, die sie zwischen den Broten in der Kühlbox fand. Auch wenn sie viel dazu trank, verkrampfte sich ihr Magen mit jedem Bissen. Du musst es ihm sagen, flüsterte eine Stimme in ihr Ohr. Sonst macht er sich Hoffnungen, dass es mit euch was wird. Schnell schüttelte sie den Gedanken ab. Was sollte sie ihm auch sagen? »Hallo Marco, nur für den Fall, dass du dir einbildest, dass da was zwischen uns laufen könnte, sorry, da bist du auf dem Holzweg«? Allein bei der Vorstellung an seinen Gesichtsausdruck wurde ihr schlecht. Er würde sie auslachen, und sie würde daraufhin vor Scham im Boden versinken wollen. Nein, das kam nicht infrage. Er hatte sicher nur nett sein wollen. Und nur weil sie immer mit klopfendem Herzen auf ihn reagierte, musste das andersherum noch lange nicht der Fall sein. Es war besser, einen freundlichen wie auch distanzierten Umgang mit ihm zu pflegen. Und dazu gehörte ganz eindeutig nicht, dass sie sich von ihm massieren ließ.

Marco hingegen verstand die Welt nicht mehr. Seine anfängliche Skepsis gegenüber der hübschen Münchnerin hatte sich längst in eine tiefe Zuneigung verwandelt. Und er spürte doch ganz deutlich, dass Anna sie erwiderte! Doch jedes Mal, wenn auch nur ein Hauch von Nähe entstand, schwenkte ihre Laune so jäh um wie das Wetter in den Bergen, und aus einem Hochsommertag wurde ein Hagelschauer. Wütend biss er in sein Brot, obwohl er es am liebsten in die Büsche gepfeffert hätte. Warum zum Henker waren Frauen so kompliziert? Eine Sekunde lang machten sich Zweifel in ihm breit: Vielleicht spielt sie ja nur mir dir. Möglich wäre es, so hübsch wie sie war. Aus Erfahrung konnte er ein Lied davon singen, zu welch grausamen Taktiken insbesondere schöne Frauen fähig waren. Doch dann schüttelte er den Gedanken wieder ab. Trotz all der Erfahrungen der Vergangenheit konnte er sich doch bestens auf sein Gefühl verlassen. Und das signalisierte ihm, dass Anna keine Frau war, die Spielchen spielte. Vielleicht war sie ja genau wie er ein gebranntes Kind, das Angst hatte, erneut verletzt zu werden? Für einen kurzen Moment war er drauf und dran, seiner inneren Stimme nachzugeben, die ihm zuflüsterte, dass er einfach mit ihr reden sollte. Es ansprechen, was er dachte und fühlte. Doch dann wischte er den Gedanken zur Seite. Schließlich kannten sie sich viel zu kurz und wenig, als dass es ihm leichtgefallen wäre, ihr seine Gefühle zu offenbaren. Die meisten Menschen taten sich schon schwer, das nach Jahren einer Beziehung zu tun, und zwischen ihm und Anna war ja noch überhaupt nichts passiert. Vielleicht, dachte er, wenn sie sich erst einmal geküsst hätten. Dann würde er wenigstens wissen, ob sie seine Gefühle wirklich erwiderte.

Und dann hörte er sich zu seinem eigenen Schreck fragen: »Hast du Lust, übermorgen mit mir zum Gardasee zu fahren? Da ist nicht so viel los wie am Wochenende und ich könnte dir ein paar Grundlagen zeigen. Das heißt, falls es dir ernst ist, dass du kiten lernen willst.«

Überrascht sah Anna ihn an, und ihr Magendrücken wurde heftiger. »Du meinst, du willst es mir beibringen?«

»Genau.« Seine Augen leuchteten bei der Vorstellung, einen Tag außerhalb der Arbeit mit ihr zu verbringen. »Ein Bekannter von mir hat eine Surf- und Kiteschule in Navene, dort sind auch für Anfänger ideale Bedingungen, um ins Wasser zu kommen.«

Anna runzelte die Stirn. »Übermorgen ist vielleicht ein bisschen zu früh. Ich kann mir schlecht schon jetzt einen Urlaubstag nehmen.«

»Ich habe dir doch schon gesagt, dass wir unsere Arbeitszeit hier relativ frei gestalten können. Zumindest im Weinberg und um diese Jahreszeit. Die grüne Lese ist nichts, was brennt, und das Abzupfen der Blätter auch nicht.« Marcos Blick verfolgte eine Blaumeise, die mit einem großen Wurm im Schnabel ihr Häuschen anflog und vom lauten Geschrei ihrer Kinder empfangen wurde. Ein Lächeln umspielte seinen Mund, als er Anna kurzerhand an den Schultern nahm, sie umdrehte und nach oben deutete. »Schau mal!«

Beim warmen Duft seines Eau de Toilette wurde Anna erneut schwindlig. Am liebsten hätte sie sich zu ihm umgedreht, sich an seinen Hals geschmiegt und alles vergessen, was nicht mit dem Hier und Jetzt zu tun hatte.

Marco ließ sie los, als das Geschrei ein Ende nahm, die Vogelkinder gesättigt waren und die Vogelmama erneut davonflog. »Wenn du Lust hast, es zu probieren, wäre es in zwei Tagen ideal. Die Wochenenden sind zum Kitenlernen eher ungeeignet. Da kommen außer den Einheimischen und Österreichern auch noch die ganzen Münchner hierher, und dann wird es richtig voll. Wobei, da wärst du ja auch wieder richtig. Das sind ja alles irgendwie deine Nachbarn.«

»Ja klar.« Anna deutete ihm einen Vogel. »München ist ein Dorf mit eineinhalb Millionen Einwohnern. Da kennt man natürlich jeden Einzelnen.«

»Sag ich doch.« Marco grinste sie frech an, was ihr Herz

prompt aus dem Takt brachte. »Also, überleg es dir. Wann immer die Lady es wünscht, stehe ich zu ihrer Verfügung.« Er legte den rechten Arm vor seinen Bauch und machte eine Verbeugung wie ein mittelalterlicher Diener.

Anna kicherte. »Kindskopf! Also gut. Ich werde Lisa fragen, ob das in Ordnung ist.«

Marco seufzte. »Mach das. Wobei du, je nach anstehenden Aufgaben, eher Tiziana oder mich fragen solltest. Im Weinberg ist sie die Chefin, in der Kellerei bin ich es.«

»Das habe selbst ich mittlerweile begriffen«, konterte Anna. »Aber da ich als Mädchen für alles eingestellt wurde, haben die Endricis immer noch das Hoheitsrecht.«

Lisa kam gerade aus der Kellerei, als Marcos Auto auf den Hof fuhr. Auf ihr Winken hin bremste er ab und ließ Anna aussteigen, bevor er den Wagen parkte.

Erhitzt strich sich Anna eine Strähne aus dem Gesicht. »Hi Lisa. Was ist los?«

»Schlechte Nachrichten«, sagte Lisa bedauernd. Sie hatte seit Stunden darüber gebrütet, wie sie es Anna beibringen sollte. Doch dann sagte sie sich, dass es im Grunde egal war, wie sie die miese Botschaft überbrachte. Nichts, was sie hätte sagen können, hätte es auch nur ansatzweise besser gemacht.

»Die Casa Bertoli wurde verkauft.«

»Oh nein!«, rief Anna bestürzt aus. »Weiß man denn, an wen?«

»Nein. Das heißt, der Makler, der mich heute Mittag angerufen hat, weiß es sicher, aber er hat nichts Genaueres gesagt. Dass die Casa irgendwann verkauft wird, war klar, es hat nur niemand damit gerechnet, dass es so schnell passiert.«

»Und was heißt das für uns?«, fragte Anna beklommen. »Bedeutet es, dass wir nicht mehr ins Haus können?«

»Leider nein.« Lisa konnte den Schmerz nachvollziehen, den Anna gerade spürte. »Ich habe den Makler nur darum bitten können, dass er dem Käufer ausrichtet, dass wir keine Wertgegenstände haben wollen, aber gerne das Andenken an die Signora wahren würden, bevor er die persönlichen Sachen wegwirft.«

»Und wie hat der Makler reagiert?«

Lisa zuckte mit den Schultern. »Er hat mir versprochen, dass er es dem neuen Eigentümer mitteilt. Mehr können wir im Moment nicht machen. Es tut mir so leid, Anna!«

»Mir auch«, sagte Anna leise. »Aber dass das passiert ist, müssen wir vielleicht als höhere Gewalt akzeptieren. Vielleicht will die Signora ja gar nicht, dass etwas von ihr bleibt.«

»Du meinst, dass sie vom Himmel auf uns herabschaut und ihre Fäden zieht?«

»Keine Ahnung.« Anna bückte sich und rupfte einen langen Grashalm aus, der sich zwischen die Blumenrabatten gemogelt hatte. »Solange wir leben, werden wir das nicht wissen. Aber ich kann besser schlafen, wenn ich mir einrede, dass sie es selbst so entschieden hat.«

# Kapitel 12

Später am Abend war Anna drauf und dran, das Kitesurf-Date mit Marco wieder abzusagen. Ihre Mailbox quoll über von Lars' Anrufen, der sich, ganz unerwartet, friedlich gab und sie inständig bat, nach München und zu ihm zurückzukehren. Da sie ihr Telefon tagsüber im Zimmer gelassen hatte und sich die Anrufe bis zum Abend auf zehn summiert hatten, wusste sie nicht, ob sie sich über seinen versöhnlichen

Ton freuen oder darüber ärgern sollte, dass er ihre Abmachung ignorierte, zumal auch acht Textnachrichten von ihm darauf warteten, gelesen zu werden.

»Puh.« Unschlüssig vergrub Anna ihren Kopf in den Händen und versuchte, in sich hineinzufühlen. Leider währte die Entspannungsübung nicht allzu lange, da das Klingeln des Telefons sie bereits nach drei Minuten wieder aus ihren Gedanken riss.

»Himmel, nun gib doch endlich Ruhe«, schrie sie das Smartphone an. Doch dann sah sie, dass es nicht Lars war, der gerade anrief.

»Hannes!« Ihr fiel ein Stein vom Herzen. »Dich schickt der Himmel.«

»Das höre ich gern«, scherzte Hannes. »Wobei ich befürchte, dass dieser Ausruf keinen besonders erfreulichen Hintergrund hat.«

»Nein, hat er nicht«, gab Anna ihm recht. In wenigen Worten erzählte sie ihm die schlechte Neuigkeit, die Lisa ihr zuvor überbracht hatte.

»Das ist wirklich schade«, fand Hannes, der sich schon darauf gefreut hatte, Anna in San Michele zu besuchen und dabei auch gleich die alten Möbel, die sie in der Casa Bertoli ausgesucht hatte, abzuholen. Und da er sich auf Annas Geschmack und ihre Expertise bedingungslos verlassen konnte, hatte er bereits einem Kunden von den angekündigten Stücken erzählt.

»Mach dir deswegen bloß keinen Kopf«, wiegelte er ab, als er Annas schlechtes Gewissen in ihrer Stimme heraushörte. »So etwas kann passieren, darauf hat doch niemand einen Einfluss. Ich bin mir sicher, dass du bald etwas anderes Schönes findest.«

Nachdem Hannes Anna noch auf den neuesten Stand der Projekte gebracht hatte, die sie an ihre Kollegen übergeben hatte, reichte er den Hörer an Isabella weiter, die trotz der späten Stunde ebenfalls noch im Büro war.

»Hey, Miss Italien, wie war dein Tag?«

»Ach, hör bloß auf«, murmelte Anna, die es leid war, Isabella schon wieder die Ohren vollzujammern. »Erzähl mir lieber was von dir.«

»Warte mal kurz.« Isabella drückte eine Taste auf Hannes' Telefon und stellte das Gespräch an ihren Apparat durch. Eine halbe Minute später ließ sie sich auf das Sofa in ihrem Büro fallen. »Da bin ich wieder. Und jetzt erzähl schon, was passiert ist.« Als Anna erneut das Thema wechseln wollte, erinnerte Isabella sie freundlich daran, wie sie im letzten Jahr an Liebeskummer gelitten hatte. »Damals hattest du Tag und Nacht ein offenes Ohr für mich. Und jetzt ist es eben umgekehrt. Also, rück raus mit der Sprache.«

Schließlich gab Anna nach und schilderte ihrer Freundin Lars' Charmeoffensive in allen Details. »Wobei ich zugeben muss, dass seine Freundlichkeit mit zunehmenden Versuchen etwas gelitten hat.«

»Wie geht es dir abgesehen von den ganzen Auseinandersetzungen der letzten Wochen und seinen etwas verkrampften Versuchen, dich dazu zu bewegen, zurück nach München zu kommen?«, fragte Isabella vorsichtig. »Ich meine, liebst du ihn denn noch?«

»Ja«, antwortete Anna gedehnt. Dann seufzte sie. »Irgendwie schon. Aber, um ehrlich zu sein, frage ich mich seit einigen Tagen, ob ich überhaupt da weitermachen kann und will, wo wir aufgehört haben.«

Isabella war die Traurigkeit nicht entgangen, die in Annas Stimme mitschwang. »Ich verstehe dich so gut«, sagte sie mitfühlend. »Es ist eine der schwierigsten Entscheidungen überhaupt, sich von seinem Partner zu trennen und in eine neue, ungewisse Zukunft aufzubrechen. Das zeigt sich auch daran, dass so viele Menschen zusammenbleiben, obwohl sie sich nichts mehr zu sagen haben oder, schlimmer noch, sich nur noch streiten. Es braucht schon viel Mut und Stärke, um diesen Schritt zu gehen.« Kaum dass sie die Worte ausgesprochen hatte, kam ihr noch ein anderer Gedanke. »Kann es sein, dass deine Überlegungen nicht nur mit Lars und seinem Verhalten zusammenhängen?«,

»Nein. Ich meine … ja«, gab Anna kleinlaut zu.

»Sondern auch mit deinem sexy Südtiroler Kellermeister?«

»Er ist nicht *mein* Kellermeister«, wehrte Anna ab. »Auch wenn sich der Gedanke gar nicht so schlecht anfühlt.«

»Dachte ich es mir doch.« Vor lauter Aufregung ließ Isabella das Telefon fallen. »Entschuldige, du bist mir aus der Hand gerutscht. Also erzähl.«

»Da gibt es nichts zu erzählen. Du weißt doch eh schon alles.«

»Ja. Dass er aussieht wie Bradley Cooper, als der noch jünger war, dass er witzig ist und intelligent, und dass er einen Knackarsch hat.«

»Letzteres hab ich nie behauptet!«

»Okay, dann hat er eben einen schlaffen Wackelpopo. Und weiter?«

»Blöde Kuh.« Anna lachte, bis ihr die Tränen kamen. »Nein, er hat keinen Wackelpo. Mehr musst du nicht wissen. Aber …«

Isabella wartete geduldig. »Aber was?«, hakte sie nach, als nichts mehr kam.

»Er ist einfach so … Ach, ich weiß auch nicht so recht.« Anna machte eine Pause und dachte nach. Irgendwie waren ihre Empfindungen, was Marco betraf, ziemlich ambivalent. »Einerseits kommt er mir unnahbar vor. Und dann habe ich wieder den Eindruck, dass er sich zwar zu mir hingezogen fühlt, aber entweder seinen Gefühlen nicht traut oder vor ihnen zurückschreckt.« Anna seufzte. Dann fuhr sie fort: »Und über allem ist er freundlich und frech zugleich. Er bringt mich ständig zum Lachen. Und wenn er mich berührt, habe ich das Gefühl, dass meine Haut zu brennen anfängt.«

»Ihr seid euch schon nähergekommen?«, interpretierte Isabella Annas Worte. »Das ist ja mal eine sensationelle Entwicklung.«

»Nein, sind wir nicht«, wehrte Anna Isabellas Unterstellung ab. »Aber er hat mir den Nacken massiert, als ich Schmerzen hatte. Und jedes Mal, wenn es zu einer zufälligen Berührung zwischen uns kommt, kribbelt es am ganzen Körper.«

»Ach, das ist doch total schön!« Isabellas Stimme hatte einen verträumten Klang angenommen. »Wieso probierst du es nicht einfach mit ihm?«

»Das kann ich nicht«, sagte Anna prompt. »Jedenfalls nicht, solange zwischen mir und Lars nicht alles definitiv geklärt ist. Aber wenn ich frei wäre …« Anna ließ den Satz im Raum stehen, doch Isabella wusste auch so, was sie meinte.

»Schatz, dann beende das mit Lars doch endgültig«, schlug sie vor. »Es macht schließlich keinen Sinn, so weiterzumachen. Und wenn du zu lange wartest, verliert Marco vielleicht das Interesse.«

»Falls er überhaupt an mir interessiert ist.«

»Wie bitte?« Isabella war entsetzt, dass Anna sich darüber Gedanken machte. »Der winkt doch geradezu mit der Keule, dass er dich will.«

Anna lachte, als sie sich Marco als keulenschwingenden, lendenbeschürzten Höhlenmenschen vorstellte. »Du vergisst, dass er Italiener ist. Die sind nun mal von Haus aus heißblütig und immer auf der Jagd nach armen, schwachen Frauen«, scherzte sie.«

»Egal. Auch falls seine Familienplanung an deiner vorbeigehen sollte«, fand Isabella. »Denk einfach mal drüber nach, was du dir vom Leben wünschst. Einen Mann, der dich zum Lachen bringt, bei dem dein Herz schneller schlägt und dein

Körper Glückshormone ausschüttet, wenn du morgens neben ihm aufwachst? Und der dich wünschen lässt, die ganze Welt umarmen zu können? Oder einen, der kein Geschirr in der Spüle stehen lässt und seine Steuererklärung pünktlich abgibt?«

Am nächsten Nachmittag war Anna einer Absage des geplanten Ausflugs noch ein Stück näher gekommen, denn der weitere gemeinsame Tag mit Marco im Weinberg hatte ihren Gefühlen noch einmal kräftig Schub gegeben. Erneut hatte er die Kühlbox mit allerhand Leckereien bestückt, und als sie sich nach dem Essen auf die Picknickdecke sinken ließen, spürte sie einen dicken Kloß im Hals.

»Woran denkst du?«, fragte er leise, als sie ihren Blick über den wolkenlosen Himmel gleiten ließ. Wenn er sich nicht täuschte, hatte eine tiefe Traurigkeit sie erfasst.

»Es ist so schön hier, dass ich nie wieder wegwill.«

Marco sah Anna fragend an. »Musst du das denn?«

»Ich … ich weiß es nicht. Ich meine, ich kann doch nicht mein restliches Leben lang durch den Weinberg kriechen und Blätter abzupfen oder Lisa beim Verpacken von Katalogen helfen.«

»Das ist es, was dich bewegt?« Marco verstand die Welt nicht mehr. »Du bist kaum zwei Wochen hier, erzählst, dass du für immer bleiben möchtest, und dann ist das Einzige, was dir dazu einfällt, dass du den Job nicht dein ganzes Leben machen kannst? Warum zum Henker nicht, wenn es das ist, was dich glücklich macht?«

»Weil es … weil ich … Ach verdammt.« Wütend rupfte sie ein Büschel Gras aus. »Natürlich macht es mich glücklich. Aber das ist doch nur eine Momentaufnahme. Ich habe doch nicht studiert, nur um dann jahrzehntelang Rebstöcke zu hätscheln.«

»Ach, Anna.« Marco drehte sich auf den Rücken und starrte in das Blätterdach über ihnen. »Warum folgst du nicht einfach deinem Schicksal, wenn es dir schon einen Weg weist?«

Anna stützte sich auf ihren linken Arm und sah ihn nachdenklich an. »Und du kannst das, oder wie?«

»Ich denke schon. Vielleicht nicht immer, aber ich arbeite daran.« Endlich sah er sie wieder an. »Weißt du, ich glaube, es ist typisch deutsch, sich immer über alles einen Kopf zu machen und anstatt in der Gegenwart zu leben über eine Zukunft nachzudenken, die es vielleicht nie geben wird.«

»Danke für die Blumen«, sagte Anna verstimmt. »Das muss ja nicht unbedingt schlecht sein.«

»Ist es auch nicht«, sagte Marco. »Wenn man zufrieden damit ist und es einem Sicherheit gibt, in geordneten Strukturen zu leben.« Er warf ihr einen zweifelnden Blick zu. »Aber das kann ich mir bei dir nicht vorstellen. Dass dich so eine Aussicht erfüllt, meine ich. Sonst würde dir das Leben, das du im Moment führst, nicht so gut gefallen.«

»Mein Leben in München gefällt mir aber mindestens genauso gut«, sagte Anna störrisch. Was war im Moment nur los, dass alle ihr erklären wollten, was gut für sie war und was nicht.

»Augenblick mal. Du bist doch diejenige, die davon gesprochen hat, wie schön die letzten Wochen für dich gewesen sind.«

Bestürzt sah Marco, dass Annas Augen sich wie aus dem Nichts mit Tränen füllten. »Hey, was ist denn los? Hab ich was Falsches gesagt?« Er musste sich beherrschen, um sie nicht in seine Arme zu ziehen. Weinende Frauen hatten ihn immer schon aus der Fassung gebracht.

»Nein.« Anna schluchzte und schniefte zugleich. »Warum müssen bloß alle auf mir herumhacken? Ich will doch nur meinen Frieden.«

Gut, dass Marco mit zwei älteren Schwestern aufgewachsen war. So war es ihm nicht ganz fremd, dass Frauen manchmal, na ja, etwas kompliziert waren. Zum Glück verzogen sich die Regenwolken meist aber genauso schnell, wie sie gekommen waren. In Ermangelung eines Taschentuchs zupfte er eine frische Serviette aus dem Korb und hielt sie ihr hin. »Hier.«

»Danke.«

Wie er es geahnt hatte, blinzelte schon bald wieder die Sonne aus Annas Augen, und er atmete erleichtert auf. »Möchtest du drüber reden?«

»Worüber?«, fragte Anna alarmiert. »Dass ich mich gerade komplett zum Idioten gemacht habe?«

»Nein«, antwortete Marco ernst. »Darüber, dass du das Gefühl hast, dass alle auf dir herumhacken.«

»Hmm«, brummte Anna.

»Hmm?«, hakte Marco nach, als nichts mehr kam. »Wenn du nicht reden willst, kann ich dir auch meine breite Brust zum Anlehnen bieten. Das hilft in schwierigen Fällen immer, ich schwöre.«

Anna kicherte. »Deine Brust ist also nahkampferprobt?«

»Und wie!« Marco grinste frech. »Sie wurde schon hundertfach mit Hieben malträtiert und stundenlang in Salzlake eingeweicht. Das ist alles kein Problem.«

»Ah ja.«

»Ah ja? Das ist alles, was du dazu zu sagen hast?« Eine todernste Miene begleitete seine Worte. Doch dann sah Anna das Blitzen seiner Augen.

»Ach du!« Sie boxte ihn gegen den Oberarm. Was ihn nur dazu verleitete, noch weiter frech zu grinsen.

»Na warte!«

Minuten später sank sie tatsächlich erschöpft an seine Brust. Seine starken Arme hielten sie fest, der verführerische Duft seines Eau de Toilette stieg ihr in die Nase, und unter seinem T-Shirt spürte sie sein Herz fest und verlässlich schlagen. Und dann brach ein Damm in ihr, und sie konnte die Tränenflut nicht mehr aufhalten. Doch während ihr Ausbruch vorhin von Schluchzen und Schniefen begleitet gewesen war, weinte sie jetzt völlig leise, und Marco hätte nicht mal etwas gemerkt, wäre es nicht an der Stelle, an der er ihr Gesicht spürte, plötzlich verdächtig nass geworden.

»Besser?«, fragte er nach einer Weile. Obwohl es ihm in der Seele wehtat, dass Anna so litt, hatte er sich seit Langem nicht mehr so eins mit der Welt gefühlt. Was er in den letzten Jahren kaum noch für möglich gehalten hatte, passierte plötzlich von ganz alleine: Als er in Annas verweintes Gesicht blickte, den Schmerz in ihren geröteten Augen sah, tauchte der verloren geglaubte Schlüssel zu seinem Herzen wieder auf und öffnete leise und verstohlen die Tür. Und dann senkte sich sein Mund vorsichtig auf den ihren.

Für ein paar Sekunden verschwand die Welt um sie herum. Anna ließ sich von einer Woge mitreißen, die so stürmisch war, dass sie das Gefühl hatte, inmitten eines Orkans auf einem Wellenkamm zu reiten.

Doch urplötzlich hatte sie das unheimliche Gefühl, Lars würde hinter ihr stehen und sie mit einem entsetzlich vorwurfsvollen Blick ansehen. So sehr Anna sich wünschte, dass die Empfindung wieder verschwinden würde, es half alles nichts, und sie fühlte sich, als ob ein kalter Regenguss sie erwischt hätte.

Mit einem Ruck riss sie sich von Marco los. »Ich kann das nicht. Es tut mir leid.«

Marco brauchte eine Weile, um aus dem Traum aufzuwachen, der ihn ganz in seinen Bann gezogen hatte. Und dann verstand er die Welt nicht mehr. Sie hatte seinen Kuss voller Leidenschaft erwidert, aber was war dann passiert? Es hatte sich so gut angefühlt. Doch nun saß sie wie ein Häufchen Elend im Gras und starrte einen Punkt am Horizont an. Er musste sich zusammenreißen, um nicht einen Fluch vom Stapel zu lassen. Schließlich stand er schweigend auf, packte die restlichen Lebensmittel in die Kühlbox und faltete die Decke zusammen. Als er sich wieder umdrehte, war Anna verschwunden.

Christine und Paolo waren früh dran für ihren Besuch beim Bürgermeister. Dennoch hatten sie beschlossen, zeitig loszufahren. Dann konnten sie vorher noch ein Eis essen gehen. Christine wollte gerade ins Auto steigen, als Paolo sie zurückhielt. Er deutete auf die Gestalt, die den schmalen Weg entlanghumpelte und einen äußerst derangierten Eindruck machte.

»Ist das nicht Anna? Sie muss sich verletzt haben.«

»Du liebe Güte! Da muss wirklich etwas passiert sein.« Christine sah auf ihre Armbanduhr. »Wir haben noch Zeit, bis wir beim Bürgermeister sein müssen. Hast du noch etwas anderes zu erledigen?«

»Chiaro. Kümmer dich um sie.« Paolo hatte verstanden. Er lächelte seine Frau liebevoll an und deutete mit dem Kopf zum Eingang der Kellerei. »Ich sehe nach, was sich da unten tut.«

»Anna! Warte!«, machte sich Christine bemerkbar. Als sie Anna erreicht hatte, sah sie, dass der Eindruck sie nicht getäuscht hatte. Annas Gesicht war vom Weinen verquollen, ihr rechtes Bein wies eine große Schramme auf, aus der noch immer ein wenig Blut quoll, und ihre Hände zitterten wie Espenlaub.

»Um Himmels willen.« Erschüttert fasste Christine Anna

bei den Schultern, da sie offensichtlich kurz davorstand zusammenzubrechen. »Was ist denn passiert? Komm, setz dich erst mal.« Sie deutete auf die Bank, die neben der Haustür stand. »Hattet ihr einen Unfall? Sollen wir einen Krankenwagen rufen?«

Anna gab einen erstickten Laut von sich. »Nein. Kein Unfall. Ich bin … Ich bin nur so …«

»Schschsch…», machte Christine beruhigend. »Alles wird gut. Kannst du mir erzählen, was los ist? Bist du überfallen worden?«

Anna schüttelte den Kopf. »Nn… Nein.«

Christine spürte, dass Anna komplett überfordert war. Das Wichtigste war deshalb, sie so weit zu beruhigen, dass sie wieder in ganzen Sätzen sprechen konnte. Sie musterte den langen Kratzer an Annas Unterschenkel. Es sah vermutlich schlimmer aus, als es war, da die Wunde zwar stark geblutet hatte, aber nicht sehr tief zu sein schien.

»Kannst du aufstehen?«, fragte sie deshalb. »Ich würde gern mit dir ins Büro gehen, da kann ich dich verarzten.«

Ein Anflug von Panik flackerte in Annas Augen auf. »Ins Büro… nein … Bitte nicht …«

»Keine Sorge, die Mitarbeiter sind gerade alle in der Kellerei, weil wir eine neue Anlage bekommen haben, die sie sich ansehen wollen. Und Paolo ist auch gerade dort. Es wird dich niemand so sehen.«

Schließlich gab Anna nach und ließ zu, dass Christine sie unterhakte und über die kleine Straße zum Haupthaus führte.

Im ersten Stock schickte sie Anna voraus und holte ein paar Handtücher aus dem Waschraum. Als sie in die Küche kam, saß Anna zusammengesunken am Esstisch. Christine ließ kaltes Wasser über eines der Handtücher laufen, wrang es aus und reichte es Anna. »Das ist für dein Gesicht. Das wird dir bestimmt guttun.«

Das zweite Handtuch erfuhr die gleiche Behandlung, allerdings mit heißem Wasser.

»Leg dein Bein hier drauf.« Christine deutete auf einen zweiten Stuhl, zog einen Dritten für sich selbst heran und machte sich vorsichtig daran, die Wunde zu säubern.

Als sie fertig war, sah sie, dass sie recht behalten hatte. Die Wunde war zwar lang, aber nicht sonderlich tief. Nichts, wofür ein Arzt vonnöten war. Allerdings musste sie trotzdem wissen, was passiert war, schließlich konnte sie nicht ahnen, ob Anna nicht noch weitere Verletzungen hatte, die unter Umständen wesentlich schlimmer waren als der Kratzer.

»Bist du gegen Tetanus geimpft?«

Anna nickte. »Erst vor ein paar Monaten.«

»Prima.« Eine Sorge weniger. »Ich lasse dich kurz alleine, um den Verbandskasten zu holen, ist das okay?«

»Ja, klar.« Anna nickte. »Kann ich … kann ich etwas zu trinken haben?«

Dass Anna wieder in ganzen Sätzen sprach, wertete Christine als gutes Zeichen. »Natürlich.« Sie holte eine Flasche zimmerwarmes Wasser und ein Glas aus dem Schrank und schenkte es voll. »Trink erst mal das, aber langsam. Ich bin gleich wieder da.«

Es dauerte keine zwei Minuten, und Christine kam mit einem riesigen orangefarbenen Koffer zurück, der aufgeschlagen fast den halben Tisch einnahm. »So«, murmelte sie nachdenklich und suchte den Inhalt nach Desinfektionsmittel und Pflastern ab, die groß genug waren, um die Wunde zu bedecken.

»Das wird jetzt etwas brennen«, sagte sie und schüttelte eine große Sprühflasche. Bevor sie jedoch ans Werk gehen konnte, blickte sie irritiert zu Anna.

Die hatte zu kichern angefangen und konnte nicht mehr damit aufhören, bis Christine ihr den kalten Lappen von der

Stirn nahm und in den Nacken legte. Abrupt hörte das Kichern auf.

»Was findest du denn gerade so lustig?«, fragte Christine liebevoll. Sie hatte mittlerweile den starken Verdacht, dass Annas wirkliches Problem seelischer Natur war; sie war sich aber auch bewusst, dass es keine gute Idee war, in dieses Hornissennest hineinzustochern.

Anna holte mehrmals tief Luft und stieß sie mit einem tiefen Seufzer wieder aus. Dann kicherte sie erneut. Diesmal ließ Christine sie gewähren, weil es nichts von dem hysterischen Anfall hatte, der sie zuvor gepackt hatte.

»Dass du gesagt hast, dass es gleich brennen wird, war so klischeemäßig, dass ich mich nicht mehr zurückhalten konnte«, gluckste Anna. »Ich kam mir plötzlich vor wie im Film. Das hat nichts mit dir zu tun«, sagte sie schnell. »Ich wollte damit nicht andeuten, dass du … Oh Gott.« Erneut stieß sie einen tiefen Seufzer aus. »Entschuldige, Christine. Ich bin total durch den Wind.«

»Das ist nicht zu übersehen«, sagte Christine in der ihr eigenen so humorvollen wie auch trockenen Art. »Darf ich jetzt weitermachen?«

»Klar.« Anna schloss die Augen und wartete darauf, dass das Brennen einsetzte. Als es dann kam, war der Schmerz so fies, dass sie erschrocken die Luft einsaugte. »Aua, scheiße, tut das weh!«

»Ja, jetzt gibt's nichts mehr zu lachen, was?« Christine wartete, bis das Mittel getrocknet war, das sie großzügig auf den sicher zwanzig Zentimeter langen Kratzer gesprüht hatte.

»Das sieht nicht besonders schick aus«, stellte Christine fest, nachdem sie fünf Wundpflaster so verklebt hatte, dass sie die Wunde schützten und kein weiterer Schmutz mehr daran gelangen konnte. »Wie du dich duschen kannst, ohne dass alles aufweicht, weiß ich auch nicht, aber ich gebe dir ein paar Gefrierbeutel und Klebestreifen mit. Dann kannst du dein Bein vielleicht gut genug abdecken, dass nichts nass wird.« Sie stand auf, schloss den Verbandskasten, dem sie vorher eine Rolle Leukoplast entnommen hatte, und brachte ihn ins Büro zurück. Anschließend kramte sie in einer Küchenschublade nach den Plastikbeuteln und legte sie neben die restlichen Pflaster und die Kleberolle.

»Wie fühlst du dich jetzt?«

»Besser«, sagte Anna leise. »Viel besser.« Und es stimmte. Christines ruhige Art war eine reine Wohltat. Was für ein Glück, dass gerade sie da gewesen war, Annas Misere sofort erkannt und entsprechend überlegt gehandelt hatte. Anna mochte sich gar nicht vorstellen, wie die Situation verlaufen wäre, wenn der kleine Unfall in München passiert und Isabella an Christines Stelle gewesen wäre. Dann säßen jetzt zwei heulende Häufchen Elend auf einer Bank und hätten vielleicht irgendwo eine große Tafel Schokolade gefunden, die sich als Pflaster auf Annas Seele gelegt hätte.

»Christine?«

»Ja?«

»Danke.« Anna machte eine weite Bewegung. »Für alles.«

»Du musst dich nicht bedanken, Anna.« Christine lächelte leicht. »Nicht für das Pflaster und auch nicht für den Job, der eigentlich keine richtige Aufgabe für dich ist.«

Anna stützte ihr Kinn auf die Hände. »Trotzdem. Ich habe das Gefühl, dass ich nur Chaos in euer Leben bringe.«

»Unsinn«, stellte Christine mit Nachdruck fest. Sie nahm eine Flasche Masetto Bianco aus dem Kühlschrank, entkorkte ihn und schenkte zwei Gläser zu je einem Viertel voll. Dann setzte sie sich wieder zu Anna. »Das, was du uns bringst, kann ich mit Worten schlecht beschreiben.« Dabei war Christine selten um Worte verlegen. »Es ist so, dass wir dich alle vom ersten Tag an in unser Herz geschlossen haben. Und das ist selbst für uns nicht normal.« Sie hob ihr Glas, schwenkte den Wein darin und atmete das Aroma ein. Zufrieden nickte sie und stieß mit Anna an. »Salute. Auf dich.«

»Auf euch«, erwiderte Anna den Gruß. Sie trank einen Schluck. Und dann noch einen. Der Wein war unglaublich gut. Und er rann wie Balsam durch ihre Kehle.

Christine wartete, bis Anna getrunken und ihr Glas wieder abgestellt hatte. »Weißt du, Anna, wir kennen eine Unmenge Leute. Dadurch, dass unser Weingut in den letzten beiden Jahrzehnten so erfolgreich geworden ist, wird von uns irgendwie erwartet, dass wir unseren Kunden ohne Unterbrechung zur Verfügung stehen.« Sie lachte leise. »Du kannst dir nicht vorstellen, was wir teilweise zu hören bekommen. Zum Beispiel hat sich mal ein Kunde für Samstag angemeldet mit der Begründung, dass wir dann ja Zeit hätten, weil wir unter der Woche arbeiten würden. Verstehst du, was ich damit sagen will?«

Anna hing wie gebannt an Christines Lippen. »Ja«, antwortete sie. »Dass der Kunde überhaupt nicht merkt, dass er aus eurem freien Wochenende einen Arbeitstag macht.«

»Genau.« Christine freute sich, dass Anna erkannt hatte, worauf sie hinauswollte. »Uns mangelt es also nicht an Gesellschaft. Wenn wir so etwas zulassen würden, hätten wir überhaupt kein Privatleben mehr. Wir sind also nicht auf der Suche nach neuen Freunden, weil wir für die, die wir zum Teil seit unserer Schulzeit kennen, dann noch weniger Zeit hätten. Geschweige denn für uns selbst. Aber dann gibt es Situationen wie die, in der uns eine junge Frau quasi vor die Füße fällt und uns mit ihrer ganzen Art so ans Herz wächst, dass sie schon nach kurzer Zeit fast wie ein Familienmitglied ist. Und so ein Mensch bringt kein Chaos in unser Leben«, griff sie Annas Worte wieder auf. »Wir spüren alle, dass es dir nicht gut geht, und das macht uns Sorgen. Und wir wollen, dass du dich wieder wohlfühlst. Wir wissen nur nicht, wie wir dir dabei helfen können. Aber wenn du Unterstützung, gleich welcher Art, brauchst und das Gefühl hast, sie von uns annehmen zu können, sind wir für dich da.«

Annas Kehle hatte sich bei Christines Worten zusammengeschnürt, und schon wieder suchten sich dicke Tränen ihren Weg nach draußen. In Ermangelung eines Taschentuchs stellte Christine eine Rolle Küchenkrepp vor Anna auf den Tisch.

»Danke«, flüsterte die, riss zwei Blatt ab und schnäuzte sich. Als sie ihre Fassung wiedergewonnen hatte, atmete sie erst mal tief durch. »Ich weiß, du willst das nicht hören«, sagte sie mit einem schiefen Lächeln. »Aber trotzdem: Danke. Für alles«, wiederholte sie ihre Worte von vorhin und hob die Hand, um Christines Protest abzuwehren. »Ich muss das loswerden. Bitte. Weil ich mir die letzten Tage so oft vor Augen gehalten habe, dass ich noch nie eine Familie wie euch kennengelernt habe, geschweige denn selbst eine gehabt hätte. Meine Eltern haben sich nach drei Jahren Rosenkrieg getrennt, als ich gerade mal fünf Jahre alt war, und reden seither kein Wort mehr miteinander. Für mich ist es eine Horrorvorstellung zu heiraten, weil ich mich nicht von dem Gedanken frei machen kann, dass meine Ehe genauso enden könnte wie die meiner Eltern. Und Geschwister habe ich keine, mit denen ich mein Leid jemals hätte teilen können. Doch dann lerne ich euch kennen. Ihr seid so eine wunderbare Familie. Vermutlich hätte ich nicht geglaubt, dass ihr echt seid, wenn mir jemand von euch erzählt hätte.«

Nun war es an Christine, gerührt zu sein. Obwohl sie nicht nah am Wasser gebaut war, blinzelte sie eine Träne weg. Sie griff nach Annas Hand. »Ich möchte dir auch gern Danke sagen. Für deine Freundschaft. Ich freue mich sehr darüber, dass du dich bei uns so wohlfühlst.«

Eine Weile schwiegen die beiden Frauen und tranken ihren Wein. Dann spürte Christine, dass Anna ruhiger wurde. »Möchtest du mir erzählen, was los war?«, fragte sie vorsichtig.

»Ja, das würde ich gern«, antwortete Anna. Doch dann erinnerte sich sich, dass Christine und Paolo gerade hatten wegfahren wollen, als sie zur Kellerei gehumpelt war. »Aber hast du denn überhaupt Zeit?«

Christine sah auf die Uhr. »Eine halbe Stunde noch, dann müssen wir los, weil wir einen Termin beim Bürgermeister haben.« Sie holte ihr Handy aus ihrer Tasche. »Ich gebe nur kurz Paolo Bescheid.«

Zwei Minuten später hatte sie das Gespräch mit ihrem Mann beendet und nickte Anna aufmunternd zu. »Schieß los.«

Und so erzählte Anna Christine erneut von ihrer Beziehung mit Lars, doch diesmal erwähnte sie den Druck, unter den er sie seit einigen Tagen setzte. Und schließlich vertraute sie Christine auch noch an, dass Marco ihre Gefühlswelt so durcheinanderbrachte, wie sie es noch nie erlebt hatte. Sie ließ auch den Kuss nicht aus, der dazu geführt hatte, dass sie heute davongelaufen war.

»Ich bin völlig kopflos durch den Weinberg gerannt und hab so geheult, dass ich schon Angst hatte, die Rebstöcke mit dem ganzen Salzwasser umzubringen«, wehrte sie sich mit einem Scherz tapfer gegen einen weiteren Heulkrampf. »Und dann bin ich gestolpert und hingeflogen. Dabei bin ich irgendwo hängen geblieben und hab mir den Kratzer zugezogen.« Betreten starrte Anna aus dem Fenster. »Das hat dazu geführt, dass ich mich noch elender gefühlt habe.«

Christine widerstand dem Impuls, Anna in ihre Arme zu ziehen. Sie wusste genau, dass die junge Frau dann erneut die Fassung verloren hätte. »Was wäre denn, wenn du dich auf ihn einlässt?«, fragte sie vorsichtig.

»Auf Marco?«

»Klar auf Marco. Auf wen denn sonst?«

»Nein.« Anna schüttelte den Kopf. »Das kann ich nicht, solange ich mit meinen Gefühlen zu Lars nicht im Reinen bin.«

»Du meinst, solange du die Beziehung nicht beendet hast.«

»Ja. Egal, was ich noch für ihn empfinde, ich bin nicht der Typ, der zweigleisig fahren kann oder will.«

»Nicht mal für kurze Zeit?«

»Nicht mal das.«

»Hm.« Christine studierte das Etikett der Flasche, als hätte sie es noch nie richtig wahrgenommen. Sie blinzelte das Foto an, auf dem sie und ihre Familie abgebildet waren, und wie so oft in den vergangenen dreißig Jahren wurde ihr bewusst, welch ein Glück sie in ihrem Leben gehabt hatte. Dann sah sie wieder zu Anna und hoffte von Herzen, dass auch ihr eines Tages ein ähnliches Glück zuteilwurde. »Das ist eine Charaktereigenschaft, um die dich viele Menschen beneiden sollten«, stellte sie fest. »Aber das hilft dir im Moment nicht weiter. Du wirst eine Entscheidung treffen müssen, und zwar bald.«

Die blauen Augen hinter dem roten Brillengestell suchten Annas Blick. »Ich erzähle dir jetzt was über Marco. Es ist nichts Geheimes, aber er spricht nicht gerne darüber. Ich bin allerdings der Meinung, dass du es wissen solltest, weil ich mir vorstellen kann, dass es dir ein bisschen weiterhilft.«

Um ihre Gedanken zu sortieren, stand Christine auf und öffnete die Terrassentür. »Marco kam vor ein paar Jahren hierher und bat Paolo um eine Stelle. Obwohl er da bereits ein erfahrener Kellermeister war, wollte er, ähnlich wie du, einfach nur irgendeinen Job. Es war ihm egal ob in der Kellerei, im Büro oder sonst wo. Vermutlich hätte er sich auch damit zufriedengegeben, den ganzen Tag die Straße vor dem Haus zu kehren. Er wollte nur etwas zu tun haben. Was zwischen den beiden Männern damals besprochen wurde, hat Paolos

Büro nie verlassen. Letztlich hat er Marco eine Stelle in der Kellerei angeboten, obwohl wir zu dem Zeitpunkt dort nichts frei hatten. Doch auch Paolo hat ein Gespür für Menschen, er braucht keine meterlangen Zeugnisse oder Referenzen eines Bewerbers, viel wichtiger ist ihm der Mensch hinter den ganzen Papieren. Genau das haben wir auch unseren Kindern beigebracht.«

Christine nahm die Flasche aus dem Kühler und schenkte ihnen nach. »Wir haben uns bislang noch nie in jemandem getäuscht. Unsere Mitarbeiter sind unser wichtigstes Gut, und so behandeln wir sie auch, aber das nur nebenbei. Marco jedenfalls konnte nach vier Monaten die überraschend frei gewordene Stelle des damaligen Kellermeisters übernehmen, nachdem der wegen seines kranken Vaters nach Sizilien zurückkehren musste. Er und Dani sind im Lauf der Jahre gute Freunde geworden. In der ganzen Zeit hat sich Marco nie ernsthaft für eine Frau interessiert. Und glaub mir, das lag ganz sicher nicht daran, dass er keine Chancen gehabt hätte.«

Das glaubte Anna unbesehen. Der Südtiroler war der Typ Mann, für den so manche Frau alle Register ziehen würde, nur um ihn für sich zu gewinnen.

»Man sieht ihn zwar gelegentlich mit irgendwelchen Frauen, und ich kann mir auch denken, dass da ab und zu was läuft, mehr ist da aber auch nicht. Ich habe mich schon oft gefragt, warum das so ist. Auch Dani kann sich keinen Reim darauf machen, weil Marco nicht darüber spricht. Irgendwas muss in seiner Vergangenheit passiert sein«, murmelte Christine. »Aber der Sturkopf frisst einfach alles in sich hinein und macht immer sofort dicht, wenn es um Frauen geht. Dabei bin ich mir sicher, dass er ein riesengroßes Herz hat und sich nichts sehnlicher als eine eigene Familie und Kinder wünscht.« Sie drehte sich um und öffnete den Kühlschrank. »Möchtest du noch ein Wasser?«

»Gern.« Weiter sagte Anna nichts. Sie fieberte danach, mehr über Marco zu erfahren.

»Und plötzlich tauchst du auf dem Weingut auf«, fuhr Christine fort, nachdem sie eingeschenkt hatte. »Seit du hier bist, hat Marco sich verändert. Zuerst fast unmerklich, dann war er ein paar Tage lang etwas durch den Wind, und jetzt läuft er mit glänzenden Augen herum. Paolo hat gestern eine Bemerkung gemacht, dass er Angst hat, Marco würde dieses Jahr den ganzen Wein versauen, falls er weiterhin so gedankenversunken durch die Gegend läuft.«

»Das ist nicht wahr!« Anna musste prompt lachen.

»Doch.« Auch Christine schmunzelte. »Zumindest, dass Paolo das gesagt hat, wenn auch nur im Scherz.« Sie wurde wieder ernst. »Anna, ich möchte dich um etwas bitten. Auch wenn du im Moment nicht weißt, was du machen sollst, spiel nicht mit Marco.« Sie hob die Hände, als Anna etwas sagen wollte. »Gleich. Lass mich erst ausreden. Ich weiß, dass du nicht der Typ dafür bist, das ist spätestens klar geworden, als du erzählt hast, dass du nichts mit ihm anfangen würdest, bevor du dich nicht endgültig von Lars getrennt hast. Aber falls du den Schritt jemals gehst, fang bitte nur etwas mit Marco an, wenn es dir damit wirklich ernst ist. Ich möchte nicht, dass er verletzt wird. Ich glaube nämlich, dass die Narben, die er in seinem Leben davongetragen hat, bereits tief genug sind.«

»Oh Mann!« Isabella stieß einen tiefen Seufzer aus, nachdem Anna ihr am Abend die ganze Geschichte haarklein erzählt hatte. »Auch wenn sich das für dich gerade wahrscheinlich nicht danach anfühlt, aber weißt du eigentlich, welches Glück du hast?«

Anna hörte das Aufschnippen eines Feuerzeugs, dann folgte ein Pusten. »Hast du etwa wieder angefangen zu rauchen?«, fragte sie entsetzt.

»Bitte sag nichts dazu«, wehrte Isabella ab. »Ich weiß selbst, wie scheiße das ist und wie schnell ich wieder im alten Trott bin. Aber ich konnte mich heute einfach nicht länger beherrschen. Ich habe mir aber keine Schachtel gekauft, sondern nur zwei Zigaretten geschnorrt.«

»Fang bitte nicht wieder damit an«, sagte Anna nachdrücklich. »Es ist ungesund, teuer und sieht komisch aus. Ich meine, wenn unser Schöpfer gewollt hätte, dass uns Rauch aus dem Mund quillt, hätte er uns nicht als Menschen, sondern als Drachen erschaffen.«

»Du bist doof.« Auf den Lachanfall, den Isabella prompt bekam, folgte ein Hustenanfall.

»Das hast du nun davon«, sagte Anna in gespielt strengem Tonfall. »Mach das Ding aus. Und zwar sofort!«

»Ja, Mama, ist gut.« Tatsächlich zog Isabella noch einmal an dem Glimmstängel, dann drückte sie ihn aus. »Du hast meine Frage noch nicht beantwortet«, stellte sie fest.

»Welche Frage denn?«

»Ob dir bewusst ist, welches Glück du hast.«

»Schönes Glück«, murmelte Anna. »Ein Nicht-mehr-und-doch-wieder-Freund, ein Verehrer, der irgendwelche Traumata mit sich herumschleppt, und ein Zimmerchen ohne Küche, für das ich vor zehn Jahren eigentlich schon zu alt gewesen bin.«

»Jetzt wirst du ungerecht, und das weißt du auch.«

»Ja, da hast du recht.« Trübsinnig starrte Anna in die Dunkelheit hinaus.

»Ich meinte damit, dass du diese wunderbare Familie kennengelernt hast. Wenn auch nur die Hälfte davon stimmt, was du so erzählst, dann ist es doch, abgesehen vom Traummann, genau das, was sich jeder von uns wünscht. Eine intakte Familie, Geborgenheit, Nestwärme. Ich glaube, da sind uns die Italiener oder vielleicht sogar alle Südländer meilenweit voraus. Wenn man sich überlegt, dass man hierzulande schon schief angesehen wird, wenn man mit Mitte zwanzig noch bei Mami und Papi wohnt, ist das doch eigentlich krank, oder? Ich meine, die Selbstständigkeit in allen Ehren, aber was spricht dagegen, als Familie zusammenzuhalten?«

»Hm, ich weiß nicht. Für mich fühlt sich der Gedanke, ich könnte jetzt noch bei meinen Eltern wohnen, schon irgendwie seltsam an. Aber das liegt vielleicht daran, dass ich schon sehr früh keine richtige Familie mehr hatte.«

»Stimmt, du warst ja ein Scheidungskind und froh, als du mit achtzehn zu Hause ausziehen konntest.« Isabella erinnerte sich gut an Annas Erzählung, wie sehr sie sich selbst Jahre nach der Trennung ihrer Eltern gequält hatte. Vermutlich hatte sie sich deswegen in der Pubertät zur Rebellin entwickelt, sich die Haare in allen Farben des Regenbogens gefärbt, einen Nasenring getragen und die Schule mehr als nur einmal geschwänzt.

»Und vielleicht hat dich deswegen Lars' überfallartiger Heiratsantrag mitsamt Bekanntgabe seiner Fortpflanzungspläne so aus der Bahn geworfen.«

»Gut möglich.« Anna zuckte mit den Schultern. Dann nahm sie das Handy vom Ohr und sah auf das Display. »Mein Akku ist gleich leer, ich habe hier am Bett aber keine Steckdose. Lass uns morgen Abend quatschen, ja?«

»Ja, klar. Nur noch zwei kurze Fragen: Hast du schon darüber nachgedacht, wann es dir passt, dass ich dich besuche?«

»Hab ich«, bestätigte Anna. Isabella hatte die Idee für einen Besuch über ein langes Wochenende vor ein paar Tagen ins Spiel gebracht. »Du kannst jederzeit kommen. Wenn ich es früh genug weiß, kann ich meine Arbeit so einteilen, dass ich auf jeden Fall freihabe, wenn du hier bist. Ich würde dir nur von den nächsten beiden Wochenenden abraten, weil aufgrund der Feiertage sicher so viel Verkehr ist, dass du mehr Stunden im Stau stehst, als du dann hier verbringen kannst.«

»Gutes Argument. Ich plane dann also mal das dritte Wochenende von jetzt gesehen ein, okay?«

»Super. Und was war die zweite Frage?«

»Ob du morgen mit Marco zum Gardasee fährst.«

»Ich habe echt noch keine Ahnung«, gestand Anna bedrückt. »Irgendwie befürchte ich, dass er sauer ist, nachdem ich ihn sitzen gelassen habe und davongerannt bin. Oh Gott«, sagte sie, als plötzlich die Erinnerung an den vergangenen Nachmittag wieder hochkam. »Ich glaube, mir wird schlecht.«

»Reiß dich zusammen. Atme tief durch und zwick dich in die Nase.«

»Was?«, prustete Anna los. »Wozu soll das denn gut sein?«

»Das war ein Ablenkungsmanöver. Hat ja auch geklappt, oder?«

»Für den Moment schon.«

»Dann merk es dir, und jedes Mal, wenn dir übel wird, zwickst du dich in die Nase. Oder ins Ohr. Ist eigentlich egal, wohin. Hauptsache, es tut ordentlich weh.«

»Ganz tolle Idee.«

»Also, weiter im Text: Gardasee, ja oder nein?«

»Vermutlich nicht. Wir haben heute auch nichts mehr ausgemacht.« Anna hob den Kopf und lauschte. »Es hat geklopft, warte mal.« Sie legte das Telefon aufs Bett und ging zur Tür. »Oh. Hallo, Moussa.« Sie war dem Mann aus Mali, der wie sie in der Casa Masetto wohnte, schon öfter über den Weg gelaufen, aber mehr Worte als ein »buon giorno« oder »buona notte« hatten sie noch nie miteinander gewechselt. Da Moussa kein Deutsch verstand, machte sie eine fragende Geste, die er erwiderte, indem er Daumen, Zeige- und Mittelfinger zum Mund führte. »Voi mangiare qualcosa?«

»Ähm, si, grazie. Uno momento.« Anna lief zurück zu ihrem Telefon. Als sie sah, dass die Akkuanzeige auf unter zehn Prozent gesunken war, sagte sie: »Isabella, ich muss Schluss machen. Der Akku ist gleich ganz leer, und gerade war einer meiner Kollegen hier und …«

»Hat dich gefragt, ob du etwas essen willst«, beendete Isabella Annas Satz. Sie hatte gehört, was die Männerstimme von Anna hatte wissen wollen. »Dann lass es dir schmecken. Und egal, was du morgen machst, versprich mir, dass du den Tag genießt, hörst du?«

Nachdem Anna aufgelegt hatte, lief sie nach unten, wo die anderen Bewohner der Casa Masetto bereits zusammensaßen. Sie freute sich, dass Moussa gekommen war und sie in die gesellige Runde eingeladen hatte. Und als sie sah, dass auf dem Grill bereits Fleisch und Gemüse aus dem Garten schmorten, bemerkte Anna erst, wie hungrig sie war.

Als Anna am späten Abend wieder in ihr Zimmer kam, hatte sie trotz der Strapazen des Tages ihre gute Laune wiedergefunden. Das Beisammensein mit den anderen war nett und unbeschwert gewesen, das Essen einfach, aber gut, und der Wein war sowieso eine Extraklasse für sich. Zudem hatten die gegenseitigen, nur mäßig entwickelten Fremdsprachkenntnisse immer wieder für lustige Momente gesorgt.

Anna zog das Handy vom Ladegerät, setzte sich damit aufs Bett und wunderte sich über die Nachricht von einer unbekannten Nummer.

Anna

Ich habe keine Ahnung, was das heute war. Vielleicht muss ich es auch nicht verstehen, wäre aber froh, wenn du es mir erklä-

ren würdest. Gerne morgen auf der Fahrt zum Gardasee, falls du das noch möchtest. Falls nicht, gib mir bis spätestens 7:30 Bescheid. Dann sorge ich dafür, dass dich Tiziana mit jemand anderem einteilt.
Marco

# Kapitel 13

Sieben Stunden später erwachte Anna genau so, wie sie eingeschlafen war. Mit einem Ruck setzte sie sich auf und sah entgeistert an sich herab. Nicht nur, dass sie es versäumt hatte, sich zu waschen und die Zähne zu putzen, sie trug auch noch die Klamotten vom Vorabend samt Schuhen.

»Igitt«, sagte sie, als sie den pelzigen Belag auf ihrer Zunge spürte. Obwohl sie es liebte, vor dem Aufstehen noch ein Weilchen im Bett zu dösen, war daran heute nicht zu denken.

»Wer bichd denn du?«, fragte sie, die Zahnbürste im Mund, als sie in den Spiegel blickte. Die Augen waren rot unterlaufen, was sicher von der ganzen Heulerei kam, die Haare standen in alle Himmelsrichtungen ab, und eine Stofffalte hatte ihre Signatur auf Annas Wange hinterlassen, sodass sie jetzt aussah, als hätte sie einen zehn Zentimeter langen Schmiss im Gesicht.

»Sehr hübsch«, attestierte sie der Vogelscheuche, fletschte die Zähne und überzeugte sich davon, dass das fremde Wesen sie gut genug gesäubert hatte. Dann verbrachte sie zehn Minuten damit, das Vogelnest auf ihrem Kopf zu entwirren, und schließlich erkannte sie sich selbst wieder.

»Wir brauchen vierzig Minuten bis zum See«, sagte Marco mit reservierter Stimme, als sie in seinen Wagen stieg. Er reichte ihr einen Thermobecher mit Kaffee und deutete auf den Rücksitz, wo eine Tüte mit frischen Panini auf sie wartete. »Ich freue mich, dass du mitkommst«, sagte er und warf ihr einen unergründlichen Blick zu, bevor er den Motor startete. »Du musst dich aber nicht verpflichtet fühlen, mir zu erzählen, was das gestern zu bedeuten hatte, egal, was ich in der WhatsApp geschrieben habe. Ich habe dir angeboten, dich zum Kiten mitzunehmen, und dazu stehe ich.«

Anna war erleichtert und erschrocken zugleich. Nie im Leben hatte sie damit gerechnet, dass er sie so distanziert, ja fast schon gleichgültig, behandeln würde. Wütend, ja. Verletzt, auch das. Aber so kühl und beinahe abweisend? Sie biss sich auf die Zunge, um nicht wieder etwas Unbedachtes zu sagen. Isabella hat schon recht. Sie interpretierte viel zu viel in seine Worte und Gesten hinein, und das war nicht gut! Vielmehr sollte sie versuchen, die freie Zeit zu genießen. Die Sonne schien, die Vögel zwitscherten, und ihre ersten Kiteversuche würden bestimmt lustig werden.

Fünf Stunden später war ihr das Lachen gründlich vergangen. Marco hatte ihr schon im Auto einiges über die wichtigsten Grundlagen des Kitesurfens erzählt. Bis sie am See angekommen waren, schwirrte ihr der Kopf, doch immerhin wusste sie genügend über die Aerodynamik des Kiteschirms und sämtliche Sicherheitsregeln, die sie für den heutigen Tag brauchte. Als sie es nach all der Theorie kaum noch erwarten konnte, endlich ins Wasser zu kommen, erlebte sie jedoch eine herbe Enttäuschung, da Marco den Wagen noch einige Kilometer vom See entfernt auf eine große Wiese fuhr.

Marco hingegen konnte sich ein Lachen nicht verkneifen. »Für dich gibt es erst mal ein paar Trockenübungen«, entschied er. Nachdem er den Wagen geparkt hatte, holte er ein

Stoffpaket aus dem Kofferraum und ließ es vor Anna ins Gras fallen. »Das ist ein kleiner Lenkdrachen. Mit dem wirst du zunächst die ersten Schritte üben und dich mit dem Handling vertraut machen, damit du ein Gefühl dafür bekommst, wie du später im Wasser den großen Schirm steuerst und den Druck rausnimmst und auch, wie du ihn abwerfen kannst, bevor er dich in Gefahr bringt.« Er bückte sich, entfaltete den Stoff und entwirrte die Leinen. Dann legte er sich selbst einen Hüftgurt an, den er Trapez nannte, koppelte eine dicke, geraffte Leine, die *Safety Leash*, mit einem Karabiner an die *Bar*, einer Stange, an der die Leinen befestigt wurden und die quasi als Steuerruder diente. Er zeigte ihr, wie sie Wind in den Schirm bekam. »Wenn du jetzt die *Bar* näher zu dir herziehst, drückt dir der Wind den Schirm auf; er steigt, und du gewinnst an Fahrt. Wenn du die *Bar* von dir wegschiebst, lässt der Druck nach, und du wirst langsamer. Falls du in eine Situation kommst, die du nicht mehr kontrollieren kannst, musst du den Schirm loswerden.«

Aufmerksam sah und hörte Anna zu, wie er gekonnt mit dem Segel umging. Es sah kinderleicht aus, aber sie war nicht so dumm zu denken, dass es wirklich so einfach war.

Nachdem Marco ihr einige Male alle Griffe und Tricks vorgeführt hatte, drückte er die *Bar,* so weit es die Leine zuließ, von sich weg, und sofort sank der Schirm zu Boden.

»Bereit?«, fragte er.

»Ja!« Annas Augen funkelten aufgeregt. Als Marco erneut ans Auto ging und ein deutlich kleineres Trapez herausholte, versetzte ihr das einen Stich, ohne dass sie konkret hätte sagen können, warum. Doch es brannte ihr unter den Nägeln, herauszufinden, wem das Teil gehörte. »Aus dem bist du aber schon länger herausgewachsen«, scherzte sie in der Hoffnung, ihn so zu verleiten, etwas über die Besitzerin zu verraten.

»Findest du?«, alberte er zurück und hielt sich das Trapez an die Hüfte.

Mit einem Kennerblick musterte sie ihn, dann schüttelte sie den Kopf. »Nein, das ist zu klein. Außerdem finde ich, dass dich rosa blass macht.«

»Schade«, stellte er mit einem Seufzer fest. »Einige Frauen behaupten, dass rosa Hemden an Männern toll aussehen, andere finden, dass es blass macht. Man kann es einfach nicht allen recht machen.«

Anna lächelte etwas gequält, weil ihr klar geworden war, dass sie das, was sie wirklich wissen wollte, so nicht erfuhr. Sie schnappte sich das Trapez, schlang es sich um die Hüften, verschloss es sorgfältig, dann bückte sie sich und griff nach der *Bar*. Sie hängte den Karabiner der *Safety Leash* ein, ging ein paar Schritte rückwärts und stellte sich hüftbreit hin, zog die *Bar* heran und spürte, wie der Wind in den Stoff fuhr.

Ein paar Minuten später hatte sie den Kniff heraus, und der Schirm stand hoch über ihr. »Cool«, jauchzte sie und folgte den Anweisungen, die Marco ihr gab.

»Solange der Kiteschirm im Zenit steht, passiert gar nichts. Erst wenn du ihn in das Windfenster lenkst, wirst du im Wasser Fahrt aufnehmen. Wenn die *Bar* so wie jetzt waagrecht steht, stellst du dir das als zwölf Uhr vor. Versuche jetzt ganz behutsam, auf ein Uhr zu gehen.«

Vorsichtig drückte Anna die *Bar* mit der rechten Hand ein kleines Stück nach unten und spürte sofort den Zug, als der Schirm sich ebenfalls nach rechts neigte und nach unten sank. »Ups.« Unwillkürlich steuerte sie sofort viel zu stark dagegen, doch dann schlug der Schirm einen Haken und drehte in die Gegenrichtung.

»Deswegen hatte ich *behutsam* gesagt.« Marco stand dicht hinter ihr und redete ihr beruhigend zu. »Das Gleiche übst du jetzt so lange, bis du mit dem Drachen perfekte Achten in den Himmel malst. Keine Angst, es kann dir nichts passieren.«

Als Anna Marco so nah bei sich spürte, bekam sie weiche Knie und fühlte, wie die feinen Härchen auf ihren Armen sich aufstellten. Die Luft zwischen ihnen schien zu flimmern, und es fiel ihr zunehmend schwer, sich zu konzentrieren. Zum Glück konnte sie dem Kapriolen schlagenden Übungsschirm ihre Nervosität anlasten, und so bekam Marco nichts von dem Aufruhr in ihrem Inneren mit.

Als er sie nach einigen qualvoll süßen Minuten mit ruhiger Stimme aufforderte, den Schirm tiefer zu lenken, musste sie sich mit allen Sinnen auf das Spiel mit dem Wind einlassen, um nicht davongezogen zu werden. Und dann war sie nur noch auf sich selbst und den Kite fokussiert.

Eine halbe Stunde später hatte sie rote Wangen, drückte die *Bar* von sich weg und übte den Notabwurf des Schirms.

»Und?«, fragte Marco. »Macht es dir Spaß?«

»Und wie!« Anna strahlte. Sie konnte sich nicht erinnern, wann sie zuletzt so viel Freude verspürt hatte. Da ahnte sie aber noch nicht, dass sich das schon bald wieder ändern würde.

»Gut.« Marco faltete den Schirm zusammen, wickelte die Leinen sorgfältig auf und verstaute alles im Kofferraum, während Anna genau beobachtete, wie er das Material behandelte, damit sie es später selbst machen konnte.

»Dann fahren wir jetzt zum See?«

»Bist du dir sicher, dass du das willst?«

Aufgeregt sah Anna ihn an. »Sicher bin ich mir sicher. Hast du es dir denn wieder anders überlegt?«

»Nein. Aber der Umgang mit einem richtigen Kite im Wasser ist schon noch eine andere Nummer als das Üben mit einem Trainingsschirm. Und außerdem wirst du dabei nass.«

»Huch.« Anna lächelte geziert. »Na ja, solange meine Frisur dabei nicht zerstört wird, ist es nicht so schlimm.«

Nun war es an ihm, fassungslos zu schauen. »Äh, das kann ich dir so nicht garantieren. Eigentlich bin ich mir sogar sicher …« Als er endlich merkte, dass sie ihn nur aufzog, war es schon zu spät. Anna hielt sich sogar den Bauch vor Lachen. »Na warte«, sagte er vergnügt. »Der Spaß wird dir gleich vergehen.«

Zwei Stunden später hatte Anna vor Begeisterung glänzende Augen. Sie hielt sich, bekleidet mit einem hautengen Neoprenanzug und einer Schwimmweste, am Wulst des Schlauchboots fest, das Marco sich an der Surfschule in Navene geliehen hatte und mit dem sie auf den See hinausgefahren waren.

Als er ihr zuvor erklärt hatte, dass das nächste Training im tiefen Wasser stattfinden würde, war ihr doch mulmig geworden.

»Kann ich nicht erst mal am Ufer weiterüben?«

»Das ist im Moment noch keine so gute Idee«, antwortete Marco ruhig. »Das Ufer ist felsig, deswegen ist die Gefahr zu groß, dass dich der Kite über einen der Steine zieht und du dich ernsthaft verletzt. Oder dass du die Kontrolle über den Schirm verlierst und er über der Straße runtergeht und ein Auto in ihn hineinfährt. Du darfst nicht vergessen, wie lang die Leinen sind. Und, ganz ehrlich, das Starten vom Ufer aus ist hier in Navene ziemlich stressig.« Er lächelte sie verständnisvoll an. »Ich weiß, was in deinem Kopf vorgeht. Das geht jedem so, denk dir nichts dabei. Ich mache dir einen Vorschlag: Wir fahren ein Stück weit raus, du bleibst erst mal im Boot und siehst mir zu. Dann kannst du immer noch entscheiden, ob du ins Wasser willst oder ob wir zurück an Land fahren und stattdessen ein Glas Wein trinken.«

Bevor Marco ins Wasser sprang, empfahl er Anna, selbst ein kurzes Bad zu nehmen, damit sie sich an den Neoprenanzug gewöhnen konnte. Er wusste aus eigener Erfahrung, dass einem der Anzug eine gewisse Sicherheit vermittelte, und er wollte, dass Anna dieses Gefühl im Kopf hatte, wenn sie ihm zusah.

Das Wasser, das langsam in den Surfanzug einsickerte, war noch recht frisch und lenkte Anna zum Glück von Marcos Nähe ab. Zudem sorgte das Neopren dafür, dass sie viel mehr Auftrieb hatte, als wenn sie im Bikini schwimmen ging.

Marco grinste, als er ihren verwirrten Gesichtsausdruck bemerkte. »Bei der Herstellung von Surf- und Tauchanzügen werden Gasbläschen ins Neopren eingeschäumt«, antwortete er vergnügt auf ihre Nachfrage, warum sie sich wie ein Korken vorkam. »Das führt einerseits dazu, dass das Material hervorragend gegen Kälte isoliert, andererseits schwimmt Luft immer oben. Je dicker der Anzug, desto größer der Effekt.«

Nachdem sie sich erst einmal an das seltsame Gefühl gewöhnt hatte, versuchte sie einige Male, ein Stück unterzutauchen, und fand es lustig, wie sie immer wieder nach oben ploppte.

Marco ließ ihr eine Weile ihren Spaß, dann wurde er ernst. »Komm wieder ins Boot, dann zeige ich dir, was ein *Bodydrag* ist«, sagte er und fügte auch gleich eine Erklärung an: »Das bedeutet, dass du dich kontrolliert vom Kite durchs Wasser ziehen lässt. Wenn du zum Beispiel durch einen Sturz das Brett verloren hast, musst du in der Lage sein, dich gezielt und mit wenig Kraftaufwand dorthin zu bewegen, wo es sich in dem Augenblick befindet. Schwimmen kannst du vergessen, weil du ja immer noch den Schirm hast, gegen den du nicht ankommst. Sieh einfach mal zu.« Er half ihr zurück ins Boot, erklärte ihr, wie sie im Notfall den Außenborder anwerfen konnte, dann sprang er ins Wasser und zog den Kiteschirm vom Bug zu sich her. Er schwamm ein paar Meter weg, entwirrte die Leinen, hakte das Trapez ein und ließ den Schirm knapp über die Wasseroberfläche steigen. Dann streckte er einen Arm in einer Supermanpose nach vorn und hielt die *Bar* mit der anderen Hand fest. Es dauerte nur Sekunden, bis der Schirm ihn aus dem Wasser zog und er mit einer ziemlichen Geschwindigkeit davonflitzte.

»Wichtig ist, dass du den Schirm nicht über fünfundvierzig Grad steigen lässt, weil er dich sonst zu hoch aus dem Wasser zieht. Sobald du Fahrt aufgenommen hast, fährst du mit dem Kite die Achter, die du schon auf der Wiese geübt hast«, sagte er, nachdem er mehrere Male direkt am Boot vorbeigekommen war. »Bist du bereit?«

Mit der beruhigenden Gewissheit im Hinterkopf, dass das Schlauchboot mit Marco ihr folgte, ließ sich Anna auf das nasse Abenteuer ein und erhielt nach wenigen Augenblicken eine erste Ahnung von der mächtigen Zugkraft des großen Kites. Wie Marco es angekündigt hatte, war der Umgang mit dem Schirm im Wasser eine gänzlich andere Nummer als die Übungen mit dem Lenkdrachen an Land. Nicht nur, dass er deutlich mehr Fläche hatte und deshalb das Potenzial besaß, sie wie eine Feder in die Luft zu heben, auch dass sie keinen festen Boden unten den Füßen hatte, erschwerte das Vorhaben erheblich.

Doch dann dauerte es nicht lange, und Anna hatte den Kniff heraus.

»Juhu«, schrie sie ein ums andere Mal, als der Kite sie durchs Wasser zog. Sie konnte gar nicht genug bekommen, so ein Spaß war das. Längst hatte sie jegliches Zeitgefühl verloren, als Marco einen gellenden Pfiff ausstieß und ihr andeutete, dass sie den Schirm aufs Wasser fallen lassen sollte. Er fuhr das Boot dicht heran, beugte sich zu ihr herunter und löste die Verbindung und die *Safety Leash* von ihrem Trapez.

»Was denn?«, fragte sie enttäuscht. »Ich möchte doch noch gar nicht aufhören.«

»Aber ich«, sagte er mit Nachdruck. »Ich habe nämlich Hunger. Und du brauchst eine Pause.«

»Brauche ich nicht. Kann ich nicht noch ein bisserl weiterüben?«

Marco grinste sie frech an und fragte: »Und was ist mit deiner Frisur?«

»Die ist unter dem Ei hier sowieso völlig im Arsch.«

»Ei nennst du den tollen Helm?« Marco kniff die Augen zusammen und musterte sie streng. »Aber du hast recht. Zumindest siehst du damit aus wie die Zeichentrickfigur Calimero. Komm schon, lass uns zurück ans Ufer fahren und etwas essen gehen.«

Eine halbe Stunde später kam Marco aus dem Staunen nicht mehr heraus. Die riesige Portion Spaghetti Carbonara, die Anna verschlang, hätte einem Bauarbeiter gereicht. Die meisten Frauen, mit denen er bislang ausgegangen war, hatten wie kleine Vögelchen im Essen herumgepickt und dann behauptet, dass sie satt waren. Doch Anna verspeiste genüsslich die ganze Portion.

»Verrätst du mir, wo du das alles hinpackst?«, fragte er gespannt.

Erstaunt sah sie auf. »Was denn? Ach, die Pasta?« Sie zuckte mit den Schultern. »Wieso? Das war doch eine ganz normale Menge.«

»Das war es«, befand Marco. »Aber Frauen können im Normalfall doch schon nach zehn Spaghetti nicht mehr.«

»Keine Ahnung, was du für Frauen kennst«, sagte Anna. »Aber nach zehn Nudeln müsste ich mir ein Brot schmieren, um überleben zu können.«

Marco legte den Kopf in den Nacken und lachte lauthals los. Anna war einfach großartig. Er musste zugeben, dass er sich lange nicht so gut gefühlt hatte wie in ihrer Gesellschaft. Dann aber schlich sich ein finsterer Gedanke in seinen Kopf: Diese Zweisamkeit wird nicht lange währen, denn bestimmt kehrt sie in ein paar Wochen nach Deutschland zurück. Und auch wenn er sowieso schon seit einiger Zeit kein Interesse mehr an einer festen Beziehung hatte, behagte ihm der Gedanke, dass es in München sicher eine Unzahl an Männern gab, die Anna begehrenswert fanden, überhaupt nicht.

»Was ist los?«, fragte Anna neugierig. »Wieso schaust du so verkniffen drein?«

»Es ist nichts«, behauptete er schroff.

»Uh. Entschuldigung. Ich wollte dir schon nicht zu nahe …« Ein Schrei, der aus Richtung des Sees kam, ließ Anna verstummen. Im Wasser sah sie zwei Kiter, die sich in einem stakkatoartigen Tonfall einen Schwall italienischer Worte an den Kopf warfen.

»Was ist denn da los?«, fragte sie Marco.

»Ihre Schirme sind sich zu nah gekommen, und jetzt diskutieren sie darüber, wer der größere Idiot ist.«

»Ah.« Ein Beinahe-Zusammenstoß. Was für ein beunruhigender Gedanke. »Passiert das eigentlich oft?«

»Nur wenn zwei italienische Gockel denken, dass jeder der Maestro auf dem Wasser ist«, antwortete Marco. Er drehte sich um und suchte die Fahnen, die neben der Straße ein Stück über dem Ufer flatterten und anzeigten, wie stark der Wind war. »Nicht gut«, sagte er. »Für dich jedenfalls.«

»Wieso?« Anna folgte seinem Blick. »Hier unten ist es doch ziemlich ruhig.«

»Weil der Wind ablandig ist und wir im Windschatten des Monte Baldo sitzen. Aber schau mal aufs Wasser raus.«

Da es unter der Woche war, waren nur wenige Kiter und Surfer draußen, doch Anna merkte, dass diese jetzt mit weit höherer Geschwindigkeit übers Wasser flitzten als noch vor einer Stunde. Und auch das Wasser türmte sich weiter draußen zu großen Wellen auf. Plötzlich verstand sie, was Marco meinte. Nur wenige Meter vom Ufer entfernt trafen zwei mächtige Elemente aufeinander und würden jeden Anfänger, der ihnen zu nahe kam, durch die Mangel drehen.

»Wow!« Fasziniert beobachtete Anna einen Kiter, der unglaubliche Sprünge vollzog, in der Luft Pirouetten drehte und seinen Kite auf eine schier unglaubliche Art beherrschte. Befangen suchte sie Marcos Blick. »Wie schwer ist so etwas? Ich meine, kann das jeder lernen?«

»Jeder sicherlich nicht. Du brauchst schon eine sehr gute Technik, viel Zeit zum Üben und Mut. Aber kleinere, weniger komplizierte Sprünge kann man auch lernen, wenn man nicht direkt am Wasser wohnt und jeden Tag Zeit zum Üben hat.«

Anna wurde nicht müde, den Könnern zuzusehen. Plötzlich seufzte sie.

»Was ist?«, fragte Marco amüsiert.

»Schade, dass ich nicht mehr aufs Wasser kann. Oder denkst du, dass der Wind wieder nachlässt?«

»In den nächsten Stunden sicher nicht. Erst am Nachmittag wird es normalerweise ruhiger. Es kommt also ganz darauf an, wann du zurückfahren willst.«

»Von mir aus morgen früh.« Anna wäre sogar bereit gewesen, im Auto zu übernachten, wenn sie nur noch mal die Gelegenheit bekommen hätte, weitere Bodydrags zu üben.

»Und was möchtest du in der Nacht machen?« In Marcos Augen glitzerte es herausfordernd.

»Nicht das, was du denkst«, sagte Anna schnell und senkte verlegen den Kopf. »Das war nur so dahergesagt. Aber das Üben macht mir wirklich wahnsinnig viel Spaß.«

»Okay«, sagte Marco. »Ich mache dir einen Vorschlag beziehungsweise habe eine Frage: Möchtest du lieber durch die Gegend fahren, dir was ansehen, oder willst du hierbleiben, bis der Wind abflaut? Und könntest du dir im letzteren Fall vorstellen, dir die Zeit zwei bis drei Stunden alleine zu vertreiben?«

Erst verstand Anna nicht, was er damit sagen wollte, doch dann kapierte sie. »Aber natürlich! Wenn wir schon mal hier sind, willst du sicher auch ins Wasser. Entschuldige bitte, dass ich nicht gleich dran gedacht habe!«

Marco spürte, dass in Annas Worten nicht mal ein Hauch Ironie lag, und das freute ihn. »Dann macht es dir nichts aus?«

»Überhaupt nicht. Mir macht es riesigen Spaß, zuzusehen. Und so kann ich auch gleich prüfen, ob ich einen guten Lehrer habe.«

Eine Viertelstunde später beobachtete Anna, wie Marco seinen Schirm vom Ufer aus steigen ließ. Darauf bedacht, dass nur wenig Druck ins Segel kam, lief er entspannt in Richtung Wasser und ließ das Brett auf die Oberfläche gleiten. Als wäre es das Natürlichste auf der Welt, stieg er darauf, schob die Füße in die Schlaufen, drückte die *Bar* nach rechts, bis der Schirm nach unten fiel, und steuerte dann nach links. Der Kite holte Schwung und katapultierte ihn durchs Wasser.

Als er schon ein ganzes Stück weg war, spürte Anna, dass ihr Herz klopfte wie verrückt. Obwohl der Start bewiesen hatte, dass Marco seinen Kite beherrschte, konnte Anna eine gewisse Angst, dass ihm da draußen etwas zustoßen könnte, nicht unterdrücken. Doch dann sah sie, dass der schwarzweiße Schirm drehte und der kleine Punkt, zu dem der Kitesurfer geworden war, schnell wieder größer wurde. Und als Marco so nah war, dass sie ihn nicht nur am Schirm, sondern auch an seiner Gestalt erkannte, konnte sie ihren Blick nicht mehr von ihm abwenden. Der Neoprenanzug betonte seine athletische Figur, und die lässige Sicherheit, mit der er auf dem Brett stand, ließ ihn ungeheuerlich männlich und anziehend wirken.

Als Marco das vierte Mal zurück in Richtung Ufer surfte,

kurz etwas Geschwindigkeit rausnahm und dann zu einem Sprung ansetzte, der für Annas Geschmack viel zu hoch und zu weit war, stolperte ihr Herz, und ihre rechte Hand fuhr unwillkürlich zur Brust. Sie atmete scharf ein, sah, wie das Brett nur noch an einem Fuß hing, der Körper in einer Mischung aus Salto und Drehung herumgewirbelt wurde, und machte sich auf das Schlimmste gefasst. Doch dann sah sie, dass er das Brett mit einer Hand zu sich herzog, den freien Fuß in die Schlaufe schob und eine Sekunde später sicher im Wasser landete.

Als sie einen lauten Pfiff vernahm und einen Italiener bemerkte, der am Ufer stand und das Geschehen genauso gespannt verfolgt hatte, wurde ihr bewusst, dass sie nicht der einzige Zaungast war. Doch im Gegensatz zu ihr waren die anderen Zuschauer es gewöhnt, dass die Cracks unter den Kitern zeigten, was sie draufhatten.

»Bravo, Marco«, rief der Italiener und fügte dann noch etwas hinzu, das Anna nicht verstand. Doch Marco schien es gehört zu haben, denn er brach die bereits eingeleitete Wende ab, schob die *Bar* von sich und sprang erst ab, als die feinen Kieselsteine unter dem Brett knirschten.

Der Italiener machte einen kurzen Satz über die Böschung und spazierte gemächlich zu der Stelle, an der Marco die Leinen einholte und anschließend einen Hechtsprung ins Wasser machte, um sich abzukühlen, da ihm im Anzug ziemlich warm geworden war. Als er wieder am Ufer stand, entwickelte sich eine lebhafte Unterhaltung, in deren Verlauf die Männer gestenreich diskutierten. Und dann deutete Marco auf Anna.

Die konnte kaum den Blick abwenden, als die beiden auf sie zukamen. Marco war tropfnass und grinste über das ganze Gesicht, und seine breiten Schultern und der muskulöse Bauch zeichneten sich unter dem hautengen Anzug deutlich ab.

Sein Begleiter hingegen trug Shorts und T-Shirt und war trotz der frühen Jahreszeit bereits so braun, dass offensichtlich wurde, dass er das ganze Jahr im Freien verbrachte.

Als sie den kleinen Tisch erreicht hatten, an dem Anna saß, stellte Marco sie vor. »Anna, das hier ist ein Bekannter von mir, Nany Feltrinelli. Ihm gehört die Surfschule. Als Kind habe ich bei ihm Windsurfen und vor ein paar Jahren Kiten gelernt.«

»Wir haben aber nicht ausgemacht, dass du das eines Tages besser können sollst als ich«, feixte Nany völlig entspannt. Er ging sowieso lieber Windsurfen. »Aber wie ich sehe, ist es schon so weit.« Er reichte Anna die Hand. »Und du willst es ihm nachmachen?«

»Um Gottes willen«, sagte Anna schockiert. »Ich bin vermutlich froh, wenn ich es eines Tages schaffe, heil von A nach B zu kommen.«

Die Männer lachten. »Das geht schneller, als du denkst«, sagte Marco. Dann sah er Nany fragend an. »Denkst du, dass sie heute noch mit einem Brett rauskann?«

»Habt ihr schon *Bodydrags* geübt?«

»Eine gute Stunde lang. Und dann hatte ich Mühe, Anna wieder aus dem Wasser zu bekommen. Wenn ich mich nicht durchgesetzt hätte, wäre ich vermutlich inzwischen verhungert.«

Nany lachte, und seine Augen funkelten. »Dann hat unser Sport wohl einen neuen Fan gewonnen«, freute er sich. »Aber du solltest mich als Lehrer nehmen, Anna. Wenigstens darin bin ich sicher besser als er.«

»Vergiss das ganz schnell wieder.« Marco stieß Nany in die Seite. »Also, was meinst du?«

»Zum Wind?«

»Hmm.«

»Wenn du noch eine Stunde wartest, sollte es gehen.« Nany

drehte sich zu Anna und blinzelte ihr zu. »Oder du versuchst es doch mit mir.«

»Keine Chance.« Anna lachte. »Auch wenn ich das natürlich viel lieber täte, aber dann verliere ich womöglich meinen Chauffeur.«

»Das ist ein Argument.« Nany seufzte. »Also gut, mein Freund, dann verzichte ich. Aber nachher trinken wir ein Glas Wein zusammen, *bene?*«

»*Certo*«, bejahte Marco. »Anna?«

»Ja?«

»Macht es dir was aus, wenn ich vorher noch eine Runde drehe?«

Anna schüttelte den Kopf. »Wenn du versprichst, dir nicht sämtliche Knochen zu brechen.«

»Das bekomme ich hin.«

Vier Stunden später war Anna so fertig wie noch nie in ihrem Leben. Aber auch so glücklich wie selten zuvor. Nachdem sie Marco noch eine gute Stunde lang dabei zugesehen hatte, wie er auf dem Wasser hin- und herflitzte, als sei es sein ureigenstes Element, Sprünge übte, bei denen sie jedes Mal so lange die Luft anhielt, bis er sicher wieder landete, wuchs ihre Begeisterung. Nicht nur der Sport gefiel ihr immer besser, es war auch die Kraft, die von Marco ausging, wenn er sich förmlich aus dem Wasser herauskatapultierte, Pirouetten und Salti sprang und dabei den Eindruck erweckte, es sei das Einfachste der Welt. Er strotzte nur so vor Lebenslust und war so ganz anders als Lars.

Beim Gedanken an ihren Freund, der zu Hause saß und nichts davon ahnte, dass sie einen ganzen Tag mit einem anderen Mann am Gardasee verbrachte, krampfte sich Annas Magen zu einem harten Ball zusammen.

»Scheiße«, flüsterte sie leise und fasste einen Entschluss. Sie würde das Unvermeidliche nicht länger hinausschieben und Christine gleich morgen früh bitten, ihr den nächsten Montag freizugeben. Dann hatte sie drei Tage, um nach München zu fahren und zu entscheiden, wie es mit ihrer Beziehung und ihrem Leben weitergehen sollte.

Plötzlich stand Marco vor ihr. Seine Augen leuchteten wie Bernsteine in der Dunkelheit, und der Dreitagebart verlieh ihm etwas Piratenhaftes. Dabei strahlte er so eine Energie aus, dass sie am liebsten aufgesprungen wäre, ihm die nassen Haarsträhnen aus dem Gesicht gestrichen und ihn geküsst hätte.

Nicht ahnend, was er gerade verpasste, lächelte Marco sie an. »Bereit?«

Und wie! »Ähm.« Anna räusperte sich. »Äh, ja, meine ich«, sagte sie, als ihr klar wurde, dass er vom Kiten sprach. »Denkst du, dass es mit dem Wind jetzt passt?« Zweifelnd wanderte ihr Blick zu der Fahne, die ihrer Einschätzung nach noch genauso stark im Wind flatterte wie zuvor.

»Der hat schon deutlich nachgelassen«, widersprach Marco, der ihre Gedanken richtig erraten hatte. »Bis du dich umgezogen hast, müsste es perfekt sein.«

Um sie darauf einzustimmen, was gleich auf sie zukam, ließ Marco Anna eine weitere Viertelstunde lang *Bodydrags* üben, sodass sie erneut ein Gefühl für den Schirm entwickeln konnte. Als sich ein anderes Schlauchboot näherte, in dem zwei Männer saßen, war es endlich so weit. Nany sprang zu Marco ins Boot, nickte seinem Chauffeur zu, dass der wieder zurückfahren konnte, und reichte Anna das Brett ins Wasser.

»Du musst keine Angst haben«, deutete er ihren Gesichtsausdruck richtig. »Marco und ich sind immer ganz in deiner Nähe. Außerdem«, fügte er mit einem Grinsen hinzu, »wirst du sowieso mehr im Wasser liegen als auf dem Brett stehen.«

Wie recht er damit hatte, wurde Anna gleich beim ersten

Versuch klar. Sie ließ sich vom Neoprenanzug tragen, winkelte die Beine an, schlüpfte in die Schlaufen, während der Kite fast regungslos im Zenit über ihr hing. Dann griff sie nach der *Bar*, zog sie zu sich heran und spürte, wie sich Druck im Schirm aufbaute.

»Sehr gut«, bestätigte Marco. »Und jetzt die *Bar* vorsichtig auf ein Uhr herunterdrücken und ausholen. Ja, so ist es gut. Und jetzt zurück auf zwölf und sofort auf elf Uhr. Und jetzt spann deinen Körper an!«

Aufgeregt spürte Anna, wie der Schirm auf das Manöver reagierte, Schwung holte, sich nach links senkte und anfing, an ihren Armen zu zerren.

»Körperspannung!«, schrie Marco erneut, doch da war es schon zu spät. Anna hatte nicht damit gerechnet, wie schnell der Schirm sie in die Höhe ziehen würde, hatte nicht genug angespannt und platschte, kaum dass sie aus dem Wasser heraus war, auf der anderen Seite des Bretts schon wieder hinein.

Prustend tauchte sie auf und hustete, weil sie prompt Wasser geschluckt hatte.

»Alles okay?«, fragte Marco.

Anna nickte und hustete weiter. Als sie sich wieder gefangen hatte, erklärte er ihr, wann sie den Fehler gemacht hatte, und ermutigte sie, es gleich noch einmal zu probieren.

Das ließ Anna sich nicht zweimal sagen. Erneut fiel sie auf die Nase, und das nicht nur im übertragenen Sinn. Doch sie gab nicht auf. Wieder und wieder versuchte sie es, und dann stand sie plötzlich. Wackelig zwar, aber sie stand. Und sie fuhr. Fünf Meter, zehn Meter, sie spürte, wie sie schneller wurde und die Geschwindigkeit das Brett stabilisierte. »Yipeeehhh!«, schrie sie laut und verschwendete eine Sekunde lang keinen Gedanken daran, dass sie einfach drauflosfuhr. Dann erwischte sie eine Welle, sie verriss die *Bar*, der Schirm machte einen Schlenker zur Seite und katapultierte sie vom Brett.

Das Erste, was sie sah, als sie wieder auftauchte, war das Ufer, das beunruhigend weit weg war. Doch bevor die Angst sie überrollen konnte, hörte sie eine ruhige Stimme hinter sich.

»Anna, wir sind links hinter dir.«

Erschrocken drehte Anna den Kopf und bemerkte im Augenwinkel den weißen Wulst des Schlauchboots, auf dem Marco saß und sie angrinste. »Tutto bene?«

»Si, tutto bene«, bestätigte Anna, und ein längst vergessenes Gefühl strömte durch ihren Körper. Sie hatte es geschafft! Sie war sicher hundert Meter weit gefahren, bis die Welle sie erwischt hatte. Und es hatte sich einfach großartig angefühlt.

»Wie komme ich jetzt wieder zurück?«

Geduldig erklärte Marco ihr, was sie zu tun hatte, während Nany das Schlauchboot geschickt in der richtigen Distanz hielt.

Anna befolgte Marcos Anweisungen, ganz davon überzeugt, dass der Rückweg genauso einfach sein würde wie die vergnügliche Fahrt hinaus in die Mitte des Sees. Doch da wurde sie schnell eines Besseren belehrt. Während auf dem Hinweg die Wellen in die gleiche Richtung gelaufen waren, hatte sie sie nun gegen sich, und das Wasser fühlte sich unangenehm kabbelig an. Sie schaffte es kaum weiter als zwei Meter, bevor sie wieder ins Wasser platschte. Nach unzähligen Versuchen, die allesamt von wenig Erfolg gekrönt waren, setzte Marco sich durch.

»Es reicht für heute«, sagte er und deutete auf das Ufer, das nur noch gut hundertfünfzig Meter von ihnen entfernt war. »Du warst richtig gut, auch wenn dir das im Moment vermutlich nicht mehr so vorkommt.« Er packte das Brett und zog den Schirm ins Boot, dann reichte er Anna seine Hand. »Komm!«

»Hat es dir Spaß gemacht?«, fragte er, als sie neben ihm saß.

»Es war einfach klasse«, seufzte Anna. Sie richtete sich kerzengerade auf und sah ihn an. »Ich bin schon ein richtiges Stück gefahren, hast du gesehen?«

»Natürlich habe ich das. Wir waren schließlich die ganze Zeit hinter dir. Du hast das echt super gemacht«, lobte Marco sie. Dann grinste er verschmitzt. »Und wie hat dir der Rückweg gefallen?«

Anna verdrehte die Augen. »Bis auf die fünfundzwanzig Nasenspülungen und die zehn Liter Wasser, die ich geschluckt habe, war es großartig.« Sie musste den Kopf ein wenig in den Nacken legen, um ihm in die Augen sehen zu können. »Danke«, sagte sie leise. »Für alles. Dass du so viel Geduld hast und dass du mir wegen gestern nicht böse bist.«

Da sie am Ufer angekommen waren, sprang Marco mit einem Satz aus dem Boot ins knietiefe Wasser, packte Anna um die Taille und hob sie heraus. Als er sie wieder herunterließ, schien die Luft sich magisch aufzuladen. Marco blickte Anna tief in die Augen, und die honigbraunen Sprenkel funkelten im Licht der untergehenden Sonne, während alles um sie herum in ein warmes goldenes Licht getaucht wurde.

»Wer sagt denn, dass ich nicht böse bin?«, flüsterte er rau. Zärtlich strich er ihr eine nasse Strähne aus der Stirn. Dann wanderte seine Hand in ihren Nacken, sein Daumen strich über ihre Wange, und er beugte sich zu ihr herunter. Bevor sie überhaupt verstand, was er tat, berührten sich ihre Lippen in einem leidenschaftlichen Kuss.

Eine Hitzewelle durchlief ihren Körper, und sie hatte das Gefühl, das Wasser um sie herum würde zu kochen anfangen. Ihre Knie wurden weich, als Marcos Zunge ihren Mund erforschte und nach ihrer suchte. Er schmeckte nach Freiheit und Abenteuer, und seine starken Hände, mit denen er sie an sich zog, ließen ihr wohlige Schauer über den Rücken laufen. Als er dann auch noch leicht auf ihre Lippe biss, wäre Anna fast in Ohnmacht gefallen.

Ihr Gesicht brannte, als er sie schwer atmend freigab und sie wieder zu Atem kam. Nun war es passiert, und sie hatte es nicht verhindert. Aber wie hätte sie das auch gekonnt! Sie hatte nie zuvor einen Mann so begehrt wie ihn.

Hätte sie da schon gewusst, welches Unwetter bereits auf sie zugerollt kam, hätte sie keine Sekunde gezögert, Marco in ein fernes Land zu folgen und alle Brücken hinter sich abzubrechen.

# Kapitel 14

Der nächste Morgen begann damit, dass Anna mitten in der Bewegung innehielt, als sie sich im Bett umdrehen wollte, um noch eine Weile zu dösen.

»Oh Himmel!«

Beide Flanken schmerzten bei der kleinsten Anstrengung, ihre Schultern fühlten sich an, als hätte sie auf einer Streckbank gelegen, und am ganzen Körper schmerzten ihre Muskeln, als wären sie über Nacht ein gutes Stück gewachsen. Nun rächte es sich bitter, dass sie seit Wochen keinen Sport mehr gemacht hatte, wenn man das bisschen Radfahren und die Betätigung im Weinberg nicht mitzählte. Nicht nur, dass sie ihre Rücken-, Brust- und Schultermuskulatur sträflich vernachlässigt hatte, auch die ungewohnten Bewegungsabläufe beim Kiten forderten ihren Tribut. Sie blieb eine Weile regungslos liegen, dann fing sie an, Arme und Beine vorsichtig zu bewegen. Sie dehnte die Schultern, bis sie nach einer Weile das Gefühl hatte, dass die Schmerzen nachließen. Und nachdem sie eine Viertelstunde unter der heißen Dusche gestanden hatte, schaffte sie es sogar, ein

T-Shirt über den Kopf zu ziehen, ohne dabei laut aufzuschreien.

»Guten Morgen«, rief sie fröhlich, als sie aus dem Haus trat und Lisa und Daniele bemerkte, die vor der Kellerei standen und über irgendetwas lachten, das Anna nicht verstehen konnte.

»*Buongiorno*«, riefen ihr die beiden entgegen. »*Come stai?* Wie geht's?«

»*Buono.*« Anna grinste schief. »*È tu?*«

Lisa sah ihren Bruder an und hob resigniert die Hände. »Ich glaube, wir reden nur noch Italienisch mit Anna, wenn sie noch immer nicht weiß, dass es *bene* heißt. Sonst lernt sie es nie.«

Anna, die nur einen Scherz gemacht hatte, wollte Lisa einen leichten Knuff geben, ließ ihre Hand aber gleich wieder sinken.

»Oh weh«, sagte Lisa, als Anna leise stöhnte. »Ich vermute, du hast es gestern mit dem Kiten etwas übertrieben.«

»Stimmt.« Anna verzog das Gesicht. »Ich hoffe, dass Tiziana mich heute nicht den ganzen Tag durch den Weinberg jagt.«

»Ich glaube, das lässt sich verhindern.« Daniele schmunzelte. »Wenn du Lust auf Zahlen und Computer hast, könnte ich dich gut im Büro brauchen.«

»Sehr gern.« Anna nickte begeistert. »Bis heute Abend bin ich aber bestimmt wieder fit. Zum Aperitivo, meine ich«, setzte sie hinterher, als die Geschwister sie fragend ansahen.

»Mach dir darüber mal keine Sorgen«, sagte Lisa. »Wenn du später vor lauter Muskelkater kein Glas mehr heben kannst, geht es auch ohne deine Hilfe.«

»Schaffst du das wirklich?«, fragte Daniele besorgt, als Anna ein großes Tablett stemmen wollte, auf dem mehrere Gläser und ein Sektkübel mit zwei Flaschen Trentodoc standen.

»Ja, das passt«, entgegnete Anna, gerührt von seiner Fürsorge. »Ich habe eine Tablette genommen, um den Abend zu überstehen, und jetzt geht es mir deutlich besser.«

Die nächsten zwei Stunden kam sie kaum zum Verschnaufen. Die Gäste strömten in Scharen herbei, und als alle Plätze belegt waren, rollten zwei junge Männer, die Anna bislang nur vom Sehen kannte, große Weinfässer heran, die kurzerhand zu Tischen umfunktioniert wurden.

Einzig den Beobachter, der halb von einem wilden Hibiskus verborgen dem heiteren Treiben aus sicherer Distanz zusah, nahm Anna nicht wahr. Sie bemerkte auch nicht, dass seine Augen ihr folgten, kaum dass sie, beladen mit einem vollen Tablett, aus der Tür eilte, lachend neue Bestellungen aufnahm und im Vorbeigehen gleich wieder leere Gläser mitnahm.

»Ich muss sagen, du machst das richtig gut.«

Erschrocken fuhr Anna herum. Nach ein paar Stunden Hochbetrieb war es etwas ruhiger geworden, und die ersten Gäste hatten sich bereits auf den Heimweg gemacht. Alle anderen saßen zufrieden vor frisch gefüllten Gläsern, und Anna hatte endlich ein paar Minuten Zeit, um zu verschnaufen und sich ein Wasser einzuschenken. Doch jetzt ließ sie das Glas wieder sinken, ohne davon getrunken zu haben.

»Was machst du denn hier?«, fragte sie entgeistert.

»Was für eine liebevolle Begrüßung«, schmollte Lars. Er erwischte das Glas gerade noch, bevor es ihr aus der Hand gleiten konnte, und stellte es geräuschvoll auf einem Stehtisch ab. Dann fasste er Anna um die Taille und zog sie zu sich heran.

»Hmm, wie ich das vermisst habe«, murmelte er in ihr Haar, das nach Sommer und Sonne duftete. Sein Mund senkte sich zu ihrem Hals, und Anna spürte seine Bartstoppeln auf ihrer Haut.

»Warte!« In Anna, die ein paar Sekunden lang wie versteinert dagestanden hatte, regte sich Widerstand. »Lass das bitte«, sagte sie und versuchte, ihn wegzudrücken. Obwohl sich ein Teil von ihr über die unangekündigte Überraschung freute, konnte sie es nicht fassen, dass er sich so einfach mir nichts, dir nichts über ihre Bitte mit der einwöchigen Funkstille hinwegsetzte.

»Meine kleine Wildkatze«, lachte Lars, nicht ahnend, was in Anna vorging. »Auch das habe ich vermisst. Ach Anna, ich bin so froh, dass ich gekommen bin.« Er hob sie hoch, als wäre sie so leicht wie eine Feder. Und doch kam es ihm so vor, als ob sie in der kurzen Zeit, seit sie aus seiner Wohnung ausgezogen war, zugenommen hätte. Schnell verkniff er sich eine entsprechende Bemerkung. Schließlich war er gekommen, um sich mit Anna zu versöhnen, nicht um mit ihr zu streiten.

»Mein Schatz, ich bin so froh, dich zu sehen«, sagte er glücklich. »Ich muss unbedingt mit dir reden, und das, was ich dir sagen will, kann ich nicht am Telefon. Um ehrlich zu sein, ich habe es keine Minute länger ohne dich ausgehalten.«

Anna wurde bei seinen Worten ganz heiß. Das konnte nicht real sein. Sie musste vor Erschöpfung eingeschlafen sein und nun wirres Zeug träumen.

»Lars, ich …«, setzte sie an, doch er ließ sie nicht ausreden.

»Sag jetzt nichts, Anna, hör mir einfach zu. Bitte. Ich habe Fehler gemacht. Viele Fehler, das ist mir in den letzten Tagen immer mehr bewusst geworden. Dass ich vor meinen Freunden verkündet habe, dass ich dich heiraten will, war nicht richtig. Auch dass ich meine Eltern gebeten habe, dir zu helfen, hätte ich vorher mit dir absprechen sollen, anstatt dich damit zu überrumpeln. Ich habe alles nur gut gemeint, aber vieles falsch gemacht, das weiß ich jetzt. Da ich dir in die Augen sehen wollte, wenn ich dir das sage, habe ich nicht angerufen. Ich bin gekommen, um mich zu entschuldigen. Es tut mir leid, Schatz.«

Von Lars' unerwartetem Überfall und erst recht von seinem aufgeregten Wortschwall überfordert, wusste Anna nicht, was sie sagen sollte. Doch das schien ihm nichts auszumachen.

»Ich werde in Zukunft mehr Rücksicht auf dich nehmen, das verspreche ich dir«, fuhr er fort, erleichtert, dass er das Schlimmste bereits überstanden hatte. Sich zu entschuldigen fiel ihm nicht gerade leicht, doch er hatte sich seinen Text auf der Fahrt hierher zurechtgelegt und auch mehrfach laut geübt, damit ihm kein Schnitzer passierte.

»Du hast mir gefehlt, Anna.« Verliebt blinzelte Lars sie an. Er war selbst gerührt von seinen Worten. »Ich werde mich ändern, auch das verspreche ich dir.« Zärtlich fasste er nach ihrer Hand, hob sie zu seinem Mund und gab ihr einen liebevollen Kuss darauf.

»Und nun sag etwas«, bat er inständig. »Bist du auch so froh, mich zu sehen? Halt, warte«, unterbrach er sich, dann glitt sein Blick über die Weine. »Eigentlich müssten wir mit Champagner anstoßen, aber so etwas gibt es hier ja nicht. Hmm. Trentodoc, ja, das ist genauso gut.« Ohne zu fragen, ob das in Ordnung wäre, holte er eine Flasche aus dem Kühlregal, löste den Drahtkorb, drehte den Korken heraus und schenkte zwei Gläser voll.

Anna schloss für einen Moment die Augen und atmete tief durch. Als sie sie wieder öffnete, war sie so klar wie lange nicht. »Ich muss dir etwas sagen«, begann sie zögerlich. »Mir ist in den letzten Tagen …«

»Nein, bitte, Anna, sag jetzt nichts.« Lars legte ihr einen Finger auf den Mund. »Mir ist bewusst, dass mein Besuch und mein Wunsch, mich für dich zu ändern, sehr überraschend kommen. Du musst das erst mal verdauen.« Er drückte ihr ein Glas in die Hand und stieß mit seinem leicht dagegen. »Auf dich.«

Annas Herz wurde schwer. Sie war sich sicher, dass es ihm

ernst war. Und doch war er gleich wieder in sein altes Muster verfallen – er redete und redete und war so von seinen Worten überzeugt, dass er sie wieder mal nicht zu Wort kommen ließ. Trotzdem glaubte sie daran, dass er es mit der Zeit schaffen würde, sich zu ändern, doch ihr war auch bewusst, dass diese Veränderung sehr viel Geduld brauchen und mit Auseinandersetzungen und viel Frustration beiderseits einhergehen würde. Sie stellte das Glas ab, ohne getrunken zu haben.

»Lars, hör zu …«

»Nein, Anna, hör du mir zu. Ich bin noch nicht fertig«, unterbrach er sie ein weiteres Mal. »Es ist wegen unserer Hochzeit. Ich habe mir tagelang Gedanken gemacht. Wenn es dir lieber ist, dann werden wir im Ausland heiraten. Wo, ist mir ganz egal. Du kannst es dir aussuchen. Von mir aus am Ende der Welt. Auf Timbuktu oder am Nordkap. Nur wir zwei. Ohne meine Eltern oder unsere Freunde.«

Dass er für sie in Kauf nehmen würde, seine Eltern vor den Kopf zu stoßen und sie von ihrer Hochzeit auszuladen, zeigte ihr endgültig, wie ernst es ihm war. Anna schluckte schwer und lächelte ihn ungläubig an. Dann hob sie die Hand und streichelte ihm über die Wange.

»Du bist wirklich ein Schatz, und ich danke dir von ganzem Herzen«, flüsterte sie heiser.

Keiner der beiden hatte bemerkt, dass sie seit einer geraumen Weile einen unerwarteten Zuhörer hatten. Da Fabio ihn gebeten hatte, drei Kartons Masetto Due in die Vinoteca zu bringen, hatte Marco den Weg durch den Verbindungsgang genommen, der von der Kellerei zu den Verkaufsräumen führte. Durch die Abkürzung vermied er es, über die Terrasse zu laufen, auf der noch immer zahlreiche Gäste saßen. Außerdem hatte er gesehen, dass Anna nach drinnen gegangen war.

Vielleicht hatte sie ja Lust, sich nach dem Aperitivo noch mit ihm auf ein Glas Wein an den Fluss zu setzen.

Als er Anna reden hörte, wollte er nach ihr rufen, doch dann vernahm er eine fremde männliche Stimme. Er konnte seinen Schwung gerade noch rechtzeitig bremsen, um nicht mit den beiden Personen zusammenzustoßen, die auf der anderen Seite des langen schwarzen Vorhangs standen, der den Verkaufsraum von dem kleinen Lager dahinter trennte. Ohne es zu wollen, wurde er Zeuge eines Gesprächs, das Anna und der Fremde führten. Was redeten die beiden da? Verwirrt verharrte Marco auf der Stelle. Und dann hielt er unwillkürlich die Luft an. Was erzählte der Typ da von Liebe? Marco verstand die Welt nicht mehr. Als das Wort Hochzeit fiel, erstarrte er, und seine Gedanken jagten wild hin und her. Durch einen schmalen Spalt im Vorhang fiel sein Blick auf einen großen blonden Mann und Anna, die mit einem glücklichen Lächeln nickte. Und dann streichelte sie diesen Lackaffen auch noch und bedankte sich dafür, dass er so ein Schatz war. Für einen Moment hatte Marco das Gefühl, keine Luft mehr zu bekommen. Seine Augen verengten sich zu schmalen Schlitzen, und sein Mund verzog sich zu einem Strich. Schon wieder war es passiert! Schon wieder war er auf eine Frau hereingefallen, die sich mit ihm nur einen Spaß erlaubt hatte! Hätte er ihr Verhalten richtig gedeutet, wäre ihm aufgefallen, dass sie nur ein hinterlistiges Spiel mit ihm spielte. Erst hatte sie sich geziert, dann hatte sie alles darangesetzt, ihn um den Finger zu wickeln, und dann, als sie sich endlich geküsst hatten, hatte sie ihn mit einer so heiß lodernden Leidenschaft überrascht, dass er sich im eiskalten Gardasee fast vergessen hätte. Dabei war sie längst verlobt. Sie hatte ihn zum Narren gehalten und sich vermutlich schlapp gelacht über den Südtiroler Tölpel. Er war so wütend, dass er ihnen am liebsten die Kisten vor die Füße geworfen hätte, und nur sein Respekt vor der Signora und Dottore Paolo hielt ihn davon ab, den guten Wein zu opfern. Er stieß die Luft, die er seit einer ganzen Weile angehalten hatte, zwischen den Zähnen hervor, stellte die Kartons vorsichtig auf dem Boden ab, ohne dass die verlogene Deutsche und ihr Verlobter seine Anwesenheit bemerkten. Dann trat er leise den Rückzug an.

Ein trauriges Lächeln umspielte Annas Lippen, als sie ihre Hand wieder sinken ließ. Obwohl sie in den ersten Minuten fast schon sprachlos über Lars' unangekündigten Besuch gewesen war, hätte sie ihm jetzt geradezu danken können. Die Wochen ohne ihn, die Begegnungen mit der Familie, wie sie die Endricis seit einiger Zeit für sich nannte, und vor allem Marcos Warmherzigkeit, all das hatte ihr die Augen geöffnet. Zu lange hatte sie sich blenden lassen von Lars' gutem Aussehen, seinem Geld, seiner Großzügigkeit. Zu lange hatte sie seine Überheblichkeit als Schutz vor Verletzungen entschuldigt, einfach um sich selbst gegenüber zu rechtfertigen, dass er eine, wenn auch ausgesprochen attraktive, Mogelpackung war.

»Du bist wirklich ein Schatz«, wiederholte sie ihre Worte. »Aber auch mir ist in den letzten Tagen etwas bewusst geworden: Ich möchte nicht zurück nach München. Ich habe gemerkt, dass ich hier glücklich bin. Allein.« Da er sie so unerwartet überrumpelt hatte, wollten ihr die richtigen Worte nicht einfallen. Wie gerne hätte sie vorher darüber nachgedacht, wie sie es ihm sagen sollte, ohne ihn allzuzu sehr zu verletzen.

Lars' Kinnlade klappte nach unten. »Wie, allein? Und was ist mit mir? Und mit unserer Hochzeit?«, brachte er schwach hervor.

Es tat Anna von Herzen weh, ihm nun doch mit aller Direktheit sagen zu müssen, dass es vorbei war. »Wir hatten eine sehr schöne Zeit miteinander, dafür werde ich mein Leben lang dankbar sein. Aber diese schönen Jahre lassen sich nicht wiederholen«, flüsterte sie. »Es tut mir leid, Lars, aber ich liebe dich nicht mehr.«

Ein paar Sekunden sah Lars sie verständnislos an. Doch dann traf ihn die Erkenntnis mit Wucht. Seine Schultern sanken herab, seine Augen blickten gequält, er öffnete den Mund und fand doch keine Worte.

Es versetzte Anna einen Stich zu sehen, wie Lars' Selbstsicherheit, die er immer wie eine Maske vor sich hertrug, von ihm abfiel und ihm die Tränen in die Augen traten.

Sie zögerte, dann legte sie eine Hand auf seinen Arm. »Fahr nach Hause, Lars. Ich bin mir sicher, dass du eine Partnerin finden wirst, die viel besser zu dir passt.«

Er tat ihr unendlich leid, wie er mit hängendem Kopf vor ihr stand und seine Augen feucht schimmerten. Doch plötzlich ging ein Ruck durch seinen Körper, und er richtete sich kerzengerade auf.

»Das wirst du noch bereuen, darauf kannst du Gift nehmen«, stieß er hervor. »Du wirst noch an mich denken und heulen, dass ich dich wieder aufnehme, wenn dir erst mal aufgegangen ist, wie glücklich du bei mir warst. Es wird garantiert nicht lange dauern, dann wird dir bewusst werden, dass diese Leute dir nie das bieten könnten, was du in München und bei mir hattest. Das sind doch alles nur einfache Bauern. Spätestens wenn du merkst, dass es keinen Weg mehr zurückgibt, wirst du auch kapieren, dass du es nie wieder in deinem Leben so gut haben wirst.« Er stieß Anna von sich weg, dann drehte er sich um und marschierte los in Richtung Tür.

Als er sie schon fast erreicht hatte, machte er noch mal

kehrt, zog seinen Geldbeutel hervor, suchte nach einem Schein und warf ihn ihr vor die Füße.

»Ich werde mir ganz sicher nicht irgendwann von dir vorwerfen lassen, dass ich hier die Zeche geprellt habe.«

»Wer war das denn?«, fragte Lisa neugierig. Sie war gerade von draußen hereingekommen und fast mit einem gut aussehenden Mann zusammengestoßen, der es offensichtlich sehr eilig hatte.

»Frag lieber nicht«, seufzte Anna und bückte sich nach dem Hunderter, der am Boden lag.

»Oh, ich frage aber.« Lisas Augen funkelten. »War das vielleicht ein heimlicher Verehrer von dir?«

»Höchstens ein unheimlicher«, gab Anna zurück. Sie bonierte den Wein, legte den Geldschein in die Kasse, nahm die Differenz heraus und legte die Scheine in das kleine Kästchen für das Trinkgeld. »Das war Lars, mein Exverlobter, der jetzt gerade richtig wütend auf mich ist.«

»Ups.« Jetzt wollte Lisa es aber genauer wissen. »Und was wollte er hier?«

»Er hat mich um Verzeihung gebeten und wollte, dass ich mit ihm zurück nach München komme.« Anna schluckte. Auch wenn es ihre Entscheidung gewesen war, die Beziehung zu beenden, ging es ihr sehr nahe, dass es nun endgültig aus und vorbei war. Ein Lebensabschnitt war zu Ende, und sie stand wieder ganz am Anfang. Und doch fühlte sie sich so frei und leicht wie lange nicht mehr. »Ach Lisa, irgendwie bin ich traurig und froh zugleich, dass es so gekommen ist.« Sie deutete auf die Flasche, die Lars zurückgelassen hatte. »Mir ist zwar nicht zum Feiern zumute, aber ich glaube, dass ich heute noch einen Seelenstreichler brauche. Trinkst du ein Glas mit mir?«

»Klar. Aber lieber später, wenn wir Zeit dafür haben, ihn

auch wirklich zu genießen.« Lisa sah Anna neugierig an. »Hast du ihn die Flasche bezahlen lassen?«, fragte sie. »Das wäre nicht nötig gewesen, das weißt du hoffentlich.«

Anna nickte tapfer. Sie hatte sich das zwar gedacht, hätte es aber nicht als selbstverständlich angenommen, sondern den Betrag aus ihrer eigenen Tasche bezahlt. Dazu wäre es ihr nicht im Traum eingefallen, Geld von Lars zu fordern. Doch in seiner Wut hatte er ihr keine Gelegenheit gegeben, ihm das zu sagen.

Als Anna kurz nach Mitternacht völlig erschöpft ins Bett fiel, kam es ihr erneut so vor, als wäre eine riesige Last von ihren Schultern genommen worden. Trotz aller Müdigkeit fühlte sie sich beschwingt und glücklich, obwohl sie sich des Eindrucks nicht erwehren konnte, dass es nicht richtig war, dass es ihr so kurz nach Lars' Verschwinden so prächtig ging.

Ihre Gedanken wanderten zurück zu dem Punkt, als alle Gäste gegangen waren und sie sich mit Lisa und dem Trentodoc unter den großen Kirschbaum gesetzt und ihr in groben Zügen erzählt hatte, was vorgefallen war.

Traurig nippte sie an ihrem Glas. »Ich weiß nicht, was in unserer Beziehung so schiefgelaufen ist. Als ich ihn kennengelernt habe, hat er sich ganz anders benommen. Da war er zuvorkommend und liebevoll. Doch das hat sich im Laufe der drei Jahre immer mehr geändert. Es ging so schleichend, dass ich es gar nicht mitbekommen habe.«

»Vermutlich hat Lars sich in den ersten Monaten von seiner besten Seite gezeigt, was ja auch völlig normal ist. Und als die Balzzeit vorbei war, hast du die nächsten Jahre damit verbracht, dem hinterherzurennen, was du in den ersten Monaten erlebt hast.«

»Du hast recht!«, sagte Anna erstaunt. »Ich habe die ganze Zeit gehofft, dass irgendwo in ihm der liebevolle, warmherzige Kern steckt, den ich anfangs so deutlich gespürt habe.

Ich habe ihn nur nicht mehr gefunden.« Beschämt blickte sie zu Boden. »Eine Zeit lang habe ich mir den Kopf zerbrochen, ob es an mir liegt, dass er sich so verändert hat.«

»Ich glaube nicht, dass es an dir liegt, Anna. Ich vermute eher, dass es ihm in seiner anfänglichen Verliebtheit unbewusst klar war, dass er dir die Sterne vom Himmel holen muss, damit du dich für ihn entscheidest«, stellte Lisa treffsicher fest. »Nach allem, was ich bisher von dir gehört habe, ist er jemand, der sich selbst nicht sonderlich gut reflektieren kann. Vielleicht hat er das von seinen Eltern auch nie gelernt.« Sie hob ihr Glas und prostete Anna zu. »Du hast dich heute entschieden, nicht deinem Verstand, sondern deinem Herzen zu folgen. Ich glaube, das ist ein guter Weg. Vielleicht sogar der einzige, um wirklich glücklich zu werden.«

## Kapitel 15

Am frühen Morgen war es das Gezwitscher der Vögel vor ihrem Fenster, das Anna noch weit vor dem Klingeln ihres Weckers wach werden ließ. Eine Weile lag sie nur so da, hörte dem fröhlichen Gesang zu, reckte und streckte sich und freute sich darüber, dass sie noch ein wenig Zeit hatte, die Wärme ihres Betts zu genießen. Mitten in diesen seligen Zustand schlich sich ein Gedanke. Zuerst waberte er am Rande ihres Bewusstseins, doch als sie ihn entdeckt hatte, schoss er wie ein Feuerwerk durch die Synapsen ihres Gehirns. Und dann war es vorbei mit der Ruhe und dem Dahindösen. Sie schlug die Bettdecke zurück, hüpfte, ihre noch immer heftig schmerzenden Muskeln einfach ignorierend, aus dem Bett und stieß einen Jauchzer aus.

»Ich bin frei!«, rief sie im Bad ihrem Spiegelbild zu. Sie streckte die Arme in die Luft und hätte am liebsten die ganze Welt umarmt. Es war, als wäre eine zentnerschwere Last von ihr abgefallen. Und dabei hatte sie allein der Gedanke, sich von Lars zu trennen, im Vorfeld unendlich viel Kraft gekostet. Viel zu lange war sie sich unsicher gewesen, was richtig und was falsch war, hatte sich immer vor Augen gehalten, dass Beziehung auch Arbeit an einem selbst war und dass man nicht gleich die Flinte ins Korn werfen durfte, wenn etwas nicht perfekt lief.

Doch nun, da die Entscheidung gefallen war, fühlte sie sich so richtig an wie noch nie etwas zuvor in Annas Leben. Erst jetzt merkte sie, wie sie sich selbst immer mehr eingeschränkt hatte, wie eingeengt sie in den letzten Monaten gewesen war.

»Das ist jetzt vorbei«, flüsterte sie dem Gesicht im Spiegel zu. »Jetzt fangen wir wieder ganz von vorne an.« Und dann wurde ihr noch etwas anderes klar. Sie kam näher an den Spiegel heran und sah sich selbst so tief in die Augen, als würde sich sich gerade das erste Mal richtig wahrnehmen. »Ja«, flüsterte sie. »Mein Herz gehört hierher. Ins Trentino. Zu … Marco.« Und das Funkeln in ihren Augen, das allmählich in ein regelrechtes Strahlen überging, gab jedem ihrer Worte recht.

Nachdem sie geduscht hatte, stellte sie eine Kanne Espresso auf die kleine Herdplatte und mischte sich ein Müsli zusammen. Dann fasste sie einen Beschluss. Gleich heute würde sie Christine fragen, ob es möglich war, den Winter auf dem Weingut zu verbringen. Im Moment gab es reichlich zu tun, aber Anna hatte keine Ahnung, wie das in den Monaten war, in denen die Weinberge ruhten. Falls ihr Wunsch nicht realisierbar war, würde sie für diese Zeit etwas anderes hier in der Nähe finden, ganz bestimmt. Und dann würde sie sich eine kleine Wohnung suchen. So gern sie hier in der historischen Casa Masetto lebte, auf Dauer wollte sie wieder eine vernünftige Küche und ein Wohnzimmer, in dem nicht auch noch Bett, sondern nur ein hübsches Sofa stand.

»*Buon giorno*«, strahlte sie Tiziana an, die vor der Kellerei stand und mit einem Lieferanten redete. »Dove sa il Marco?«

Tiziana machte eine entschuldigende Geste mit den Händen und redete so schnell auf Italienisch, dass Anna kein Wort verstand.

»Momento!«, unterbrach sie deshalb den Redeschwall der Italienerin. »Non capisco niente.« Verflixt, ihr wollte das Wort für langsam nicht einfallen. Deshalb drückte sie die Handflächen bedächtig nach unten, doch Tiziana reagierte nicht. »Marco? Dove?«, fragte sie erneut, erntete aber wieder nur ein Kopfschütteln. Und dann deutete Tiziana auf ein paar Personen, die vor einem Kastenwagen standen und auf etwas zu warten schienen. Als Anna nicht reagierte, schob Tiziana sie auf das Grüppchen zu. »Du gehen mit diese heute mit.«

Nach dem Mittagessen, das Anna gemeinsam mit den anderen Arbeitern, die in den Weinbergen der Endricis beschäftigt waren, eingenommen hatte, lief sie zu Fuß zur Kellerei zurück, obwohl sie noch keinen Feierabend hatte. Irgendetwas am Verhalten ihrer Kollegen hatte sie zutiefst verstört. Nicht, dass jemand unfreundlich zu ihr gewesen wäre, im Gegenteil. Alle waren zuvorkommend und hilfsbereit. Ja, wenn sie so darüber nachdachte, waren sie alle sogar über die Maßen darauf bedacht gewesen, Anna nur die einfachsten Aufgaben zu übertragen. Anfangs hatte sie die Besorgnis noch amüsant gefunden und mit Händen und Füßen zu erklären versucht, dass man auf sie keine Rücksicht nehmen musste. Doch mit einem Mal schien es ihr, als hätten sich selbst die rudimentärsten

Deutschkenntnisse der Italiener in Luft aufgelöst. Und noch etwas hatte sie irritiert, doch über den schnellen Wortwechseln, die zwischen den Reben hin und her geflogen waren, war sie nicht draufgekommen. Erst nach dem Mittagsmahl, das aus Weißbrot, Käse und Oliven bestand, hatte sich eine schläfrige Ruhe über das kleine Grüppchen gelegt, und Anna hatte endlich die Gelegenheit, in sich hineinzuspüren, was ihr schon die ganze Zeit so befremdlich vorkam. Mit einem Mal wusste sie es: Alle hatten sich den gesamten Vormittag über redlich Mühe gegeben, ihr auszuweichen. Fast als ob sie Angst davor hätten, dass Anna etwas fragen könnte. Aber so sehr sie sich das Hirn zermarterte, was der Anlass für dieses merkwürdige Verhalten sein konnte, sie kam einfach nicht drauf. Als ihr die unliebsame Begegnung mit Lars wieder einfiel, stockte ihr der Atem. Die Familie war doch hoffentlich nicht sauer, dass er hierhergekommen war und ihr eine Szene gemacht hatte? Schließlich hatte sie keine Ahnung davon gehabt, dass er einfach auftauchen und sich danebenbenehmen würde. Und außer Lisa hatte eh niemand etwas davon mitbekommen, oder etwa doch? Einem Außenstehenden mochte es durchaus so erschienen sein, als ob sie den Besuch herbestellt hatte. Zwar sagte ihr ihr gesunder Menschenverstand durchaus, dass niemand etwas dagegen haben konnte, solange sie ihre Arbeit gewissenhaft erledigte. Dass dieser Besuch die Familie aber als einfache Bauern bezeichnet hatte und sich am Trentodoc so selbstverständlich bedient hatte, als hätte er hier ein Hausrecht, auch wenn er ihn schlussendlich doch noch bezahlt hatte, das war einfach unmöglich. Dieses Verhalten konnte durchaus einen Schatten auf sie werfen.

Je länger sie darüber nachdachte, umso mehr stieg ein Gefühl der Angst in Anna hoch. Musste sie befürchten, dass Christine ihr kündigte? Sie schluckte. Allein beim Gedanken daran wurde ihr übel.

»Oh Gott«, flüsterte sie leise. »Mach bitte, dass das nicht wahr ist.«

Als sie die Ungewissheit nicht länger aushielt, sprang sie auf und erklärte einem der Männer, der mit halb geschlossenen Augen an einem Baum lehnte, dass sie zur *Cantina* wollte.

Dort angekommen, stieg sie mit einem dumpfen Gefühl im Bauch die Treppen nach oben, und als sie in den langen Gang einbog, an dessen Ende Christines Büro lag, fühlten sich ihre Beine an wie Blei.

»Reiß dich zusammen«, versuchte sie, sich aufzumuntern. Schließlich machte es keinen Unterschied, ob sie es jetzt erfuhr oder später. Mit unsicheren Schritten stakste sie an den offenen Türen der Büromitarbeiter vorbei. Eine Sekunde lang überlegte sie, ob sie kurz bei Vito, dem Önologen, vorbeischauen sollte, dessen Labor sie schon die ganze Zeit fasziniert hatte. Hier wurde nach wissenschaftlichen Methoden geprüft, wie hoch der Zucker- und Wassergehalt in den Beeren war und wann die Trauben schließlich reif zur Ernte waren. Das alles fand sie hochinteressant, und Vito hatte sie schon mehrfach eingeladen, sich alles genau anzuschauen. Doch dann machte sie sich klar, dass sie sich jetzt weder auf seine Erklärungen konzentrieren können noch dass ein Hinauszögern auch nur im Ansatz etwas besser machen würde.

»Hallo Christine«, sagte Anna zaghaft, nachdem sie an den Rahmen der offen stehenden Tür geklopft hatte.

»Anna!« Freundlich winkte Christine sie herein. »Was ist los? Geht es dir nicht gut?«, fragte sie, als sie den verzweifelten Gesichtsausdruck ihrer Besucherin sah.

Anna hob die Schultern. »Ehrlich gestanden, ich weiß es nicht. Aber vielleicht kannst du mir sagen, ob etwas nicht stimmt.« Sie holte tief Luft. »Wollt ihr mir kündigen?«

Verständnislos sah Christine sie an. »Wie kommst du denn

auf die Idee?«, fragte sie entsetzt. »Komm, setz dich erst mal.« Sie stand auf, nahm Annas Arm und führte sie zu Lisas Stuhl. »Erzähl, was ist passiert?«

»Ich habe keine Ahnung«, sagte Anna unglücklich. »Ich habe am Morgen nach Marco gesucht, ihn aber nirgendwo finden können. Dann bin ich mit den anderen in den Weinberg gefahren, weil Tiziana mir zu verstehen gegeben hat, dass ich heute mit denen arbeiten soll. Das war natürlich okay, wir haben uns ja bisher immer gut verstanden. Aber heute habe ich das Gefühl, dass alle mir aus dem Weg gehen. Ich spüre schon seit Stunden, dass irgendetwas nicht stimmt und dass es mit mir zu tun hat. Da ich nicht weiß, was es sonst sein könnte, habe ich gedacht, dass ihr mich vielleicht loswerden wollt.« Bei der Vorstellung wurde Anna schon wieder flau im Magen, und die Angst stand ihr jetzt auch deutlich ins Gesicht geschrieben.

»Du lieber Himmel.« Einem Impuls folgend stand Christine wieder auf, fasste Anna an der Hand und zog sie hoch. »Komm mal her.« Einfühlsam nahm sie die junge Frau in die Arme und drückte sie fest an sich. Nach einer Weile schob sie Anna auf Armeslänge von sich weg und streichelte ihr über die Wange. »Denk mal eine Sekunde lang nach. Kannst du dir wirklich vorstellen, wir würden der gesamten Belegschaft erzählen, dass wir jemanden feuern wollen, ohne es der betreffenden Person vorher selbst zu sagen?«

Es dauerte einen Moment, bis Christines Worte zu Anna durchdrangen. Und dann wurde ihr vor Erleichterung ganz schwindlig. Sie atmete tief durch und musterte verlegen die alten Bodendielen. »Nein«, sagte sie leise, als ihr bewusst wurde, wie dumm ihre Gedanken gewesen waren. Auch wenn sie Firmen kannte, in denen es genau so lief, würde die Familie Endrici niemals so hinterhältig handeln. »Du hast natürlich recht«, sagte sie zerknirscht, »ich hätte so einen

Blödsinn überhaupt nicht denken dürfen. Ich glaube ... nein, ich weiß«, verbesserte sie sich rasch, »dass ihr so nicht mit anderen Menschen umspringt. Ich hatte nur plötzlich eine so irrationale Angst, dass mir die Sicherungen durchgebrannt sind. Kannst du mir die dumme Frage verzeihen?«

»Ach Anna.« Liebevoll musterte Christine die hübsche Frau vor sich. Von ihrer Art her hätte Anna Lisas Schwester sein können. Vermutlich hatte deshalb die ganze Familie die junge Münchnerin so in ihr Herz geschlossen. »Es ist ganz normal, Angst zu haben. Und dass Ängste nicht unsere besten Ratgeber sind, ist ja auch nichts Neues. Also, Schwamm drüber.« Christine überlegte. Sie hatte eine sehr konkrete Ahnung, weshalb die anderen Mitarbeiter Anna wie ein rohes Ei behandelt hatten. Sie fragte sich nur, ob sie die richtige Person war, ihr das beizubringen. »Gib mir eine Minute«, sagte sie deshalb. Dann nahm sie den Telefonhörer, drückte eine Taste und wechselte ein paar schnelle Sätze auf Italienisch, die Anna nicht verstand. Nur dass ihr Name darin vorkam, das hatte sie gehört.

Nachdem sie aufgelegt hatte, sah Christine den Telefonhörer ein paar Sekunden lang an. Dann wandte sie sich wieder Anna zu. »Paolo möchte mir dir reden. Komm, ich begleite dich. Er wird dir schon nichts anvertrauen wollen, von dem ich nichts wissen darf.«

Eine halbe Minute später betrat Anna hinter Christine Paolos imposantes Büro und sah sich neugierig um. Linker Hand befand sich ein kleines Tischchen, das von einem antiken Sofa und vier passenden Stühlen eingerahmt wurde, die mit einem schimmernden Brokatstoff bezogen waren und die Farbe der doppelflügeligen grünen Holztüren spiegelten. In der rechten Ecke entdeckte sie neben einem hohen Kachelofen, der im Winter für Behaglichkeit sorgen würde, ein modernes Bild, das in seinen bunten Farben das ganze Zimmer erhellte. An den anderen Wänden hingen Gemälde alter Meister, dazwischen stand ein großer dunkler Schrank, dessen filigrane Bleiverglasung einst ein Vermögen gekostet haben musste. Der schöne alte Raum hatte zwei große, weiß lackierte Fenstertüren, durch die man direkt auf die Etsch sah, die, umrahmt von unzähligen Rebstöcken, in etwa hundert Metern Entfernung träge dahinfloss.

»Hallo Anna«, sagte Paolo freundlich und schob einen Packen Papiere zur Seite. »Setz dich doch.«

Schüchtern ließ Anna sich auf der Stuhlkante nieder. Obwohl sie inzwischen bereits mehrere Male auch privat bei den Endricis zu Gast gewesen war, fühlte sie sich in Paolos Gegenwart noch immer ein wenig befangen, ohne dass sie hätte sagen können, weshalb das so war. Vielleicht war es die beneidenswerte Ruhe, die er ausstrahlte, seine Eleganz und Güte oder auch nur sein überwältigendes Charisma. Vielleicht war es auch alles zusammen. Erneut fiel ihr der Begriff ein, den sie anfangs gesucht hatte: *Grandezza.* Ja, genau das war aus ihrer Sicht das richtige Wort, um Paolo zu beschreiben.

»Anna?«, fragte Paolo liebenswürdig, als er merkte, dass ihre Gedanken abgedriftet waren.

Reiß dich zusammen, ermahnte sie sich selbst. Sie lächelte. »Entschuldige bitte, mir ist nur gerade etwas eingefallen.«

»Lässt du uns daran teilhaben?«

»Was?« Oh Gott, nein. Wie peinlich. Und nun wurde sie auch noch rot. »Vielleicht später«, sagte sie schnell. »Das passt gerade nicht hierher.«

»Entschuldige bitte«, sagte Paolo seinerseits, als sein Telefon klingelte und er sah, dass es ein Anruf war, auf den er seit Stunden wartete.

»Er beißt dich nicht, versprochen«, flüsterte Christine, als Paolo abgelenkt war. Sie hatte längst gespürt, wie scheu Anna in Paolos Nähe war. Nicht dass es ihr fremd gewesen wäre;

sie war es seit Jahren, wenn nicht Jahrzehnten gewohnt, dass fremde Menschen ihrem Mann mit Ehrerbietung begegneten. Und selbst die älteren Mitarbeiter, die Paolo schon als jungen Mann kennengelernt hatten, traten ihm nach all den Jahren mit einem nie nachlassenden Respekt entgegen.

»Und wenn du verlegen wirst, erinnere dich einfach daran, wie er reagiert hat, als ich ihn zum Friseur schicken wollte.«

Anna schlug sich die Hand vor den Mund, um nicht laut loszukichern. Wie hätte sie das jemals vergessen können! Paolo, der Lausbub, ja, das war ein Bild, das ihn von dem Sockel holte, auf den sie ihn unbewusst gehievt hatte.

Nachdem Paolo sein Telefonat beendet hatte, beschloss er, das, was er Anna sagen musste, nicht länger hinauszuzögern. »Mir, beziehungsweise uns«, verbesserte er sich, »ist nicht entgangen, dass du dich sehr gut mit Marco verstehst. Deswegen möchte ich dir erzählen, was heute früh geschehen ist.«

Paolos bedächtiger Tonfall ließ Anna aufhorchen. Wie eine eiserne Kralle griff etwas nach ihrem Herzen. »Was ist passiert?«, fragte sie mit erstickter Stimme.

»Marco hat uns heute früh verlassen.«

»Was?« Mit aufgerissenen Augen sah Anna von Paolo zu Christine und wieder zurück. »Was heißt das?« Für einen Moment verstand sie nicht. Es klang fast so, als sei er gestorben.

»Marco kam heute sehr früh zu uns nach Hause und hat mit sofortiger Wirkung seine Arbeit hier im Trentino aufgekündigt. Ich habe versucht, ihn umzustimmen, aber er hatte seine Sachen bereits gepackt und im Auto verstaut.« Mitfühlend sah Paolo Anna an, die ihn mit offenem Mund anstarrte. Insgeheim verwünschte er Marco, der sich wie ein Dieb in der Dunkelheit aus dem Staub gemacht hatte. Irgendwas musste gestern vorgefallen sein, aber der Idiot hatte nicht mit der Sprache herausrücken wollen.

»Aber … aber wo ist er denn hin?« Annas schrille Stimme zerriss die Luft.

»Das kann ich dir leider nicht sagen.« Zumindest durfte er es nicht. Mit Bedacht hatte er seine Worte so gewählt, dass Anna sie falsch verstehen musste, einfach weil er sie nicht anlügen wollte. Marco hatte ihm noch vor dem ersten Kaffee gedroht, alles hinzuwerfen und auf Nimmerwiedersehen zu verschwinden, falls Paolo ihm nicht die Möglichkeit bot, aus Annas Nähe zu kommen. Damit hätte er einen Großteil der Ernte in Gefahr gebracht, denn einen so herausragenden Kellermeister wie Marco konnte selbst Paolo nicht aus dem Hut zaubern. Also hatte er sich notgedrungen auf einen Kuhhandel eingelassen, auch wenn es ihn kurzzeitig in den Fingern gejuckt hatte, seinem Mitarbeiter den Hals umzudrehen. Denn was der von ihm verlangt hatte, grenzte an Erpressung.

»Ich muss hier weg, Dottore Paolo«, hatte Marco gesagt. »Und zwar sofort.« Dann hatte er sehr eindringlich klargemacht, dass sofort noch in dieser Stunde bedeutete.

»Wie stellst du dir das vor? Du kannst nicht von einer Minute zur anderen kündigen.«

»Ich will nicht kündigen, Dottore. Ich will nach Serpaia.«

»Du willst in die Toskana?« Paolo verstand überhaupt nichts mehr. Seit sie zusammen mit Christines Bruder Thomas das Weingut Serpaia in der Toskana gekauft hatten, war es den Mitarbeitern der beiden Kellereien freigestellt, sich gelegentlich gegenseitig abzulösen, vorausgesetzt natürlich, dass sie die gleichen Arbeitsbereiche innehatten. Gatto, der der Kellermeister in der Toskana war, hatte Marco schon des Öfteren um einen solchen Gefallen gebeten, und Marco hatte Gatto zuliebe immer eingewilligt. Allerdings war der Südtiroler dort nie richtig glücklich gewesen. Ihm fehlten die Dolomiten zum Klettern und der Gardasee zum Kiten. Deshalb war er jedes Mal sichtbar erleichtert gewesen, wenn die vereinbarten Wochen vorbei gewesen waren und er zurück nach San Michele konnte. Und jetzt stand er plötzlich vor Paolo und fragte nicht nur nach einem Tausch, er setzte Paolo die Pistole auf die Brust und wollte dauerhaft versetzt werden.

»Ja, und zwar sofort. Ich kann hier keine Stunde länger bleiben, es sei denn ...«

»Es sei denn was?«, hakte Paolo nach, als Marco nichts weiter sagte.

»Ich will mich nicht dazu äußern, wenn es nicht unbedingt sein muss.«

»Also gut.« Paolo sah seinen Kellermeister ratlos an. »Aber du musst klären, ob Gatto überhaupt will und kann.«

»Das habe ich schon.« Marco fiel ein Stein vom Herzen, dass der Dottore grünes Licht für den Tausch gab. »Er kann morgen Mittag hier sein.«

»Es scheint dir ja wirklich wichtig zu sein.« Paolo hatte eine vage Vermutung, dass Marcos überstürzter Aufbruch etwas mit Anna zu tun hatte. Aber er war kein Mensch, der andere dazu drängte, ihre privaten Dinge offenzulegen, wenn sie das nicht selbst wollten. Und Marco wollte offensichtlich nicht darüber reden.

Doch dann rückte der noch mit einer weiteren Forderung heraus. »Ich möchte nicht, dass Anna mitbekommt, wo ich bin. Und das meine ich todernst. Sobald sie etwas erfährt, bin ich ganz weg. Es tut mir leid, Dottore Paolo, aber in dem Fall würde ich die Firma noch am gleichen Tag verlassen. Auch wenn Sie mich verklagen, das ist mir egal. Ich werde zahlen.« Marcos Gesicht nahm einen bittenden Ausdruck an. »Verstehen Sie mich nicht falsch, Dottore. Ich liebe das alles hier, das wissen Sie. San Michele ist meine Heimat geworden, Dani mein Freund, und Sie und die Signora sind wie eine Familie für mich. Ich würde Sie nicht bitten, wenn es nicht wirklich wichtig wäre.«

Paolo sah ihn eine Weile stumm an. Seinen ersten Impuls, Marco vorzuhalten, dass seine Forderung eine Erpressung war, ließ er wieder unter den Tisch fallen, da er spürte, dass es Marco alles andere als leichtfiel, sich so zu verhalten. Was auch immer zwischen ihm und Anna vorgefallen sein mochte, es war offensichtlich so schlimm, dass der Kellermeister bereit war, alles, was ihm am Herzen lag, hinter sich zu lassen.

»Du bringt mich in eine schwierige Situation«, machte er ihm dennoch klar. »Was soll ich sagen, wenn Anna fragt? Ich werde sie nicht anlügen, so gut solltest du mich kennen.«

Marco nickte. Der Dottore war einer der ehrlichsten Menschen, die er je kennengelernt hatte. Das war es auch, was ihm die ganze Nacht über Bauchschmerzen bereitet hatte. Stundenlang hatte er sich gewälzt und gegrübelt, wie er am besten von hier verschwinden konnte, ohne die Familie zu kompromittieren, ohne der Firma zu schaden und ohne Spuren zu hinterlassen.

»Ich glaube nicht, dass sie es überhaupt wissen will.« Da war Marco sich sogar sicher. Schließlich war sie gestern vor Glück über ihre bevorstehende Hochzeit fast in Ohnmacht gefallen. Vermutlich hatte sie ihn, Marco, bereits aus ihrem Gedächtnis gestrichen. »Und falls sie doch fragt, sagen Sie ihr einfach die Wahrheit. Dass ich Sie erpresst habe, mich gehen zu lassen. Und dass ich ausdrücklich gefordert habe, dass niemand erfährt, wo ich bin.« Marco grinste schief. »Das wäre ja auch mit meinen Persönlichkeitsrechten und dem Datenschutz bestens vereinbar.«

Paolo schüttelte den Kopf. Er hätte es lieber gehabt, die beiden jungen Menschen hätten ihre Unstimmigkeiten bereinigt und ihren Frieden miteinander geschlossen. Aber zumindest einer der beiden konnte das ganz augenscheinlich nicht. So gern er Anna auch hatte, Marco war fast wie ein Sohn für ihn. Von einem auf den anderen Tag auf dessen Hilfe und

Kenntnisse verzichten zu müssen wäre schlichtweg eine Katastrophe gewesen.

»Also gut«, sagte Paolo. »Dann tu, was du nicht lassen kannst. Sag mir nur, wie lange dieser Zustand dauern soll.«

»Ich glaube, das Problem erledigt sich bald von selbst«, sagte Marco düster. Er war sich bewusst, wie gleichgültig er auf den Dottore wirken musste. Doch in seinem Inneren sah es ganz anders aus. Es hatte ihn schier zerrissen, dass er nicht erkannt hatte, dass Anna nicht die gleichen Gefühle für ihn hatte wie er für sie. Er war so ein Idiot! Wieso hatte er es auch zugelassen, sich wider besseren Wissens in sie zu verlieben. Hätte er doch auf seine Intuition gehört, dass die Frau nur Ärger brachte. Und jetzt konnte er auf ewig nicht mehr zum Gardasee fahren, ohne dass ständig die Erinnerung an diesen Tag auftauchte, den er für etwas so Besonderes gehalten hatte. Sie war wie ein Wirbelsturm hier aufgetaucht und hatte nichts als Scherben hinterlassen.

»Vermutlich wird sie bald zurück nach Deutschland gehen«, sagte er, als ihm bewusst wurde, dass der Dottore noch immer auf eine Erklärung wartete. »Und dann komme ich wieder, das verspreche ich Ihnen. Ich verzichte auch auf meinen ganzen Jahresurlaub.« Das erste Mal in dem Gespräch ließ Marco seine Maske fallen, und nun sah Paolo, wie sehr der junge Mann litt. »Es tut mir leid, dass ich Ihnen solchen Ärger mache, Dottore Paolo. Ich hoffe, Sie verzeihen mir das irgendwann.« Die Qual in seinen Augen sprach Bände. »Ich werde das alles wiedergutmachen, irgendwie. Lassen Sie mich einfach wissen, was immer Sie brauchen.«

»Es tut mir wirklich leid«, sagte Paolo jetzt zu Anna, die ihn anstarrte wie ein Lamm, das vor der Schlachtbank stand. Wie er es hasste, der Überbringer derart schlechter Nachrichten zu sein! Obwohl er am frühen Morgen noch so etwas wie

Verständnis für Marcos Situation übrig gehabt hatte, tat er sich damit jetzt schwer. Er warf seiner Frau einen Blick zu, den sie mit einem leichten Nicken erwiderte.

»Komm, Anna«, sagte Christine liebevoll und streckte die Hand nach ihr aus. »Lass uns an die frische Luft gehen.«

Anna lief wie in Trance hinter Christine die Treppe hinunter. Sie nahm weder wahr, wie intensiv der Lavendel duftete, der üppig neben dem Bachlauf blühte, noch die fünf Katzenkinder, die wie kleine Derwische auf dem Hof herumtollten und übermütig miteinander rauften. Ihr Verstand versuchte, die Information zu verarbeiten. Marco war davongelaufen, aber sie verstand weder das Wovor noch das Warum. Und doch ahnte sie, dass es mit ihr zu tun haben musste, und das war etwas, was sie noch weniger verstand.

Folgsam setzte sie sich auf einen der Strohballen unter dem Kirschbaum, der im Lauf der Wochen zu einem ihrer Lieblingsplätze geworden war.

»Lass es raus«, sagte Christine sanft. »Du darfst es nicht in dich hineinfressen, Anna. Ganz egal, was dir dazu einfällt, sag es. Schrei es heraus oder heul es dir von der Seele.« Sie war erschrocken, welch eine Veränderung mit Anna in nur wenigen Sekunden vorgegangen war, nachdem sie von Marcos Flucht erfahren hatte. Dass es zwischen Anna und Marco gefunkt hatte, war keinem der Familienmitglieder entgangen, auch wenn das den beiden ganz offensichtlich nicht bewusst geworden war. Doch dass die Gefühle so tief gingen, hatte keiner ahnen können. Im Gegensatz zu Paolo, der für Marcos Ausbruch immerhin noch etwas Verständnis aufbrachte, hätte Christine dem Feigling vermutlich eine Bratpfanne über den Kopf gezogen, wenn sie ihn erwischt hätte. Zumindest hätte sie ihm klipp und klar gesagt, was sie von einer derart dummen Aktion hielt. Sie hatte ihre Kinder von klein auf dazu erzogen, miteinander zu reden, wenn Probleme auftauchten, egal, wie groß die auch sein mochten. Ein Davonlaufen gab es nicht, Punkt.

»Vielleicht bin ich nicht diejenige, die dir jetzt helfen kann«, sagte Christine verständnisvoll, als Anna nur dumpf vor sich hinstarrte. »Magst du nicht deine Freundin Isabella anrufen? Sie wollte doch demnächst hierherkommen. Vielleicht kann sie sich ja sofort von der Arbeit loseisen. Oder du gönnst dir einen Tapetenwechsel und fährst ein paar Tage nach München.«

Entsetzt ruckte Annas Kopf nach oben. Nach München? Auf keinen Fall! Vielleicht hatte Christine recht, dass ihr eine Veränderung guttun würde, aber allein die Vorstellung, das Trentino zu verlassen, erschreckte sie zutiefst. Dann wäre Marco noch weiter weg, und sie konnte sowieso noch nicht wirklich glauben, dass er nicht mehr zurückkam.

»Nein, nicht nach München«, sagte sie panisch. »Ich will nicht, weil das, ich meine …«

»Anna.« Sanft nahm Christine ihre Hand. »Du musst jetzt gar nichts entscheiden. Sieh erst einmal zu, wie du mit dem Schock umgehen kannst. Fühl in dich hinein, was du brauchst und was dir guttun würde. Und dann mach das auch. Ich möchte, dass du weißt, dass es für uns auch in Ordnung wäre, wenn du unter diesen Umständen nicht länger hierbleiben willst. Wir wollen dich zwar nicht als Mitarbeiterin verlieren, aber wir werden dir auch keine Steine in den Weg legen, wenn du Abstand brauchst. Und als Freunde verlieren wir einander sowieso nicht, verstehst du das?«

Anna lächelte gequält. »Du bist so lieb, Christine. Danke. Aber ich möchte nicht weg. Der Gedanke, von hier fortzugehen, fühlt sich an, als ob mir das Herz herausgerissen würde.«

»Was ist denn hier los?«, fragte Daniele erstaunt. Er kam gerade von einem Treffen mit Studienkollegen zurück, die er in Geisenheim kennengelernt hatte. Als er das große Haus seiner Familie betrat, waren alle in heller Aufregung, und Lisa stand mit einer Tasche, aus der eine Decke hervorlugte, und einem kleinen Kissen unter dem anderen Arm in der Tür.

»Willst du zu einem Picknick?«

»Zu einer Pyjamaparty«, antwortete sie todernst.

»Aha.« Daniele warf ihr einen belustigten Blick zu. Doch dann irritierte ihn das seltsame Glänzen in ihren Augen. Irgendetwas stimmte hier nicht.

»Geh schon, Lisa«, sagte Christine und drehte sich zu Daniele. »Ich erkläre es dir gleich. Hast du Hunger?«

Zehn Minuten später machte er sich mit Appetit über die Reste der Trüffelpasta her, die seine Schwester gekocht hatte, und hörte dabei seiner Mutter zu, die ihn auf den neuesten Stand der Entwicklungen brachte.

»Spinnt der jetzt komplett?«, fragte er perplex. »Was ist denn das für eine bescheuerte Aktion?«

»Das fragen wir uns schon die ganze Zeit«, antwortete Christine. »Aber wir kommen nicht darauf, was der Auslöser sein könnte. Anna hat gesagt, dass nichts zwischen ihnen vorgefallen ist.« Mitfühlend hob sie die Schultern. »Dabei war sie gestern noch so glücklich. Sie hat endlich den Schlussstrich unter die Beziehung mit Lars gezogen und danach nur noch gestrahlt.«

»Trotzdem muss etwas passiert sein«, mutmaßte Daniele. »Marco hat sicher nicht die Flucht ergriffen aus Angst, dass sie ihm jetzt gleich einen Heiratsantrag machen wird.« Er zog die Wasserflasche zu sich und schenkte sich sein Glas randvoll. »Aber das finde ich schon noch heraus. Ich rufe ihn an, wenn ich gegessen habe. Wo wollte Lisa eigentlich um diese Zeit noch hin?«

»Zu Anna.« Christine stand auf, öffnete ein Fenster und sah unschlüssig in die Nacht hinaus. »Wir machen uns Sorgen«, sagte sie leise und drehte sich zu ihrem Sohn um. »Vielleicht ist das Quatsch, aber wir hatten beide ein ganz blödes Gefühl.«

Dani ließ die volle Gabel wieder sinken und sah seine Mutter mit großen Augen an. »Ihr denkt doch nicht, dass sie sich was antut?« Er dachte kurz nach, dann schüttelte er den Kopf. »Dafür ist Anna überhaupt nicht der Typ. Und außerdem ist doch gar nichts zwischen den beiden gelaufen.«

»Nichts, von dem wir wissen«, verbesserte Christine ihn. »Mit klarem Verstand glaube ich auch nicht, dass sie eine Dummheit begeht. Aber wenn du sie vorhin gesehen hättest, würdest du verstehen, was ich meine. Sie war erst sprachlos, dann fing sie an zu zittern, und schließlich war es, als ob irgendwas in ihr komplett abgeschaltet hätte. Deswegen schaut Lisa nach ihr und bleibt notfalls über Nacht.«

Kaum hatte sie ausgeredet, piepste Christines Handy. Es war eine Nachricht von Lisa.

»Sie schreibt, dass Anna schläft. Offensichtlich hat sie eine ganze Flasche Rotwein getrunken und ist dann ins Bett gefallen.«

Als Lisa nach einer unruhigen Nacht aufwachte, spürte sie einen stechenden Schmerz im Rücken. Erst als sie sich umdrehte und dabei fast von dem viel zu kurzen Sofa gefallen wäre, das in Annas Zimmer stand, erinnerte sie sich, dass sie nicht zu Hause war. Anna! Sie zog die dünne Decke beiseite, sprang auf und lief mit leisen Schritten zu dem Bett, das an der gegenüberliegenden Wand stand. Erleichtert sah sie, dass Anna tief und fest schlief. Dann bemerkte sie, dass ein feiner

Schweißfilm Annas Gesicht bedeckte und sie unnatürlich blass war. Vorsichtig legte sie eine Hand auf die Stirn der Schlafenden und zog sie erschrocken wieder zurück.

»Mama, wir sollten einen Arzt holen«, sagte sie kurz darauf leise ins Telefon. »Anna hat hohes Fieber, und ich bekomme sie nicht wach.«

»Eine einfache Erkältung ist das jedenfalls nicht«, stellte Dottore Matteo Cappello, ein guter Freund der Familie, eine Stunde später fest. Auf Christines Bitte hin war er sofort gekommen und hatte Anna gründlich untersucht, obwohl seine Praxis samstags geschlossen hatte. »Sie hat zwar neununddreißig Grad Fieber, aber die Nebenhöhlen sind frei, sie atmet durch die Nase, der Rachen ist weder geschwollen noch rot, und die Lunge hört sich auch gut an. Auf das Ergebnis des Bluttests müssen wir allerdings bis Montag warten. Kann jemand sich um sie kümmern?«, fragte er Christine. »Dass sie hier alleine bleibt, halte ich für ausgesprochen ungünstig, weil niemand reagieren kann, falls sich ihr Zustand verschlimmert. Ansonsten würde ich sie lieber ins Krankenhaus überweisen.«

»Würdest du das generell empfehlen?«, fragte Christine bang. Dass Anna zwar zwischendrin immer wieder die Augen öffnete, aber zu schwach war, um wach zu bleiben, bereitete ihr Sorgen. »Ich finde die Vorstellung fürchterlich, dass sie im Krankenhaus wieder zu sich kommt und weder ihre gewohnte Umgebung sieht noch einen vertrauten Menschen um sich hat.«

»Wenn sie hier in der Casa nicht alleine wäre, solange alle anderen Bewohner in der Arbeit sind, würde ich sie nicht einweisen«, antwortete der Arzt. »Worauf willst du hinaus?«

»Wir haben ein ungenutztes Gästezimmer, da könnte sie bleiben, bis sie wieder gesund ist. Irgendjemand ist ja fast immer im Haus.«

»Das wäre eine gute Lösung. Dann könnte ich auch jeden Tag nach ihr sehen. Aber falls das Fieber nicht innerhalb von drei Tagen runtergeht, schicke ich sie trotzdem in die Klinik. Bis jetzt würde ich sagen, dass es irgendein Infekt ist, trotz aller fehlenden anderen Symptome. Aber so hohes Fieber dürfen wir nicht auf die leichte Schulter nehmen. Außerdem müssen wir dafür sorgen, dass sie nicht austrocknet. Falls sie nicht bald aufwacht und ausreichend trinkt, muss ich sie an einen Tropf hängen.«

»Ist es möglich, dass das Fieber psychisch bedingt ist?«, wollte Lisa wissen und kam ihrer Mutter mit der Frage zuvor.

»Ja, das ist durchaus möglich«, antwortete Dr. Cappello. »Wie kommst du darauf?«

»Sie hat gestern eine sehr schlechte Nachricht bekommen«, sagte Lisa. »Danach war sie völlig durch den Wind. Aber wir können nicht einschätzen, wie sehr sie das wirklich mitnimmt.«

»Kannst du das konkretisieren?«, fragte der Arzt nachdenklich. »Schließlich bin nur ich an die Schweigepflicht gebunden, und es wäre hilfreich, wenn ich alles weiß, was ich wissen sollte.«

Ruhig hörte er sich an, was in den letzten Wochen passiert war, dann nickte er ernst. »Das würde ins Bild passen«, sagte er. »Das Fieber ist zwar etwas zu hoch für einen psychogenen Schock, aber ganz ungewöhnlich ist es auch wieder nicht. Dass sie schläft wie ein Stein, deutet auf einen Erschöpfungszustand hin. Und dass sie so kurz nach der Hiobsbotschaft an genau diesen Symptomen erkrankt ist, spricht auch dafür. Dann ist es allerdings umso wichtiger, dass sie nicht alleine bleibt.«

# Kapitel 16

Die nächsten beiden Wochen versanken in einem diffusen Nebel. Anna, die zur Erleichterung der ganzen Familie am späten Nachmittag nach ihrem Zusammenbruch endlich wach geworden und ansprechbar war, fühlte sich in den folgenden Tagen wie in einem Albtraum, aus dem es kein Entrinnen gab. Das Fieber ging zwar auf etwas unter achtunddreißig Grad zurück, aber normalisieren wollte sich die Temperatur nicht. Dazu kam eine Erschöpfung, wie Anna sie noch nie erlebt hatte. Sie kam morgens kaum aus dem Bett, schaffte es gerade ins Bad, um zu duschen und die Zähne zu putzen. Danach war sie so erledigt, wie sie es selbst nach einer mehrtägigen Bergtour nie gewesen war. Dass die Familie so viel Nachsehen und Geduld mit ihr hatte und alles tat, um sie wieder auf die Beine zu bringen, war für Anna wohltuend und unangenehm zugleich.

Als sie sich nach zehn Tagen endlich traute, Lisa ihr Herz auszuschütten, war die so froh darüber, dass sie fast einen Luftsprung gemacht hätte. Sie saßen im Garten unter der raschelnden Hängebirke und hatten eine große Kanne frisch gepressten Orangensaft vor sich stehen.

»Ich weiß nicht, wie es weitergehen soll«, flüsterte Anna, die trotz der sommerlichen Wärme eine dicke Fleecejacke trug. Seit Marcos Weggang war ihr, allem Fieber zum Trotz, nicht mehr richtig warm geworden. »Ich habe das Gefühl, dass mir alles aus den Händen gleitet. Bis zu dem Tag, als Lars mir in München seinen seltsamen Heiratsantrag gemacht hat, war mein Leben völlig in Ordnung. Zumindest habe ich das geglaubt«, gab sie zu. »Doch dann ist plötzlich alles aus den Fugen geraten. Ich bekam Panik, dass ich einen Fehler machen würde, wenn ich den Antrag annehme. Es fühlte sich einfach nicht richtig an. Auf meine Bitte um Bedenkzeit hin hat Lars mich aus der Wohnung geworfen. Nur um drei Tage später zu sagen, dass ihm alles leidtut.« Anna senkte die Stimme. »Dann komme ich hierher, verliebe mich Hals über Kopf in Marco, möchte ihm das aber nicht zeigen, weil ich mir erst ganz sicher sein will, dass ich mit Lars wirklich abgeschlossen habe, um nicht auf zwei Hochzeiten zu tanzen.« Mit brennenden Augen sah sie Lisa an. »Ich wollte alles richtig machen, und was kam dabei heraus? Ich habe alles versaut, und zwar gründlich. Dass Marco davongelaufen ist, tut mir so weh, dass ich es überhaupt nicht in Worte fassen kann. Dabei kannten wir uns noch keine drei Wochen. Das ist doch nicht normal, oder? Vielleicht habe ich mich ja nur in etwas verrannt. Schließlich ist ja noch nicht mal was zwischen uns passiert. Außer einem Kuss am Gardasee.«

Nachdenklich hatte Lisa Annas Zusammenfassung der Ereignisse zugehört. Dass ihre Freundin immer wieder stockte und nach den richtigen Worten suchte, verriet umso mehr, welches Chaos in ihrem Inneren herrschte.

»Ich glaube weder, dass man die Intensität seiner Gefühle an Wochen oder Monaten festmachen kann, noch dass du dich in etwas hineingesteigert hast, Anna. Sonst würde dich Marcos Verhalten zwar ärgern, aber nicht verletzen. Was dich dazu vielleicht aus der Bahn wirft, ist, dass du so machtlos bist, weil du nicht klären kannst, warum er alles stehen und liegen gelassen hat«, sagte Lisa einfühlsam. Sie gab Anna einen Moment Zeit, darüber nachzudenken. Als ihre Freundin schließlich zaghaft nickte, fragte sie: »Hast du dir Gedanken darüber gemacht, was du jetzt machen willst?«

»Ich habe keine Ahnung«, murmelte Anna düster. »Ich hoffe jeden Tag, dass Marco zurückkehrt. Und wenn ich morgens aufwache, habe ich Angst davor, dass ein weiterer Tag vergeht, ohne dass er zur Tür hereinkommt. Du hast recht: Dass ich keine Ahnung habe, warum er sich aus dem Staub gemacht hat, macht alles noch schlimmer. Wenn ich wenigstens einen Grund wüsste, könnte ich vielleicht besser damit umgehen. Aber jetzt fühle ich mich so krank und elend wie nie zuvor in meinem Leben.«

Bedrückt sah Lisa auf das weite Tal hinaus. Dottore Cappello hatte Anna erst gestern untersucht und befürchtet, dass ihr Zustand noch eine Weile anhalten würde.

»Das ist bei psychogenen Formen leider oft so«, hatte er gesagt. »Solange die betreffende Person so sehr unter der Situation leidet, halten sowohl die erhöhte Temperatur als auch der permanente Erschöpfungszustand an. Ich würde Ihnen dringend zu einer Therapie raten.«

Anna hatte mutlos aufgelacht. »Dazu müsste ich zurück nach Deutschland. Hier verstehe ich ja niemanden.«

Jetzt sah sie Lisa bittend an. »Meinst du, ich kann Dani fragen, ob er noch mal versucht, mit Marco zu reden?« Auch wenn sie sich bestimmt schon tausendmal vor Augen gehalten hatte, dass es nichts bringen würde und es besser gewesen wäre, Marco aus ihrem Kopf und Herzen zu verbannen. »Wenn ich wenigstens eine Antwort auf das Warum erhalten würde …«

Betreten sah Lisa Anna an, die sie mit so viel Hoffnung anblickte, dass es ihr schier das Herz brach, ihre Freundin enttäuschen zu müssen. Sie wusste, dass Daniele bereits etliche Male erfolglos versucht hatte, wenigstens irgendetwas aus Marco herauszubekommen. Was letztlich dazu geführt hatte, dass der Kellermeister sauer geworden war und angedroht hatte, Daniele die Freundschaft zu kündigen, wenn der nicht endlich aufhören würde herumzubohren.

»Natürlich kannst du ihn fragen. Er wird alles tun, um dir

zu helfen«, sagte sie langsam. »Aber du musst damit rechnen, dass Marco auch ihm keine Antwort gibt.«

Fünf Tage später hielt Anna es trotz aller Gastfreundschaft der Endricis nicht mehr aus. »Ich kann nicht länger bei euch im Haus bleiben«, sagte sie, als sie mit Christine und Daniele am Frühstückstisch saß.

Daniele hatte Annas Verzweiflung, die nicht nur Marcos bescheuertes Verhalten, sondern auch ihre eigene Hilflosigkeit betraf, schon seit einer Weile gespürt und seine Mutter vorgewarnt. Und so war Christine nicht besonders überrascht, als Anna damit herausplatzte.

»Das verstehe ich«, sagte sie freundlich. »Fühlst du dich schon wieder fit genug, dass du alleine bleiben kannst?«

Die Frage hatte sich Anna in den letzten Tagen etwa hundert Mal selbst gestellt, ohne eine zufriedenstellende Antwort zu finden. Das Fieber war zwar noch immer nicht weg, aber, so blöd es klang, sie hatte sich fast schon daran gewöhnt, dass sie seit Marcos Flucht eine Temperatur von knapp achtunddreißig Grad hatte, die sie völlig auslaugte. Sie fühlte sich dauererschöpft, hätte den ganzen Tag schlafen und auf die Hoffnung setzen können, dass die Zeit alle Wunden heilt. Auch wenn sie sich nicht vorstellen konnte, wie dieser Schmerz jemals weniger werden sollte.

Ein weiterer Grund für ihren Wunsch, wieder zurück in die Casa zu ziehen, war ein nicht unerhebliches schlechtes Gewissen, da sie aufgrund der Umstände seit Wochen nicht mehr in der Lage gewesen war, ihrer Vereinbarung mit Hannes nachzukommen und nach schönen Stücken für die Firma Ausschau zu halten. Doch Hannes hatte ihr, kaum dass sie ihn angerufen und die Worte ausgesprochen hatte, gehörig den Kopf gewaschen.

»Darüber möchte ich keinen Ton mehr hören«, hatte er ins

Telefon geknurrt. »Solange du krank bist, bist du krank und kümmerst dich gefälligst nur darum, dass du wieder gesund wirst. Ohne dich anzustrengen oder dich wegen irgendetwas verrückt zu machen. Und damit basta!« Dann wurde sein Tonfall wieder milder. »Anna, ich meine das ernst. Sieh zu, dass du nur das machst, was dir guttut. Leg dich vors Haus in die Sonne, lies ein Buch oder trink ein Glas Wein. Und lass den alten Krempel Krempel sein, der läuft schließlich nicht weg.«

Aber sie wusste auch, dass es an der Zeit war, wieder auf die Beine zu kommen. Zudem hatte sich Isabella angemeldet, die sich sofort, nachdem sie durch Lisa von Annas Zusammenbruch erfahren hatte, auf den Weg hatte machen wollen, um ihrer Freundin beizustehen. Doch dann war das Kratzen in ihrem Hals, das ihr schon den ganzen Tag lang Schluckbeschwerden bereitet hatte, über Nacht so schlimm geworden, dass sie am Morgen ihrer Abfahrt keinen Ton mehr herausbrachte. Und auch ihr Kreislauf war völlig im Keller. Als sie in der Apotheke nach einem Mittel gefragt hatte, das ihr die anstrengende Fahrt nach Italien erleichtern würde, hatte die Apothekenhelferin sie verständnislos angestarrt und ihr geradeheraus in ihr wachsbleiches Gesicht gesagt, dass sie in ihrem Zustand ins Bett gehörte und nicht auf eine Autobahn, wo sie nicht nur sich selbst, sondern auch die anderen Verkehrsteilnehmer gefährden würde.

Von der energischen Standpauke der Mitarbeiterin überrumpelt, hatte Isabella schließlich zugestimmt, sich von ihr die Temperatur messen zu lassen, um anschließend einzusehen, dass an eine Fahrt ins Ausland nicht zu denken war. Und dann war sie tatsächlich selbst zehn Tage mit einer fiesen Sommergrippe im Bett flachgelegen.

Doch nicht nur Isabella hatte sich Sorgen gemacht. Auch Hannes und all ihre anderen Freunde wären sofort bereit gewesen, alles stehen und liegen zu lassen, um sich um Anna zu kümmern. Doch die hatte matt abgewunken, als Lisa ihr die vielen lieben Wünsche überbracht hatte. Sie wollte einfach nur ihre Ruhe haben.

Doch nun war Isabella wieder gesund, und nichts konnte sie davon abhalten, ins Trentino zu kommen. Auch wenn Anna der Gedanke zunächst in leichte Panik versetzt hatte, freute sie sich mit jedem Tag mehr auf ihre Freundin, die sie nun seit einer gefühlten Ewigkeit nicht mehr gesehen hatte, auch wenn seit ihrer Abreise kaum mehr als vier Wochen vergangen waren. Und Isabella hatte Annas Befürchtungen beiseitegewischt und ihr versichert, dass sie nicht erwartete, dass Anna sich als perfekte Fremdenführerin versuchte.

»So ein Schmarrn«, hatte sie Annas Ängste ausgeräumt. »Ich weiß doch, dass du krank bist. Ich komme jetzt einfach zu dir, und wenn wir den ganzen Tag vor dem Haus sitzen und in die Landschaft schauen, dann ist es eben so. Und falls dir mein Besuch zu viel wird, fahre ich früher wieder ab. Aber ständig am Telefon zu hängen ist ja irgendwie auch nicht das Wahre.«

Christine hatte sofort angeboten, dass auch Isabella bei ihnen wohnen könnte, doch Anna hatte abgelehnt. »Das Bett in meinem Zimmer ist groß genug für uns beide. Zumindest für ein paar Tage. Ich sehe es als Feuerprobe an, dass ich wieder auf eigenen Beinen stehen kann.«

»Ist das schön, dich zu sehen!« Anna hatte Isabellas Auto kommen hören und war schon vor das Haus getreten, bevor ihre Freundin die Tür hatte öffnen können.

Isabella erschrak, als sie Anna sah. Der Schmerz über den Verlust stand ihr ins Gesicht geschrieben, und sie hatte sicher auch fünf Kilo abgenommen. Dabei hatte sie vor ein paar Wochen noch scherzhaft darüber geklagt, dass der italienische Lebensstil mit einigen Pfunden zu Buche schlug. Außerdem schien Annas überwältigende Lebensfreude, die schon während ihrer Beziehung mit Lars manchmal einen deutlichen Dämpfer erlitten hatte, nun gänzlich einer tiefen Traurigkeit gewichen zu sein.

Schnell schob Isabella ihre Ängste um die Freundin zur Seite, schlang ihre Arme um sie und drückte sie fest an sich. »Ich hab dich so vermisst! Es fühlt sich an, als ob du schon Jahre weg bist.«

»Du hast mir auch gefehlt, und ich bin unendlich froh, dass du gekommen bist«, flüsterte Anna erstickt. Am liebsten hätte sie Isabella nie wieder losgelassen. Es tat ihr unglaublich gut, den Menschen bei sich zu haben, der ihr von allen am nächsten stand. Und als sie den vertrauten Duft erschnupperte, den Isabellas Parfum verströmte, war es fast wie ein Nach-Hause-Kommen für sie. »Dass du jetzt hier bist, ist die beste Medizin, die es gibt.«

»Dabei wollte ich dir schon viel früher zur Seite stehen«, sagte Isabella geknickt. »Es tut mir so leid, dass ich selbst ein Totalausfall war, als es dir so schlecht ging.«

»Und ich hätte dir gern meine weltberühmte Hühnersuppe gekocht, als du mit Grippe im Bett lagst, und dich gesund gepflegt.« Plötzlich musste Anna lachen. »Wir hören uns gerade an wie die Bewohner eines Seniorenstifts.«

Isabella stimmte in ihr Lachen ein, dann drückte sie Anna ein Stück weit von sich weg. Erneut fiel ihr auf, wie schlecht Anna aussah.

Bevor sie etwas dazu sagen konnte, nahm Anna Isabella an der Hand und drehte sie herum. »Aber jetzt schau mal«, sagte sie mit unverhohlener Begeisterung in der Stimme, »das hier ist die berühmte Casa Masetto.«

Neugierig betrachtete Isabella das schöne alte Haus, das sich so prächtig in die Umgebung fügte. »Ist das ein Idyll«, stellte sie andächtig fest. »Noch viel besser als auf den Fotos, die du mir geschickt hast. Kein Wunder, dass du hier nicht mehr wegwillst.« Sie ließ ihren Blick über das Etschtal schweifen. »Und Berge gibt es hier auch reichlich. Wenn ich mir das so ansehe, frage ich mich, wo ich meinen Verstand hatte, als ich noch jedes Jahr an die zehn Mal nach Venedig, Mailand oder zum gnadenlos überfüllten Gardasee gefahren bin, aber nie auch nur einen Gedanken daran verschwendet habe, hier anzuhalten und meinen Kurzurlaub in der Gegend zu verbringen.«

»Das geht mir genauso«, gab Anna zu. »Ich habe die Schönheit der Landschaft zwar bemerkt, aber angehalten habe ich nie. Komm mit, dann zeige ich dir mein Reich«, sagte sie und ging Isabella voraus die Treppen in den ersten Stock hinauf.

»Hier sind wir auch schon.« Anna stieß die Tür auf, die zu ihrem Zimmer führte. »Es ist zwar nicht gerade ein Penthouse, aber für ein paar Tage geht es auch zu zweit. Hoffe ich zumindest.«

Isabella stieß einen Entzückensschrei aus. »Das ist ja süß!« Amüsiert drehte sie sich zu Anna um. »Du gemeines kleines Biest. Du hast mich die ganze Zeit glauben lassen, dass du in einer windschiefen Bretterbude haust. Und dabei ist das hier ein richtiges kleines Paradies!«

Anna zuckte mit den Schultern. »Das hast du wohl nur so interpretiert«, sagte sie, nicht im Mindesten schuldbewusst. »Nur weil ich dir erzählt habe, dass das Haus uralt ist.« Für einen Augenblick kehrte das frühere Leuchten in Annas Augen zurück. Sie hatte die gleiche Begeisterung verspürt, als sie das Zimmer das erste Mal betreten hatte. Vermutlich hatte sie sich genau deswegen bisher nicht um eine eigene Wohnung bemüht.

»Herrlich«, sagte Isabella und ließ sich auf das kleine Sofa fallen. »Sag Bescheid, wenn du ausziehst. Vielleicht kann man das Ding ja als Wochenenddomizil mieten.«

»Ich glaube kaum.« Anna lächelte verschmitzt. »Ich denke, das wird die Familie nur an Mitarbeiter vergeben.«

»Schade.« Isabella machte ein enttäuschtes Gesicht. Doch gleich darauf ließ der Gedanke an Annas neue Freunde sie wieder strahlen. »Wann lerne ich diese großartigen Menschen denn kennen?«, fragte sie neugierig.

Anna sah auf die Uhr. »Wir gehen gleich rüber, damit du sie schon mal begrüßen kannst. Sie sind auf dich nämlich schon genauso gespannt. Insbesondere Lisa kann es kaum erwarten, nachdem du ja schon ein paarmal mit ihr telefoniert hast, während ich das Bett gehütet habe.« Anna blinzelte. »Und wenn es dir nach der Fahrt nicht zu viel ist, sind wir heute bei ihnen zum Abendessen eingeladen.«

# Kapitel 17

Fünf Tage später hatte Anna einen Termin beim Arzt, um sich nochmals Blut abnehmen zu lassen. Isabella, die wegen einer Präsentation bei einem wichtigen Kunden am späten Nachmittag schweren Herzens zurück nach München fahren musste, nutzte die Gelegenheit zu einem Besuch bei den Endricis.

»Darf ich euch kurz stören?«, fragte sie, als eine freundliche Mitarbeiterin sie in das Büro gebracht hatte, in dem Lisa und Daniele gerade die Köpfe zusammensteckten.

Lisa sah auf und erschrak, als sie Isabellas Gesichtsausdruck sah. »Isabella! Ist etwas passiert?«, fragte sie alarmiert.

Isabella schüttelte den Kopf. »Nein. Also, nicht direkt.«

Lisa stand auf und streckte sich. »Setz dich auf die Terrasse. Ich mache uns einen Kaffee.«

Drei Minuten später stellte Lisa drei dampfende Espressi auf den Tisch. »Ist es okay, wenn Dani sich zu uns setzt?«

»Ja klar.« Nachdem sie und Anna mehrere Ausflüge in die Gegend unternommen und sich zu mindestens einer Mahlzeit am Tag mit der Familie getroffen hatten, verstand Isabella ohne jeden Zweifel, warum Anna sich hier von der ersten Sekunde an so wohlgefühlt hatte.

»Also, was ist los?« Daniele setzte sich neben Lisa und sah Isabella neugierig an.

»Ich hoffe, ihr haltet mich jetzt nicht für komplett bescheuert«, murmelte Isabella. »Ich weiß ja, dass euch Anna schon mehrfach wegen Marcos Verhalten in den Ohren gelegen hat, deswegen will ich nicht auch noch darauf herumreiten. Aber gestern ist etwas passiert, weswegen ich euch fragen wollte, ob es nicht doch noch eine Möglichkeit gibt, dass Anna wenigstens mal mit ihm reden könnte.«

»Du kannst mir glauben, dass ich den Weg schon längst gefunden hätte, wenn es einen gäbe«, sagte Daniele mitfühlend. »Anna ist wie eine Schwester für uns geworden, und wir täten nichts lieber, als ihr zu helfen. Wir wissen nur nicht, wie.«

»Wir zerbrechen uns schon seit zwei Wochen den Kopf darüber«, bestätigte Lisa. »Was ist denn gestern vorgefallen, das dir so große Sorgen macht?«

»Anna hat angedeutet, dass sie darüber nachdenkt, ob sie ihre Zelte hier abbricht und wieder nach München kommt. Sie hat zwar nichts in der Hinsicht gesagt, aber aufgrund ihres desolaten Zustands habe ich Angst, dass sie auf die Idee kommt, es noch mal mit Lars zu versuchen, wenn sie wieder in ihrer Heimat ist.«

Die Nachricht schlug ein wie eine Bombe. Lisa und Daniele starrten Isabella ungläubig an, bis Christine auf die Terrasse trat und erstaunt von einem zum anderen sah.

»Was ist denn mit euch los?«, fragte sie erschrocken, als sie die betretenen Gesichter sah.

»Anna überlegt, ob sie nach München zurückgeht«, nahm Lisa ihrer Mutter schnell die Angst, dass etwas Schlimmes geschehen war.

»Oh.« Christine dachte einen Moment lang nach. Dann sagte sie zögernd: »Aber wir haben doch schon letzte Woche mit ihr gemeinsam überlegt, ob ein Tapetenwechsel für sie nicht das Beste wäre. Ich finde es nicht verkehrt, wenn sie der Idee eine Chance gibt.«

»Aber Isabella befürchtet, dass sie nicht nur wegen der Luftveränderung dahin will«, sagte Daniele tonlos.

»Weswegen denn sonst?«

»Dass sie auf die Idee kommen könnte, zu Lars zurückzugehen.«

»Was?« Christine sah fassungslos in die Runde. »Nein, das kann ich mir nicht vorstellen. Mit dem war sie doch todunglücklich! Wieso sollte sie zu diesem empathielosen, aufgeblasenen Schnösel zurückwollen?«

»Also Mama.« Lisa kicherte, auch wenn ihr überhaupt nicht nach Lachen zumute war. »Du weißt doch gar nicht, ob er wirklich so ein Trottel ist.«

»Ist er«, bestätigte Isabella leise. »Was immer euch Anna über ihn erzählt hat, ich bin mir sicher, dass ihr nur die Spitze des Eisbergs kennt, so loyal, wie Anna selbst ihm gegenüber auch jetzt noch ist.«

»Mein Gott.« Christine fröstelte, was bei ihr selten genug vorkam. Aber die Vorstellung, dass Anna sehenden Auges in ihr Unglück zurückkehrte, erschütterte sie zutiefst.

Isabella sah auf die Uhr und erschrak, dass es schon so spät war. »Anna kommt gleich vom Arzt zurück. Sie sollte besser nicht erfahren, dass ich euch von meinen Überlegungen erzählt habe.«

»Kein Problem«, versprach Daniele. »Wir sagen ihr nichts. Aber was sollen wir jetzt machen?«

»Ich weiß es nicht«, gestand Isabella unglücklich. »Anna wird auch nicht gleich in den nächsten beiden Tagen abhauen, sie muss sich erst noch darüber klar werden, ob sie das wirklich will. Ich wollte nur, dass ihr Bescheid wisst. Vielleicht fällt euch ja noch etwas ein, das verhindert, dass Anna in ihr Unglück rennt.«

Tatsächlich war es Paolo, der ein Machtwort sprach, als die Familie beim Abendessen saß. Christine hatte Anna ebenfalls dazu eingeladen, doch die wollte den Abend gerne für sich sein, nachdem sie Isabella unter Tränen verabschiedet hatte.

»Mir reicht es jetzt«, sagte Paolo und warf seine Serviette auf den Tisch. »Ich werde nicht länger zusehen, wie Marco sich entweder wie ein dummer Junge benimmt oder mich erpresst. Nur weil er zu feige ist, um sich wie ein erwachsener Mann zu verhalten.«

Erstaunt hatten drei Augenpaare seinen Ausbruch verfolgt. Dass Paolo die Geduld verlor, kam so selten vor, dass Lisa irgendwann mal gesagt hatte, man müsse ein derartiges Jahrzehntereignis im Kalender festhalten.

»Und was schlägst du vor?«, fragte Christine.

»Dass Dani morgen in die Toskana fährt und den Angsthasen hierherbringt.«

»Sehr witzig, Papa«, sagte Daniele. »Ich bin mir sicher, dass Marco nur darauf wartet und ohne jeden Protest zu mir ins Auto steigen würde.«

»Dann lässt du dir eben etwas einfallen, basta«, sagte Paolo, ohne auf Danieles Ironie einzugehen. »Und lass dich bloß nicht davon abschrecken, wenn er dir mit Kündigung droht. Dann soll er sich eben etwas anderes suchen. Oder sollen wir uns etwa noch länger von ihm erpressen lassen?«

»Du hast recht«, sagte Christine schließlich zu ihrem Mann. »Wir können es nicht jedem recht machen. Und auch wenn Marcos Weggang einer kleinen Katastrophe gleichkäme, möchte ich nicht länger mit ansehen, dass Anna so unglücklich ist.«

Und damit war es beschlossene Sache. Bedauernd sah Daniele den Rotwein an, den er gerade probieren wollte.

Lisa kicherte. »Du musst deswegen ja nicht gleich abstinent werden«, neckte sie ihren Bruder. »Das wäre für einen Winzer nicht gerade förderlich.«

»Werde ich auch nicht.« Daniele stand auf und zwinkerte ihr zu. »Aber wenn ihr mich morgen den Löwen zum Fraß vorwerfen wollt, sollte ich heute besser mein Testament machen.«

Nach fünf Stunden Fahrt sprang Daniele erleichtert aus dem Wagen. Die Strecke war eine reine Tortur gewesen; wegen eines Unfalls kurz vor Modena hatte er eine geschlagene Stunde, in der nichts vor und nichts zurück ging, im Stau gestanden. Doch jetzt war er endlich angekommen. Er hatte die letzten Kilometer der Fahrt in vollen Zügen genossen, da die Vielfalt der Maremma, wie das Naturparadies im südlichsten Teil der Toskana hieß, mit ihren kilometerlangen Sandstränden und sanft ansteigenden Hügeln ein wahres Fest für die Sinne war. Er lockerte seine Schultern, atmete den würzigen Duft der Pinienwälder ein und streckte sich, dass seine Gelenke knackten.

Sein erster Weg führte ins Büro, wo er von den Mitarbeitern erstaunt und freudig zugleich begrüßt wurde. In der Regel meldete die Familie auch einen Spontanbesuch aus praktischen Gründen vorher an. Der Weg aus dem Trentino war zu weit, um einfach mal hereinzuschneien und dann feststellen zu müssen, dass die Person, die man gerade sprechen wollte, nicht im Haus war und man die weite Fahrt völlig umsonst auf sich genommen hatte.

Deswegen war die Überraschung umso größer, als Daniele seinen Kopf zur Tür hereinstreckte. Nachdem er alle Angestellten im Büro persönlich begrüßt und ein paar Worte mit ihnen gewechselt hatte, fragte er nach Marco.

Matteo lachte übers ganze Gesicht. »Er ist im Weinkeller, wo sonst?«

Daniele sah auf die Uhr und nickte. Kurz nach vier. Ein perfekter Zeitpunkt, um seinen Freund aus der Kellerei zu holen.

Verdutzt drehte Marco sich um, als er Danieles Stimme hinter sich hörte. »Dani! Was machst du denn hier?«

»Ich habe einen Kunden in der Nähe besucht«, behalf Daniele sich mit einer Notlüge, da er beschlossen hatte, das Thema Anna vorsichtig anzugehen. Und der misstrauische Blick, den Marco ihm zuwarf, gab seinen Bedenken recht.

»Und da meldest du dich vorher nicht an?«

»Ging leider nicht, weil ich den halben Tag keinen Empfang hatte. Außerdem kam mir die Idee, hier vorbeizuschauen, erst kurzfristig.« Was nur halbwegs geschwindelt war. Immerhin konnte man ein vor nicht mal vierundzwanzig Stunden geplantes Vorhaben durchaus noch als spontan durchgehen lassen.

Da er spürte, dass Marco ihm die Geschichte nicht so richtig abnahm, lenkte Daniele schnell ab. »Ich habe keine Lust, jetzt noch nach San Michele zu fahren, außerdem will ich auf dem Rückweg noch einen anderen Kunden besuchen, das schaffe ich heute aber zeitlich nicht mehr. Deswegen bleibe ich über Nacht und mache meinen Besuch morgen Vormittag. Hast du am Abend schon was vor? Wollen wir zusammen was essen gehen?«

Nach dem Essen, bei dem Daniele hauptsächlich Wasser getrunken und an dem Wein, von dem er angeblich eine ganze Flasche hatte verkosten wollen, nur genippt hatte, waren die Freunde zurück zur Kellerei gefahren. Marco hatte gleich nebenan bei der Familie eines Kollegen vorübergehend ein Zimmer bezogen, da er darauf setzte, dass Anna bald wieder nach München ging und er dann ins Trentino zurückkehren konnte. Als Daniele aus dem Wagen steigen wollte, hielt Marco ihn zurück: »Was willst du wirklich hier?«

Daniele hatte schon den ganzen Abend auf die Frage gewartet und war froh gewesen, dass Marco sie nicht schon beim Essen gestellt hatte. Er war sich sicher, dass das Thema »Anna« keine besonnene Unterhaltung anstoßen würde, und auf einen Eklat im Restaurant war er nicht sonderlich scharf. Allerdings war Marcos Auto auch nicht der richtige Ort für eine Aussprache.

»Machen wir noch eine Flasche auf?«, fragte er deshalb, anstatt Marco eine Antwort zu geben.

»Von mir aus.« Die Miene des Kellermeisters hatte mittlerweile den gleichen misstrauischen Ausdruck angenommen wie der Unterton in seiner Stimme. Er sprang aus dem Wagen, knallte die Tür zu und ging mit langen Schritten auf die Kellerei zu.

Nachdem sie sich für eine Flasche Mèria entschieden hatten, setzten sie sich draußen auf einen gemauerten Vorsprung neben dem Haus. Schon bald mischte sich das fruchtige Aroma der Pfirsiche, die schwer und reif an dem Baum hinter ihnen hingen, mit dem starken Duft der Pinien. Ein warmer Wind strich über die Wipfel der Bäume, Zikaden zirpten, und am Himmel waren die ersten Sterne zu sehen. Daniele atmete tief ein. Eigentlich war es eine Szene, die an Romantik kaum zu überbieten war, und er hätte weiß Gott was darum gegeben, eng umschlungen mit einer schönen Frau hier zu sitzen, statt dem sturen Bock neben sich den Kopf waschen zu müssen.

Doch es brachte nichts, das Gespräch noch länger hinauszuzögern. Er wollte sogar nichts lieber, als es endlich hinter sich zu bringen. »Es ist wegen Anna«, sagte er schließlich.

»Das dachte ich mir«, knurrte Marco. »Was zum Henker habt ihr daran nicht verstanden, dass das Thema für mich abgeschlossen und damit tabu ist?«

»Dass du nie ein Thema daraus gemacht hast, sondern dich wie ein Dieb in der Nacht davongeschlichen und dich verhalten hast wie ein Feigling.«

»Schönen Dank auch.« Böse starrte Marco in die Nacht. »Dann verrate mir doch auch, was dich das Ganze angeht.«

Die Frage hatte Daniele befürchtet. »Nichts«, gab er zu. »Aber Anna liegt uns genauso am Herzen wie du. Und wir alle finden, dass sie eine Erklärung verdient hat.«

»Das Kapitel ist durch, merk dir das.« Marco schenkte sich das Glas halb voll und trank es in einem Zug aus. »Für weitere Fragen stehe ich nicht zur Verfügung.«

»Was bist du nur für ein Idiot!«, sagte Daniele aufgebracht. »Ich sag dir mal was: Wenn du dich weiter verhältst wie ein aufgeblasenes, gefühlloses Riesenrindvieh, kannst du dich darauf gefasst machen, dass ich dir die Nase breche.« Um seine Worte zu bekräftigen, hielt er dem Sturkopf seine geballte Faust vor das Gesicht.

Für eine Sekunde dachte Marco, sich verhört zu haben. Bis eben hätte er sein gesamtes Hab und Gut darauf verwettet, dass sein Freund um nichts in der Welt jemals so einen Stuss von sich geben würde. Er drehte den Kopf zu Daniele und merkte, dass der ihn mit zusammengekniffenen Augen ansah. Und dann konnte er nicht mehr an sich halten und fing an zu lachen.

»Dani, du bist der Brüller, ehrlich«, sagte er, als er sich wieder etwas beruhigt hatte. »Ich wusste nicht mal, dass du solche Ausdrücke in petto hast«, scherzte er. »Und dass du dich prügeln willst, glaube ich dir ebenso wenig, wie wenn du mir erzählen würdest, dass dir letzte Nacht eine Fee im Traum erschienen ist und du jetzt drei Wünsche frei hast. Du würdest selbst eine Maus, die sich beim Biss in deinen Finger einen Zahn abgebrochen hat, eher zum Tierarzt bringen, als ihr den Hals umzudrehen.«

»Dann solltest du endlich aufwachen, sonst bekommst du wirklich noch eine aufs Maul.« Mühsam versuchte Daniele, seinen Zorn aufrechtzuerhalten, auch wenn er insgeheim zugeben musste, dass Marco vollkommen recht hatte. Er hatte viel zu viel Respekt vor anderen Menschen und war dazu so friedliebend, dass er noch nicht mal eine leichte Ohrfeige hätte austeilen können.

Marco grinste. »Lass den Quatsch, Dani.« Doch dann wurde er wieder ernst. »Und bitte lass das Thema ruhen. Ich will darüber nicht reden. Weder mit dir noch mit deinem Vater, und erst recht nicht mit ihr.«

Enttäuscht wandte Daniele sich ab. Seine Hoffnung, dass Marco doch nachgiebig werden würde, wenn er ihn endlich persönlich zu fassen bekam, schwand zusehens dahin. Die Vorstellung, Anna gegenüberzustehen und zu wissen, dass er nichts erreicht hatte, tat ihm in der Seele weh. Doch plötzlich keimte ein Gedanke in ihm auf. Blitzschnell wägte er seine Chancen ab. Der Wunsch, das Richtige, wie auch die Befürchtung, genau das Falsche zu tun, gingen bei seiner Idee Hand in Hand. Dann entschied er, dass es egal war. Es war der einzig verbleibende Weg, der ein Quäntchen Erfolg versprach, und den würde er nutzen.

Er wartete einige Minuten, bis er sich sicher war, dass in seinem offenen Gesicht nichts von seinem Vorhaben abzulesen war, dann drehte er sich zu Marco, der seinerseits dumpf vor sich hin brütete.

»Trink«, sagte Daniele. »Ich habe keine Lust, mit dir zu streiten. Ein Arsch bist und bleibst du trotzdem.«

Marco grinste schief. »Wenn das kein Grund ist, sich zu betrinken«, sagte er und schürte damit unwissentlich das Feuer der Hoffnung, das in Daniele brannte.

Eine Stunde später hatten die beiden Freunde eine weitere Flasche Rotwein geleert, und ihre Fähigkeit, sich normal zu artikulieren, war mit jedem Glas gesunken.

»Hab ich dir schon gesagt, dass du ein Idiot bist?«, fragte Daniele Marco, der sich mit einem entspannten Ausdruck gegen eine Pinie gelehnt hatte.

»Sicher.« Marco hatte seit einer Viertelstunde einen fiesen Schluckauf, der nicht mehr aufhören wollte.

»Du musst mehr trinken«, nuschelte Daniele. »Das hilft.« Er entkorkte eine weitere Flasche und drehte sich dabei von Marco weg. Der musste ja nicht unbedingt merken, dass Daniele bei Weitem nicht so betrunken war, wie er vorgab. Um ehrlich zu sein, war er noch nicht einmal angeheitert. Immer wenn Marco in den Himmel schaute, und dazu gab Daniele ihm reichlich Gelegenheit, weil er wieder und wieder auf die Sternschnuppen deutete, die in wunderbarer Regelmäßigkeit über den Nachthimmel zogen, schüttete er den Inhalt seines Glases ins Gebüsch. Auch wenn ihm die Verschwendung des edlen Tropfens ebenso wie die Vorstellung, was er der armen Pinie damit antat, fast körperlich wehtat. Dass Marco hingegen immer betrunkener wurde, war Teil seines Plans.

»Willst du noch immer nicht über Anna reden?«

»Anna ist der Teufel«, murmelte Marco undeutlich in seinen Bart. Sein Gesicht nahm einen verbitterten Ausdruck an. »Weißt du, sie hat mir den Kopf verdreht, dabei ist sie mit einem dämlichen Schnösel verlobt. Diese blöde Hexe.«

Daniele erstarrte. Woher wusste Marco von Lars? Seines Wissens hatte Anna ihm nichts über ihren Ex erzählt. »Wie kommst du denn darauf?«, fragte er perplex und vergaß über seiner Verwunderung völlig, zu lallen.

Doch Marco war bereits zu betrunken, um es zu bemerken. »Ich hab sie gesehen. Zufällig. Im Laden. Beim Apperi … Apperitivo. Sie hab ich gesehen, meine ich. Und ihn auch. Obwohl er sich hinterm Vorhang versteckt hat.« Marco musste eine Pause machen, weil er vor lauter Schluckauf kaum noch sprechen konnte.

Obwohl Daniele schwante, was Marco gleich erzählen würde, musste er sich ein Grinsen verkneifen. Er konnte sich nicht vorstellen, dass Lars sich wirklich versteckt hatte, dazu hatte es schließlich keinen Grund gegeben. Aber Marcos vom Alkohol vernebelter Verstand interpretierte offensichtlich alles neu, was ihm nicht gefiel.

Marco holte tief Luft. »Er hat sie wegen ihrer Hochzeit vollgesülzt und sie, sie hat vor lauter Begeisterung nur dämlich gegrinst.«

Also daher wehte der Wind. Daniele griff sich verzweifelt an den Kopf. Marco musste mitbekommen haben, dass Lars Anna quasi überfallen und sie fast schon auf Knien angefleht hatte, zu ihm zurückzukommen. Aber dann musste er doch auch gehört haben, dass Anna an dem Abend die Beziehung beendet hatte. Oder stimmte das vielleicht gar nicht, und Anna hatte ihnen allen nur etwas vorgemacht?

»Hast du denn auch mitbekommen, dass sie zugestimmt hat?«, fragte er skeptisch.

»Muss ich doch gar nicht. Mir hat es gereicht, als sie ihn so saublöd angegrinst hat.« Der Schluckauf wurde schlimmer, genau wie das Lallen. »Ich hab mir das nicht länger angehört. Ich bin dann weg.«

Dieser dämliche Idiot! Daniele konnte es nicht fassen. Wenn er richtig verstand, war Marco also zufällig Zeuge des Gesprächs zwischen Anna und Lars geworden und hatte, nachdem er die Hälfte der Unterhaltung gehört hatte, seine Schlüsse gezogen. Somit beruhte das ganze Affentheater, das er seither abzog, allein auf einem Missverständnis? Obwohl Marco recht hatte und Daniele der friedliebendste Mensch war, den man sich vorstellen konnte, juckte es ihn im Moment gewaltig in den Fingern. Am liebsten hätte er den Kellermeister in einem der alten, nicht mehr genutzten Weinfässer ertränkt. Doch dann musste er grinsen. Anna wäre damit auch nicht geholfen.

Stattdessen fragte er: »Hast du vielleicht auch nur eine Sekunde darüber nachgedacht, dass du sie zur Rede stellen könntest?«

»Nee. Wieso auch. Sie hat mir ja bestätigt, dass schöne Frauen verdorben sind. Alle.« Hicks. »Ich werd schwul. Machst du mit?«

Daniele musste sich erneut ein Lachen verkneifen. »Eher nicht.« Er schob Marco, der sich bedenklich nahe herübergelehnt hatte, ein Stück von sich weg. »Wie kommst du darauf, dass Frauen verdorben sind, nur weil sie schön sind? Das ist doch Schwachsinn.«

»Ich sag dir mal was, mein Freund. Meine … Ex war auch so eine. Ich wollt sie heiraten. Sie war so schön wie der hellste Stern am Himmel. Aus Firenze.«

Daniele verstand nur Bahnhof. Trotzdem war er neugierig, wie es weiterging mit der überwältigend schönen Florentinerin, da Marco noch nie etwas über die Frauen seiner Vergangenheit erzählt hatte.

»Was ist passiert?«, fragte er vorsichtig, als Marco nur noch dumpf vor sich hinstarrte.

Marco riss es förmlich hoch. »Sie hatte einen anderen. Ich hab ’nen Ring gekauft. Mit einem Diamanten. So groß.« Er deutete eine Fingerspanne von etwa zehn Zentimetern an und sackte über der Erinnerung prompt wieder in sich zusammen. »Ich bin früher heim. Mit Blumen. So ’nem riesigen Strauß Wildblumen.« Diesmal hatte seine Geste den Umfang eines großen Weinfasses. »Und dann mach ich die Tür auf und hör sie stöhnen.« Plötzlich wurde seine Aussprache wieder etwas klarer. »Ich bin hoch ins Schlafzimmer, und da war sie schon halb nackt. Mit so ’nem aufgeblasenen Fuzzi aus ihrer Firma.«

Autsch! Das war richtig übel. Mitfühlend sah Daniele seinen Freund an, um dessen Mund ein bitterer Zug lag. Es widerstrebte ihm, weiter zu bohren und den unheiligen Geist alter Erinnerungen zu beschwören, doch da redete Marco schon von sich aus weiter.

»Ich hab dem Drecksack eins in die Fresse gegeben, dann war das dumme Grinsen ganz schnell weg. Das hättest du sehen sollen, Dani. Das war saulustig.«

Das konnte sich Daniele wiederum überhaupt nicht vorstellen, im Gegenteil. Er konnte die Verletzung, die Marco erfahren hatte, selbst fast körperlich spüren. Kein Wunder, dass der Südtiroler seither allen Beziehungen aus dem Weg gegangen war, die das Potenzial hatten, über einen One-Night-Stand hinauszugehen. Und auch kein Wunder, dass er sich erneut verarscht vorgekommen war, als er Anna und Lars zusammen gesehen hatte.

»Aber deswegen kann man doch nicht alle hübschen Frauen über einen Kamm scheren«, sagte er vorsichtig. Er wollte Anna im Augenblick nicht erwähnen, weil er spürte, dass Marco sich sofort wieder in sein Schneckenhaus zurückgezogen hätte. »Schau dir doch nur Lisa an«, sagte er deswegen.

»Denkst du etwa, sie würde jemals einen anderen Menschen hintergehen?«

»Lisa!« Marco seufzte. »Lisa ist Bombe. Wahnsinnsfrau. Schön und gscheid. Aber eine Ausnahme. Völlig. Die kann man nicht mit so einer Hy.. Hya… Hyazinthe wie die Deutsche vergleichen.«

Daniele hatte keine Ahnung, was Marco damit meinte, er verzichtete aber darauf nachzufragen, da er sich sicher war, dass nichts sonderlich Liebenswürdiges dabei herauskommen würde.

»Ah.« Marco seufzte erneut. Dann schielte er seinen Freund an. »Meinst du, Lisa würde mich heiraten? Tolle Frau. Ich wär 'n prima Schwager, echt, Dani.«

Daniele biss sich auf die Unterlippe. »Ich bin mir sogar sicher, dass du der beste Schwager wärst, den ich mir wünschen könnte, Marco. Am besten du fragst sie gleich morgen früh.«

»Morgen?«, nuschelte Marco enttäuscht. »Soll ich sie nicht jetzt gleich anrufen?« Er hatte Mühe, sein Telefon aus der Hosentasche zu ziehen, und ließ es dann auch noch fallen. Bei dem Versuch, es wieder aufzuheben, wäre er fast vorne übergekippt, doch Daniele erwischte ihn gerade noch rechtzeitig am Arm.

»Ich glaube, du schläfst erst mal eine Nacht drüber«, redete er Marco den Anruf aus. »Ich bin mir sicher, Lisa wird bis morgen auf dich warten.«

»Wirklich?«

»Ganz sicher.« Obwohl es Daniele widerstrebte, seinem ohnehin bereits sturzbetrunkenen Freund noch mehr Alkohol zu verabreichen, schenkte er dessen Glas erneut voll. Marco durfte keinesfalls mitbekommen, was Daniele geplant hatte.

Eine Stunde später war es dann so weit. Marco kippte langsam zur Seite und fing augenblicklich an zu schnarchen.

Daniele versicherte sich, dass er auch wirklich tief und fest schlief, dann stand er auf, entfernte sich ein paar Schritte und wählte die Nummer eines zuverlässigen wie auch verschwiegenen Angestellten.

»Ich brauche deine Hilfe«, sagte er leise auf Italienisch. »Ich bin vor der Kellerei. Kannst du kurz herkommen?«

Zehn Minuten später stand Enrico, ein wahrer Hüne, vor ihm und lachte übers ganze Gesicht. »Braucht da vielleicht jemand einen Babysitter?«, fragte er mit einem Blick auf Marco.

Daniele erklärte ihm mit wenigen Worten, was er vorhatte, trug ihm auf, bei Marco zu bleiben, und entfernte sich mit raschen Schritten.

Wenige Minuten später knirschten die Reifen seines Wagens auf dem Kies. Er brachte ihn zum Stehen, stieg aus und holte zwei Decken aus dem Kofferraum. Eine davon faltete er zu einem Kopfkissen zusammen, dann schob er den Beifahrersitz so weit es ging nach vorn.

»Ich schätze, du willst die Entführung aus dem Serail nicht an die große Glocke hängen?«, spielte Enrico auf das Singspiel von Mozart an. »Mach dir keine Sorgen, von mir erfährt niemand etwas.« Dann deutete er auf Marco. »Es wird nicht unbedingt bequem für ihn werden, aber das wird er eh nicht merken.«

Mit vereinten Kräften hatten sie es nach weniger als zwei Minuten geschafft, Marco ins Auto zu verfrachten. Daniele achtete darauf, dass er es so komfortabel wie möglich hatte, dann bedankte er sich bei seinem Mitarbeiter. Als er bereits auf der Autobahn war, zögerte er angesichts der fortgeschrittenen Stunde, doch dann wählte er Lisas Nummer.

»Du hast was?«, fragte die so ungläubig wie amüsiert. Sie war in keiner Weise böse, dass ihr Bruder sie geweckt hatte; schließlich hatte sie ihn gebeten, sie auf dem Laufenden zu halten, ganz egal, um welche Zeit der Abend enden würde.

»Du weißt aber schon, dass das unter die Rubrik Freiheitsberaubung fällt.«

Daniele lachte. »Niemals!«, sagte er vergnügt. »Immerhin will er dir morgen einen Heiratsantrag machen, und das wäre am Telefon ja total unromantisch.«

»Du bist verrückt«, attestierte Lisa ihm. »Aber ich hoffe, dein Plan geht auf.«

»Das hoffe ich auch«, gestand Daniele. »Pass auf, Schwesterherz, ich müsste in etwa drei Stunden da sein. Alleine schaffe ich es aber nie, den Säufer aus dem Auto und in ein vernünftiges Bett zu bekommen. Kannst du dich darum kümmern, dass mir jemand hilft?«

Nachdem Lisa das versprochen hatte, legte Daniele wieder auf. Er drehte das Radio auf eine Lautstärke, die das enervierende Sägen, das von der Rücksitzbank kam, nur leidlich übertönte, stellte den Tempomat ein und machte sich auf eine anstrengende Rückfahrt gefasst.

Als Daniele drei Stunden später vor dem alten Haus hielt, in dem auch Anna wohnte, war er kurz davor, einen Mord zu begehen. Er hatte den Vorhaltungen, wie schlimm es wäre, wenn ein Mann die ganze Nacht schnarchen würde, nie ernsthaft Glauben geschenkt. Jetzt aber musste er Abbitte leisten. Wie eine Frau diesen unerträglichen Lärm nicht nur stunden-, sondern lebenslang aushalten konnte, war ihm ein Rätsel.

Er hatte den Wagen noch nicht einmal ganz zum Stehen gebracht, als auch schon die Beifahrertür aufgerissen wurde. Moussas Zähne leuchteten im Dunkeln, als er sich mit Müh und Not auf den nach vorn geschobenen Sitz quetschte.

Daniele erwiderte den herzlichen Gruß und fuhr sofort wieder an. Fehlte gerade noch, dass Anna oder ein anderer Bewohner des Hauses mitbekam, was sich mitten in der Nacht vor ihren Fenstern abspielte.

# Kapitel 18

Ein stechender Schmerz jagte kreuz und quer durch seinen Kopf, machte kurz hinter dem linken Auge halt und blieb dort wie ein dicker Kloß hängen. Marco stöhnte. Himmel, war ihm schlecht! Und er hatte keine Ahnung weshalb. Kurz war er in Versuchung, den Grund herauszufinden, doch er merkte schnell, dass Denken seinen Zustand nicht verbesserte. Nur am Rande registrierte sein Bewusstsein, dass das Bett, auf dem er lag, nicht sein gewohntes war. Er konnte auch nicht zuordnen, weshalb unter dem linken Teil seines Körpers ein harter, langer Gegenstand lag. Er drehte sich weiter nach links, um dem Schmerz zu entkommen, und landete prompt auf dem Fußboden.

»Au.« Mühsam kam er auf alle viere, dann rieb er sich den Kopf, den er sich irgendwo angeschlagen hatte. Er öffnete ein Auge, um sich den Widersacher näher anzusehen, und erstarrte. Diese Einrichtung hatte er noch nie in seinem Leben gesehen. Verwirrt setzte er sich auf und schluckte den ekelhaften Geschmack in seinem Mund hinunter. Wo zum Teufel war er hier? Ein Gedankenfetzen zog vor seinem inneren Auge vorbei. Dani! Sie hatten gesoffen bis zur Besinnungslosigkeit, und dann … Ja, was war dann gewesen? So sehr sich Marco, alle Schmerzen ignorierend, nun doch das Hirn zermarterte, er kam nicht drauf. Hatten sie sich mitten in der Nacht ein Hotelzimmer genommen? Oder, besser gesagt, zwei? Schließlich hatte Dani nicht mit ihm im Bett geschlafen, das bewies die unberührte rechte Seite. Genau so musste es gewesen sein. Nur wer ihnen die Zimmer organisiert hatte, darauf kam er beim besten Willen nicht. Er stemmte sich auf die Füße, wankte mit schweren Schritten zum Fenster, stieß die Läden auf und kniff, vom grellen Sonnenlicht geblendet, sofort die Augen zusammen. Es dauerte einige Minuten, bis das Licht so weit erträglich wurde, dass er sie wieder öffnen konnte. Und dann stand er da und starrte hinaus, unfähig zu glauben, was er sah.

Das waren nicht die sanften Hügel der Toskana – das war das beeindruckende Bergmassiv der Brenta! Und er würde einen Besen fressen, wenn das nicht die Etsch war, die unter ihm gluckste und gurgelte. Obwohl er diesen Raum noch nie betreten hatte, hätte er ein Monatsgehalt darauf verwettet, dass er ins Haus der Familie Endrici verfrachtet worden war.

Dani, du Verräter!, schoss es ihm durch den Kopf. Besser, du versteckst dich den Rest deines Lebens vor mir. Das verzeihe ich dir nie!

Sein Blick wanderte durch das Zimmer und erfasste seine Jeans und das T-Shirt, die beide über einem Stuhl hingen. Und diese Ordnung war es, die ihn erneut irritierte. Dani war doch genauso besoffen gewesen wie er. Nie und nimmer hätte der es in seinem Zustand geschafft, die Klamotten so akkurat zu falten, und erst recht nicht, eine so weite Strecke mit dem Auto zu fahren, oder doch? Nein, das war unmöglich. Wer hatte ihn dann hierher geschafft? Und überhaupt, wo war Dani, dieser scheinheilige Betrüger?

Er stolperte zum Stuhl und schlüpfte in die Jeans. Das T-Shirt noch in der Hand, öffnete er vorsichtig die Tür und hätte fast den Zettel übersehen, der mit einem Klebestreifen am Türrahmen angebracht war.

*Guten Morgen, Marco,*
*rechts den Flur entlang findest du das Badezimmer. Die Handtücher sind für dich. Die Küche ist einen Stock tiefer. Eier*

*und Schinken sind im Kühlschrank, alles Weitere steht auf der Anrichte.*
*Bis gleich*
*Lisa*

Lisa! Da war etwas gewesen, aber er kam nicht drauf. Der Filmriss war umfassender, als er befürchtet hatte. Er lauschte, aber außer ihm hielt sich offensichtlich niemand im Haus auf. Trotzdem klopfte er leise an die Tür, an der ein grünes Post-it mit der Aufschrift *Bad* klebte. Als niemand antwortete, drückte er die Klinke hinunter und trat ein. Auf einem Sideboard stand eine Sporttasche, die er mit einigem Verwundern als seine eigene erkannte. Darin lagen eine saubere Jeans, frische Unterwäsche und paar T-Shirts. Und auch sein Waschbeutel mit Zahnbürste, Duschgel und anderen Utensilien des täglichen Bedarfs war vorhanden. Fieberhaft überlegte er, dann schüttelte er den Kopf. Nie im Leben hatte er selbst die Tasche gepackt, nicht in dem Zustand, in dem er sich am Vorabend befunden hatte. Also doch Dani – auch wenn er noch immer nicht begriff, wie der es geschafft hatte, ihn hierherzubringen. Aber im Moment war das zweitrangig. Erst brauchte er eine Dusche und einen Kaffee, und in frischen Klamotten sah die Welt sicher wieder anders aus.

Fast hätte er einen Schrei ausgestoßen, als das Wasser anfangs eiskalt über seinen Rücken rann, doch dann kehrten seine Lebensgeister zurück. Und mit einem Schlag wusste er, was zu tun war.

Nachdem er im Bad fertig war, schlüpfte er in die frischen Sachen. Ein sehr überschaubarer Anflug von Dankbarkeit schlich sich in seinen Kopf, doch so schnell, wie er gekommen war, verschwand er auch schon wieder. Es gab keinen Grund, weshalb er dem Verräter für irgendwas dankbar sein sollte. Das kalte Wasser hatte den Nebel in seinem Gehirn weggespült, und schließlich war er nüchtern genug, um zu begreifen, dass sein Freund ihn reingelegt hatte. Freund, pah! Er schnaubte. Wer solche Freunde hatte, brauchte wahrhaftig keine Feinde. Er spürte, wie sich die Wut in seinem Bauch zu einem Klumpen zusammenballte. Nachdem sich in der Küche sein Verdacht endgültig bestätigte, dass Dani ihn in das Wohnhaus der Familie gebracht hatte, gönnte er sich einen Muntermacher in Form eines doppelten Espressos, dann schnappte er sich seine Tasche und verließ das Haus. Mit langen Schritten marschierte er durch den Ort und nahm den Weg, der oberhalb der Hauptstraße zum Weingut führte. Schon nach den ersten Metern, die es steil bergauf ging, war er schweißgebadet. Er biss die Zähne zusammen. Normalerweise war der Hügel nicht im Mindesten anstrengend, aber nun forderte der Restalkohol seinen Tribut.

Zehn Minuten später stand er erschöpft vor der schweren Eingangstür der Kellerei. Seine Augen waren schmal wie Schlitze, als er die Treppe hinauflief. Er murmelte einen knappen Gruß, als er an Vito vorbeilief, und stürmte in Dottore Paolos Büro, dessen Tür sperrangelweit offen stand.

»Verdammt«, murmelte er. Sein Chef war ausgeflogen. Wütend drehte er sich um und sah Vito im Türrahmen lehnen.

»Was ist denn in dich gefahren?«, fragte der Önologe erschrocken, als er Marcos finstere Miene sah.

»Nichts«, antwortete der unwirsch. »Wo ist der Dottore?«

»In einer Besprechung.«

»Und die Signora?«

»In ihrem Büro, glaube ich.« Vito sprang zur Seite, als Marco wie ein wilder Stier an ihm vorbeistürmte, und sah ihm mit gemischten Gefühlen hinterher, als er drei Sekunden später in das Zimmer rauschte, das die Signora sich mit Lisa und Daniele teilte.

Marco dagegen nahm kaum wahr, dass ihm im Flur noch weitere Mitarbeiter begegneten und ihn grüßten. Ohne anzuklopfen trat er ein, da die Tür ebenfalls offen stand. Als er sah, dass auch hier niemand war, wollte er schon wieder umdrehen, doch da hörte er aus der Küche eine nur allzu bekannte Stimme. Anna! Die Gedanken schossen wie Pfeile durch seinen Kopf, und eine hundsgemeine Sehnsucht zerschnitt ihm fast das Herz. Er haderte mit sich, ob er noch einen letzten Blick auf sie werfen sollte, doch sein Verstand schrie allein bei dem Gedanken Zeter und Mordio. Wozu alles noch schlimmer machen? Er hatte wegen ihr schon genug gelitten. Gerade wollte er sich klammheimlich wieder davonschleichen, da hörte er eine weitere Stimme, die er eindeutig Lisa zuordnen konnte.

»Ach Anna«, sagte sie voller Mitgefühl. »Das alles tut mir so leid. Ich habe keine Ahnung, was ich dir raten soll, aber das kann doch keine Lösung sein.«

»Warum denn nicht?«, fragte Anna trotzig. »Noch länger hierzubleiben und vergebens zu hoffen ist jedenfalls auch keine Option.«

Marco befand sich schon auf dem Rückzug, doch dann ging ihm auf, dass das Gespräch für ihn durchaus interessant werden konnte. Offensichtlich überlegte Anna, hier alles stehen und liegen zu lassen. Na, das war doch bestens. Sobald sie die Segel strich, gab es für ihn keinen Grund, noch länger in der Toskana zu bleiben. Leise ging er zu der Tür, die das Zimmer mit der Küche verband.

»Das kann ich verstehen«, sagte Lisa. »Aber vielleicht könntest du irgendwo anders jobben, wenn du schon nicht hier bei uns bleiben willst. Es gibt genügend Arbeit in der Gegend, und Mama würde sicher mit ein paar Leuten telefonieren und dich weiterempfehlen.«

»Das ist lieb von dir, Lisa.« Anna hörte sich an, als ob sie geweint hätte. »Aber ich muss weg aus dem Trentino. Hier erinnert mich alles an Marco, und das ertrage ich nicht länger.«

Moment mal. Irritiert streckte Marco den Kopf nach vorne und hätte sich damit fast bemerkbar gemacht. Zum Glück zog ihn eine unsichtbare Kraft wieder zurück, und so bekam er nicht mit, dass Lisa tatsächlich entdeckt hatte, wer da hinter der Tür stand und lauschte.

Lisa überlegte fieberhaft. Dani hatte sie mitten in der Nacht erneut geweckt, nachdem er den volltrunkenen Marco zusammen mit Moussa zu ihnen ins Haus geschleift hatte. So wusste sie in groben Zügen, dass Marco sich nach wie vor standhaft weigerte, über Anna zu reden. Erst als er reichlich Wein intus hatte, war er mit der Sprache herausgerückt, was ihn zu seiner merkwürdigen Flucht in die Toskana bewogen hatte. Sie hatte Danis Nacht-und-Nebel-Aktion zunächst für ziemlich sinnlos gehalten, da Marco sich ihrer Meinung nach garantiert weiterhin weigern würde, mit oder über Anna zu reden. Doch in dieser Minute hatte sich das Blatt unverhofft gedreht.

»Anna«, sagte sie deshalb mit erhobener Stimme, damit der Lauscher im Nebenraum auch ja alles mitbekam. »Marco ist einfach ein Idiot. Leider. Ich vermute, er hat mitbekommen, dass dein Verlobter hier gewesen ist, aber nicht, dass du ihm bei der Gelegenheit endgültig den Laufpass gegeben hast.«

»Das glaube ich nicht«, sagte Anna mutlos. »Die ganze Unterhaltung fand im Laden statt, und außer uns war da niemand.«

»Das kannst du nicht wissen«, murmelte Lisa. Dann fiel ihr wieder ein, dass sie lauter reden musste. »Es gibt hinter den Regalen einen Gang, der ins Lager führt. Was, wenn Marco von dort gekommen ist und euch gehört hat? Oder irgendjemand anderes, der ihm später alles brühwarm erzählt hat?«

»Das wäre ziemlich unlogisch«, widersprach Anna. »Wenn da jemand gewesen wäre, hätte er in jedem Fall mitbekommen, dass ich Lars klipp und klar gesagt habe, dass ich ihn nicht mehr liebe und es zwischen uns aus und vorbei ist.« Nachdenklich biss Anna sich auf die Unterlippe. »Lars hat mir daraufhin an den Kopf geworfen, dass ich es in meinem Leben nie wieder so gut haben würde wie mit ihm. Auch das war nicht zu überhören.«

»Und wenn der heimliche Zuhörer nur den Anfang eurer Unterhaltung mitbekommen hat?«

Anna zuckte ratlos mit den Schultern. »Dann hat er die Szene sicher falsch verstanden. Ich war am Anfang so perplex, dass Lars ohne Ankündigung hier aufgetaucht ist, dass ich erst mal gar nichts gesagt habe. Auch nicht, als er seinen Heiratsantrag wiederholt hat. Um ehrlich zu sein, war ich in dem Augenblick komplett überfordert. Deswegen habe ich mich bemüht, ihm meine Entscheidung so schonend wie möglich beizubringen, und ihm für die schöne gemeinsame Zeit gedankt.« Anna lächelte schief. »Wenn ich mich richtig entsinne, habe ich ihn einmal Schatz genannt oder zumindest gesagt, dass er einer ist.« Sie fasste sich an den Kopf. »Aber das nur, um ihn nicht allzu sehr zu verletzen.«

»Das war sicher gut. Für Lars, meine ich. Auch wenn er es in dem Moment vermutlich nicht zu schätzen wusste.« Verstohlen schielte Lisa zur Tür und sah – nichts. Hoffentlich steht Marco da noch, betete sie. Dann würde sich endlich alles aufklären. Plötzlich sah sie im Augenwinkel eine kaum wahrnehmbare Bewegung.

»So könnte es gewesen sein.« Mühsam unterdrückte sie ein Lächeln. »Ich meine, dass der neugierige Lauscher nach dem ersten Akt abgehauen ist, weil er zu feige war, sich auch noch den Rest des Dramas anzuhören.« Den Wink hatte sie sich einfach nicht verkneifen können. »Dann hat er einen völlig falschen Eindruck von der Situation bekommen.«

»Ja und? Das hilft mir auch nicht weiter.«

»Stimmt. Aber verrate mir bitte, wie es dir weiterhelfen soll, wenn du jetzt zurück nach München fährst. Ich glaube kaum, dass du dort glücklich wirst, wenn dein Herz noch an Marco hängt.«

»Im Moment weiß ich nicht, wie ich jemals wieder froh werden soll.« Annas Stimme klang unendlich traurig. »Ich will einfach nur von hier weg, weil mich jeder Stein an Marco erinnert. Und ich will mich auch nie wieder in jemanden so verlieben wie in ihn, verstehst du das? Ich war noch nie im Leben so unglücklich. Seit Marco verschwunden ist, könnte ich die ganze Zeit heulen, und das will ich nie wieder durchmachen müssen!«

Darauf wusste Lisa nichts zu sagen, das musste sie aber auch nicht. Das Beste, was hatte passieren können, war, dass Marco jedes Wort ihres Gespräch mithörte »Und wann willst du abreisen?«

Anna schluckte den Kloß in ihrem Hals hinunter. Auch wenn sie Lisa ihre Argumente schlüssig dargelegt hatte, verlangte alles in ihr danach zu bleiben. Doch sie war sich im Klaren darüber, dass sie hier nicht mehr gesund werden würde.

»Ich wollte gleich rübergehen und packen«, sagte sie entschlossen, bevor sie es sich wieder anders überlegen konnte. »Jeder Tag länger macht es nur noch schlimmer.«

»Heute?«, fragte Lisa entsetzt. »Aber heute ist doch unser großes Fest!«

»Ich weiß«, sagte Anna traurig. Trotz ihres Gesundheitszustands hatte sie zumindest stundenweise mitgeholfen, das seit Wochen geplante DALIS-Fest zu organisieren. »Aber ich schaffe das nicht, Lisa, ehrlich. Wenn ich nur an all die glücklichen und lachenden Menschen denke, die heute Abend hier sein werden, wird mir schlecht.« Sie stand auf. »Ich hoffe, ihr verzeiht mir das eines Tages.«

»Warte!«, rief Lisa mit einem Unterton von Panik in der Stimme, als Anna in Richtung Verbindungstür marschieren wollte. »Lass dich noch einmal drücken.« Herzlich umarmte sie ihre Freundin, drehte sie unmerklich in die Richtung, in der eine Tür direkt auf den Gang führte, und ging sicherheitshalber ein paar Schritte mit ihr mit. »Essen wir wenigstens noch zusammen zu Mittag, bevor du fährst? Bitte!«

Lisa sah Anna hinterher, wie sie mit unsicheren Schritten den Flur entlanglief. Erst als die Freundin ins Treppenhaus einbog, stürmte sie in ihr Büro.

Marco lehnte noch immer an der Wand hinter der Tür. Im Gegensatz zu sonst war er leichenblass im Gesicht. Mit brennenden Augen sah er Lisa an, die mit in die Hüften gestemmten Fäusten vor ihm stand.

»Ich bin so ein Idiot!«, sagte er erschüttert. »Was hab ich nur gemacht?«

»Du bist ein Riesenidiot!«, bekräftige Lisa seine Aussage. »Wieso um alles in der Welt hast du nie mit ihr gesprochen? Oder mit uns?«

Darauf wusste Marco keine Antwort. »Und was soll ich jetzt tun?«

»Was du tun sollst?«, fragte Lisa ungläubig. »Die Suppe auslöffeln natürlich, die du euch beiden eingebrockt hast. Und zwar bald. Sonst ist sie über alle Berge.«

In Marcos Blick stand die pure Panik. Da er nicht die ganze Unterhaltung der beiden Frauen mitbekommen hatte, schlich sich ein fürchterlicher Gedanke in seinen Kopf. »Will sie etwa zu ihrem Ex zurück?«

»Nein, das ist ganz sicher nicht das, was sie *will*«, sagte Lisa energisch. Sie war sich sogar ganz sicher, dass Anna viel zu viel Charakter hatte, als so eine Idee auch nur in Erwägung zu ziehen. Es konnte aber nicht schaden, Marcos Befürchtungen noch ein wenig anzufachen, damit er jetzt endlich handelte. »Schließlich ist sie bis über beide Ohren in dich verliebt, auch wenn du das eigentlich gar nicht verdient hast, so stur, wie du warst. Ich kann dir aber nicht versprechen, dass sie nicht doch zu Lars zurückkehrt, wenn du sie nicht umgehend daran hinderst.«

Mit einem merkwürdigen Gefühl im Bauch stieg Paolo die Treppe in der Casa Masetto hinauf, die zu Annas Zimmer führte. Nach der Besprechung, die den ganzen Vormittag gedauert hatte, war seine Familie völlig aufgelöst in seinem Büro aufgetaucht.

»Anna will zurück nach München.« »Anna will nicht mehr hierbleiben.« »Marco hat eingesehen, dass er ein Idiot ist.« Christine, Lisa und Daniele redeten wild durcheinander.

Verständnislos sah Paolo von einem zum anderen. »Was ist los?«, fragte er schließlich, als der Redestrom versiegt war.

Erneut fingen alle gleichzeitig an zu sprechen. Dann hob Christine die Hand. »Erzähl du«, sagte sie zu Lisa. »Du warst schließlich dabei.«

Fünf Minuten später hatte Lisa ihren Vater umfassend darüber informiert, was seit gestern Abend alles vorgefallen war.

»Das ist doch großartig«, sagte Paolo erleichtert. »Dann können die beiden ja noch mal von vorne anfangen.«

»Falls Anna es zulässt«, sagte Christine. »Und falls sie nicht abhaut, bevor Marco wieder nüchtern ist.«

»Warum sollte sie es nicht zulassen?«, fragte Paolo. »Und wieso will Marco sie noch länger warten lassen? Hat der keinen Arsch in der Hose?«

»So wie ich ihn gestern abgefüllt habe, ist es ganz sicher

besser, er nüchtert noch ein paar Stunden aus«, sagte Daniele schuldbewusst. »Der hat noch so viel Restalkohol im Blut, dass Anna erst recht die Flucht ergreifen würde.«

»Und deswegen kommst du ins Spiel«, sagte Lisa.

Paolo sah seine Tochter erstaunt an. »Wieso denn ich?«

»Du musst sie überreden, noch bis morgen zu bleiben. Dann kann Marco seinen Rausch ausschlafen, bevor er mit ihr spricht. Bitte, Papa, sag Ja.« Obwohl Lisa anfangs für Marcos Verzögerungsbitte kein Verständnis aufgebracht hatte, musste sie ihm schließlich doch recht geben. So fertig, wie er aussah, würde er bei keiner Frau dieser Welt punkten können.

»Das kann eure Mutter viel besser«, wandte Paolo nachdenklich ein. »Wieso sollte sie ausgerechnet auf mich hören?«

»Weil ich an ihrer Stelle jetzt eine Vaterfigur bräuchte«, sagte Lisa. »Wir drei haben in den letzten Wochen so viel mit Anna geredet, dass das für sie quasi schon der Normalzustand ist. Aber wenn du mit ihr sprichst …« Sie versetzte sich in Annas Situation, »dann wird sie ganz anders zuhören. Sie betet den Boden an, auf dem du gehst, falls dir das noch nicht aufgefallen ist.«

»So ein Unsinn.« Paolo schmunzelte. »Das glaube ich nicht.«

»Lisa hat recht«, bestätigte Christine. »Genau wie all unsere anderen Mitarbeiter hat Anna viel zu viel Respekt vor dir, als dass sie dir eine Bitte abschlagen würde.«

»Also gut«, gab Paolo nach, auch wenn ihm die Aufgabe nicht ganz geheuer war. Was sollte er der jungen Frau bloß sagen, damit sie es sich doch noch anders überlegte?

»Dir fällt schon was ein.« Christine lächelte. »Dir fällt schließlich immer was ein.«

Und so kam es, dass Paolo, mit einer Flasche eisgekühltem Weißwein in der einen und zwei Gläsern in der anderen Hand, vor Annas Zimmer stand.

»Hallo Anna.« Paolo lächelte, als sie ihm die Tür öffnete. Er hob seine Hände und fragte: »Gibst du mir die Ehre? Ich dachte, wir könnten uns unter den Kirschbaum setzen, den du so gerne magst.«

Paolo ließ Anna die Gläser halten, dann entkorkte er die Flasche, schenkte ihnen ein und prostete ihr zu. Eine Weile saßen sie schweigend da, ließen sich den Wein schmecken und hingen ihren Gedanken nach. Wobei die unterschiedlicher nicht hätten sein können. Und dabei drehten sie sich doch um das gleiche Thema. Während Anna sich nämlich immer unsicherer wurde, warum Paolo sie hergebeten hatte, wusste er nicht so recht, wie er den Auftrag seiner Familie umsetzen sollte. Schließlich beschloss er, Anna eine Geschichte zu erzählen.

»Als ich ein kleiner Junge war, habe ich immer hier am Bach gespielt. Damals sah das aber noch nicht so ordentlich aus wie jetzt. Es war, je nachdem, ob es vorher geregnet hatte oder nicht, entweder ein Rinnsal oder fast schon ein reißender Wildbach. Du hättest meine Mutter hören sollen, wie sie mit mir geschimpft hat, wenn ich mit schmutzigen Hosen nach Hause kam.« Paolo strahlte übers ganze Gesicht, als er sich an die Standpauken seiner Mutter erinnerte.

»Als ich alt genug war, nicht mehr in jede Pfütze zu hüpfen, ging ich auf eine von Priestern geführte Schule und durfte Latein und Altgriechisch lernen.« Paolo lächelte, als er daran dachte, wie sehr sich sein Leben schon damals gewandelt hatte. »Die Familie meiner Mutter brachte viele Juristen hervor, deswegen habe ich mich nach der Schule dazu entschlossen, ebenfalls Jura zu studieren, und habe nebenbei meinem Vater geholfen, seinen Wein zu produzieren. Unsere Qualität war damals noch nicht herausragend, wir haben aber immerhin zwanzigtausend Flaschen pro Jahr abgefüllt und waren das, was man eine kleine familiengeführte Kellerei nennt. Mir hat das Leben gefallen, so wie es war. Doch dann hat mir mein Vater die Pistole auf die Brust gesetzt. Möchtest du noch etwas Wein?«, fragte er, als er sah, dass Annas Glas leer war.

Anna schüttelte den Kopf. Schließlich musste sie in ein paar Stunden noch Auto fahren. Sie wusste zwar nicht, worauf Paolo mit seiner Geschichte hinauswollte, aber sie brannte darauf zu erfahren, wie sie weiterging.

»Wo war ich?«, fragte Paolo nachdenklich, dann fiel es ihm wieder ein. »Ach ja. Mein Vater hat mich vor die Wahl gestellt: Entweder du kommst ganz in die Kellerei, oder wir verkaufen das Weingut. Da war ich gerade siebenundzwanzig.«

Anna stieß einen erstickten Laut aus. Es brauchte nicht viel Fantasie, um zu erraten, wozu Paolo sich entschieden hatte. Sie konnte sich aber auch vorstellen, wie schwer dem jungen Mann die Entscheidung gefallen sein musste.

»Und dann habe ich Christine auf einer Feier in München kennengelernt. Das war 1982.«

»Ihr habt euch auf den ersten Blick verliebt, und Christine ist mit dir nach Italien gezogen«, mutmaßte Anna. »Genau wie im Märchen.«

»Nicht ganz.« Paolo schüttelte den Kopf. »Christine sollte ich erst viel später wiedersehen. Ich habe meinem Vater versprochen, die Kellerei zu übernehmen, aber erst wollte ich die Welt sehen. Unser Deal war, dass ich noch zwei bis drei Jahre lang tun und lassen kann, was ich will. Dann aber sollte Schluss sein. In dieser Zeit bin ich durch viele Länder gereist. Und als ich eines Tages in Indien war, bin ich zu einem Wahrsager gegangen.«

»Das ist nicht wahr!«

»Doch.« Paolo nickte ernsthaft. »Das war im Sommer 1985. Der Wahrsager hat mir prophezeit, dass ich in zehn Jahren mein Haus abbezahlt haben werde und dass ich am ersten November die Frau meines Lebens finden werde.«

Anna starrte Paolo mit offenem Mund an. Sie traute sich fast nicht zu fragen, wie es dann weitergegangen war. Immerhin kannte er Christine da ja schon, und heute war er mit ihr verheiratet.

Paolo spannte Anna nicht länger auf die Folter. »Am ersten November hat Christine mich angerufen und gefragt, ob wir uns wiedersehen wollen.«

Anna konnte es nicht glauben. Das *war* wie im Märchen!

»Ich habe sie daraufhin zu mir eingeladen, und sie kam tatsächlich nach Italien. Damals war ich in jeder freien Minute auf irgendeinem Gipfel, und ich war mir sicher, dass nur eine Frau, die meine Leidenschaft teilt, die richtige für mich wäre. Also habe ich Christine zu einer kleinen Wanderung auf einen Berg überredet.« Paolo holte tief Luft. Aus heutiger Sicht war das Unternehmen äußerst riskant gewesen, und die meisten jungen Frauen hätten ihm höchstens einen Vogel gezeigt. Doch Christine war schon immer etwas Besonderes gewesen.

»Jedenfalls wollte ich mit ihr auf den Monte Cevedale. Der ist zwar mit dreitausendsiebenhundert Metern der dritthöchste Berg in den Ortler-Alpen, aber nicht besonders schwierig zu besteigen. Trotzdem mussten wir Seile und Pickel mitnehmen, da alle Wege hinauf über Gletscher führen. Als wir auf der Hütte in dreitausend Metern angekommen waren, war es eiskalt, und es lag ein Meter Neuschnee. Christine hat das alles tapfer und ohne zu meckern mitgemacht, auch wenn sie vermutlich aus allen Wolken gefallen ist, als sie die Ausrüstung sah, die ich mitgenommen habe. Nur auf den Gipfel wollte sie am nächsten Tag nicht mehr. Sie kam zwar noch zwar ein Stück weit mit, doch dann haben wir gemerkt, dass es nicht vernünftig wäre, wenn sie noch weiter geht. Deswegen sind wir umgekehrt und zurück zur Hütte gegangen.«

Paolos Augen blitzten. »Nach dem Wochenende hatte ich Angst, dass ich sie nie wiedersehe, aber sie hat mir den Ausflug offensichtlich verziehen. Allerdings ist sie danach nie wieder mit mir zum Bergsteigen gegangen.«

»Das wundert mich nicht«, gab Anna zu. »Ich liebe die Berge zwar auch, aber so eine Tour würde ich mir nicht zutrauen. Und wenn ich mir vorstelle, dass mich ein Date auf einen Dreitausender schleppt, ohne mir das vorher zu sagen … also, ich weiß nicht.«

»Das war eine andere Zeit damals«, antwortete Paolo. »Wir haben uns nicht so viele Gedanken gemacht wie ihr jungen Leute. Durch das Internet ist man heute mit jedem vernetzt, du bekommst mit einem Klick alle Informationen, die du brauchst, und egal, was im letzten Winkel der Welt passiert, innerhalb von Sekunden macht es seinen Weg um den Globus. Vor dreißig Jahren hat kein Mensch darüber nachgedacht, was alles passieren kann. Man hat das, was man wollte, einfach getan. Ohne tagelang darüber zu recherchieren.«

»Stimmt auch wieder«, gab Anna zu. »Meine Mama hat mir mal erzählt, dass ihre Eltern sie mit vierzehn mutterseelenallein mit dem Zug an die Nordsee haben fahren lassen, weil sie dort Reiterferien machen wollte. Das ist ungefähr vierzig Jahre her. Das würden sich Eltern heutzutage nicht mehr trauen.«

»Nie im Leben«, stimmte Paolo ihr zu, dem allein beim Gedanken daran mulmig wurde.

»Christine war dir jedenfalls nicht böse.« Anna lächelte. Was für eine schöne Geschichte. »Wie ging es danach weiter?«

»Christine hat damals in Mailand gelebt, und ich habe sie jedes Wochenende abgeholt und bin mit ihr nach Ligurien an die Küste gefahren.« Er sah Anna von der Seite an. »Ich war sehr geduldig und vor allem sehr hartnäckig.«

»Das klingt ganz danach«, bestätigte Anna. »Erzähl weiter«, bat sie. »Jetzt will ich auch noch den ganzen Rest hören.«

»Im Dezember ist Christine nach München zurückgekehrt, weil sie dort ein Jobangebot hatte. Wir haben uns ein Jahr lang weiterhin jedes Wochenende getroffen, hier im Trentino, bei ihr in München oder auf halber Strecke in Österreich. Und wir waren in Paris.« In Paolos Stimme schwang die tiefe Liebe mit, die er auch nach so vielen Jahren unverändert für seine Frau empfand.

»Allerdings war sie nicht glücklich, weil sie sich mit ihrem Chef nicht besonders gut verstanden hat. Da habe ich ihr vorgeschlagen, dass wir es einfach probieren, und sie zu mir nach San Michele zieht.«

Anna erinnerte sich an die Geschichte, die ihr Christine schon vor ein paar Wochen erzählt hatte. Paolo hatte sie mit einem roten Teppich und Primeln in Empfang genommen, und seither bekam sie in jedem Jahr am fünften Februar eine ganze Kiste davon.

»Und sie hat das Angebot angenommen«, fuhr Paolo fort. »Sie kam am fünften Februar, und am sechsten Juni haben wir geheiratet. An diesem Tag hat sie mich zum glücklichsten Mann der Welt gemacht.«

Ein plötzlicher Stich schoss Anna mitten durchs Herz. Eine Weile hatte die Erzählung sie abgelenkt, aber die wundervolle Geschichte von Paolo und Christine führte ihr umso mehr vor Augen, welch ein unglückliches Händchen sie selbst in Sachen Liebe hatte.

Paolo konnte den Schmerz, der Anna überrollt hatte, fast körperlich spüren. Er griff nach ihrer Hand und drückte sie fest. »Ich wollte dir mit meiner Geschichte nicht wehtun«, sagte er leise. »Ich wollte dir damit nur sagen, dass man nicht aufgeben soll, wenn einem etwas wichtig ist. Manchmal ist der Weg, der vor einem liegt, nicht leicht. Manchmal muss man viel Geduld haben und nicht lockerlassen, so wie ich.« Er machte eine weite Geste, die die Weinberge und das große Haus mit der Kellerei einschloss. »Auch wenn ich damals den Deal mit meinem Vater wegen des Weinguts hatte, weiß ich nicht, ob es das hier alles noch gäbe, wenn ich nicht so hartnäckig geblieben wäre. Vielleicht wäre ich nach einiger Zeit zur Juristerei zurückgekehrt. Was ich aber weiß, ist, dass ich es ohne Christine nie geschafft hätte, Endrizzi zu dem zu machen, was es heute ist.«

Sinnierend ließ Paolo seinen Blick über die Rebstöcke schweifen, dann drehte er sich zu Anna und sah ihr fest in die Augen. »Die Möglichkeiten für Christine, mit ihrer Familie und ihren Freunden in Deutschland in Kontakt zu bleiben, waren zu der Zeit ausgesprochen begrenzt. Und San Michele war auch bei Weitem nicht so mondän wie Mailand. Es war nicht einfach, sie zu überzeugen, zu mir ins Trentino zu ziehen. Es hat eineinhalb Jahre gedauert, doch ich habe keine Sekunde daran gezweifelt, dass sie die Richtige ist.«

»Und du hattest recht damit«, sagte Anna leise. »Ich weiß, was du mir sagen willst. Dass ich die Hoffnung nicht aufgeben soll. Aber du vergisst, dass du bei Christine immer willkommen warst; das bin ich bei Marco aber nicht. Er verweigert jeden Kontakt mit mir, und ich habe keine Ahnung, warum das so ist.« Sie wischte sich eine Träne von der Wange. »Ich würde alles dafür geben, wenn ich nur den Hauch einer Chance hätte.« Trotz ihrer Worte spürte Anna, wie ein kleiner Hoffnungsschimmer sich in ihr breitmachte. Vielleicht hatte Paolo recht, und sie musste nur etwas mehr Geduld aufbringen. Doch wenn sie jetzt zurück nach München fuhr, durfte sie sich ganz sicher nicht wundern, wenn Marco denken musste, dass er ihr nie etwas bedeutet hatte. Anna schloss die Augen. Wenn sie nur wüsste, was die richtige Entscheidung war. Noch länger hierzubleiben hieße, dass sie sich weiter

Hoffnung auf Marcos Rückkehr machte. Und dabei lief sie Gefahr, dass jeder neue Tag eine weitere Enttäuschung barg.

Paolo spürte, wie Annas Gefühle Achterbahn fuhren. »Anna«, sagte er bittend. »Wir alle haben mit dir gefühlt, als Marco auf und davon ist, und ich muss zugeben, dass ich eine Zeit lang so sauer auf ihn war, dass ich ihn am liebsten erwürgt hätte. Aber ganz abgesehen davon, was zwischen euch gewesen ist – kannst du dir vielleicht doch vorstellen, noch bis morgen zu bleiben? Das Fest heute Abend ist nicht das gleiche, wenn du fehlst. Du musst nicht sofort antworten«, sagte er schnell, als sie ihm ins Wort fallen wollte. »Denk einfach noch eine Stunde darüber nach. Oder auch zwei. Nur nicht länger als bis achtzehn Uhr«, scherzte er, »sonst müssen wir ohne dich anfangen. Aber ich würde mir von ganzem Herzen wünschen, dass du uns die Ehre gibst, heute unser Dahlienmädchen zu sein.«

Marco hatte das Gefühl, gerade erst eingeschlafen zu sein, als sein Handy einen leisen Ton von sich gab. Er öffnete ein Auge, blinzelte, angelte mühsam das Smartphone von der Kommode und las den kurzen Text. Und dann fing sein Herz an zu rasen.

Sie bleibt. Schlaf dich aus.

Lisa hatte ihm versprochen, alles Erdenkliche zu unternehmen, um Anna zum Bleiben zu bewegen, auch wenn sie zuerst nicht verstanden hatte, weshalb er nicht sofort mit ihr reden wollte.

»Weil ich kaum einen klaren Gedanken fassen kann, weil

mein Schädel brummt wie eine Kirchenglocke und weil ich so aussehe, als ob ich die Nacht durchgesoffen hätte, was ja leider auch den Tatsachen entspricht«, hatte er ihr erklärt. »Tu mir einfach den Gefallen und überrede sie, erst morgen zu fahren. Wenn sie sich nicht umstimmen lässt, ruf mich an, dann bin ich innerhalb von fünfzehn Minuten da.« Er sah sie mit einem solch bittenden Blick an, dass sie ihm einfach nichts abschlagen konnte. »Ich habe mich Anna gegenüber lange genug verhalten wie ein Vollidiot, und jetzt möchte ich nicht auch noch aussehen wie einer.«

Erleichtert fuhr er sich durch seine dichten schwarzen Haare. Lisa hatte es geschafft! Und obwohl er schon am Morgen in seinem halb nüchternen Zustand bereits einen Teil begriffen hatte, wurde ihm erst jetzt so richtig bewusst, was er im Büro mitangehört hatte. Anna hatte ihn nicht verarscht. Sie hatte ihren Verlobten zum Teufel gejagt, weil sie in ihn, Marco, verliebt war! Und er hatte voreilig falsche Schlüsse gezogen. Ernüchtert setzte er sich auf und vergrub sein Gesicht in den Händen. Was war er nur für ein Idiot! Und dann hörte er eine innere Stimme flüstern: »Das wird sie dir nie verzeihen. Am Besten verschwindest du gleich wieder von hier. Wenigstens ersparst du dir dann die Blamage, dass sie dich nun auch noch zum Teufel jagt.«

»Verschwinde aus meinem Kopf!«, murmelte er der Stimme wütend zu. Nichts in der Welt würde ihn davon abhalten, sich bei Anna zu entschuldigen. Und wenn er vor ihr durch den Staub kriechen müsste und alle Welt über ihn lachen würde. Doch erst mal musste er weiterschlafen, damit er Anna wie ein zivilisierter Mensch gegenübertreten konnte.

Drei Stunden später war Anna froh, dass Paolo so hartnäckig geblieben war, auch wenn sie eine Weile damit gehadert hatte, ihre Rückfahrt nach München auf den nächsten Tag zu verschieben. Doch dann hatte ihr Isabella am Telefon ebenfalls gut zugeredet, und schließlich hatte Anna nachgegeben.

»Vielleicht wird es der letzte Tag in meinem Leben sein, an dem ich nicht vernünftig handeln muss«, sagte sie nur halb im Scherz. »Ich sollte also den Abend nutzen und gehörig über die Stränge schlagen.«

Jetzt saß sie in einem wunderschönen bunten Sommerkleid, das Lisa ihr geliehen hatte, vor einer lebhaften Italienerin, die fröhlich vor sich hinplapperte. Anna verstand kein Wort und guckte Lisa mit einem hilflosen Ausdruck an.

Lisa lachte. »Sie sagt, sie kann dir die Dahlien nicht einfach ins Haar flechten, weil die schon nach fünfzehn Minuten die Köpfe hängen lassen würden.«

Nachdem Anna nach dem Telefonat mit Isabella ins Büro hinübergelaufen war und bekannt gegeben hatte, dass sie zu dem großen Fest doch noch bleiben wollte, hatte die ehrliche Freude in den Gesichtern ihrer Freunde sie zutiefst gerührt. Und dann hatte Lisa die Idee mit den Dahlien gehabt.

»Du hast so tolle Haare«, sagte sie jetzt zu Anna. »Und zum Glück sind sie dicht genug, sodass Chiara die Blütenstiele in kleine Kartuschen mit Wasser stecken und sie in dem Flechtzopf verstecken kann. Du darfst allerdings nicht daran herumfummeln, wenn du keine Katastrophe verursachen willst.«

Eigentlich hatte Marco vorgehabt, sich Anna zu schnappen, mit ihr in die Weinberge zu laufen und sie um Vergebung zu bitten, doch aus allen guten Vorsätzen wurde nichts. Anna wurde den ganzen Abend über von der Familie, ihren Kollegen und den etwa zweihundert Gästen in Beschlag genommen. Mit den ins Haar geflochtenen Blüten und dem hübschen Kleid sah sie überirdisch schön aus. Nur die Traurigkeit, die manchmal kurz hinter ihrem Lächeln hervorblitzte, trübte das Bild. Marcos schlechtes Gewissen nagte an ihm, als er feststellte, dass sie in den letzten Wochen mehrere Kilo abgenommen hatte, was sie fast schon ätherisch wirken ließ. Obwohl sie ihm so schön vorkam wie nie zuvor, wusste er doch auch, dass er Schuld daran hatte, dass sie kaum noch etwas gegessen hatte. Und auch wenn er sich fest vorgenommen hatte, nicht zu kneifen, wurde es mit jeder Minute schwerer, sein Vorhaben nicht doch wieder aufzugeben. Er musste unbedingt an sie herankommen, bevor ihn der Mut verließ. Über eine Stunde lang beobachtete er das Treiben aus sicherer Entfernung. Obwohl er die gesamte Meute am liebsten nach Hause geschickt hätte, riss er sich zusammen. Auch wenn die Traurigkeit aus ihrem Gesicht nie ganz wich, schien sie den Abend zu genießen. Jetzt unangekündigt vor ihr aufzutauchen hätte sie vor all den Leuten vermutlich völlig aus dem Gleichgewicht gebracht, und das wollte er ihr nicht antun.

Und so blieb er ein Zaungast, der das Treiben nur von Weitem beobachten konnte.

»Was machst du hier?«

Erschrocken fuhr Marco herum. »Dani! Lieber Himmel, hast du mich erschreckt.«

»Das wollte ich nicht«, sagte Daniele entschuldigend. »Ich dachte, du hättest mich kommen gehört. Also, was machst du hier? Wieso kommst du nicht rüber?«

»Weil ich keine Ahnung habe, wie Anna reagiert, wenn ich plötzlich vor ihr stehe«, sagte Marco.

»Und deswegen kneifst du jetzt doch?«, fragte Daniele ungläubig.

»Nein, ich kneife nicht.« Marco biss sich auf die Unterlippe. »Ich möchte sie aber nicht in Verlegenheit bringen. Stell dir nur mal vor, ihre erste Reaktion wäre, mir eine runterzuhauen. Oder mich zu beschimpfen, dass mir Hören und Sehen vergeht. Aber mit all den Menschen da? Entweder sie reißt sich zusammen, weil sie sich nicht blamieren will, oder sie reißt sich nicht zusammen und schämt sich hinterher zu Tode. Oder sie fällt vor Schreck in Ohnmacht.« Marco zuckte mit den Schultern. »Nichts davon will ich ihr antun. Sie soll mich von mir aus schlagen oder beschimpfen oder umfallen, aber sie soll es tun, ohne dass es ihr hinterher peinlich ist. Deswegen warte ich darauf, dass ich sie alleine erwische.«

»Welch edler Ritter«, zog Daniele ihn auf. Doch dann wurde er sofort wieder ernst. »Ich verstehe, was du meinst. Und ich gebe dir recht, dass sie es verdient hat, dir den Kopf so zu waschen, dass dir alle Haare ausfallen. Aber ich muss auch sagen, dass du es verdient hättest, wenn sie es vor allen Leuten täte.«

Marco kratzte sich am Kopf. »Da ist was Wahres dran«, gab er zu. »Von mir aus kann sie eine ganzseitige Anzeige im *l'Adige* schalten und sich darüber auslassen, was für ein Trottel ich bin. Ich zahle es ihr sogar. Aber sie muss es mit klarem Verstand wollen.«

Daniele sah seinen Freund einen Moment lang wortlos an, dann nickte er. »Ich bin froh, dass du es so siehst«, sagte er. »Dann bist du wegen gestern nicht sauer auf mich?«

Marco kniff die Augen zusammen. »Irgendwas in mir flüstert, dass ich dich in ein Weinfass stecken und in die Etsch rollen sollte«, sagte er rau. »Weil du mich quasi entführt hast, na ja, was soll ich dazu schon groß sagen. Vor allem, weil du genau wusstest, dass ich nie wieder mit Anna reden wollte. Du hast dich nicht so verhalten, wie man es von einem Freund erwarten würde.« Wütend kaute er auf einem Grashalm herum. »Andererseits habe ich dir nicht zugehört, als du versucht hast, mir den Kopf zurechtzurücken. Und das war auch nicht gerade ein Zug, den man von einem Freund erwarten sollte. Im Grunde hätte ich dir wenigstens die Chance geben müssen auszureden. Und das habe ich nicht getan, im Gegenteil. Ich habe dir angedroht, dass ich dir die Freundschaft kündige, wenn du keine Ruhe gibst.« Er sah Daniele in die Augen. »Ich habe mich verhalten wie ein Idiot, und das tut mir aufrichtig leid. Und ich kann mich auch nur dafür entschuldigen, dass ich dir nicht vertraut habe.«

»Du meinst, dass du Anna nicht vertraut hast«, korrigierte Daniele ihn. »Die Entschuldigung gebührt ihr, nicht mir.«

»Das ist ein anderes Thema«, widersprach Marco ihm. »Das kläre ich auch noch. Aber ich meine schon dich. Du hast dich wie ein Freund verhalten. Außer als du mich abgefüllt und entführt hast natürlich.« Marco grinste schief. »Schließlich wolltest du nicht nur das Beste für Anna, sondern auch für mich. Ich habe es nur nicht wahrhaben wollen.«

»Okay, verstanden.« Daniele atmete erleichtert auf. »Dann sind wir jetzt quitt, oder?«

»Nein.« Marco starrte hinüber zu den Gästen und sah, dass ein Wildfremder seinen Arm um Annas Hüfte gelegt hatte. Es versetzte ihm einen schmerzhaften Stich. »Ich weiß noch nicht, ob ich morgen auch noch der Meinung bin, aber im Moment würde ich sagen, du hast eine ganze Menge gut bei mir.«

Eine Viertelstunde später war Marco wieder alleine. Daniele war zurück zur Feier gegangen, nicht ohne ihm anzubieten, ihm eine Flasche Wein zu bringen. Doch Marco hatte dankend abgelehnt. Das, was er am Vorabend konsumiert hatte, reichte noch für eine ganze Weile, zudem wollte er nüchtern sein, sollte Anna sich endlich von der Gesellschaft lösen.

# Kapitel 19

Anna hatte es nicht für möglich gehalten, aber sie hatte das Fest tatsächlich in vollen Zügen genossen. Ihre Befürchtung, dass es für sie unerträglich werden könnte, hatte sich schnell zerstreut, da unzählige Leute gekommen waren, die ihre kunstvolle Frisur bewundert und sie von ihrem Kummer abgelenkt hatten. Alle hatten fröhlich durcheinandergeschwatzt, manche auf Italienisch, andere auf Deutsch. Überall wurde gegessen, getrunken und gelacht. Wie Daniele angekündigt hatte, stand der Abend ganz im Zeichen der Dahlie, der Namensgeberin der beiden DALIS-Weine, die Lisa und Daniele kreiert hatten, und dafür waren nicht nur Annas Haare mit Blüten geschmückt worden. Im ganzen Hof standen riesige Töpfe mit Dahlien in allen Farben und Sorten, Größen und Farben, und die festlich gedeckten Tische waren mit kunstvoll arrangierten Bouquets dekoriert. Christine hatte über hundert große Kerzen verteilt, die in der Abendluft flackerten und die Terrasse in ein weiches Licht tauchten. Es war einfach wunderbar.

Anna hatte den ganzen Abend über kaum etwas anderes als Wasser getrunken, auch wenn die Verlockung groß gewesen war. Doch sie wollte den warmen Wind, der über ihre Haut strich, und den Duft des wilden Jasmins, der vor dem Haus blühte, mit allen Sinnen wahrnehmen.

Wie würde sie das alles vermissen! Sie nahm sich ein Glas DALIS und entfernte sich von der Gesellschaft. Ein letztes Mal wollte sie den Bach entlang zu dem großen Kirschbaum laufen, unter dem sie in den vergangenen Wochen unzählige Male gesessen hatte und der so viele ihrer Freuden und Sorgen miterlebt hatte. Langsam wanderte sie an den blühenden Lavendelsträuchern entlang und stieß einen leisen Schrei aus, als sie sah, dass sich das Castello di Monreale, das vom hellen Licht des Vollmonds beschienen wurde, fast weiß vor dem dunklen Himmel abhob.

Eine Weile stand sie stumm da und prägte sich die Ruine in allen Einzelheiten ein. Nichts davon wollte sie jemals vergessen. Dann schloss sie die Augen, hörte dem Wind zu, der durch das Tal strich, ab und an begleitet vom Zirpen einer Zikade. Sie atmete tief ein und nahm Abschied. Die letzten beiden Monate waren die intensivsten ihres Lebens gewesen, im Guten wie im Schlechten. Eines Tages würde sie zurückkehren in das Land, das sie so sehr zu lieben gelernt hatte, zu den Menschen, die ihr vertraut geworden waren wie eine Familie. Aber es würde Zeit vergehen müssen, bis auch der Schmerz verging. Ein Gedanke an Marco schlich sich in ihr Herz, und prompt kullerte eine Träne ihre Wange hinab und tropfte auf ihr Dekolleté.

»Leb wohl«, flüsterte sie. »Ich werde dich nie vergessen, egal, was die Zukunft mir bringt.«

»Das ist alles, was ich mir wünsche«, flüsterte eine imaginäre Stimme hinter ihr. »Aber noch mehr wünsche ich mir, dass die Zukunft uns beiden gehört.«

Anna schluchzte auf. So gut es ihr tat, ihren Wachträumen nachzugeben, vor sich hinzufantasieren, wie es wäre, wenn – diese Vorstellungen waren auch ein schleichendes Gift, von denen sie sich besser fernhalten sollte.

»Verschwinde«, sagte sie deshalb laut, in der Hoffnung, die Stimme in ihrem Kopf damit vertreiben zu können.

»Wenn das wirklich dein Wunsch ist, werde ich ihn dir erfüllen, das verspreche ich dir.« Die Stimme schien näher gekommen zu sein, und plötzlich spürte Anna, wie ein warmer Atem über ihren Hals strich. »Aber vorher würde ich dich gern um Verzeihung bitten.«

Anna riss die Augen auf und wirbelte herum. Als sie sah, dass sie nicht geträumt hatte, sondern Marco wahrhaftig vor ihr stand, wurde ihr schwindlig. »Du?«, brachte sie heraus, dann gaben ihre Beine nach.

Schnell streckte Marco seine Arme aus und fing Anna auf, bevor sie hinfallen konnte. Kaum dass er sie berührte, setzte das vertraute Kribbeln ein, das ihm so gefehlt hatte. Er hielt sie behutsam fest, und da sie ihn nicht zurückstieß, hoffte er, dass es noch eine Weile dauern würde, bis sie wieder sicher auf eigenen Beinen stehen konnte.

»Anna«, flüsterte er, von seiner Sehnsucht schier überwältigt. Er strich ihr zärtlich übers Gesicht und hätte am liebsten nie mehr damit aufgehört. Es fühlte sich gut an, sie zu spüren, und er schickte ein Stoßgebet zum Himmel, dass sie ihm zuhören würde.

Später hätte Anna nicht sagen können, wie lange sie mit geschlossenen Augen dagestanden und in sich hineingespürt hatte, ob sie das alles nur träumte. Doch als der Schwindel, der sie bei Marcos Anblick erfasst hatte, wieder verging, spürte sie, dass sich etwas verändert hatte. Funken tanzten über ihre Haut, als stünde sie unter Strom, und irgendetwas strich beharrlich und leicht wie eine Feder über ihr Gesicht.

Sie schlug die Augen auf und traf Marcos besorgten Blick. Es war kein Traum gewesen. Der Mann, den sie aus tiefstem Herzen vermisst hatte, stand vor ihr und hielt sie fest in seinen Armen. »Was … was machst du hier?«, fragte sie heiser.

»Dich bitten, mit mir zu reden«, antwortete er leise. »Dich um Vergebung bitten und dir gestehen, dass keine Sekunde vergangen ist, in der ich nicht an dich gedacht habe.«

»Aber … ich verstehe das nicht.« Anna schüttelte den Kopf. »Auf einmal warst du weg, und ich hatte keine Ahnung, warum.« Verwirrt strich sie sich ein paar Haare, die sich aus dem Zopf gelöst hatten, hinters Ohr. »Ich hab immer wieder bei dir angerufen, Dani und Lisa haben es versucht, aber keiner konnte dich erreichen.«

Marco nahm ihr Gesicht in seine Hände. »Und ich kann dir nicht sagen, wie leid es mir tut. Das war alles meine Schuld. Ich habe dich mit diesem arroganten Schönling beim Aperitivo gesehen. Er hat dir einen Heiratsantrag gemacht, und du hast die ganze Zeit so glücklich gelächelt, dass ich mir sicher war, dass du nur mit mir gespielt hast.«

»Und deswegen bist du abgehauen?«, fragte Anna fassungslos. »Aber dann musst du doch auch gehört haben, dass ich ihm gesagt habe, dass ich nicht zu ihm zurückkomme, weil ich ihn nicht mehr liebe.«

Marco verzog den Mund, als ob er in eine besonders saure Zitrone gebissen hätte. »Nein«, gestand er. »Ich wollte mir nicht anhören, wie du dahinschmachtest und *Ja* zu ihm sagst. Und als du ihn auch noch Schatz genannt hast, hat es mir gereicht.«

Obwohl ihr die Friseurin strengstens verboten hatte, sich an den Zopf zu fassen, konnte Anna nicht anders. Es war aber auch zum Haareraufen! »Ich kann das nicht glauben«, sagte sie mit einem verzweifelten Unterton. »Wieso hast du uns nicht einfach eine Minute länger belauscht? Dann hätte es das ganze Missverständnis nie gegeben!«

»Glaub ja nicht, dass ich stolz darauf bin«, sagte Marco gequält. »Ich habe gelitten wie ein Hund. Nicht nur, dass ich gedacht habe, dass du mich die ganze Zeit an der Nase herumgeführt hast, auch die Vorstellung, dass du mit diesem Kerl ins Bett steigst, hat mich völlig wahnsinnig gemacht.«

»Dass ihr Männer immer nur an das Eine denken könnt«, zog Anna ihn auf. Ihr Herz machte einen Hüpfer, und hätte sie nicht noch ein bisschen Angst gehabt, dass all das nicht doch nur ein Traum sein könnte, hätte sie ihr Glück am liebsten in die Nacht hinausgerufen.

»Lach du nur«, ereiferte sich Marco. »Die Vorstellung ist Fegefeuer und Hölle in einem.« Er nahm Annas Hand und zog sie auf die kleine Bank, die unter dem Kirschbaum stand. Zärtlich zupfte er ihr eine Dahlie aus dem Haar, dann legte er sein Kinn leicht auf ihren Kopf.

Eine Weile saßen sie so da, eng umschlugen, und wussten noch nicht so recht, ob sie diesem Glücksgefühl, das sie beide durchströmte, wirklich trauen konnten.

Mit einem Mal erinnerte sich Anna an ihre Großmutter. Sie blickte in den Himmel, blinzelte eine Träne weg und lächelte. »Danke, Oma«, sagte sie leise und nickte. »Ich werde deinen Fehler nicht wiederholen.«

Marco wartete geduldig, bis sie bereit war, es ihm zu erklären.

»Meine Oma hat als junge Frau für eine reiche Familie gearbeitet und sich in den Sohn des Gärtners verliebt. Doch dann hat sie sich für einen anderen Mann entschieden.«

»Warum denn das?«

Anna seufzte. »Ihre Mutter hat sie dazu gedrängt. Er war der Sohn der Familie. Er war reich, angesehen und hatte alles, um ihr eine sichere Zukunft zu bieten.«

»Und sicher war sie so schön wie ihre Enkelin heute«, murmelte Marco in ihre Haare. »Angesichts der damaligen Zeit war es sicher nicht das Dümmste, sich für die Sicherheit zu entscheiden.«

»Wie kannst du das sagen?«, fragte Anna entrüstet. »Ich würde die Liebe immer dem Geld vorziehen.«

»Autsch.« Im Scherz sog Marco die Luft zwischen seinen Zähnen ein. »Ich ergebe mich ja schon. Wie ging es denn weiter mit deiner Oma und ihren Männern?«

»Oma hat schließlich das getan, wozu ihre Mutter ihr geraten hat. Sie hat den reichen Erben geheiratet und es ihr Leben lang bereut.« Anna zupfte einen Grashalm aus und kitzelte

Marco damit an der Nase. »Mein Goßvater hat sie wie eine Trophäe behandelt, ihr drei Kinder gemacht und sie ansonsten nach Strich und Faden betrogen. Immerhin konnte sie ein sorgenfreies Leben genießen, da er Geld hatte wie Heu. Aber sie hat den Gärtnersohn nie vergessen.«

»Wofür hast du dich dann gerade bei ihr bedankt?«

»Der heilige Michael war ihr Schutzpatron, solange ich zurückdenken kann. Immer wenn sie Rat brauchte, hat sie zu ihm gebetet.« Ein glückliches Lächeln stahl sich auf Annas Lippen. »Als ich aufs Geratewohl nach Italien gefahren bin, war ich, gelinde gesagt, völlig durch den Wind. Und als ich das Ortsschild von San Michele gesehen habe, musste ich an Oma denken, bin von der Autobahn abgefahren und hier gelandet. Als hätte sie mir den Weg gezeigt.«

»Eine schöne Geschichte.« Marco küsste sie auf die Nasenspitze. »Denkst du, ich darf sie auch Oma nennen?«

»Sie würde dich dafür lieben.«

Er lächelte. »Danke, Oma.«

# Epilog

Sie saßen noch eine Weile auf ihrer kleinen Bank, sahen dem Mond zu, wie er langsam hinter den Bergen verschwand und die Sterne die Herrschaft über das Himmelszelt übernahmen.

»Ist dir kalt?«, fragte er, als sie fröstelte.

»Nein«, antwortete Anna. »Ich bin einfach nur glücklich.«

»Das ist gut«, murmelte er und drückte sie fest an sich. Ohne sie loszulassen streckte er sein Bein und zog etwas Silbriges aus der Hosentasche.

»Was ist das?«, fragte Anna, als er es ihr in die Hand drückte.

»Ein Schlüssel.«

»Wirklich?«, neckte Anna ihn. »Stell dir vor, das habe ich erkannt. Aber was schließt er auf?«

»Rate doch mal.«

Ratlos besah sie sich das Stück Metall. Erst hatte sie gedacht, es wäre ein Schlüssel zu seiner Wohnung. Aber dafür war der Schlüssel zu alt.

»Ich habe keine Ahnung«, gab sie zu.

Marco ließ seinen Blick über das schöne Tal schweifen, das im nächtlichen Zwielicht lag und in dem er seine Heimat gefunden hatte. »Ich möchte, dass du etwas über mich weißt«, begann er. »Ich bin nicht nur der angesehene Kellermeister, für den mich hier alle halten. Meine Familie besitzt seit Generationen in ganz Südtirol Weinberge. Ähnlich wie die Signora und Dottore Paolo hier im Trentino. Aber anders als Lisa und Dani hatten meine Schwestern nach dem Tod unserer Eltern nur Interesse am schnellen Profit. Wir waren uns schon vor Jahren über der Frage, was wir aus dem Nachlass machen, uneins. Ich war dafür, Geld zu investieren und ein Vorzeigeweingut aus dem Betrieb zu machen, aber die beiden haben mich überstimmt. Sie produzieren Masse statt Klasse, werden mit jedem Jahr noch reicher und kümmern sich weder um die Böden, die bereits völlig ausgelaugt sind, noch um ihre Mitarbeiter.« Marco verzog schmerzlich das Gesicht. Auch wenn er distanziert und nüchtern über seine Schwestern reden konnte, tat es ihm doch in der Seele weh, wie die beiden das Familienerbe herunterwirtschafteten.

»Ich habe ihnen schon vor Jahren prophezeit, dass das nicht lange gut gehen wird, aber das ist ihnen egal. Sie saugen das Gut aus, solange es geht. Danach werden sie es an den Meistbietenden verschachern.«

»Das tut mir leid«, sagte Anna mitfühlend. Sie spürte die Wehmut, die er mit sich herumtrug.

»Danke«, sagte er und gab ihr einen Kuss. »Ich konnte das nicht mehr mit ansehen, deswegen habe ich mich auf einen Kuhhandel eingelassen und ihnen meinen Anteil unter Wert verkauft, weil keinem von uns daran gelegen war, uns wegen des Geldes zu überwerfen. Hätte ich den vollen Wert für mein Drittel verlangt, hätten sie einen Kredit aufnehmen müssen.« Er zuckte mit den Schultern. »Aber mein Anteil war immer noch genug, dass ich mir in diesem Leben keine Sorgen mehr machen muss. In den vergangenen Jahren wusste ich nicht, was ich mit dem Geld anfangen soll. Ich habe darüber nachgedacht, eines Tages vielleicht ein kleines Weingut zu erwerben und ein paar tausend Flaschen hochqualitativen Wein zu produzieren. Oder eine Penthousewohnung am Gardasee zu kaufen und den Wein zu trinken, den andere anbauen. Im Grunde ist es mir egal. Wichtig ist nur, dass du bei mir bist und glücklich wirst.«

»Das bin ich schon«, flüsterte Anna und küsste ihn wieder und wieder. Plötzlich erinnerte sie sich an den Schlüssel, den sie noch immer in der Hand hielt.

»Spann mich nicht länger auf die Folter«, sagte sie. »Verrate mir endlich, wofür dieser Schlüssel ist.«

»Kannst du dir das wirklich nicht denken?«

»Nein.«

Marco lächelte verlegen. »Ich habe ein Haus gekauft, bevor ich von hier abgehauen bin.«

»Ein Haus?«, fragte Anna erstaunt. »Was für ein Haus denn?« Kaum dass sie es ausgesprochen hatte, schoss ihr ein Gedanke durch den Kopf, und sie riss die Augen auf. »Etwa die Casa Bertoli? *Du* hast das Haus der alten Signora gekauft?«

»Genau.« Er freute sich über die Aufregung, die er in ihrem Blick lesen konnte. »Ich wollte sowieso aus meiner Mietwohnung ausziehen. Als du dann so von der alten Villa geschwärmt hast und so traurig warst, wie achtlos die Verwandten der Signora mit der Hinterlassenschaft umgegangen sind, habe ich es mir angesehen. Und du hattest recht: Es ist ein Traum. Genau wie du habe ich mich sofort in das Haus verliebt.« Er lachte, als er ihren entgeisterten Gesichtsausdruck sah, strich ihr über die Wange und küsste sie.

»Ich … aber … ich weiß gar nicht, was ich sagen soll.«

»Dann sag einfach nichts«, sagte Marco leichthin. »Es wäre eine Schande, das prächtige alte Gebäude abzureißen. Dazu ist es einerseits zu schön und andererseits auch noch viel zu gut erhalten. Das habe ich mir von einem Fachmann bestätigen lassen.«

»Aber wieso hast du nie etwas davon erzählt?«

»Es sollte eine Überraschung sein.« Marco lehnte sich ein wenig zurück, bis er den Stamm der alten Kirsche in seinem Rücken spürte. »Ich wollte immer, dass du es bekommst. Als ich dich dann mit dem eingebildeten Schönling …«, er unterbrach sich, als sie einen erstickten Laut von sich gab. »Was ist denn?«

»Nenn ihn nicht so. Bitte. Auch wenn du eifersüchtig auf ihn bist.«

»Bin ich überhaupt nicht!«

Anna lächelte in die Dunkelheit hinein. »Okay. Also, auch wenn du nicht eifersüchtig auf ihn bist, habe ich ein paar Jahre mit ihm gelebt. Egal, wie du ihn an dem Tag erlebt hast, er wird ein Teil meines früheren Lebens bleiben. Und es tut mir weh, wenn du ihn so nennst. Ich würde deine Ex-Freundinnen, selbst wenn ich sie kennen würde, auch nicht als hysterische Zicken bezeichnen.«

»Dürftest du aber«, gestand er ihr zu. »Aber ich weiß, was du meinst. Du warst ein paar Jahre mit deinem Ex-Freund zusammen, und das werde ich respektieren, versprochen. Jedenfalls, als ich dich mit ihm zusammen gesehen habe, war ich so wütend und enttäuscht, dass ich einen Moment lang darüber nachgedacht habe, für den nächsten Tag die Abrissbirne zu bestellen.«

»Hast du nicht!« Erschrocken richtete Anna sich auf.

»Hab ich doch. Aber wirklich nur für einen Moment lang. Schließlich konnte die Villa nichts dafür, dass du dich mir gegenüber so schäbig benommen hast.«

»Du Schuft. Das habe ich gar nicht.«

Lachend fing er ihre Fäuste ein, die auf seinen Brustkorb trommelten. »Nein. Aber trotzdem war ich unglaublich wütend auf dich und hätte dich und diesen Lars am liebsten in das Haus geschickt, kurz bevor der Bagger eingetroffen wäre.«

»Aber warum warst du denn so sauer?«, fragte Anna. Es war eine rhetorische Frage, aber sie wollte die Antwort gerne hören. »Immerhin ist zwischen uns beiden außer diesem einen Kuss nie etwas vorgefallen.«

»Das fragst du nicht im Ernst«, sagte er auch sofort. »Wenn du das wirklich so sehen würdest, wärst du nicht krank geworden, als ich weggegangen bin.«

Ertappt senkte Anna den Kopf, selbst wenn er in der Dunkelheit nicht sehen konnte, dass eine leichte Röte ihr Gesicht überzog. »Das ist richtig«, gab sie zu. »Aber trotzdem ... wieso hast du nicht einfach mit mir geredet?«

»Weil ich in dieser Hinsicht ein gebranntes Kind bin.« Er atmete tief ein, dann erzählte er ihr von der Frau, die er an dem Tag mit einem anderen erwischt hatte, als er ihr einen Heiratsantrag hatte machen wollen.

»Vermisst du sie noch?«, fragte Anna unsicher. Die Vorstellung, dass eine andere Frau sein Herz besaß, erschreckte sie zutiefst.

»Nein. Ganz sicher nicht«, setzte er schnell nach, als er ihre Unruhe spürte. »Ich bin nur froh, dass ich sie erwischt habe, bevor wir vor den Altar getreten sind. Aber trotzdem hat mich die Erfahrung geprägt. Leider in einer Weise, die es mir schwer macht, anderen Frauen zu vertrauen.«

»Glaubst du, dass du es eines Tages wieder schaffen könntest?«, fragte Anna leise.

Er zog sie so fest in seine Arme, dass sie fast keine Luft mehr bekam. »Das habe ich bereits geschafft«, flüsterte er in ihr Ohr. »Auch wenn es nach dem, was ich dir in den letzten Wochen angetan habe, vielleicht schwer zu glauben ist.« Nun konnte er ihr auch gleich noch gestehen, dass er sie in ihrem Gespräch mit Lisa belauscht hatte. »Was ich da gehört habe, hat alle Zweifel, die ich je hatte, weggespült. Und als ich dann noch gesehen habe, wie nahe dir mein Verschwinden gegangen ist und wie dünn du geworden bist, und das alles wegen mir, da habe ich gewusst, dass du die Frau bist, mit der ich bis ans Ende meiner Tage leben will. Mit der ich in das Haus der alten Signora ziehen will, mit der ich mir Kinder wünsche und die mir die Hölle heiß machen soll, wenn ich nicht rechtzeitig zum Essen nach Hause komme.«

Ein nie gekanntes Glücksgefühl durchströmte Anna. Es war, als ob jede Faser ihres Körpers vor Energie vibrieren würde. Dieses Mal fühlte sich alles so gut und richtig an. Sie machte sich von ihm los, damit sie ihn ansehen konnte. Trotz der Finsternis leuchteten seine Augen wie zwei Sterne, und sie wusste, dass es ihm ernst war.

Für einen kurzen Moment schwiegen sie beide, dann schmiegte sich Anna wieder an ihn. Eine Weile saßen sie eng umschlungen, sodass sie den Herzschlag des anderen spüren konnten. Dann setzte Marco zu einer Frage an, überlegte es sich aber noch einmal anders. Zuerst musste er sie küssen. Er hoffte, dass er die Antwort auf seine Frage bereits aus ihrem Kuss herauslesen konnte.

Als sie sich nach dem Kuss wieder voneinander lösten, strich Marco sanft mit seinem Daumen über ihre Lippen. »Anna«, flüsterte er. »Kannst du dir vorstellen, bei mir zu bleiben? Für immer?«

»Ja. Für immer«, antwortete Anna, und diesmal wischte sie ihre Tränen nicht weg.

Ende

# Making of

Liebe Leserinnen und Leser,
haben Sie zu Beginn eines Buchs schon mal den Satz gelesen, dass Ähnlichkeiten mit lebenden oder verstorbenen Personen rein zufällig und nicht gewollt sind? Nun, in diesem Fall sind Ähnlichkeiten mit einigen sehr lebendigen Personen durchaus gewollt und sogar erwünscht und beabsichtigt.

Vielleicht sind Sie ja auch so neugierig wie ich und stöbern während des Lesens eines Buchs im Internet nach den darin beschriebenen Örtlichkeiten. Nein? Dann machen Sie das bei Gelegenheit, suchen Sie nach der Cantina Endrizzi! Sie werden staunen! Um Sie jetzt aber nicht länger auf die Folter zu spannen, möchte ich Ihnen gerne erzählen, wie es zu dieser Geschichte kam:

Wie viele meiner Ideen zu einem neuen Buch ist auch *Ein Sommer, der nach Liebe schmeckt* durch die Verkettung mehrerer Zufälle entstanden. 2015 schrieb ich gerade an meinem zweiten Krimi *Diridari* und bat einen befreundeten Weinhändler um seinen Rat, welchen Wein ich meiner Oberkommissarin in diesem Buch kredenzen soll. Seine spontane Antwort lautete: Masetto Due vom Weingut Endrizzi.

Etwa ein Jahr nach der Veröffentlichung von *Diridari* bekam ich über den Facebook-Messenger eine Nachricht von Christine Endrici, der Chefin des Weinguts Endrizzi. Sie hatte gerade erfahren, dass ich einen ihrer Weine in meinem

Krimi erwähnt hatte, und bedankte sich bei mir für die schöne Beschreibung. Aus der Nachricht entwickelte sich eine lebhafte Kommunikation, die darin gipfelte, dass sie mich herzlich auf ein Glas Wein einlud, wenn ich wieder einmal ins Trentino käme.

Ein halbes Jahr später war es dann so weit: Ich hatte ein langes Wochenende mit Freunden am Molvenosee geplant und stellte fest, dass das Weingut der Endricis an derselben Autobahnausfahrt liegt. Schnell schrieb ich Christine, und wir machten aus, dass ich auf der Rückfahrt vorbeikommen sollte, was besonders gut passte, da dann im Weingut gerade Tag der offenen Tür war.

An diesem Sonntag waren noch zwei Freundinnen mit mir unterwegs, und wir hatten das besondere Vergnügen, von Christine eine Privatführung durch einen der Weinberge und die Kellerei zu bekommen. Dabei lernten wir auch den Rest der Familie kennen: Christines Mann Paolo und ihre beiden erwachsenen Kinder Lisa und Daniele. Zusammen mit der Familie verbrachten wir einen denkwürdigen Nachmittag. Unsere Gastgeber waren so liebenswerte und interessante Menschen, dass wir am liebsten noch viel länger geblieben wären.

Leider mussten wir jedoch zurück nach München, und so brachen wir am späten Nachmittag schweren Herzens auf. Und wie es an einem ganz normalen Sonntagnachmittag und -abend auf der Brennerautobahn üblich ist, standen wir, insbesondere an der Mautstelle Sterzing, stundenlang im Stau. Doch das war uns gerade recht, denn unsere Gedanken wollten sich noch lange nicht von den schönen Stunden lösen, die wir mit der Familie verbracht hatten. Wir redeten und redeten und stellten irgendwann fest, dass wir während der Fahrt nach München über fast nichts anderes gesprochen hatten als über die Endricis.

Als ich nach etwa sechs Stunden Fahrt am späten Abend glücklich und zufrieden ins Bett fiel, war ich in Gedanken noch immer bei dem wunderbaren Nachmittag. Und dann kam mir plötzlich eine verrückte Idee: Über diese großartigen Menschen wollte ich ein Buch schreiben. Einen Roman, der sich um eine fiktive Geschichte dreht, auf dem Weingut Endrizzi spielt und in dem die Familie und einige ihrer Mitarbeiter vorkommen sollten. Ich war so aufgeregt, ob das auch wirklich machbar wäre, dass ich noch viele Stunden wach gelegen habe, während sich in meinem Kopf der Plot formte. Am nächsten Morgen hielt es mich nicht lange in den Federn – ich musste unbedingt mit Christine telefonieren und herausfinden, was sie von meiner Idee hielt …

Verständlicherweise war sie erst einmal völlig überrascht, hat sich aber auch sehr gefreut, dass es mir tags zuvor so gut bei ihnen gefallen hatte, dass ich gleich ein ganzes Buch über sie und ihre Familie schreiben wollte. Und spontan und offen, wie Christine nun mal so ist, konnte sie sich für den Gedanken sofort erwärmen.

Als Nächstes stand ein Gespräch mit dem Verlag an. Und auch hier war man ganz begeistert. Nun musste ich nur noch schnell ein Exposé schreiben, und dann ließ das endgültige »Go!« nicht mehr lange auf sich warten.

Kurz darauf war ich schon wieder auf dem Weg nach Italien: Ich war eingeladen, bei Christine und ihrer Familie zu wohnen und dabei die Personen, die in meinem Roman mitwirken sollten, genauer kennenzulernen. Während dieser Tage führte ich Interviews mit jedem Einzelnen und gewann so einen tiefen Einblick in die Eigenheiten, Gedanken und Wertvorstellungen aller Familienmitglieder.

Während Sie *Ein Sommer, der nach Liebe schmeckt* gelesen haben, sind Ihnen viele Szenen begegnet, die ich selbst im Trentino erlebt habe und die ich im Buch Anna zugeschrieben habe. So saß ich unter der raschelnden Hängebirke, habe mitbekommen, wie Christine ihre Männer zum Friseur geschickt hat, und habe deren Reaktionen darauf genau so erlebt, wie sie jetzt im Buch stehen. Unwissentlich wollte ich mich am Kaffeejoghurt bedienen und wurde von Daniele gewarnt, dass der Lisas Alleinbesitz ist. So wie Anna erfährt, dass Lisa ihr mit Freude gestattet, ihren Joghurt zu probieren, war ich in Wirklichkeit die Glückliche, und auch Paolos Feststellung, »Lisa muss dich sehr mögen, wenn sie dir erlaubt, davon zu essen«, betraf mich. Ich saß unter dem Kirschbaum, der zu Annas Lieblingsplatz wurde, und habe die Kohlmeisen kennengelernt, die die Reben vor dem Traubenwickler beschützen. Die Fakten über das Weingut Endrizzi sind alle korrekt, und die Weine schmecken wirklich genauso großartig, wie Anna sie verkostet hat.

Während ich den Roman geschrieben habe, dachte ich mir, dass es sich sehr seltsam anfühlen muss, wenn man mit seinem richtigen Namen und seinem wirklichen Leben in einer fiktiven Geschichte vorkommt. Deswegen war von vornherein klar, dass Christine, Paolo, Lisa und Daniele meine Testleser sein und das Hoheitsrecht über die Namen haben sollten. Wie Sie nun sicher schon ahnen, haben sich alle Familienmitglieder in der Geschichte erkannt und hatten keine Einwände, sich selbst zu spielen. Letztendlich gab es nur eine einzige nachdenkliche Anmerkung. Christine sagte zu mir: »Du lässt uns in der Geschichte so gut aussehen, dass mich das richtig verlegen macht.« Meine Antwort darauf war: »Ich habe euch so beschrieben, wie ich euch kennengelernt habe.« Und das ist in jeder einzelnen Zeile wahr.

P. S.: Auch Lisa mit ihrem wunderbaren Mann Torben und Daniele mit seiner bezaubernden Partnerin Valentina haben ihr privates Glück gefunden, das dem von Anna und Marco in nichts nachsteht.

# Danksagung

Ein Buch zu schreiben ist schon eine recht seltsame Art und Weise, einen Teil seines Lebens zu verbringen. Die meisten Personen, die darin vorkommen, sind fiktiv, und es ist schon ein wenig schräg, sich wochen- oder gar monatelang auf eine große Nähe mit ihnen einzulassen. Mit ihnen zu lachen und zu weinen, sie wieder aufzurichten, oder den ein oder anderen (denken Sie gerade an Lars?) in den Hintern treten zu wollen und diese Gefühle auch wirklich zu spüren.

Und doch ist man bei der Arbeit an einem Manuskript nicht gänzlich auf sich alleine gestellt – es gibt es eine ganze Menge helfender Hände, die meist im Hintergrund bleiben, ohne die ein Manuskript aber wäre wie ein Vogel ohne Federn.

Ein ganz besonderer Dank gilt deswegen meiner wunderbaren Lektorin Isabelle Toppe. Ihre Unterstützung, Feinfühligkeit und Besonnenheit sind es, die mich an manchen Stellen zum Umdenken anregen, die mir helfen, die Stärken mancher Szenen noch besser ins Bild zu setzen, und die meinen Geschichten den letzten Schliff verleihen.

Auch allen weiteren Mitarbeitern des Piper Verlags, die dafür sorgen, dass das Buch einen passenden Rahmen in Form eines schönen Covers bekommt, die sich um die Herstellung und den Vertrieb kümmern und die kurz vor der Veröffentlichung mit Argusaugen Zeile für Zeile, Wort für Wort versuchen, alle Ausreißer in Form eines Schreibfehlers oder falschen Satzzeichens zu finden.

Ein besonderer Dank gebührt meiner Agentin Lianne Kolf, die mit ihrem großartigen Team, allen voran Simone Hasselmann und Tatjana Seel, dafür sorgt, dass ich mich nicht mit administrativen Angelegenheiten herumplagen muss.

Meine größte Inspiration sind allerdings Sie, liebe Leserin und lieber Leser. Ihre herzlichen Nachrichten auf Facebook und Lovelybooks, Ihre begeisterten Rezensionen und Kommentare schenken mir so viel Freude und Energie, dass ich, kaum dass ich ein Projekt abgeschlossen habe, darauf brenne, eine neue Geschichte zu entwerfen. Herzlichen Dank dafür, und bitte machen auch Sie weiter damit!

Ihre Susanne Rößner

# Ein Sommer der Begegnungen

* Cover- und Preisänderungen vorbehalten

Susanne Rößner

**Für jetzt und immer**

Roman

Piper Taschenbuch, 320 Seiten
€ 10,00 [D], € 10,30 [A]*
ISBN 978-3-492-31064-2

Die Sonne strahlt am Tegernsee, doch die hübsche Lena hat nichts als Sorgen: Erst verliert sie ihre Arbeit als Kindergärtnerin, und dann gerät sie beim Einkaufen auch noch mit einem attraktiven Fremden aneinander. Kurz darauf lernt sie ein verschlossenes kleines Mädchen kennen, das sie sofort ins Herz schließt. Doch welches Geheimnis hütet Mia? Als Lena das Angebot erhält, ihr Kindermädchen zu werden, nimmt sie an. Eine Entscheidung, die ihr Leben auf den Kopf stellen wird – nicht zuletzt, weil sie dadurch dem unausstehlichen Unbekannten wiederbegegnet …

Leseproben, E-Books und mehr unter **www.piper.de**